사뮈엘 베케트
Samuel Beckett, 1906–89

사뮈엘 베케트는 1906년 4월 13일 아일랜드 더블린 남쪽 폭스록에서 유복한
신교도 가정의 차남으로 태어났다. 더블린의 트리니티 대학교에서 프랑스 문학과
이탈리아 문학을 공부하고 단테와 데카르트에 심취했던 베케트는 졸업 후
1920년대 후반 파리 고등 사범학교 영어 강사로 일하게 된다. 당시 파리에 머물고
있었던 제임스 조이스에게 큰 영향을 받은 그는 조이스의『피네건의 경야』에 대한
비평문을 공식적인 첫 글로 발표하고, 1930년 첫 시집『호로스코프』를, 1931년
비평집『프루스트』를 펴낸다. 이어 트리니티 대학교에서 프랑스어를 가르치게
되지만 곧 그만두고, 1930년대 초 첫 장편소설『그저 그런 여인들에 대한 꿈』(사후
출간)을 쓰고, 1934년 첫 단편집『발길질보다 따끔함』을, 1935년 시집『에코의
뼈들 그리고 다른 침전물들』을, 1938년 장편소설『머피』를 출간하며 작가로서
발판을 다진다. 1937년 파리에 정착한 그는 제2차 세계대전 중 레지스탕스로
활약하며 프랑스에서 전쟁을 치르고, 1946년 봄 프랑스어로 글을 쓰기 시작한
후 1989년 숨을 거둘 때까지 시, 소설, 희곡, 비평 수십 편을 프랑스어와 영어로
번갈아 가며 쓰는 동시에 자신의 작품 대부분을 스스로 번역한다. 전쟁 중 집필한
장편소설『와트』에 뒤이어 쓴 초기 소설 3부작『몰로이』,『말론 죽다』,『이름
붙일 수 없는 자』가 1951년부터 1953년까지 프랑스 미뉘 출판사에서 출간되고,
1952년 역시 미뉘에서 출간된 희곡『고도를 기다리며』가 파리, 베를린, 런던, 뉴욕
등에서 수차례 공연되고 여러 언어로 출판되며 명성을 얻게 된 베케트는 1961년
보르헤스와 공동으로 국제 출판인상을 받고, 1969년 노벨 문학상을 수상한다.
희곡뿐 아니라 라디오극과 텔레비전극, 영화 각본을 집필하고 직접 연출하기도
했던 그는 당대의 연출가, 배우, 미술가, 음악가 들과 지속적으로 교류하며 평생
실험적인 작품 활동에 전념했다. 1989년 12월 22일 파리에서 숨을 거뒀고,
몽파르나스 묘지에 묻혔다.

L'INNOMMABLE

by Samuel Beckett

사뮈엘 베케트   전승화 옮김

이름 붙일 수 없는 자

wo
rk
———
ro
om

일러두기

1. 이 책은 사뮈엘 베케트(Samuel Beckett)의 『이름 붙일 수 없는 자
(L'Innommable)』(파리, 미뉘 출판사[Les Éditions de Minuit], 1953)를 한국어로
옮긴 것이다.
2. 주는 옮긴이가 작성했다.
3. 원문의 문장 중간에서 대문자로 시작된 단어는 첫 글자를 굵게 표기했다.

차례

이름 붙일 수 없는 자 ——————————— 9

해설 ————————————————— 213
작가 연보 ——————————————— 233
작품 연표 ——————————————— 249

지금은 어딜까? 지금은 언제일까? 지금은 누구일까?[1] 나 자신한테
묻지 말고. 나는이라고 말하기.[2] 생각하지 말고. 이것들을(ça)[3]
질문이라고, 가설이라고 부르기. 앞으로 가, 이것은 앞으로라고
하고, 이것은 가라고 하기. 어느 날, 첫발을 뗐네, 내 집에서 가능한
한 먼 곳에서, 먼 곳이 아니었는데, 밤낮으로 시간을 보내려고,
오랜 습관대로, 밖으로 나가는 대신에, 집에, 내가 집에 그냥
있었다는 게 가능한 일인가. 그게 그런 식으로 시작되었을 수도
있지. 나는 이제 나 자신한테는 질문하지 않을 거야. 다들(On),[4]
다음에 더 잘하려고, 아니면 별생각 없이, 그저 휴식을 취하는
거라 여기나, 아 정말 아주 잠깐 사이에 더는 아무것도 전혀 할 수
없는 상태가 되고 말아. 어떻게 그 일이 벌어졌는지는 중요하지
않아. 그 일이라, 뭔지는 모르지만, 그 일이라고 말하기. 어쩌면
나는 어떤 말도 안 되는 오래전 상황을 받아들이게 만드는 일에만
관여했던 것 같아. 하지만 난 아무 일도 하지 않았거든. 이거
참 내가 말하고 있는 것 같잖아, 이건 내가 아닌데, 그것도 나에
관해서, 나에 관한 게 아닌데. 시작을 위한 이와 같은 몇몇
개괄들. 어떻게 할까, 내가 어떻게 해야 하지, 무엇을 해야만
할까, 지금의 내 상황에서, 어떤 식으로 처리해야 할까? 순수한
아포리아[5]나, 아니면 족족 무효화되거나 조만간 그렇게 되고
마는 긍정과 부정을 통해서. 일반적으로는 그렇지. 다른 방식들이
틀림없이 있을 거야. 그렇지 않다면 꽤 절망적일 테니까. 하긴
지금도 꽤 절망적이긴 해. 앞으로, 더 가기 전에, 내가 무슨
말인지도 모르면서 아포리아라고 지껄이고 있는 걸, 주목할 것.
자신도 모르게 에포케[6]적 상태가 되는 것 말고 다른 식으로도
그렇게 될 수 있나? 나도 모르겠는걸. 예들과 아니요들, 그건
다른 문제지, 갈수록 내 말에 그 예들과 아니요들이 다시 나타날
거야, 그러면 한 마리 새처럼, 언제가 됐든 간에, 단 하나도
남김없이, 그것들 위에다 똥을 싸지르는 짓도 또 하겠지. 그렇지
뭐. 사실은 이런 것 같아, 만일 지금 이 상황에서 내가 여러
사건들에 대해 말할 수 있다면, 나는 내가 말할 수 없는 일들에
대해서도 바로 말해야만 할 뿐만 아니라, 그리고 또, 이게 훨씬
더 흥미로운 건데, 그러니까 내가, 이게 훨씬 더 흥미로운 건데,

그러니까 내가, 이런 기억이 안 나네, 뭐 상관없어. 그래도 나는 반드시 말해야만 해. 나는 절대로 입 다물고 있지는 않을 거야. 절대로.

나는 혼자가 아닐 거야, 초반에는. 지금은 물론 혼자이지만. 혼자. 그건 경솔한 말이야. 그렇게 꼭 경솔하게 말해야만 하지. 아니 이렇게 어두운데, 모르는 일 아냐? 나한테 곧 동행이 생길 거야. 처음에는. 몇 명의 꼭두각시들. 내가 나중에 그것들을 없애 버릴 거야. 내가 할 수만 있다면. 그리고 물건들, 물건들을 대하는 자세라는 게 도대체 뭘까? 일단, 그런 것들이 필요해? 와 엄청난 질문이네. 여하튼 나는 어떤 물건들일지 미리 예상할 필요가 있다고 나 자신한테 숨기지 않고 밝히는 거야. 최선의 방법은 그 주제와 관련해서 어떠한 결정도, 미리, 내리지 않는 거지. 이런저런 이유로, 어떤 물건이 생기면, 그때 생각해 보라고. 사람들이 있는 곳에는, 다들 그렇게 말하잖아, 사물들이 있는 법이라고. 그럼 전자를 받아들이면 반드시 후자도 받아들여야만 하는 건가? 그거야 두고 보면 알겠지. 피해야만 하는 건, 이유는 모르겠지만, 바로 체계적인 사고야. 사물들과 함께하는 사람들, 사물들이 없는 사람들, 사람들이 없는 사물들, 뭐든 상관없어, 내가 그것들 전부를 아주 잽싸게 싹 쓸어 버릴 수 있을 테니까. 그런데 어떻게 하면 되는지 수가 안 보이네. 가장 간단한 방법은 시작하지 않는 걸 거야. 하지만 나는 반드시 시작해야만 하거든. 그러니까 나는 반드시 계속해야만 한다고. 어쩌면 결국 나는 뒤죽박죽 쌓여 있는 잡동사니 더미 속에, 아주 푹 파묻혀 버릴지도 몰라. 끊임없이 이어지는 오고 감, 부산스럽고 정신없는 잡화점 같은 분위기. 자 이것 봐, 그래도 나는 평온해.

말론[7]이 저기 있네. 견디기 힘들 정도로 활발했던 그의 생기는 이제 흔적조차도 거의 남아 있지 않아. 그의 앞을 지나가는 사람이 내가 아니라면, 그가 내 앞을 아마 일정한 간격으로 지나가고 있는 걸 거야. 그래 맞아, 무엇보다도, 나는 이제 움직이지 않으니까.

부동자세로, 그가 지나가고 있어. 그런데 더는 기대할 만한 게 전혀 없는 말론인지라, 그자에 관해서는 이제 거의 문제 삼지 않을 거야. 개인적으로 나는 지루하게 있고 싶은 마음이 없거든. 우리가 하나의 그림자를 드리울 수 있는지 내가 나 자신한테 물어봤을 때, 그때 바로 그자가, 그자가 보이더라고. 여하튼 그걸 아는 건 불가능해. 그자는 항상 같은 방향으로, 천천히, 몇 발자국 떨어져서, 내 곁을 지나가고 있어. 나는 그자라고 정말로 믿고 있거든. 챙 없는 그 모자가 나한테는 결정적인 단서야. 두 손으로 그가 턱을 받치고 있어. 그는 내게 말도 건네지 않고 지나가지. 아마도 나를 보지 못했나 봐. 빠른 시일 내에 하루 날 잡아 나는 그자를 불러, 말할 거야, 그러니까 어 생각이 안 나네, 때가 되면, 알게 되겠지. 사실 여기엔 시일이라는 개념이 없어, 그래도 나는 상투적으로 그렇게 말해. 그의 머리에서부터 허리까지가 보여. 내가 보기에는, 그의 몸이 허리에서 끝나고 있어. 상반신이 똑바로 서 있네. 그런데 그가 서 있는지 아니면 무릎을 꿇고 있는지 모르겠어. 아마도 앉아 있는 걸 거야. 그의 옆모습이 보이는군. 가끔 나는 나 자신한테 이렇게 말해, 그자는 오히려 몰로이[8]로 봐야 하는 게 아닐까? 어쩌면 말론의 모자를 쓰고 있는 몰로이일 수 있으니까. 하지만 자기 모자를 쓰고 있는 말론이라고 하는 게 더 이치에 맞기는 해. 와 저것 봐, 저기에 첫 번째 물건, 말론의 모자가 있어. 그의 다른 옷가지들은 안 보이는데. 몰로이라, 그자는 아마도 여기에 없을 거야. 혹시 나 모르게 있을 수도 있나? 장소가 확실히 넓기는 한 것 같아. 때때로 희미하게 반짝이는 불빛들이 저 멀리서 이곳의 넓이를 짐작하게 해 주네. 솔직히 말해서, 나는 그들 모두가 여기에 있다고 믿고 있어, 적어도 머피[9]부터는, 나는 우리 모두가 여기에 있다고 믿고 있거든, 단지 지금까지 오로지 말론만 내가 알아봤던 거지. 다른 가설도 있어. 그들이 예전에는 여기에 있었지만, 이제는 여기에 없다는 가설. 그 가설은, 내 나름대로, 살펴보도록 할게. 바닥이 여기보다 더 깊은, 그런 곳들이 있나? 여기를 거쳐서 가는 곳들인가? 깊이에 대한 어리석은 집착하고는. 그저 나르텍스[10]에 불과한, 말론과 함께, 내가 있는 곳 말고도, 우리에게 예정된 다른 곳들이 있는 건가?

예비 단계들을 마쳤다고 믿고 있었던 난데. 아냐, 아냐, 나는 우리 모두가 여기에 예전부터 있었고, 앞으로도 영원히 있을 거라는 걸 알고 있어.

나는 이제 나 자신한테는 질문하지 않을 거야. 사람들이 흩어져 사라지고 없는 장소를 오히려 다뤄야 하지 않을까? 말론이 더 이상 내 앞을 지나가지 않는 날이 과연 올까? 말론이 내가 있었던 저기 저 앞으로 지나가는 날이 과연 올까? 내가 있었던 저기 저 앞으로 다른 누군가가 지나가는 날이 과연 올까? 나는 모르겠어.

내가 무심하지만 않아도, 그의 수염은 내게 연민을 불러일으킬 텐데. 서로 다른 길로 가늘게 꼬인 양 갈래 수염이 양쪽 턱에 축 늘어져 있거든. 나 역시 그 정도로 빙빙 돈 적이 있었던가? 없었지, 두 손은 무릎 위에 올려놓고, 새장에 갇힌 한 마리 수리부엉이처럼 앞만 쳐다보며, 똑같은 이 자리에 언제나 앉아 있었으니까. 내가 두 눈을 깜빡일 필요를 못 느끼다 보니 눈물이 내 양 볼을 타고 흐르고 있어. 때때로. 무엇이 나를 그토록 울게 만드는 걸까? 여기엔 슬퍼할 만한 일이 아무것도 없는데. 어쩌면 녹아 흘러내리는 뇌 때문에 그럴 수도 있어. 여하간 나는 지난 행복의 기억을 완전히 잊어버렸어, 만일 그런 게 전에 있었다면 말이야. 만일 나한테 다른 생리작용들도 일어나고 있다면, 그건 나도 모르게 일어나는 거야. 그 무엇도 나를 절대로 방해하지 못해. 그런데도 나는 불안하네. 여기에 내가 정착한 이후 달라진 건 아무것도 없는데, 앞으로도 달라질 건 아무것도 없을 거라고 함부로 결론을 못 내리겠어. 자 이런 식의 고찰들이 우리를 어디로 이끄는지 좀 보자고. 여기에, 내가 정착한 후로, 나는 계속 있었어, 제3자들은 다른 곳에서 날 여러 차례 목격했다고 하지만. 그간의 모든 건 최고로 순조롭게, 유례없이 완벽한 질서 속에서 다 이루어졌어, 무슨 의미인지 생각나지 않는 몇몇 표명들을 제외하면 말이지. 아니, 그들이 부여한 의미가 생각나지 않아서 그러는 건 아니야, 사실 내가 부여한 의미도 똑같이 생각나지 않거든. 여기에 있는 모든 것은, 아니다, 나는 말하지 않을 거야, 할 수가 없으니까. 나는 아무한테도 의존하지 않고 살고 있어, 이 희미한 빛들도 밝히거나 태우는 빛들이 아니야. 어디로 가지도, 어디서 오지도 않는 말론, 그가 지나간다. 나에게 떠오르는 조상(祖上)이라는 개념이나, 밤이면, 불을 밝히는 집이라는 개념, 또 다른 여러 개념들은 도대체 어디서 생겨난 걸까? 내가 여기저기 다 찾아봤거든. 그리고 나 자신한테 던지는 이 모든 질문들도. 호기심에서 이러는 건 아니야. 나는 입 다물고 있을 수가 없어. 나는 나에 관해서 아무것도 알 필요가 없지. 여기에서는 모든 게 분명해. 아니다, 다 분명하지는 않구나. 여하튼 진술은 이루어져야만 해. 그래서 어둠들을 만들어 내는 거야. 말은 그럴싸하지. 좋아 그렇다면 이 빛들에서 정말 이상하고, 내가 어떠한 의미도 바라지 않는 이 빛들에서 거의 부적당해 보이기까지 한 점은, 과연 무엇일까? 촛불 한두 개 정도 밝기는 반드시 유지하면서, 때로는 강하게, 때로는 약하게 빛을 내는 이 빛들의 불규칙성, 바로 이 빛들의 불안정성인가? 말론, 그자가, 똑같은 자세로, 똑같은 방향으로, 똑같은 속도로, 언제나 나와 똑같은 간격을 유지하며, 기계처럼 정확하게 나타났다가 사라진다. 그런데 빛들이 벌이는 유희는 정말 예측할 수가 없어. 그러니 내 눈만큼 빛들에 익숙하지 않은 눈이라면 빛들을 아마도 완전히 놓쳐 버리기 십상이라고 일러 줄 필요가 있어. 하지만 내 눈도 이 빛들을 때때로 놓치지 않나? 나한테는 간헐적으로 가물거리는 듯 보이지만, 이 빛들은 어쩌면 영속적으로 고정된 상태일지도 몰라. 이 문제는 나중에 다시 다루면 좋을 것 같아. 지금부터라도 나는, 보다 확실하게 해 두기 위해서, 내가 계속하는 데 또 경우에 따라서는 결론을 내리는 데 도움이 되는 이 빛들에, 게다가 있음 직한 불확실함을 보여 주는 다른 모든 유사한 요소들에 거는 기대가 매우 크다고 말하겠어. 이렇게 말해 두고, 나는 계속해야지, 반드시 그럼이라고 해야 해, 내가 무슨 말을 했더라, 이 장소를 지금까지 보존한 완벽한 관리에 대해서, 앞으로도 이럴 거라고 나는 단언할 수 있을까? 나는 당연히 그럴 수 있지. 그런데 이런 질문을 나 자신한테 던지는 일

자체가 나한테는 생각할 거리가 되네. 여기서 내가 이런 질문은 진술이 사라질 위기에 갑자기 처했을 때 진술할 거리를 주는 것 말고 다른 목적은 없다고 나 자신한테 아무리 설명을 해 줘도 소용이 없는 게, 나 자신은 이렇게 훌륭한 설명을 듣고도 만족하지 않거든. 아니 그럼 내가 이를테면 지식욕 같은, 끈질긴 집착에 사로잡혀 있을 수도 있다는 거야 뭐야? 나도 모르지. 다른 질문을 해 볼게. 만일 어느 날, 이미 존재하고 있거나, 또는 다가오고 있는 무질서라는 한 원리로 인해 어떤 변화가 일어나지 않을 수 없게 된다면, 그러면 어떻게 할래? 그거야 문제가 되고 있는 변화의 성격에 따라 달라지겠지. 천만의 말씀, 여기서 일어나는 변화는 전부 치명적일 테니까, 변화가 일어나는 즉시 나는 게테 거리[11]로 돌아가 버리겠지. 다른 질문. 내가 여기에 정착한 이후 달라진 건 정말 아무것도 없었나? 솔직하게, 가슴에다 손을 얹고, 아 잠깐만요, 내가 알기로는, 없네. 그런데 장소 말이야, 내가 아까 지적하기는 했는데, 직경이 기껏해야 12피트[12] 정도밖에 안 될 수 있는 것처럼, 어쩌면 그만큼 상당히 넓은 곳일 수도 있어. 경계를 알아볼 수 있다는 점에서, 두 경우가 비슷하네. 내가 이곳 중앙에 있다고 생각하면 기분이 좋긴 한데, 그게 확실하지가 않아. 어떤 면에서는, 내가 항상 같은 방향을 쳐다보고 있으니까, 가장자리에 앉는 편이 더 좋을지도 몰라. 그렇다고 정말 그런 건 아니지만. 사실 그러면 말론이, 늘 하듯이 내 주위를 도는 그가, 명백히 불가능한 일이기는 한데, 한 바퀴 돌 때마다 이 구역에서 벗어날 수 있거든. 그런데 말이야, 그가 정말 돌고 있기는 한 걸까, 그저 내 앞을, 똑바로, 지나가는 건 아닐까? 아니야, 그는 돌고 있어, 내가 그렇게 느끼니까, 그것도 태양 주위를 도는 행성처럼, 내 주위를. 만일 그가 무슨 소리를 낸다면, 오른쪽에서, 등 뒤에서, 왼쪽에서, 그가 내 눈에 다시 들어오기 전까지, 계속해서 그 소리가 들려왔을 거야. 그러나 그는 아무 소리도 내지 않아, 나는 귀머거리가 아니니까, 그건 확실해, 그러니까 거의 확실해. 요컨대 중앙과 가장자리 사이에 공간이 있는데, 그 공간 어딘가에 내가 있을 확률이 아주 커. 게다가 지구와 달이 함께 움직이듯이, 나 역시 영원한 움직임에 사로잡혀, 말론과 함께 움직이고 있다는 가정도, 역시나 가능하고, 이런 걸 나는 나 자신한테 숨기지 않아. 그래서, 빛들은 언제나 동일하며 항상 같은 지점에서만 보인다고 끈질기게 내가 계속 전제함으로써 생겨나는 단순한 결과로, 나는 별 이유 없이 빛들의 무질서를 가지고 투덜댔을 거야. 모든 게 다 가능해, 아니면 거의 그렇지. 그런데 정말 가장 간단한 방법은, 이 장소의 형태나 넓이 그런 것들과 상관없이, 내가 이곳 중앙에 꼼짝 않고 있다고 생각해 버리는 거야. 그렇게 생각하는 게 또 나한텐 분명 가장 좋을 것 같아. 정리하자면, 분명, 내가 여기 정착한 후로는 보지 못한 변화, 어쩌면 환상일지도 모르는 빛들의 무질서, 두려워해야 할 모든 변화, 이해할 수 없는 불안.

내 귀가 완전히 먼 건 아닌 게 나한테 전달되는 소리들이 분명히 있거든. 사실 여기가 거의 완벽하게 조용하기는 한데, 그렇다고 그게 또 완전히 조용한 건 아니라서. 나는 이곳에서 들은 첫 번째 소리를 기억하고 있어, 그 이후 나는 그 소리를 자주 들었지. 사실 난 여기서의 내 체류의 시작을 가정하지 않을 수 없어, 그게 비록 이야기를 편하게 하려는 수작에 불과할지라도. 지옥 그 자체는, 영원한 것이기는 하지만, 루시퍼[13]의 반란에서 시작되는 거잖아. 따라서 간접적이기는 하지만 이와 같은 유사성에 기대어, 영원부터는 아니었을지라도, 영원토록 내가 여기에 있으리라고 내 마음대로 생각해 보는 거야, 봐 봐 이런 것이야말로 내 설명을 매우 용이하게 만들어 줄 거야. 특히 기억이, 내가 사용하는 걸 금해야만 한다고 내가 생각하고는 했던 그 기억이, 필요한 경우에는, 즉시 발언권을 가지게 될 거야. 여기에 내가 생각지도 못했던 단어들이 적어도 I천 개 정도는 있어.[14] 이 단어들이 어쩌면 나한테 필요할 거야. 그러니까 완전무결한 침묵의 한 시기가 지나고, 어떤 비명 소리가 희미하게 들려왔어. 말론도 그 비명 소리를 들었는지 모르겠지만. 여기서 내가 놀랐다는 표현을 써도, 그리 심한 건 아니야. 아주 길고 긴 침묵 뒤에, 짧게 악 하고는 바로 막혀 버리는 비명 소리. 어떤 종류의 피조물이 그와 같은 비명을 질렀고, 가끔씩, 만일 그게 같은 소리라면, 여전히 지르고 있는지 알아보는 일은, 불가능해. 아무튼 인간은 아니야, 인간들은 여기에 없으니까, 혹여, 있다고 해도, 그들은 진작에 소리 지르기를 그만두었어. 말론이 범인인가? 나인가? 날카로운 소리를 내는, 그저 단순한 방귀 소리는 아닐까? 무슨 일이 일어나기만 하면, 그게 무슨 일인지 곧장 알아보고 싶어 하는, 고약한 괴벽. 그저 드러낼 필요가 없기를. 그런데 왜 비명 소리라고 하는 걸까? 어쩌면 물건 하나가 깨지는 소리일 수 있고, 두 물건이 부딪치면서 나는 소리일 수도 있는데. 때때로, 여기에 들려오는 소리들이 있다, 이 사실만으로 만족하면 좋으련만. 그래도 최초의 소리였으니, 우선은 그 비명 소리. 그리고 상당히 다양한, 다른 소리들. 나는 그 소리들을 알아듣기 시작하고 있어. 그래도 전부 다 알아듣는 건 아니야. 칠십 평생을 핼리혜성[15] 한번 보지 못한 채 그냥 죽을 수도 있는 거잖아.

그렇게 하는 게 나한테 도움이 되겠지. 만일 내가 내 시작을 내 거주의 시작과 연관 지어 정할 수 있다면, 사실 나한테도 나는 시작을 부여하지 않을 수 없으니까. 내가 어디 다른 곳에서 이 장소가 나를 맞이할 채비를 하도록 기다렸나? 아니면 바로 이 장소가 내가 거주하러 오기를 기다렸나? 유용성의 측면에서, 방금 한 가정들 중에서는 단연 첫 번째가 가장 괜찮아서, 나는 종종 나한테 그것을 주장할 거야. 하지만 두 가정 다 마음에 안 들어. 그래서 나는 우리는 동시에 시작된 거라고, 이 장소는 나를 위해, 또 나는 이 장소를 위해, 동시에, 만들어진 거라고 말하려고 해. 아 그리고 내가 아직 모르는 소리들은 아직까지 들어 본 적 없는 소리들이야. 그래도 그 소리들이 어떤 변화를 일으키지는 못할 거야. 그 비명 소리도, 맨 처음 들려왔을 때조차, 아무 변화도 일으키지 못했어. 그럼 내가 놀랐던 건? 나는 분명 그것도 예상하고 있었을 거야.

분명 이쯤에서 나는 말론한테 동행자를 붙여 줘야겠지. 하지만 우선은, 지금까지, 그저 딱 한 번 일어난 어떤 사건에 대해 말해 보려고 해. 나는 그 사건이 다시 일어나기를 조급해하지 않으면서 기다리고 있거든. 그게 그러니까 사람처럼 생긴 길쭉한 두 형체가, 내 앞에서 서로 쾅 부딪쳤던 거야. 그 두 형체는 넘어졌고 그 뒤로는 더 이상 보이지 않았지. 자연히 사이비 커플 메르시에-카미에[16]가 생각나더군. 다음번에, 천천히 서로를 향해 다가가는 그 두 형체가 시야에 들어오면, 나는 그것들이 머지않아 서로 부딪쳐서, 넘어지고, 사라지리라는 것을 알 테고, 또 바로 그로 인해 어쩌면 그들을 보다 더 잘 관찰할 수 있을지도 몰라. 그렇지 않아. 나는 말론도 처음 봤을 때와 마찬가지로 잘 못 보거든. 그게 왜 그런가 하면, 언제나 같은 방향만을 주시하는 나로서는 오로지 바로 앞에서 벌어지는 일만을, 다시 말해서, 이 경우에는, 충돌, 이어서 넘어짐과 사라짐만을, 분명하게라고는 말 못 하지만, 그래도 시야가 허락하는 만큼은 분명하게, 볼 수 있을 뿐이니까. 그 형체들이 다가오는 건, 어느 쪽 눈으로 보더라도, 그저 곁눈질에 불과할 테니, 어렴풋하게 보일 수밖에 없을 거야. 왜냐하면 그 형체들 역시 곡선을 그리며 이동하다가, 말하나 마나지만, 내 바로 근처로 당도했을 테니까. 왜냐하면 이 시야로는, 이게 내 시력의 문제가 아닌 이상, 내 아주 바로 근처에 있는 것만을 볼 수 있으니까. 덧붙여 말하자면, 내 자리가, 주변의 지면에 비해, 어느 정도 약간 높은 것 같아, 만일 이게 지면이라면 말이야. 어쩌면 물이나, 무슨 액체의 표면일 수도 있어. 상황이 이렇다 보니, 내 바로 앞에서 일어나는 그와 같은 사건을 최적의 조건에서 보기 위해서는, 내가 눈을 약간 내리깔아야만 하는 거지. 하지만 나는 더 이상 눈을 내리깔지 않거든.
정리하자면: 나한테는 내 앞에 똑바로 있는 것만 보이고, 나한테는 내 바로 근처에 있는 것만 보이며, 나한테는 가장 잘 보이는 게, 잘 안 보인다.

빛 가운데 있는, 그 사람들 가운데서, 나는 왜 나를 대리하게 했을까? 내가 보기에 그 일과 나는 아무 상관도 없었던 것 같은데. 넘어가자. 그들이 또 보이네, 내 대리인들. 바로 그들이 나한테 그 사람들에 대해, 또 그 빛에 대해 이야기했어. 나는 그들 말을 믿고 싶어 하지 않았지. 그럼에도 불구하고 그 말이 나한테 일부 남아 있는 거야. 그런데 어디였지, 언제였을까, 어떻게 해서, 내가 저런 양반들과 대화를 나누게 되었던 걸까? 그들이 여기로 나를 방해하러 왔던 건가? 아니야, 여기서 나는 누군가의 방해를 받아 본 적이 전혀 없어. 그렇다면 다른 곳에서. 하지만 나는 다른 곳에 있어 본 적이 전혀 없잖아. 여하간 그래도 바로 저 양반들 아니었으면 그 사람들과 그들의 일 처리 방식에 대해서 내가 무엇을 알고 있는지 난 알 수 없었을 거야. 에이 별것도 아니네. 몰라도 될 뻔했어. 그렇다고 그게 아무짝에도 쓸모없을 거라는 말은 아니야. 필요하게 되면, 또 갖다 쓸 테니까. 이미 그런 적도 있잖아. 내가 혼란스러워하는 건, 접촉 한번 할 수 없었던 사람들 덕분에 이런 정보들을 알고 있어서야. 아닌 게 아니라 사실이 그렇잖아. 그게 선과 악에 관련된 지식들처럼, 선험적인 앎에 속하지 않는 이상은. 그게 거의 가능한 일 같지가 않아. 예컨대, 나의 어머니를 선험적으로 아는 일이, 어디 가당하기나 해? 내가 보기에는 어림도 없거든. 나의 어머니에 대해 나한테 일러 준 이들도 바로 저 양반들이야. 그들이 선호했던 주제 중 하나였거든. 그들은 또 신에 대한 비밀도 나한테 알려 줬지. 그들이 했던 말의 요지는 내가 신한테 속해 있다는 거였어. 이제는 기억나지 않지만 그들은 발리[17]에서, 그들 말로는, 내게 벌로 생명의 빛을 부과했을 만한 곳에서, 그 말을 들었던 거야. 그러면 그거야말로 정말 멋진 선물이었다고 끈덕지게 주장했어야지. 그런데 있잖아 그들이 내가 집어삼키기를 원했던 건 무엇보다도 나랑 비슷한 자들이었어. 그들은 믿기 힘들 정도로 열과 성을 다해 그러길 원했어. 나는 그 면담들과 관련해서는 아무것도 기억나지 않아. 거기서 뭔가 큰 깨달음이 없었나 봐. 그래도 의도한 건 아니지만 몇몇 묘사들은 기억하고 있었는데. 그들은, 소중하고, 소중한, 사랑에 대해, 지성에 대해 나한테 강의를 하고는 했어. 그 모든 게 다

오래전 일이었을 거야. 셈하고, 추리하는 법도 바로 그들이
내게 가르쳐 주었어. 그렇게 배운 지식들이 나한테 쓸모는
있었지, 그 반대라고는 말하지 않겠어, 하지만 날 조용히
내버려두었더라면 나한테 필요치 않았을 지식들이야. 나는
아직도, 가려운 곳을 긁는 데 그것들을 사용하고는 해. 비열한
자식들, 독과 해독제로 가득한 주머니들. 그 강의들은 아마도
통신강좌였을 거야. 그런데도 나는 그들을 본 것 같은 느낌이
들어. 어쩌면 사진에서. 언제부터 그런 주입식이 그런 교육이
중단되었지? 아니 그게 중단되었어? 마지막으로, 몇 가지
질문을 더. 그저 일시적인 거 아냐? 나한테 보고한다는 핑계로,
나를 괴롭히는 그 자식들은 한 네다섯 명 정도 됐어. 그중에서도
특히나 한 놈이, 내 생각에 바질이라는 이름을 가진 놈이,
나한테 강한 혐오감을 불러일으켰지. 입도 뻥끗 안 하고, 혹사한
탓에 광채 잃은 두 눈으로 그저 나를 빤히 응시하는 것만으로,
그 자식은 매번 조금씩 자신이 원하는 모습대로 나를 만들어
갔어. 어둠 속에 웅크려 숨어 있는 나를, 그 자식은 아직도
쳐다보고 있나? 그 자식은 아직도 내 이름을, 그들이 그들 세기
때, 나한테 붙여 준 그 이름을, 참아, 철마다, 사칭하고 있나? 아니,
아니야, 그런 무의미한 상처들을 누가 나한테 줬는지 찾아보며
즐거워하고 있는 나는 안전하게 보호받고 있어.

다른 한 놈이 나를 향해서 똑바로 온다. 그 자식은 엄청난
무게의 휘장을 통과하듯 들어와서, 몇 발 앞으로 더 걸어와, 나를
쳐다보고는, 뒷걸음질 쳐 자리를 뜬다. 몸을 구부리고 있어서
그런지, 그자는 알 수 없는 무거운 물건들을 질질 끌고 다니는
것처럼 보여. 그자한테서 가장 눈에 띄는 건, 바로 그의 모자야.
흰 머리카락이 몇 가닥 삐져나와 있는, 모자의 정수리는, 낡은
깔창처럼, 다 닳아 있어. 상당히 오랫동안 나를 올려다보고
있는 그의 시선은, 마치 내가 그를 위해 뭔가를 할 수 있다는
듯이, 애원하는 것처럼 보여. 또 다른 인상은, 아마도 역시나 틀린
거겠지만, 나한테 줄 선물들을 가지고 와서는 그것들을 줄
엄두를 내지 못하는 것 같아. 그가 그 선물들을 도로 가지고

가거나, 어디 놓아 버림으로써 선물들은 사라지고 말지. 그는
자주는 아니지만, 이보다 더 정확하게 말할 수는 없을 거야,
어김없이 규칙적으로 와. 지금까지, 그의 방문은, 말론의 여정과
겹친 적이 없었어. 하지만 그런 날이 어쩌면 올 지도 모르지.
그게 이곳을 지배하는 질서에 반드시 위배되는 일도 아닐 테니까.
사실 내가, 확실하지는 않지만, 말론이 나와 약 3피에[18] 정도
떨어진 채로 지나간다고 가정하고, 말론의 궤도를 몇 푸스[19]까지
계산을 할 수 있다면, 반대로 그자의 여정에 관해서는, 시간을
측량할 수 없을 뿐만 아니라, 이것만으로도 그것과 관련된
예측은 이미 전부 차단되는 거지, 그들 각각의 이동속도도
비교할 수 없어서, 그저 매우 막연한 생각만을 갖고 있을 뿐이야.
그러니까 그 둘을 다 같이 보게 될 행운을 언제고 누리게 될지
아닐지 나는 모르는 거야. 그런데도 나는 그럴 거라고 믿으려
하지. 사실 내가 앞으로도 그 둘을 절대로 같이 볼 수 없다면,
언제나 정확히 똑같은 날짜에, 내 앞으로 가는 말론이 그자 다음에
오거나, 그자보다 먼저 와야만 할 거야. 아니다, 내가 틀렸어. 사실
그 간격은 앞으로도 완전히 없어지진 않겠지만 아주 다양하게
변화될 수는 있거든(그리고 이게 바로 그 경우인 것 같아).
이렇게 내가 변화무쌍한 간격으로 인해 상황이 그렇지 않음에도
불구하고 나의 충실한 두 방문객들이 어느 날 우연히 마주 오다가
서로 부딪치고는 어쩌면 나자빠져 버릴지도 모른다는 생각을
하게 되는 거야. 내가 여기의 모든 게 언젠가는 전부 반복될
거라고 말했잖아, 아니구나, 내가 그렇게 말하려고만 했구나,
그러고서 생각이 바뀌었지. 그런데 우연한 만남들은 그 규칙에서
제외되지 않나? 아주 옛날에, 내가 딱 한 번 목격했던 우연한
만남은, 아직까지도 다시 재현된 적이 없거든. 그건 어쩌면
어떤 반복의 끝이었을 수도 있어. 여하간 내가 말론과 그자를 다
같이 보게 되는 그날, 그러니까 그 둘이 서로 충돌하는 모습을
보게 되는 그날에, 어쩌면 나는 그들을 쫓아 버릴지도 몰라,
나한테 방해가 돼서 그러는 건 아니고. 불행히도 그들만 이곳을
도는 게 아니라서. 다른 사람들도 내 쪽으로 와서, 내 앞을
지나고, 내 주위를 도니까. 아직까지도 내가 그들 전부를 다

20

알아보지 못하는 것만은 분명해. 그들이 나한테 방해가 되지는 않아, 이런 말은 해도 해도 충분치가 않을 거야. 하지만 너무 하다 보면 결국에는 지겨워질 수 있어. 어떻게 그럴 수 있는지 나는 이해가 안 돼. 그래도 그럴 경우를 생각해 둬야지. 사람들은 일만 벌이고 그걸 수습할 생각은 하지 않아. 말을 하기 위해서. 사람들은 마치 원하기만 하면 멈출 수 있는 것처럼 말을 시작하지. 정말 그런 식이라니까. 일을 수습하는 법이나, 함구하는 법을 찾아보는 것이야말로, 말을 이어 나갈 수 있는 방법인데도. 아 안 돼, 나는 생각하려고 하면 안 돼. 단순하게 있는 그대로 말하는 게, 그게 더 나아. 사물들, 형체들, 소리들, 빛들을, 비겁하게도 내가 서둘러 말하는 바람에 이 장소가 우스꽝스러워졌는데, 무슨 수를 써서라도, 절차상의 문제와는 별도로, 내가 이곳에서 그것들을 반드시 몰아낼 거야. 미친 듯이 말하는 가운데 보이는 진실에 대한 걱정. 이로부터 생겨난, 우연한 만남을 통한 소탕 가능성에 대한 관심. 하지만 천천히. 일단은 더럽히고, 그다음에 청소하기.

여느 때처럼, 내가 나한테 약간만 신경 쓴다면. 언젠가는 꼼짝없이 그렇게 하게 될 거야. 척 봐서는, 불가능해 보이기는 하지만. 내 피조물들과 같은 호송차로, 내가, 호송되는 일? 내가 이런 걸 보고, 내가 저런 걸 느끼고, 내가 두려워하고, 희망하고, 모르고, 안다고 나에 관해서 말하는 일? 그래, 나는 그렇게 말할 거야, 그리고 나에 대해서만 말할 거야. 무표정한 얼굴로, 미동도 않고, 묵묵히, 자기 턱을 받친 채, 말론이 돌고 있어, 내가 지닌 결점들을 전혀 찾아볼 수 없는 그가. 이거 참 존재하지 않는 법을 영영 알지 못할 나와는 다른 존재가 납시는 거네. 내가 움직이지 않는다고 해서 될 일이 아니야, 신은 바로 그자니까. 그러면 다른 자는. 내가 그자의 두 눈이 간청한다고, 나한테 선물을 바치고, 도움을 구하는 것 같다고 했잖아. 그는 나를 쳐다보지 않아, 나를 모르고, 부족한 것도 없어. 오로지 나만 인간이고 나머지는 다 신이야.

대기라, 대기, 이 케케묵은 주제에서 짜낼 만한 게 뭐가 있는지 어디 한번 살펴보도록 하자. 내 주변을 채우는 막 투명해진 회색 대기로 이뤄진 이 매혹적인 원 밖으로, 아주 약간씩 더 진해지는, 뚫고 들어갈 수 없는 얇은 층들을 만들어 가며 대기가 펼쳐진다. 바로 코앞에서 벌어지고 있는 일을 내가 알아볼 수 있게 해 주는 이 희미한 빛을 던지고 있는 사람이 바로 나인가? 이런 추리가, 당장에, 무슨 소용이 있는지 나는 이해가 안 돼. 캄캄해진 하늘과 땅 그 자체에서 나오는 빛만으로도, 내가 들은 바로는, 어느 정도는, 아주 깊은 밤일지라도 밤은 결국 뚫리게 되어 있단 말이야. 여기에는 밤이랄 게 없잖아. 이 회색은, 일단 어두워졌다가, 진짜로 불투명해지기 위해서, 그만큼의 꽤 강한 빛을 내고 있어. 그런데 실제로는, 내 시선에 부딪치고 있는 이 막이, 내 눈에는 분명 대기로 보이기는 하지만, 흑연(黑鉛)의 밀도 정도로, 조밀하게 짜인 울타리가 오히려 아닐까? 이 문제를 밝히려면 나한테 막대기 하나와 그걸 사용할 수 있는 능력이 있어야 할 거야, 사용할 수 있는 능력이 없으면 막대기는 무용지물이 될 테고, 그 역도 마찬가지일 테니까. 나한테 또 필요할지도 모르는 게, 이왕 말이 나왔으니까, 미래 분사와 조건 분사들이야. 여하튼 그렇게 갖추기만 하면, 나는 창을 던지듯, 내 앞으로 곧장, 막대기를 던지고서, 들리는 소리에 따라, 내 시야를 방해하며 나를 가까이 에워싸고 있는 게, 의심할 필요 없는 빈 공간인지, 아니면 밀도가 있는 어떤 물체인지 알아볼 수 있을 거야. 아니면, 막대기를 영영 잃어버리는 일이 없도록, 그걸 던지지 말고, 검처럼 사용해서 그게 허공이건 장벽이건 간에 마구 찔러 보는 거지. 하지만 막대기들을 사용하던 시대는 지나갔기 때문에, 여기서 나는 오로지 내 몸뚱이만을 전적으로 믿을 수밖에 없어, 그러니까 바질과 그 일당들에 의하면, 뭔가를 보기도 하고 보지 못하기도 하는 나를 쉽게 하기 위해, 아니면 그저 내가 잠자는 데 도움을 주려고, 두 눈이 예전에는 알아서 감기고는 했는데, 이제는 예전처럼 그렇게 하지 못하기 때문에, 완전히 뜬 채로, 초점의 방향을 바꾸지도 못하고, 내리깔지도 못하며, 하늘을 올려다보지도 못하지만,

대체로, 아무 일도 일어나지 않는, 바로 정면에 있는 짧은 통로에 초점을 맞추고, 휘둥그렇게 뜬 채로, 쉬지 않고 그곳만을 뚫어져라 바라볼 수밖에 없는 두 눈이 달린, 미동도 할 수 없는 내 몸뚱이만을 믿을 수밖에 없다고. 그 두 눈은 분명 벌겋게 달궈진 석탄처럼 붉게 충혈되어 있을 거야. 나는 두 개의 망막이 서로 마주 보고 있는 건 아닌지 나 자신한테 때때로 물어봐. 그러고 보니, 자세히 보다 보니까, 이 회색에, 어떤 새들의 깃털처럼, 내 생각에는 그중 하나가 카카투아[20]인 듯한데, 붉은빛이 약하게 감돌고 있네.

전부 어두워지건, 전부 환해지건, 여전히 전부 회색으로 있건, 처음에, 반드시 필요한 요소는, 있는 그대로의 상태에서, 능력에 닿는 일을 할 수 있고, 밝은 것과 어두운 것으로 이루어져 있어서, 그저 단 하나의 상태로만 있으려면, 전자나, 후자를 비워 내기만 하면 되는, 바로 회색이야. 그렇기는 하지만 어쩌면 내가 회색 안에 있으면서, 회색에 대한 환상에 빠져 있을 수도 있잖아.

그럼 어떻게 해야 하지, 이와 같은 상황에서, 씁쓸한 이 미친 짓의 수작업적인 측면만 고려한다면, 내가 글을 쓰기 위해서 어떻게 해야 해? 나도 모르겠어. 나는 알 수도 있을 것 같은데. 아니 나는 알 수 없을 거야. 이번에는 알 수 없어. 글 쓰는 이가 바로 나니까, 무릎에서 손을 뗄 수 없는 바로 나라고. 딱 글 쓸 만큼만, 생각하는 이가 바로 나잖아, 머리랑은 거리가 먼 나. 여기로 온, 세상으로 온, 죄가 있기 전에, 십자가가 있기 전에 온 나는, 바로 그런 나는 마태[21]이자 또 나는 천사[22]니까.

다음은, 좀 더 확실하게 해 두려고, 내가 덧붙이는 말이야. 내가 하고 있는 이런 말들은, 가급적, 내가 하려고 하는 이런 말들은, 이제는 없거나, 아직 없거나, 있었던 적이 없거나, 앞으로도 없을 거야, 혹여 이와 같은 말들이 예전에 있었거나, 지금 있거나, 앞으로 있을 거라면, 여기에 있었던 게 아니고,

여기에 있는 게 아니고, 여기에 있을 게 아니라, 다른 곳에 있었거나, 있거나, 있을 거란 말이지. 하지만 난 나는 여기에 있는걸. 그래서 이렇게 또 말을 덧붙일 필요가 있는 거야. 자 여기에 있는 나를 보라고, 여기에 있으나, 말할 수도, 생각할 수도 없는 나를, 그런데 말해야만 하고, 그래서 생각도 좀 어쩌면 해야만 하는 나, 여기에 있는 나에 대해서, 내가 있는 여기에 대해서 그렇게 할 수 있을 뿐 아니라, 이게 어떻게 가능한지 모르겠어, 에이 중요하지 않아, 다른 곳에 있었던, 다른 곳에 있을 나와, 내가 있었던, 내가 있을 그 장소들에 대해서도, 약간은, 충분히 그렇게 할 수 있는 나를. 하지만 나는 다른 곳에 있어 본 적이 전혀 없어, 미래는 불확실하니까 그렇다고 쳐도. 그러면 아주 단순하게 내가 하는 말은, 가급적, 내가 할 말은, 내가 지금 있는 이 장소나, 이 장소에 있는 나와 관련된 거라고, 비록 이 장소에 대해서, 나에 대해서 생각하고, 이 장소에 대해서, 나에 대해서 말하는 일이 내게는 불가능하지만, 이 장소를, 나를 말할 필요가 있고, 그러다 보니 이 장소에 대해서, 나에 대해서 어쩌면 좀 생각할 필요도 있으니까, 내가 있는 이 장소, 이 장소에 있는 나와 관련된 거라고 말하도록 하지. 다른 사항으로서 덧붙일 말은, 오래전부터 여기에 있던 나는, 아직도 여기에 있기 때문에, 이 주제에 대해서, 나라는 주제에 대해서, 나의 거처라는 주제에 대해서, 내가 하는 말은, 어쩌면 내가 할 말은, 이미 이전에 다 했던 말이라는 거야. 마침내 내 맘에도 쏙 들고, 내 상황에도 잘 맞는 하나의 추론이네. 그러니까 내가 염려를 하지 않는 거야. 하지만 나는 걱정이 돼. 그러니까 내가 참담한 결과에 이르지 않는 거야, 나는 그 어느 곳으로도 가지 않으니까, 내 모험들은 끝났어, 발언된 내 발언들, 나는 그것들을 모험들이라고 불러. 그렇지만 나는 그렇지 않은 것처럼 느껴져. 그리고 나와 이 장소만을 문제 삼을 수 있다 보니, 이것들을 논하는 내가, 이 문제를 한 번 더 끝내고 있는 중일까 봐, 나는 몹시 두려워. 반대로 중요하지 않을지도 모르는 부분은, 일단 처리하고 나면, 당연히 새로운 경로들로, 아니면 매번 알아보지 못하는, 오래된 경로들로 다시 거기까지 도달하기 위하여, 아무 데도 아닌 곳에서부터,

아무도 아닌 사람으로부터, 또 아무것도 아닌 것으로부터, 다시 시작해야만 하는, 나의 의무가 아닐까 해. 상황이 이러니까 유죄 선고를 받은 것을 따로 놓고 씻어 버릴 때가 되면, 상당한 혼란이 도입부들부터 생기는 거야. 그래도 나는 언젠가는 나를 너그럽게 봐줄 수 있으리라는 희망을 버리지 않아, 입 다물지 않아도. 그리고 그날이 오면, 이유는 모르겠지만, 나는 입 다물 수 있을 테고, 나는 끝낼 수 있으리라는 걸, 나는 알고 있어. 그래, 이번에도 역시, 희망은 있어, 나를 만들어 내지 않으리라는, 나를 잃어버리지 않으리라는, 오래전부터 있었다고, 뭐라도 서둘러 말해야만 했으니까, 나 자신한테 말했던 여기, 여기에 머물러 있으리라는, 여기서 끝내리라는, 아 그러면 얼마나 좋을까. 그런데 소원을 빌어야 하나? 그럼, 소원을 빌어야지, 끝내도록 소원을 빌어야만 해, 내가 누구든, 내가 어디에 있든, 끝내는 건 아주 멋진 일일 테니까.

나는 나를 좌우할 보고를 위해, 이 서론이 어서 끝나기를 바라고 있어. 불행히도 나는 두려워, 항상 그렇듯이, 더 멀리 가는 일이. 사실 더 멀리 가는 일이란, 내가 여기를 떠나는 것이고, 처음에는 미지의 인물로 있다가, 조금씩 예전 그대로의 나를, 발견하고, 잃어버리고, 다른 한 장소에서, 즉 내가 쭉 있던 곳이라고 나 자신한테 말할 그 장소, 보고, 움직이고, 생각하고, 말할 수 없어서, 아무것도 알 수 없다 보니, 아는 게 아무것도 없을 그 장소, 그러나 조금씩, 그러한 장애들에도 불구하고, 예전과 똑같은 장소로 밝혀지는, 딱 그 정도까지, 내가 뭔가를 알게 될 그 장소, 나를 위해 만들어진 곳처럼 보이면서도 나를 원하지 않는 그 장소, 내가 원하는 곳처럼 보이지만 내가 원하지 않는 그 장소, 마음대로 골라, 나를 집어삼키는지 아니면 나를 토해 내는지 아마도 절대로 알 수 없을 그 장소, 또 옛날에는 이리저리 옮겨 다니고는 했지만, 지금은 위축되어, 붙박여 있거나, 내 머리로, 내 두 손으로, 내 두 발로, 내 등으로, 내 가슴으로, 벽면들을 밀치고, 처음 하는 것처럼, 내 오래된 이야기를, 내 오래된 이야기들을 계속해서 내가 중얼거리고 있는, 그저 멀리 떨어져 있는 내 두개골 안쪽에 불과할지도 모르는 그 장소에서, 사라지고 다시 시작하는 것이니까. 그러니까 두려워할 필요가 없는 거야. 그렇기는 한데 그래도 두려워, 내 단어들이 나를 가지고, 내 은신처를 가지고, 또다시, 곧 하게 될 짓 때문에 두렵다고. 해 볼 만한 무슨 새로운 일이 진짜 없나? 내 희망을 대략적으로 밝히기는 했지만, 진지한 건 아니야. 그러면 아무 말도 안 하기 위해서 말을 하는 건 어떨까, 그런데 정말 아무 말도? 그렇게 하면 나는 포식한 늙은 쥐 한 마리 같은 것에게 야금야금 뜯어 먹히는 일을 어쩌면 피할 수 있을 것 같아, 아 그래 뭔가 달린 내 작은 닫집 침대, 요람 하나, 아니면 나는 오래된 내 요람에서, 보다 덜 빠르게 나를 야금야금 뜯어 먹게 할 텐데, 그래야 뜯겨 나간 살점들이, 또 뜯겨 나가기 전에, 캅카스[23]에서처럼, 다시 붙을 시간이 생길 거 아냐. 하지만 아무 말도 하지 않기 위해서 말하는 일은 불가능해 보여, 우리는 그 일을 마침내 이루리라고 생각하지, 하지만 용기병 한 연대를 전멸시킬 만한, 소심한 예, 소심한 아니요, 이런 뭔가를 항상 잊고 있어. 그래도 이번에는, 내가 누구인지, 내가 어디에 있는지 말하면서, 나는 나를 잃어버리지 않으리라는, 떠나지 않으리라는, 여기서 끝내리라는 희망을 버리지 않아. 기적을 방해하는 건, 내가 어쩌면 다소 지나치게 빠져 있었던, 바로 방법론적인 사고야. 프로메테우스[24]가 자신의 형을 다 치르지도 않고 2만 9970년에 자유의 몸이 되었다고 해도, 나는 정말이지 아무런 관심도 없어. 사실은 신들을 조롱했고, 불을 만들어 냈고, 진흙의 성질을 변화시켰고, 말을 온순하게 길들였던, 한마디로 인류에게 은혜를 베풀었던 그 딱한 범죄자와 나 사이에, 그 어떠한 공통점도 없기를 나는 바라고 있거든. 그래도 그 일은 특기할 만한 사건이기는 해. 정리를 하자면, 우리를 없애지 않은 채, 나에 대해, 이 장소에 대해 내가 말할 수 있을까? 언젠가는 내가 잠자코 있을 수 있을까? 이 두 질문 간에 어떤 연관성이 있나? 사람들은 쟁점이 될 만한 것들을 좋아하지. 여기도 여러 개 있잖아, 뭐 하나밖에 없을지도 모르고.

머피, 몰로이, 이런 놈들과 말론 같은 다른 놈들한테, 나는 속아 넘어가지 않아. 내가 침묵할 수 있도록, 오로지 나에 대해서만 말해야 했을 때, 그들은 내가 그들을 언급해도 된다고 허락하면서, 내 시간을 허비하고, 내 수고를 헛되게 만들었어. 그런데 방금 전만 해도 나에 대해 말했다고, 나에 대해 말하는 중이라고 내가 말했잖아. 나는 방금 전에 한 말 같은 건 신경도 안 써. 처음으로, 나에 대해 말하려고 하는 순간은 바로 지금이야. 나는 그런 놀림거리들을 나와 한편으로 끌어들이면서도, 잘하고 있다고 생각했어. 내가 잘못 생각했던 거지. 그놈들은 내가 겪은 고통들은 겪어 보지도 못했어, 내 고통들에 비하면, 그들의 고통들은 아무것도 아니야, 그저 새 발의 피 정도, 그러니까 찬찬히 살펴보기 위해, 따로 떼어 낼 수도 있겠다는 생각이 들 만큼 아주 적은 부분이라고. 제발 그놈들과 또 다른 놈들, 나를 섬겼던 놈들이건, 대기하고 있는 놈들이건 간에, 그들이 다 가버리기를, 내가 그들한테 치르게 했던 걸 고대로 나한테 돌려주고서 내 인생에서, 내 추억에서, 내 수치스러운 감정들에서, 내 두려운 감정들에서, 싹 사라져 버리기를. 이것 봐, 이제 여기에는 나밖에 없어, 아무도 내 주위를 돌고 있지 않아, 아무도 나를 향해 오지 않는다고, 그러니까 내 앞에서 누군가가 누군가와 우연히 마주치고 하는 일은 절대로 없었던 거야. 그런 사람들이 온 적이 전혀 없었으니까. 그저 나와 이 불투명한 공간만 있었을 뿐이야. 그러면 그 소리들은? 그 소리들도, 아주 조용하잖아. 그러면 그 빛들은, 내가 많이 의지했던 그 빛들도, 꺼 버려야만 하나? 그럼, 그래야지, 여기에 빛은 없으니까. 회색 공간 역시 이제 없어, 내가 하려던 말은 검은 공간이 그렇다고. 오로지 나만 있을 뿐이야, 내가 언급한 적이 전혀 없었다는 점 말고는, 내가 아는 바가 아무것도 없는 나만, 또 색이 검고, 비어 있다는 점 말고는, 역시 내가 아는 바가 아무것도 없는 이 검은 공간하고. 자 이상이, 말하기에 앞서, 내가 더 이상 말할 필요가 없을 때까지, 내가 말하게 될 주제들이야. 주어질 건 주어지게 마련이니까. 그러면 바질과 그 일당들은? 지금은 기억나지 않는 무언가를 내가 설명하려고 만들어 낸, 존재하지 않는 것들이지.

아 그래 맞아. 그 모든 게 다 거짓말이야. 나에 대해 말하는 시간을 늦춰 보려고, 사실 아무도 없다 보니, 그 누구의 도움도 없이, 신과 인간들을, 태양 빛과 자연을, 마음의 약동들과 이해하는 방법을, 비겁하기는 하지만 내가 다 꾸며 냈던 거라고. 이상은 더 이상 문제 삼지 않을 거야.

나, 비록 아는 바가 아무것도 없는 나지만, 끊임없이 흐르는 눈물로 인해, 내가 두 눈을 뜨고 있다는 정도는 나도 알고 있어. 내 엉덩이에, 내 발바닥에, 내 두 손에, 내 두 무릎에 가해지는 압박으로 인해, 내가 두 손을 무릎 위에 올려놓고, 앉아 있는 것도 나는 알고 있지. 손을 압박하는 게 무릎이고, 무릎을 압박하는 게 손이라면, 엉덩이를, 또 발바닥을 압박하는 건 무엇일까? 나는 모르겠어. 내 등은 어디에도 기대지 않고 있거든. 이렇게 세세하게 이야기하는 이유는, 내가 두 눈을 감고, 굽힌 다리를 공중으로 쳐든 채, 등을 대고 누워 있는 게 아니라는 점을 확실하게 해 두기 위해서야. 보다 중요한 문제들로 넘어가기 전에, 처음부터 그[25]의 몸이 취하고 있는 자세를 확실하게 해 두는 게 좋잖아. 그런데 무엇을 가지고, 전에 내가 지적한 바처럼, 내가 내 앞을 똑바로 바라보고 있다고 지적하는 걸까? 내 등은 곧게 펴져 있는 것 같아, 내 목도 뒤틀림 없이 곧은 것 같고, 그래서 그 위에, 잘 얹혀 있는 머리가, 작은 막대기 위에 얹혀 있는 빌보케[26] 공처럼 느껴지는 거야. 이런 비유들은 적절하지가 않아. 게다가 숙인 얼굴이나, 뒤로 젖힌 얼굴에서는, 내가 보기에, 그렇게 될 수가 없는, 두 눈에서 나와 턱을 거쳐, 목까지 흘러내려 가면서, 얼굴 전체를 적시며, 눈물이 만들어 내는 모양이 있잖아. 그런데 나는 머리가 꼿꼿한 것인지 시선이 곧은 것인지, 수직면인지 수평면인지 헷갈리지 말아야 해. 어쨌거나 내 눈에 보이는 게 아무것도 없으니, 이 문제는 부차적인 거야. 내가 뭐라도 걸치고 있나? 나는 종종 이런 질문을 나한테 던지고는, 재빨리 말론의 모자나, 몰로이의 망토, 또는 머피의 정장으로 말을 돌리고는 했지. 내가 뭐라도 걸치고 있는 거라면, 아주 가볍게 걸치고 있는 거야. 왜냐하면 가슴팍으로, 옆구리로, 또 등을 따라 흐르는 눈물이 느껴지거든. 아 그래 맞아, 나는 정말 눈물로 목욕을 하고 있어. 눈물이 수염으로 흘러가 고이다가, 수염이 더는 눈물을 흡수하지 못하자, 거기에서—아니야, 나는 수염도 없고, 머리카락 역시 없어, 내 두 어깨가 받치고 있는 건, 이제는 구멍들만 덩그러니 남아 있는 두 눈 말고는, 윤곽 하나 없는, 바로 매끈하고 커다란 공이야. 사실 그때도 나한테서 치워 버릴 수 없었던 내 손바닥들, 내 발바닥들이 멀리서 보여 준 명백한 증거만 없다면, 폭발을 방지하기 위해 아무 데나 구멍 두 개를 낸 알의, 밀도까지는 아니더라도, 그 형태를 나는 나 자신한테 기꺼이 부여할 텐데. 왜냐하면 점도로 본 알은 차라리 점액에 가깝거든. 그런데 천천히, 천천히, 안 그러면 나는 절대로 도착하지 못할 거야. 그래서 걸치고 있는 것 같은 게 당장은 각반이랑, 어쩌면 여기저기 두르고 있을지 모르는 몇 개의 넝마 조각들, 그 정도만 생각이 드네. 나는 또 음란한 말도 더 이상 하지 않을 거야. 이제 코도 없는 나인데, 나한테 성기가 달려 있을 이유가 있겠어? 모조리 다 떨어져 버렸어, 내 눈에다 내 머리카락까지, 튀어나와 있는 것들은 모조리 다, 흔적도 남기지 않고, 나한테 아무 소리도 들리지 않았을 정도로 저 멀리 저 밑으로 떨어져 버렸다고, 어쩌면 아직도 떨어지고 있는지도 모르지, 늘 숯 검댕 같던 내 머리카락들이 천천히, 내 두 귀가 떨어져 나가는 바람에 아무 소리도 안 들리지만. 남아도는 불필요한 존재, 한결같이 저속한 영혼의 소유자, 사랑을 내가 그 사랑을 거짓으로 꾸며 댔어, 그런 나를 피하려고, 음악도, 야생 까치밥나무의 향기도. 기관들, 외부, 이런 것들이야 쉽게 하는 상상들이지, 다른 상상들은, 신(神), 이건 당연한 거고, 뭐 그런 것들을 상상하는 거야, 쉬운 일이니까, 그래야 가장 중요한 문제로부터 마음을 진정시키고, 잠깐이라도, 잠들 수 있으니까. 맞다, 신, 나는 신을 믿지 않았어, 평화의 비호자라는 신을, 단 한순간도. 나는 또 휴식들도 더 이상 갖지 않을 거야. 아 그래서 내가, 내가 나를 숨기는 동안에, 내 한심한 생각들을 옮기고, 내 진술들에 굴복했던 그 모든 것을 나는 전혀 간직할 수 없는 거야? 눈물이 줄줄 흐르고 있는 이 눈구멍들, 나는 또 이 눈구멍들의 눈물을 마르게 할 거야, 이

눈구멍들을 막아 버릴 거야, 자, 이제 됐어, 눈물은 더 이상 흐르지
않아, 나는 말하는 커다란 공이야, 존재하지 않거나 어쩌면
존재할지도 모르는 것들을 말하는 공, 그걸 아는 건 불가능해,
문제는 그게 아니야. 아 그렇구나, 그럼 어서 내 노래를 바꿔야지.
그런데 아니 왜 다 제쳐 두고, 다른 것도 아닌, 하필 공이야,
그것도 왜 하필 커다란 공인 거지? 어째서 원통은, 작은 원통은
안 되는 건데? 그럼 알은, 중간 크기의 알은? 안 돼, 안 된다고,
어디서 늙은이처럼 그런 바보 같은 소리를 하는지, 나는 선뜻 말은
못 했지만, 내가 둥글다는 사실을, 견고하면서도 둥글다는 사실을
알고 있었거든, 표면도 우툴두툴하지 않고, 열려진 구멍들도
없으니, 큰개자리의 시리우스[27]처럼 어쩌면 보이지 않을 정도로
작거나, 또는 엄청 크리라고 짐작하고 있었어, 사실 이런 식의
설명은 하나 마나 한 거지. 내가 둥글고 단단하다는 거, 그것만이
중요해, 여기엔 분명 몇몇 이유들이 있어, 충격에 따라 움푹
들어갈 수도 볼록 튀어나올 수도 있는 어떤 괴상망측한 형태가
아니라 이런 둥글고 단단한 모습에는 말이야, 그런데 그 이유들의
시효가 끝이 났네. 나머지는, 회색 대기에 잠겨 있을 때보다 더
의연하게 잠겨 있을 수 있다고 내가 잠시나마 믿었던 이
기괴한 검은 대기를 포함한 그 나머지는 내가 포기하겠어.
지금까지 한 빛과 어둠의 이야기들에 얼마나 많은 속임수들이
숨어 있는지. 그런데도 내가 그런 이야기들을 즐겨 했다니. 아니
그러면 나는 공이라는 성질에 맞게, 굴러다니는 건가, 아니면
나의 무수한 중심점들 중 하나에 기대어, 어딘가에서 균형을
맞추고 있는 건가? 내가 그것을 알아보려고 하는 것 같은 느낌이
나한테 강하게 드는데. 이러한 관심이 겉으로 보기에는 아주
당연한 듯이 보이지만, 여기서 무슨 이야기를 끌어낼 수 있을까.
나한테는 요구되지 않는 일일 수도 있어. 맞아, 나와 침묵할
권리나, 지금도 취하고 있는 휴식 사이에, 언제나 똑같은 교훈이,
말하자면 내가 잘 알고는 있었지만, 내가 몰랐던 이유로, 어쩌면
침묵에 대한 두려움으로, 또는 숨겨진 채로 있기 위해서는, 아무
말이나 하면 된다고, 그러니까 되도록 거짓말을 하면 된다고
생각해서, 말하기를 원치 않았던 그 교훈이 적용되고 있으니까.

그리 신경 쓸 일이 아니야. 그래도 내 교훈을, 내가 그걸
기억한다면, 지금 당장 그걸 말하려고 떠나겠지. 하늘들 아래에서,
길들 위에서, 도시들에서, 숲속들에서, 방들에서, 산속들에서,
들판들에서, 바닷가들에서, 파도들을 타고, 나의 호문쿨루스[28]들
뒤에서, 내가 항상 슬퍼하기만 했던 건 아니야, 나는 내 시간을
허비했지, 내 권리들을 부정했고, 내 수고를 망쳤으며, 내 교훈을
잊어버렸어. 그다음에는 내 신음 소리에 반응하는 지옥에
떨어진 몇몇 친절한 자들, 간간이 한숨짓는 어떤 것과 우리가
승격되어 재가 되는 때를 기다리면서 멀리서 반짝이며 활활
타오르는 연민과 더불어, 지나치게 고약하지는 않은, 내 나름대로
이룬 작은 지옥을. 나는 말을 하고, 말을 해, 그래야만 하니까,
하지만 듣지는 않아, 나는 옛날에 내가 알고 있었으면서도
털어놓고 싶어 하지 않았던, 아마도 그래서 투명성이 때때로
살짝 부족한 내 삶을, 내 교훈을 찾아보기도 해. 어쩌면 이번에도
또, 내 언어가 아닌 어떤 한 언어로 나와 동행하면서, 나는 내
교훈을 말하지 못하고, 그저 찾아보게 만들기만 하겠지. 그런데
실수로 했던 말을, 더 이상 하지 않을 말을, 어쩌면 할지도 모르는
말을 말하는 대신에, 할 수 있다면, 비록 그게 아직은 필요
없을지라도, 나는 다른 말을 해 보는 게 더 좋지 않을까? 나는 해
볼 거야, 멈춤 없이, 눈물 없이, 두 눈 없이, 이유 없이, 다른 현재로,
비록 그게 아직은 내 현재가 아닐지라도, 해 보려고 해. 그러니까
내가 한곳에 붙박여 있다고 가정해 보자, 뭐 중요한 사항은
아니지만, 아니면 내가 한곳에 붙박여 있다고 가정해 보거나,
공중에서 회전하고 있거나 다른 면들과 접하면서 회전하고 있는
나는 끊임없이 위치를 바꾸고 있다고 가정해 보자, 또 아니면
어떨 때는 내가 회전을 하고, 어떨 때는 멈춘다고 가정해 보자,
사실 나는 아무것도, 평온이나 변화도, 이 주제에 관한 어떤
견해의 출발점이 될 수 있는 건 그 무엇도 느끼지 못하니까,
만일 내가 보편적 이치를 어느 정도 알아서 그걸 가지고 이성을
사용하기만 하면 거의 중요한 문제가 아닐 수도 있지만, 자
보시다시피, 나는 아무것도 못 느끼고, 나는 아무것도 모르며,
게다가 생각하는 일은, 내가 잠자코 있지 않을 딱 그 정도로만

하니까, 이런 것을 생각하기라고 부를 수는 없지. 그러니까 아무 가정도, 내가 움직이고 있다는 가정도, 내가 움직이지 않고 있다는 가정도 하지 말자, 그러는 편이 더 믿음이 가니까, 사실 그런 건 중요하지 않아, 그러면 이제 중요한 문제들로 넘어가 보자. 어떤 문제들? 말하고 있는 이 목소리, 자기가 기만적이고, 자기 말에 무관심하고, 자기를 멈추게 하는 단어들을 마침내 언젠가 말할 수 있기에는 어쩌면 너무 많이 늙고 너무 많은 굴욕을 당했다는 점을 알고 있고, 또 쓸데없이, 자기가 무용하다는 점도 알고 있는 목소리, 자기 소리에 귀를 기울이지는 않지만, 도래와 작별로 인한 길고 또렷한 한숨이 어쩌면 어느 날 자기한테 다시 생겨나게 해 줄 수 있는 침묵에, 자기가 깨트리고 있는 그 침묵에 집중하고 있는 그 목소리가, 중요한 문제들 중 하나야? 나는 더 이상 질문하지 않겠어, 더 이상 질문도 없고, 더 이상 관심도 없으니까. 이 목소리는 나한테서 나오는 거야, 이 목소리는 나를 가득 채우지, 이 목소리가 나라는 벽에다 대고 외쳐, 이 목소리는 내 목소리가 아냐, 나는 이 목소리가 나를 찢고, 나를 흔들며, 나를 공격하지 못하게, 막을 수가 없어. 이건 내 것이 아냐, 나한테는 이런 게 없으니까, 나한테는 목소리가 없는데도 나는 말을 해야만 해, 이게 내가 아는 전부야, 바로 이 점을 중심으로 돌아야만 해, 바로 이 점에 관해서 말해야만 해, 내 것은 아니지만, 나밖에 없으니까, 혹여 이 목소리의 소유자일 수 있는, 다른 이들이 있다고 해도, 그들은 나한테까지는 오지 않으니까, 내 것일 수밖에 없는 이 목소리로 말이야, 이와 관련해서는 더 이상 말하지 않을 거야, 내 머리가 이보다 더 잘 돌아가지는 않을 테니까. 그들이 어쩌면 멀리서 나를 쳐다보고 있을지도 몰라, 그들도 푹 꺼질 운명이라고 알고 있는 잉걸불 불길 사이로 사라지는 얼굴처럼, 나한테 그들이 보이지 않는 이상은, 나는 그게 불편하지 않기는 한데, 그래도 너무 오래 보네, 밤이 늦었어, 눈이 감긴다, 내일 일찍 일어나야 해. 그러고 보니 달리 어쩔 수 없어서, 자기 혼자, 말하고 있는 자는, 바로 나네. 아냐 그렇지 않아, 나는 말을 못 하잖아. 그런데 말이야, 만일 내가 잠자코 있으면, 나한테 어떤 일이 생길까? 나한테 일어나고 있는 일보다 더 끔찍한 일? 아니 이건 또 질문들이잖아. 이거 상습적이네. 질문들은 안중에도 없는 나인데 이건 어떻게 내가 입만 벌리기만 하면 이런 것들이 쏟아져 나오는지. 나는 왜 그런지 알 것 같아. 그건 말이 중단되지 않도록, 내가 침묵의 침 자 근처에도 가지 못하게 하는, 나와는 상관도 없는 이 쓸데없는 말이 중단되지 않도록 하기 위한 거야. 아니 나도 전에 경고를 받고 대비한다고 한 건데, 에이 더 이상 답하지 말아야지, 더는 찾는 척도 하지 않겠어. 어쩌면 나는 이미 전에 한번 그랬던 것처럼, 말할 거리가 떨어지지 않도록, 불완전한 그림자와 수상쩍은 빛이 계속해서 교체되는 사이로 내던져진, 머리들, 몸통들, 팔들, 다리들, 이런 재료들로, 신비한 동화 같은 이야기를 하나 지어낼 필요가 있을지도 몰라. 하지만 그럴 필요가 없었으면 참 좋겠다. 여하간 이런 대비책은 늘 가지고 있으니까. 아 그리고 나한테, 아니 나라고 여겨지는 다른 이한테 그와 같은 일이 일어났던 요전번에, 내가 농담을 마구 늘어놓기는 했지만, 그렇다고 내가 신경을 안 쓴 건 아니었어. 그러니까 곤경에서 벗어나는 색다르면서도 훨씬 더 마음에 드는 다른 방법에 대해 속삭이는 소리를 듣고 있다고 믿었고, 심지어는 단 한순간도 멈추지 않고 계속해서, 그가 했던 말에 따르면, 또 그가 생각했던 바에 의하면, 또 그가 물어봤던 바로는, 또 그가 대답했던 바로는, 이렇게 지껄여 대면서, 흥분한 내 군중과의 관계를 정리하고, 처음으로 기회가 오자마자 바로 사용해 보기로 실제 마음먹었던, 가장 조짐이 좋아 보였던 관례적 문구들 중 몇 가지를 받아들이기까지 할 수 있었던 거야. 하지만 싹 다 지워졌잖아. 사실 아무리 아무렇게나 말해도, 말하는 건 어려운 일이야, 또 그러면서 동시에 다른 곳에다 정신을 파는 일도, 말하자면 죽지 않아 미안한 듯, 희미한 속삭임이 띄엄띄엄 단편적으로 정의한 그대로, 자신의 진정한 관심이 놓여 있는 그곳에다 정신을 파는 일도 어렵지. 그래서인지 당시에 내가 들은 것 같았던 소리, 더 이상 할 일이, 또 할 말이 아무것도 없도록, 내가 해야 했던 일을, 또 해야 했던 말을 건드리고 있는 그 소리가, 이해할 수 없는 영벌이라는 난해한 용어에 걸맞게, 내가 다른 곳에서 만들어 내고 있는 중이었던 소리로 인해, 나한테 들릴 듯 말 듯 들리는 듯했어. 그럼에도 몇몇 표현들에서, 째지는 목소리로 계속 흥분하며, 절대로 그 표현들을 잊지 않겠노라고, 그리고 한술 더 떠, 그 표현들이 다른 표현들을 낳으며, 의심할 수 없는 하나의 전체로 불어남으로써, 다른 모든 말들을 내 하찮은 입에서, 쓸데없이 지어낸 이야기들이나 하려고 헛되이 놀린 내 이 입에서, 그 표현들로 이뤄진 말과, 요컨대 진정한 말과, 요컨대 최후의 말과 아주 다른 종류의 말들은 모두 다 몰아낼 수 있게 노력하겠노라고, 스스로 다짐할 정도로 충분히 나는 강한 인상을 받았어. 그럼에도 나는 다 잊었고 나는 아무것도 하지 않았지, 내가 지금 뭔가를 하고 있는 중이 아니라면 말이야, 그런데도 나는 그것을 진정으로 원하고 있어. 사실 음악처럼 들리는 그와 같은 소리가, 이동하고, 부딪히고, 제자리에서 몸을 뒤척이고, 잠깐씩 기절하기도 하는, 죽어 가는 자들을 다룬 무거운 이야기로 내가 고군분투하고 있었던 무렵에도, 나한테 도달될 수 있었거늘, 자칭 나라고 하는 자가 오로지 나로 인해 심적 부담을 겪고 있는 지금 이 시점에 와서는, 얼마나 더 강력한 이유가 있길래 그 소리가 들려서는 안 되는 걸까? 아니 이건 또 추론이잖아. 이거 봐 마지막 맨 끝으로 몰리기도 전인데, 정말이지 내가 벌써 우화의 도움을 받는 쪽으로 기울고 있잖아. 그럼 이 훌륭한 기관의 참된 사용법을 터득할 때까지 기다리면서, 차라리 바바바바[29]라고 말해 볼까? 질문 좀 그만해, 추론도 그만하고. 수년이 흐른 후에, 나는 다시 시작하니까. 바로 그래서 내가 입 다물고 있었던 거야, 그래서 또 입 다물고 있을 수 있는 거고. 이거 봐 다시 시작되는 이 소리. 모든 게 다 또렷하지가 않아. 여기에는 없는 개념임에도 불구하고, 나는 수년이라고 말한다. 기간 같은 건 별로 안 중요해. 수년이라, 이건 바질이 생각한 개념이야. 길거나, 짧거나, 다 마찬가지야. 나는 침묵을 지키고 있었어, 그게 제일 중요한 일이라서, 그런데 그게 중요한 일인지, 그게 중요한 일인 게 틀림없는지 더 이상 기억이 안 나네. 아 이렇게 또 침묵이 나한테서 도망가는구나. 그런데 어떤 침묵일까, 친구들아 사실 나도 어딘가에 친구들이 있거든, 가끔씩, 그렇게 느껴져,

지금은, 어떤 침묵일까, 이 한심한 친구들아. 그래 실제로
침묵을 지키고 있는 일만이 능사가 아니야, 자신이 지키고 있는
침묵의 종류도 고려해 봐야지. 내가 들었어. 어차피 할 거, 말해 봐.
이게 웬 떡이래. 내가 아주 약하게, 저 멀리서 들려오는 내 목소리,
언제나 그런 내 목소리인 것만 같은 소리에 귀를 기울였어,
마치 바다 같은 소리에, 땅 같은, 생기 없는, 잔잔한 어떤 먼
바다—아니야, 그건 아니야, 모래사장도 아니고, 연안도 아니야,
바다로 충분해, 자갈과 모래는 질렸어, 땅도 질렸어, 바다 역시
그래. 확실히 바질의 비중이 커지고 있어. 그래서 말인데 나는
그를 차라리 마후드라고 부르려고 해, 그게 나는 더 좋으니까,
나는 괴상한 놈이잖아. 나에 관한 이야기들을 나한테 하고, 나를
위해 살고, 나한테서 나오고, 나한테로 돌아오고, 내 안으로 다시
들어와, 각종 이야기들을 나한테 퍼붓고는 했던 자가 바로
그자야. 나는 어떻게 그런 일이 벌어졌던 건지 모르겠어. 나는
이렇게 뭘 모르는 걸 항상 좋아했는데, 마후드는 그게 좋은
태도가 아니라고 하더군. 그자 역시 아는 게 쥐뿔도 없으면서,
하지만 그로 인해 괴로워하기는 했지. 그자가 진짜로 나를 떠났던
그날까지, 아니면 그자가 더 이상 나를 떠나고 싶어 하지 않았던
그날까지, 에잇 모르겠다, 여하튼 내 목소리를 가끔씩 덮어 버릴
정도로, 자주, 항상 내 목소리와 뒤섞여 있는 목소리가 바로
그자의 목소리야. 그래, 그자가 지금 여기에 있는지 아니면 멀리
있는지 모르겠지만, 그자의 돼먹지 않은 말들을 내가 더 이상
참을 필요는 없다고 말하는 게 무슨 큰 잘못이라고 나는 생각하지
않아. 그자가 없는 동안, 나는 다시 침착해지려고 했고, 정말 하기
싫은 말이지만, 내 진짜 상황에 비하면, 가소로운 불행들이고,
형편없는 고통들인데도, 내 불행들에 대해, 나에 대해, 그가
나한테 했던 말들을 잊어 보려고 했어. 하지만 그자의 목소리가,
천 짜듯 내 목소리와 얽혀서, 내가 누구인지, 또 나는 어떤
사람인지 내가 말하지 못하도록 하면서, 내가 조용히 있을 수
있고, 더 이상 듣지 않을 수 있도록, 그자에 대한 증언을 계속했어.
그리고 오늘날에도 여전히, 여전히 그자처럼 말하는 것으로
보아, 그자가 더 이상 나를 혼란스럽게 하지는 않지만 그자의

목소리는 여기에, 내 목소리 안에 있는 거야, 하지만 예전에
비해서는 적게, 적게 있는 거지. 그렇게 가다가 다시는
되살아나지 않고 그 목소리가, 어느 날, 내 목소리로부터,
완전히 사라져 버렸으면 좋겠다. 하지만 그렇게 되려면 내가
말을 하고, 또 말을 해야만 해. 아울러, 나는 나 자신한테 숨기지
않아, 그자가 되돌아올 수 있다는 걸, 아니 그자가 또 떠났다가
다시 되돌아올 수 있다는 걸. 그러면 전부 다 다시 시작되는
거지. 그러면 내 목소리는, 그 목소리는, 이렇게 말하겠지, **어이**,[30]
내가 쉴 겸 해서, 마후드 이야기나 하나 하려고 해. 바로 이런
식으로 일은 흘러가는 거야. 그 목소리는 말을 이어 갈 거야, **그런**
다음에, 원기를 회복하고서, 나는 100배나 강력해진 힘으로,
다시 진실과 맞서겠지. 내가 내 마음대로 처신했다는 걸 나
자신이 믿도록. 하지만 그건 더 이상 내 목소리가 아닐 수도 있어
부분적일지라도. 바로 그런 식으로 일은 이뤄지겠지. 아니면
이야기는, 아무 일도 없다는 듯이, 언제나 내가 문제라는 듯이,
느낄 수 없을 정도로, 아주 천천히 시작되겠지. 반면에 나는, 나는
완전히 잠들어 버리는 거야, 평소처럼, 입을 떡 벌린 채로, 나는
평소와 똑같아 보이는 거지. 게다가 잠이 든, 떡 벌어진 내
입에서, 나에 관한, 거짓말들이 술술 나오는 거야. 아니, 나는
자는 게 아닐 거야, 나는 울면서, 듣고 있는 걸 거야. 그런데 정말,
요즘도 내가 문제가 되고 있나? 내가 보기에는 가끔씩 그런 것
같아. 바로 이어서 아니라는 것을 내가 똑똑히 보게 되지만.
내가 최선을 다하는 바람에, 한 번 더, 난 실패를 맛보고 있는
중이야. 실패하는 건 나한테 아무것도 아니야, 난 그런 걸 정말
좋아해, 그저 나는 잠자코 있고 싶으니까. 더 잘 듣고 싶으면,
난 방금 전처럼 하면 안 돼. 대신 딴생각 말고, 승리자로서,
침착하게. 그러면 좋은 인생이 될지도 몰라, 마침내 인생이.
쉬고 있는 내 입에 침이 가득 고이게 되겠지, 늘 침이 부족한
내 입에, 나는 묵묵히, 벌로 받은 과제를 끝내고, 생명력에 놀라
입을 다물지 못한 채, 신나게 침을 질질 흘리겠지. 내가 말했잖아
내가 분명 말했을 거야, 과업에 대해서, 그런데 말해야 했던
건 벌로 받은 과제였어, 내가 그 과제와 과업을 혼동했던 거야.

36

맞아, 자유를 누리기 전에, 그러니까 침을 흘릴 자유를, 잠자코 있을 자유를, 더 이상 듣지 않을 자유를, 또 내가 모르는 그 밖의 일들을 할 자유를 누리기 전에, 내가 해야만 하는 과제가 하나 있어. 이렇게 결국 내 상황을 알리게 되는구나. 나는 과제를 하나 받았어, 아마도 내가 태어난 날에, 아마도 내가 태어난 것에 대한 벌로, 아니면 특별한 이유 없이, 왜냐하면 나는 사랑받지 못하니까, 그리고 나는 그 과제가 뭔지 잊어버렸어. 그런데 그걸 나한테 자세히 알려 준 적은 있었나? 쥐어짜 봐, 친구, 아주 힘껏 쥐어짜 보라고, 과도하게는 말고, 약간 더 쥐어짜 봐, 어쩌면 너와 관련된 문제일 수도 있으니까. 때때로 말하는 이가 바로 나인데도, 나는 너라고 말해. 너는 어쩌면 목표에 접근할 거야. 1만 단어 후에? 마침내, 한 목표에, 그 후로도 여러 목표들이 있을 거야. 나한테 말하기라, 나는 나한테 실컷 말한 적도 없었고, 내 말을 충분히 듣지도 않았고, 나한테 충분히 대답하지도 않았으며, 나를 실컷 위로한 적도 없었어, 나는 내 주인을 위해 말했으니까, 나는 단 한 번도 들어 본 적 없는, 내 주인의 말들을 들으려고 귀를 쫑긋 세웠으니까, 잘했네, 내 자식, 잘했어, 내 아들, 너는 멈춰 설 수 있어, 너는 마음대로 할 수 있어, 너는 떠날 수 있어, 너는 무혐의로 풀려났으니까, 너는 특별사면을 받았으니까, 단 한 번도 들어 본 적 없는 이런 그의 말들을. 내 주인. 시야에서 놓쳐서는 안 되는 광맥과 같은 하나의 근원. 그런데 당장 내 관심은—요컨대, 그들은 어쩌면 여러 명으로, 가끔씩 내 의견을 청취하다가, 밥을 먹으러 가기도 하고, 나 모르게, 밀실에서, 사용처가 명확해야 할 공금으로, 도박을 하러 가기도 하면서, 태초의 언저리에서부터 시작된 토론을 하다가, 나에 관해서 의견이 갈린, 무슨 폭군들의 총연합회를 이루고 있는 것 같아—벌로 부과된 과제에, 만일 내게 해야 할 과제가 하나 있다면, 그건 내가 내 과업을 말할 줄 몰랐기 때문이라고, 또 내가 과제를 끝내도 내 과업을 말해야 하는 일이 남아 있을 거라고, 또 그때서야 비로소, 모든 방해, 모든 소음에서 멀리 떨어져, 양심의 평화를 얻고, 그러니까 텅 빈 마음으로, 입을 다문 채, 혀를 놀리지 않고, 살아가고 침을 흘리는, 내 구석에서 조용히

있을 권리를 내가 갖게 될 거라고 나 자신한테 말하면서, 내가
너무 빨리 포기해 버린, 너무나 몰지각하게… 포기해 버린 그
과업에다, 내 생각에는, 체면을 구기지 않고도 연결시켜
볼 수 있을 것 같은 그 과제에 있어. 하지만 그래 봤자 나한테는
별 도움이 안 돼. 사실 이런저런 단어들을 섞다 보면, 우연히
과제를 정확하게 알아내게 될 테고, 또 과제와 과업이 뒤섞이지
않는 한, 물론 이 또한 불가능한 일은 아니지만, 과업을 정확하게
재구성하는 일이 내게 남아 있을 테니까. 아니 조용히 있을 수
있으려면, 그 전에 어떤 임무를 완수해야 한다고 생각하다니,
이상하고도 정말 터무니없는 생각이야. 자기 자신을 말해야만
하는 임무라니, 정말 이상한 일이잖아. 침묵과 평안으로
향하는, 낯선 희망. 내 목소리밖에 없는, 아니 목소리밖에 없는
상황에서, 일단 의무라는 생각을 받아들이기만 하면, 내가
거기서 말해야 할 어떤 것을 살펴보는 일이, 자연스럽게 보일
수도 있어. 그렇기는 한데, 그러면 손이 없는데도, 나는 박수를
치거나, 손뼉을 마주쳐, 종업원을 불러야만 하는 상황이 아마도
생길 것 같은데, 그럼 더 재밌어지겠지, 게다가 발이 없는데도,
카르마뇰 춤[3]을 춰야만 할 테고. 그러기에 앞서 일단은,
지금까지 내가 한 말에서는 전혀 찾아볼 수 없었던, 말해야만
하는 다른 문제가 있다고 가정을 하자, 전진을 해 보자는 말이지,
그 후에 우리 또 다른 가정을 하자, 조금 더 전진하자는 말이야.
그거야말로 분명 지지받을 수 있는 가정이지. 그렇기는 한데
그로부터 그게 나와 관련된 어떤 문제라고 주장하는 일이,
갑자기 약간은 무모하게 느껴지는걸. 아니면 그것을 차라리
주인의 용서를 받기 위해, 내가 노래하는, 내 주인에 대한
찬양이라고 하면 어떨까? 또는 모든 정황상 내가 마후드라고
고백하고 마후드가 자신인 척하면서 목소리를 내지 못하도록
방해하고 있는 한 인물에 관한 이 모든 이야기는 처음부터
끝까지 다 지어낸 거라고 고백하는 건? 아 그러면, 마후드가 내
주인이 될 수도 있는 건가? 당장은, 이 정도만 하겠어.
아주 잠깐 사이에 너무 많은 예측을 해 버렸네. 상태가 이 정도면
앞서 다짐했듯이, 질문 없이 지내는 일은, 확실히 불가능하겠어.

그건 아니지, 나는 그저 질문들을 더 이상 제기하지 않겠다고
맹세했을 뿐인데. 하긴 누가 알아? 어쩌면 머지않아, 아주
영원히 질문들을 제기하지 못하도록 만드는 다행스러운 합의가,
나의, 이렇게 현학적인 태도는 우리 취하지 말자, 나의 사유
가운데서, 우연히 이루어질 수도 있을 테니까. 사실 내가 하는
일이 아무 생각 없이 되는 일은 아니지. 그게 내 사유가
아니기를, 나는 정말 원하고, 나는 그러기를 정말 바라는데도,
내가 그로부터 소재를 얻는 걸 보면, 결국 나는 그렇게 보일
뿐이야. 훌륭한 재료야, 이용할 가치가 있고, 양분을 주는,
아 그래, 그 속까지 빨아먹어야 하는, 기가 막힌 추진력을
보유하고 있는, 요컨대 아주 흥미로운 재료지, 그로 인해 내가
전율을 느낀다니까, 정말이야, 전율을 느끼고 그냥 지나가지,
나한테는 시간이란 게 있으니까, 아 벌써부터 기억이 안 나는
것 봐, 이게 그렇다니까, 방금, 막 다룬 문제인데, 중요한 문제라고,
그런데 그 문제가 떠나고 없는 거야, 그래 가장 골치 아픈
문제들을 다룰 정도로, 내가 더 잘 준비가 되면, 그렇게 되기를
우리 다 같이 바라자고, 완전히 새로워져서, 생소해진 모습으로,
미련은 없어, 그 문제가 돌아오겠지. 그런데 얼마 전부터 우리가
참 자주 나오네. 간단히 말하지. 그 주인. 내가 그분을 거의
챙기지 못했어, 너무 못 챙겼어. 어쩌면이라는 말 역시 이제는
지겨워. 그런 수법은 하도 사용해서 다 낡아 버렸다고. 너무
지나친 듯 보이지만, 나는 나 자신에게 완전히 금지하려고 해.
그 주인. 나를 불쌍하게 보이게 하는, 사트라프[32] 같은 존재로,
여기저기서 몇 번 암시되었지. 그들이 나한테 옷을 입히고 또 돈도
주었어, 바로 그런 일들이 슬그머니, 그런 종류의 암시를 주는
거야. 그 뒤로는 아무것도 없어. 아니면 그 이름이 기억나지는
않지만, 모랑[33]의 사장. 아 그래 맞아, 잘(bien)하는[34] 거라
믿으면서도, 의심으로 가득 차서, 피곤으로 목까지 쉬어 가며, 내가
만들어 낸 몇몇 이야기들, 항상 똑같이 기억해 내지는 못하지만,
나는 그것들을 기억하고 있어. 하지만 그 이야기를, 예컨대
복종하는 자의 열정만큼이나 헛된 열정을 가지고, 내가 나의
이야기이기를, 나의 이야기와 비슷하기를, 나의 이야기에 이르는

길이 되어 주기를 바라고는 했던 바로 그 이야기를 조금 더 깊이
있게 다루는 일에 대해서는, 나는 단 한 번도 생각해 본 적이
없었지. 그런데도 만약 내가 지금 그 일에 대해 생각한다면,
그건 내가 내 소유인 내 이야기에 이르리라는 희망을 단념한
상태임을 의미해. 달궈졌을 때 때려야 하는,[35] 어느 절망적인 상태.
그러다 보니 내 주인이, 내가 보기엔 세상에 단 한 명뿐인 것 같은
바로 그 주인이, 내가 잘(bien)되기를 바라는 거야, 그 불쌍한
자가, 내 'bien'[36]을 빌고 있다고, 그리고 혹시나 그가 실망하지
않으려고 큰일을 하지 않는 것처럼 보인다면, 그건 할 만한
큰일이 없기 때문이야, 아니 사실은, 할 만한 일이 아무것도 없기
때문이지, 아니면 그는 했을 거니까, 분명 그랬을 거야, 선한 나의
주인이자, 권세 있는 나의 주인이니까, 하지만 다 옛날이야기지,
지금은 그저 불쌍한 자일 뿐이야. 다른 가설도 있어. 그는 필요한
일을 했고, 나와 관련해서 (사실 어쩌면 다른 피보호자들이 있을
수도 있으니까) 그의 의지가 실현되었으나 내가 그 사실을 알지
못한 채 잘 지내고 있는 거지. 경우 I과 2. 가급적이면, 나는
첫 번째 경우를 다뤄 보고자 해. 그런 다음에도 여력이 되면,
두 번째 경우도 살펴볼 거야. 이건 상당히 마후드의 어느 일화
같은데. 그래 그렇게 보이기는 하지만 사실은 아니야, 마후드의
이야기들은 전부 나에 관한 것이었으니까. 그런데 자기야, 어서
서둘러, 안 그러면 잊어버릴 거야. 그러니까 명령하고
복종시키는 데 익숙해져 있는, 바로 그 주인이 그토록 나를
위해서 뭔가를 하고자 하나, 아무것도 해 줄 수 없기에, 나에게
책임이 있는 내 잘못으로 인해, 불행한 그 주인이, 그렇게
애통해하고 있는 거야. 그러니까 그가 촉발시켰을 수도 있다고
내가 또 생각하고 있는 상태로서, 내가 존재하기 시작하면서부터,
무기물한테 말을 걸 경우와 비슷한 성공률을 가지고, 내 안락
뭐 그런 걸 생각해서, 잘(bien) 있어야만 한다고 나한테 명령을
하는 거야. 만일 이러한 찬양에도 그가 만족하지 못할 경우에,
내가 하고 싶은 건—하마터면 목을 매다는 일이라고 말할
뻔했어, 하기야 그러기를 나는 어쨌거나 바라고 있기는 하지,
무조건적으로, 하마터면 압박감 없이[37]라고 말할 뻔했네, 그러면

내가 잠잠해질 테니까. 그런데 불행하게도 나는 목이 없어. 나는 네가 잘(bien) 있으면 좋겠어, 내 말 듣고 있는 거지, 바로 이렇게 나의 주인은 끊임없이 반복해 말하면서 나한테 주입을 시키는 거야. 그러면 나는 정중한 태도로, 그에 맞춰 계속 답을 하지, **저** 역시 그래요, 나의 군주님. 나는 기분 좋으라고 하는 말인데, 주인은 매우 불행한 듯 보이더라고. 아니 왜 이래 나도 선한 사람이야, 겉으로 봐서는. 사실은 이렇지 않아, 우리 사이에는 대화가 없거든, 그는 나한테 말 한마디 건네지 않아. 요컨대, 일이 잘 안되려니까 그가 하는 일마다 꼬였던 거야. 아마도 그래서 그가 나를 선택하지 않았던 건지도 모르지, 하긴 자신의 입맛에 맞는 노예를 늘 부릴 수는 없는 노릇이니까.[38] 주인이 'bien'이라는 단어를 써서 말하고 있는, 나의 'bien'[39]이라는 거, 이게 또 문제야. 알려진 바처럼, 내가 만족스러운 상태에 있기를 바라는 걸지도 몰라. 아니면 내가 뭔가에 도움이 되기를 바라든가. 아니면 믿기 힘들 정도로 뒤죽박죽되어, 그 두 가지를 동시에 바랄 수도 있고. 원래부터 주도권을 쥐고 있는 자니까, 그의 입장을 조금만 더 솔직하게 밝혀 주면, 그의 관점에서 봤을 때와 마찬가지로 그가 나의 관점이라고 하는 그런 관점에서 봤을 때도, 그게 아마 지금보다는 분명해질 텐데. 막판에 가서는 그가 그렇게 하면 정말 좋겠다. 어디서 그 주인과 만나는지 내가 알고 있었다고 해서, 그한테 질문하는 일을 나한테 맡겨서는 안 되지. 나를 위해서, 그가 나한테 바라는 게 정확히 뭔지 마지막으로 딱 한 번만 더 그가 나한테 알려 주면 얼마나 좋을까. 주인이 바라는 건, 바로 나의 'bien'이야, 나도 그건 알아, 그러니까 나의 주인이 실제로 있어서, 그래서 실제로 있는 그가, 나의 말을 듣는다면, 그는 아주 기분 좋으리라는 희망으로, 내가 그렇게 말하는 거잖아. 그런데 어떤 'bien'을 말하는 걸까, 분명 여러 가지가 있을 텐데. 아마도 최고의 'bien'[40]이겠지. 요점은 나한테 명확하게 알려 달라는 거야, 그게 내가 내 주인한테 바라는 전부지, 적어도 어떤 점이 나한테 미흡한지 내가 알기라도 해야 내가 만족을 하든 말든 할 거 아니야. 만일 그가 내가 뭐라도 말하기를 원한다면, 당연히 나의 'bien'에 관해서, 그도 나한테 뭐라도 좀 정확하게

알려 줘야 한다고, 나는 즉시 버럭 소리를 지를 거야. 실은 어쩌면
그는 그것에 관해 이미 100번이나 나한테 말했을 거야. 에이 좋아,
그럼 101번째로 그가 말해 주면, 이번에는 나도 주의를 한번
기울여 보겠어. 그런데 내가 그를 부당하게 괴롭히는 건 아닌지
몰라, 나의 선한 주인을, 그는 어쩌면 나처럼 혼자도 아니고,
나의 선한 주인은, 나처럼 자유롭지도 않을 텐데, 그래도 다른
이들과 같이 어울려 있겠지, 나의 주인만큼 다 선하고, 그처럼
나의 'bien'을 바라나, 이에 관해 서로 상충된 견해들을 가지고
있는 이들하고 말이야. 매일매일, 저 위에서, 그날들 이후로,
하루에도 몇 번씩, 합의된 시간에서부터 합의된 시간까지,
나를 어떻게 하는 게 좋은가라는 문제만 제외하고 모든 게
합의된 상황에서, 내 문제를 놓고, 그들이 모이고는 하는 거야.
그들이 협정 초안 작성을 맡고 있는, 그런 대리인들이 아니라면.
그동안 한결같은 내 예전 상태를 그대로 계속 유지하는 게,
절대다수에만 의지해서 나온 결정인지, 아니면 우연히 뽑힌 작은
공에다 전적으로 맡긴 결정인지, 아무도 알 수 없는 설득력 없는
어떤 결정보다도, 나한테는 당연히 훨씬 좋을 거야. 그들도 역시,
그동안, 각자 나름대로, 고통스러워하겠지, 왜냐하면 내가
잘(bien) 있지 못하니까. 이상에 관해서는 지금 이 정도만 해도
충분해. 만일 그래도 그들이 진정이 안 되면, 나는 정말 난감할
텐데, 꼭 그럴 것만 같아. 자, 보다 본격적으로 임하기 전에,
생각이 났으니까 말인데, 제안을 하나 하지. 그들이 마지못해,
나를 자유롭게 놓아주는 건 어때? 아마도 그렇게 하는 게 나를
좋게(bien) 할 것 같은데. 어째서 그런지 나는 이해가 안 되는걸.
그러면 내가 아마도 침묵할 수 있을 것 같아, 그것도 완전히.
에이, 다 실없는 소리야, 나는 자유의 몸이잖아, 버림받아서.
이렇게 다시 다 망쳐 버리는구나. 마후드 그자가 나를 떠났지만,
그래도 내 마음은 평온해. 나를 멈춰 세울 수 있기 위해,
완수해야 하는 임무에 대한 그간의 모든 이야기는, 진실을 말할
수 있기 위해, 나를 멈춰 세울 수 있기 위해, 해야 할 말과, 다시
찾아야만 하는 진실에 대한 이상의 모든 이야기는, 또 더 이상
말할 필요도, 더 이상 들을 필요도 없기 위해, 다시 기억해 내서,

이행해야만 하는, 알려지고 나서, 소홀하게 여기는 바람에,
잊히고 만, 부과된 임무에 대한 그간의 모든 이야기는, 나를
위로하고 싶고, 내가 계속할 수 있도록 돕고 싶고, 시작과 끝
사이에 있는, 그 어딘가에서, 때로는 전진하고, 때로는 후퇴하고,
때로는 경로에서 이탈하지만, 결과적으로는 늘 야금야금 앞으로
나아가며, 내가 움직이고 있다고 믿고 싶은 희망에서, 내가
꾸며 댔던 거야. 싹 쓸어 버려야 할 이야기인 거지. 나는 할 일이
아무것도 없어, 그러니까 특별히 할 만한 일이 아무것도 없다고.
나는 말을 해야만 하잖아, 그렇기는 한데 상황이 애매해. 할 말이
아무것도 없는데, 아는 거라고는 다른 이들의 말뿐인데, 이런
상황에서 내가 말을 해야만 하는 거잖아. 말할 줄도 모르고,
말하고 싶지도 않은데, 내가 말을 해야만 하는 거라고. 아무도
나보고 그래야 한다고 강요하지는 않아, 여기에는 아무도
없으니까, 그러니까 이건 우발적인 사건인 셈이지, 정말 그래.
그 무엇도 이 일로부터 나를 절대로 해방시킬 수 없을 거야,
여기에는 아무것도, 찾아볼 만한 건 아무것도 없고, 남아 있는
말을 줄여 줄 만한 것도 전혀 없으니까, 마셔야 할 바다처럼
아무리 해도 끝나지 않을 불가능한 일이 나한테 주어진 거지, 그래
바다가 펼쳐져 있는 거야. 속은 적이 없기, 이것은, 속은 적이 있다,
이렇게 되지 않기를 원하고, 이렇게 되지 않을 거라 믿지만,
이런 상태라는 걸 알고, 속지 않으리라는 데 속지 않고 있는
내가, 그런 내가 가져야 할 최선의 경험이고, 그런 내가 실천해야
할 최선의 목표야. 사실 뭐든지 간에, 그렇게 안 되니까, 그렇게
되어야만 하지만, 그렇지 못하니까. 이거 참 정교한 고문이네,
생각조차 못 해 봐서, 윤곽을 못 잡으니, 느끼는 게 불가능하고,
겪기도 어려운 고문이야, 그래, 게다가 참을 수 없는 고문이지,
고통을 잘 못 느끼는 나는 또 어떻고, 그래 놓고도 쥐들이
호시탐탐 노리는, 새끼들을 등에 업고, 선 채로 죽어 가는 늙은
칠면조 암컷처럼, 나는 또 똑같은 실수를 하잖아. 빨리 다음으로.
다른 사람들이 웃고 떠드는 동안에는, 특히나 소리 지르지 마,
예의를 지키라고, 죽는 데에도 나름의 요령이 있는 거잖아,[41]
나는 여기서 이렇게 말하는 그들의 소리를 듣고 있어,

43

그게 가시처럼 탁탁 튀어 올라 콕콕 찌르고 있어, 에이 이거는 아니지, 이건 불가능해, 나의 장광설 뒤로 멀찍이 떨어져, 울부짖고 있는 이가 바로 나야. 그래서 뭐든지 간에가 아니라니까. 심지어 마후드의 이야기들조차도 아무거나가 아니잖아, 역시나 관계는 없는 이야기들이기는 하지만, 어떤 것과, 모르긴 하지만, 내 고장과, 그러니까 사람들이, 편리하고 신속하게 다니려고, 그들이 직접 만든 길들로, 줄줄이 어둠에다 오줌 싸듯 빛을 쏴 대는 다양하고도 많은 조명들에 의해 환하게 밝혀지고 있는, 그래서 절대로 어둡지도, 절대로 황량하지도 않은, 와 그러면 진짜 끔찍하겠네, 그런 길들을 지나, 자기네들 집으로, 오간다는 점 이상은, 내가 아는 바 없는 내 고장과는 관계없는 이야기들이라고. 고로. 아무거나는 아닌데, 전반적으로는, 바로 그렇게 보이는 거지 마후드. 그자 전에는 다른 자들이, 나라고 여겨지는 다른 자들이 있었어. 그들의 가족적인 분위기를 보니까, 이게 아버지에서 아들로 이어지는 무슨 한직 같은 건가 봐. 마후드는 그의 선임자들만큼이나 나쁜 놈이야. 그런데 서 있는, 그의 전신 초상을 스케치하려고 보니, 아니 이제는 단 한 명밖에 안 남은 거야, 살아남은 내 다음 대리인은 앉은뱅이[42]겠지, 이건 확실해, 머리에는 사발을 이고, 더 부드러울 테니까, I천 개의 유방을 가진 텔루스[43]에, 흙먼지를 일으키며, 엉덩이를 털썩 갖다 대는 자. 이봐, 생각해 본 거야, 다른 생각도 있어, 지금부터 앞으로 인간의 세대가 대략 열다섯 번 정도 바뀌면서, 팔다리가 사라지는 등 몸에 심한 손상을 입음으로써, 나는 스쳐 가는 자들 가운데서, 나다운 모습을, 아마도 거의 갖추게 되는 거야. 그 전까지는, 마후드로 보이겠지, 이 캐리커처로. 내가 무슨 말을 하려고 했지? 이거 기억이 안 나니, 다른 걸 말해야겠네, 그래도 뭐 별반 차이는 없으니까. 마후드. 내가 여러 번 부정했음에도 불구하고, 그가 바라는 대로, 결국 우리는 그저 한 사람에 불과한 거라면 어쩌지? 내 문제를 정리하기 위해 그가 없는 틈을 이용하려고, 여기에 머물러 있는 대신, 그에 의하면 내가 들은 적 있다던 저기로 내가 간 것이라면? 여기 내 고장에서, 마후드는 지금 무엇을 하고 있는 걸까, 어떻게 그가 이곳을 지나가고 있는 거지?

이거 쓸데없는 이야기에 빠져 있는 꼴 하고는, 여하간 내가
주장하고 있는 바처럼, 만일 우리가 둘이라면, 마후드와 나는,
즉 우리는 서로 마주 보고 있는 거야. 나한테는 그가 보이지
않았어, 지금도 보이지 않고. 그런 그가 그는 어떤지, 또 나는
어떤지 나한테 말해 줬어, 또 그들 모두도 나한테 그가 말한 것과
같은 걸 말해 줬지, 그런데 그렇게 하는 게 거의 전적으로
그들의 권한인 것 같아. 내가 무슨 일을 하는지 아는 것만으로는
부족해, 나는 내가 어떤지도 알 필요가 있어. 이번에는 나한테
다리가 하나밖에 없는 것 같아, 완전히 다시 젊어진 것 같기는
한데 말이지. 계획대로 되고 있는 거야. 나를 노인성 괴저에
걸리게 해서, 죽음 직전까지 몰고 갔던 그들, 그런 그들이
나한테서 다리 하나를 없애도 앞44 다시 일어나는 게 나야,
또 젊은 놈처럼, 은신처를 찾아, 사방을 뒤지고 다니는 게 나라고.
단 하나 남은 다리 말고도 다른 두드러진 특징들이 있기는 한데,
아 물론 당연히 인간적인 특징들이지, 그래도 내가 놀라 도망가지
않게 하면서, 나를 꾀어내려면, 과도하게 두드러져서는 안 돼.
그는 결국 굴복하여, 그는 결국 자백하게 될 것이다, 이런 모토도
있잖아. 이번에는, 머리털이 거의 없는, 생선 대가리 같은 걸로
시도해 보자, 어쩌면 그가 우리의 꼬임에 넘어올지도 모르니까,
이런 식으로 그들은 분명 서로 말을 나눴을 거야. 거의 가운데
달려 있는 하나밖에 없는 다리를 가지고도 해 보자, 그게 그의
맘에 들 수도 있는 거니까. 한심한 자들. 그들이 내 손바닥
한가운데다가 인공항문을 하나 달아도, 거의 인간적인, 아니
겨우 인간적인, 아니 진정한 하나의 아바타가 될 수 있을 만큼,
그들의 형상대로, 언젠가는, 완성될 나의 아바타들이 될 수 있을
만큼 충분히 인간적인 그들의 삶을 통해 살아가는 나는,
그런 나는 거기에 없을 수도 있어. 그럼에도 불구하고 때때로
나는 거기에 있는 것처럼 생각되었지, 기쁨으로 작게 소리치는
푸른 시금치 색에 둘러싸여, 죽게 해 달라고 빌고 빌다가,
창조주의 속성들을 감당하지 못하고 주저앉은 내가, 범죄
현장들의 한가운데에 있다고. 그래 맞아, 한 번 이상이나 나는
내가 다른 사람인 줄 알았다니까, 잠깐 동안이었지만,

그 사람이 느끼는 식으로 고통을 느낄 정도였어. 그래서 그들이
샴페인을 터트렸던 거구나. 저것 봐 그도 이제 우리와 한통속이야!
아주 불안해서 푸른빛이 다 돌아! 진짜 못난 지구인이네!
엽록소에 아주 빠져 죽겠어! 도살장 벽에 바짝 붙어 가는 꼴
하고는! 그런 내 상태가 그들 마음에 걸렸나 봐. 어디로 튈지
모르는 하루살이를 위해 일하는, 사실상 보잘것은 없지만
선한 선교사들. 자, 나의 어린양아, 우리와 노는 이때는, 금방
지나간단다, 너도 만나게 될 거야, 암양과 놀게 해 주는 바로
그때를, 그때가 정말 좋지. 사랑, 이거야말로 절대로 실패하지
않는 당근이었어, 그래서인지 바늘에 실을 꿰듯 나는 항상
누군가와 관계를 맺어야만 했지. 그래 내가 자신 있게 반바지를
내렸던 데가 바로 그런 짓을 하는 W.-C.야. 마후드 그자는 한 번
이상이나 나를 거의 가질 뻔했지. 내가 순식간에 그자가 되었던
거야, 양 목발에 의지해서 절뚝거리며 우거진 자연을 통과해
가는 그자가, 우리 서로 진 빼지 말자, 초목이 거의 없는 자연에
가까웠잖아, 게다가, 정확히 하자고, 출발할 때는 거의 아무도
없는 황량한 자연이었잖아. 목발을 한번 짚을 때마다 내가 매번
멈춰 서는 이유는, 바로 그때가 마약성 진통제 한 알을 삼키고
지나온 거리와 지나갈 거리를 계산해야 하는 때이기 때문이야.
내 머리도 거기에 있어, 아래는 넓고, 한 올의 머리카락도 없는
경사면에, 점 위에 자라나는 털 같은 하늘거리는 긴 털들이
여기저기 나 있고, 건물 꼭대기에 해당되는, 뾰족한 지붕으로
마무리되는 내 머리가. 뭐라 할 말이 없네, 내가 너무나도 잘
알고 있으니까. 어디 마음이 동했다고 고백들 해 보시지. 내가
순식간이라고 말은 했지만, 아마 몇 년은 걸렸을 거야. 게다가
그게 우스꽝스럽게 되어 버려서, 나는 내 지지를 철회했어. 나는
벌써 대략 열 걸음 이상이나 걸었어, 남들이 그걸 걸음이라고 부를
수 있다면 말이야, 당연히 직선으로는 가지 못하고, 아주 분명한
곡선을 그리며 걸었지, 그렇기는 한데, 그렇다고 내가 출발점으로
정확하게 되돌아간 건 아마 아닐 거고, 출발점을 아주 가깝게
스치고 지나가는 정도였을 거야. 여하간 그렇게 나는 아마도
일종의 나선은 나선인데 거꾸로 도는 나선에 걸려들었던 거야,

그러니까 나선의 고리들이, 점점 더 커져 가는 게 아니라,
점점 더 줄어드는 것만 같았거든, 그것도 내가 있었음 직한 그런
장소의 특성으로 봤을 때, 더 이상 계속 갈 수 없을 정도까지.
바로 그와 같은 순간이 왔다면, 요컨대 더 이상 멀리 가는 게
물리적으로 불가능한 상태가 되었다면, 나는 즉시, 아니면 한참
있다가, 어떻게 보면 나의 나사를 꽉 조였다가, 다시 푸는 일처럼,
반대 방향으로 곧 다시 출발해야 하는 위험을 안고서라도,
멈춰 설 필요가 당연히 있었겠지. 그랬다면, 달리 어쩔 수가
없어서, 내가 듣고만 있었던 그 이야기처럼, 가장 따분한 길조차도,
돌아올 때 보면, 갈 때와는 완전히 다른 양상을 띠고, 또 완전히
다른 식으로 따분하게 느껴지며, 그 반대의 경우도 마찬가지라는
이야기가, 만약 사실일 경우에 한해, 아주 흥미롭고 매우 신선한
하나의 경험이 되었을 거야. 돌려 말할 필요 없어, 나도 많은
것들을 아니까. 아 그런데 여기 어려운 문제가 하나 있기는 해.
실제로 만약 몸을 둥글게 웅크리는 바람에, 내가 그런 타원형
자세를 감히 취하다니, 하지만 이제는 나한테 자주 일어나는
일은 아니야, 만약 몸을 둥글게 웅크리는 바람에, 그건 더 빨리
가고 싶어서 들인 수고였어, 만약 몸을 둥글게 웅크리는 바람에
내가 결국 어딘가에 박혀서 필연적으로 꼼짝 못 하게 된다면,
그래서 부피를 줄이거나 말 그대로 원래의 내 모습으로 돌아가지
않고서는 더 멀리 갈 수 없다면, 또 그리 지나친 말은 아닌데,
움직이지도 못하는 상황에서 억지로 출발해야 하는 처지에
있다면, 이와는 반대로 일단 반대 방향으로 던져진 나는, 지구가
아니라면, 그들이 나를 처넣었던 구형(求刑)의 장소, 그 어느
곳이든 상관없어, 나는 내가 무슨 말을 하는지 아니까, 그런 곳의
움직임을 멈출 수 있는 방법이 아무것도 없는 이상, 나는 내가
정상적으로 무한하게 풀리지 않도록 해야만 할 테니까. 그런데,
어려운 문제는 어디에 있는 거야? 그런 게 지금 하나라도 있으면,
내가 단호하게 말하겠지. 그것도 나한테 막 일어났던 그런
종류의 경련만큼이나 효과적으로 나의 회전을 갑자기 차단시킬
수 있기 때문에, 장애물을 피해서 돌아가는 일이 당연히 나한테는
엄격하게 금지되어 있으므로, 내가 아무 때나, 벽, 나무, 또는

다른 모든 장애물들 중, 그 어떤 장애물하고도 정면으로 마주칠
가능성이 아주 많다는 점은 아예 신경도 안 쓰면서 말이야.
그런데 방금 말한 장애물들 있잖아, 보기에는 때가 되면,
그것들을 치워 버리고, 앞으로 갈 수 있을 것 같지만, 내 경우는
그렇지가 않아, 내가 그들 틈에 살고 있는 거라면, 그들이 때맞춰
나를 바로 가로막을 테니까. 게다가 장애물들이 없을 때조차도,
내가 적도를 지나 보니까, 자기 길을 계속해서 가다 보면, 어쩔
수 없이, 다시 안쪽으로 향하기 시작할 수밖에 없는 것 같더라고,
아무튼 내 생각은 그래. 내가 나를 마후드로 여겼던 그 당시에,
내가 지금 이야기하고 있는 바로 그 당시에, 나는 아마도 세계
일주를 끝내고 있는 중이었을 거야, 내가 그렇게 하는 데에는
어쩌면 그저 몇 세기 정도밖에는 안 걸렸을 거야. 신체적으로
피폐해진 내 상태가 이러한 추측에 신빙성을 더해 줄지도
모르겠군, 나는 아마도 태평양에서 다리를 하나 잃었던 것 같아,
그게 아니면 아마, 내가 다리를 잃었던 곳은, 수마트라섬[45]의
먼 바다거나, 썩은 고기 냄새 풍기는 라플레시아[46]로 붉게
물든 정글인 듯한데, 아니다, 거기는 인도양이야, 야 이거 정말
백과사전이 따로 없네, 여하튼 그 부근이야. 간단히 말해서,
나는 가정의 품으로 돌아가고 있었어, 당연히 쇠약해진 모습으로
그리고 부모님과 아내, 즉 내 가족이라는 뭐 그런 사람들과
재회도 하기 전에, 또 내가 없을 때 태어난 내 자식들을,
기어이 둘 다 고스란히 지켜 냈던 내 양팔로 꼭 끌어안기도 전에,
더 심해질 게 분명한 그런 상태로. 나는 주변은 높은 벽들로
둘러싸여 있고, 바닥에는 흙과 재가 뒤섞여 있는, 일종의 뜰
아니면 안마당 같은 곳에 있었는데, 개방적이고 유동적인 방대한
지역들을, 그들이 알려 준 대로라면, 내가 두루 다녔던 다음이라
그런지, 그곳이 안락하게 느껴졌어. 나는 안전하게 보호받는 듯한
거의 그런 느낌을 받았지. 뜰 가운데에는, 창문은 없고, 대신에
총구멍을 여러 개 뚫어 놓은, 아주 작은 원형 정자가 하나 있었어.
낯익은 정자인지 자신하지 못하며, 사실 내가 떠났던 게 아주
오래전 일이었으니까, 나는 속으로 생각했지, **저**게 절대로
떠나지 말았어야 했던 내 안식처란 말이지, 지금 여기에 없는

내 소중한 이들이 바로 저기서 나를 기다리고 있는 거야,
참을성 있게, 그러니 나도 인내심을 가져야 해. 그 안에는
할배, 할매, 엄마와 여덟이나 아홉 명 정도 되는 조무래기들이
득시글거리고 있었어. 그들은 벽 틈마다 눈을 갖다 대고서,
나와 한마음이 되어, 내 노력들을 지켜보았지. 매우 오랫동안
방치되어 휑한 그 뜰을, 내가 쾌적하게 만들고 있었거든. 내가
밖에서 돌면, 곡률 오차[47]를 고려해서, 그들도 안에서 같이 돌았지.
밤에는, 당직을 정해서 순서대로, 그들이 탐조등을 켜고 나를
지켜봤어. 그렇게 계절이 돌고 돌았지. 아이들은 커 갔고,
썩은 내 풍기는 독성 물질 프로토마인[48]을 배출하는 월경은 점차
줄어들었고, 늙은이들은 서로 으름장을 놓으며 쏘아보고는 했어,
바로 내가 당신을 파묻어 버릴 거야, 그래 바로 당신이 나를
파묻어 버리겠지. 내가 거기에 있으면서부터 그들한테 대화의,
아니 토론의 주제가 생겨났어, 내가 떠났을 때 있었던, 예전 주제
그대로, 어쩌면 인생의 흥미마저도 생긴 것 같았지, 예전 흥미
그대로. 그들이 느끼기에 시간이 좀 줄어든 것 같았을 거야.
저 애한테 먹을 만한 것을 한 조각 던져 줘 볼까? 아니, 안
돼요, 저이의 심기를 건드리면 안 돼요. 그들은 그들을 향한,
나의 애정을 꺾고 싶어 하지 않았어. 저 애를 못 알아보겠구나.
맞아요, 그래도 어쨌거나 알아보겠네요. 나의 부모님, 구혼자들이
많았는데도, 나를 선택했던 내 아내, 평소에는 절대로 서로 말을
섞지 않았던 그들인데. 아직도 몇 번의 봄이 더 지나야, 저 애가
우리한테로 오겠구나. 그럼 그이를 어디에 있게 할까요?
지하실에? 나는 결국 지하실에만 있어야 되는 건가? 무엇 때문에
저 애는 늘 한자리에 가만히 있는 걸까? 아, 그이는 항상 그런
식으로 있었어요, 우리는 그이가 그렇게, 늘 한자리에 가만히 있는
걸 언제나 알고 있었잖아요, 안 그래요, 할배? 그렇지, 늘 한자리에
꼼짝 않고 있으면서, 단 한 번도 마음 편한 적 없었던 놈이지.
마후드가 그러는데 내가 결단코 다다른 적이 없었다네,
그러니까 그 전에 그들이 전부 다 죽었다는 거야, 상한 통조림으로
인해 열한 명 내지 열두 명 정도 되는 인원들 전부가, 끔찍한
고통에 시달리다가, 목숨을 빼앗겼다는 거지. 우선은 그들의

울부짖음 때문에, 그다음에는 사체(死體)가 썩어 들어 가면서
풍기는 악취로 인해 괴로워하다가, 마저 못 가고 나는 돌아섰던
거였어. 그래도 앞서가지 말자고, 안 그러면 우리는 절대로
도달하지 못할 테니까. 게다가 이제부터는 내가 아냐. 그가 그런
속도로 가도, 언젠가는 도달하게 될지 그 누가 알겠어.
작년부터, 그가 속도를 늦추기 시작했을 거야. 아 그리고
마지막으로 남은 일주들은, 빠르게 진행될 거야. 잃어버린 내
다리에 그들은 흥미를 보이지 않았어. 아마도 출발할 당시에
나는 이미 다리 하나가 없었던 게 아니었을까? 저 애한테
스펀지를 하나 던져 줘 볼까? 아니, 안 돼요, 저이를 혼란스럽게
하면 안 돼요. 저녁마다, 저녁 식사 후에, 내 아내가 나의 동정을
살피는 동안, 졸음이 온 아이들한테, 늙은이들이 내 인생에 관한
이야기를 들려주고는 했어. 저녁 식사 후 가족끼리 옹기종기 모여
그렇게 즐거운 시간을 보내고는 했던 거야. 거기에 내 역사적
실존을 증명하기 위해, 무관해 보이는 증거들을 끌어들이는 식의,
마후드가 소중하게 여기는 방식이 나타나고 있어. 그날 분량의
이야기가 끝나면 그들 모두는, 예컨대, **예수**의[49] 품에서 무사히
건강하게, 아니면, 예컨대, **예수**, 내 영혼의 연인이여, 당신 품으로
피하게 하소서를 다 함께 부르고는 했지. 그리고 나서는
순서가 된 불침번을 제외하고, 전부 잠을 자러 갔어. 늙은이들은
나에 관한 문제에 있어서 늘 의견이 안 맞았지만, 아주 갓
태어났을 때, 생후 15일에서 3주 정도 될 때까지, 내가 예쁜
아기였다는 데에는 이견이 없었어. 어쨌거나 그 애는 참 예쁜
아기였어, 항상 이런 식으로 그들의 이야기는 끝을 맺었지.
종종 아이들 중 하나가, 내 부모님이 이야기를 잠시 멈추고
추억에 잠긴 틈을 타서, 맺음말 대신 항상 하는 말, **어**쨌거나
그 애는 참 예쁜 아기였어를 큰 소리로 외치고는 했어. 그때까지
잠을 잘 버텨 냈던 아이들한테서 터져 나오는, 맑고 순수한
웃음소리가, 때 이른 그 발구[50]의 등장을 알렸지. 그러다 보니 슬픈
생각에 잠겨 있다가 퍼뜩 정신을 차린, 그 화자들조차도, 미소
짓지 않을 수 없었어. 그런 다음에 모두는, 서 있는 게 불편하신
어머니를 제외하고, 예컨대, **온**화하고 친절한, 다정한 예수여,

아니면, 예컨대, **당**신께 간구하는 내 기도를 들어주소서,
나의 전부이며, 나의 유일한 구원자이신 예수여를 다 같이
부르며 일어섰어. 틀림없이 그분도 예쁜 아기였을 거야. 그때
내 아내가 그들이 억지로라도 아이들을 재우도록 하기 위해
최신 소식을 전했지. 그이가 또 뒷걸음치네요, 또는, **그**이가
몸을 긁기 시작했어요, 또는, **한** IO분 남짓 그이가 게처럼
옆으로 움직였어요, 또는, **빨**리 이리로 와 봐요, 그이가 무릎을
꿇고 있어요, 그 장면은 확실히 볼만했어. 그들이 내가 그래도
여전히 다가오고 있는지, 전반적으로 봤을 때 어쨌든 내가
전진하고 있는지를 그녀한테 묻는 일은 빼놓을 수 없는 일과였고,
그때까지도 자지 않고 있었던 아이들은, 내가 당황해서 뒤로
물러나지 않았다는 확신 없이, 자러 가려고 하지 않았지.
그럴 때 프로토가 그들을 진정시키고는 했어. 내가 움직인
이후로는, 단번에 모든 게 정리되었지. 내가 다가가는 순간부터,
내가 제자리에 머물러 있지 않고 움직인 이후로는, 해야 할
걱정거리가 없어지는 것이었으니까. 그래서 내 취향에 맞는
일은 아니었지만, 나는 과감하게 돌진했고, 별 이유도 없이
나는 느닷없이 물러나기 시작했지. 그 결과로 모두는, 감시를
맡은 사람은 당연히 빼고서, 서로를 안아 주고 잘 자라고, 잠이
보약이라고 인사를 나눈 다음에, 자리를 떴어. 그 애를 소리쳐
불러 볼까? 불쌍한 아빠, 힘찬 목소리로 내게 용기를 주고 싶었을
텐데. 꿋꿋하게 버티럼, 얘야, 이번이 마지막 겨울이야. 하지만
내가 가지고 있었던 어려움, 내가 겪고 있었던 어려움을 살피고는,
내게 충격을 줄 때가 아니라고 강조하며, 그들이 아빠를 말렸어.
그런데 그동안 느꼈던 나만의 감정은 어떤 것이었을까? 나는 무슨
생각을 했을까? 무엇을 가지고? 나 스스로 싸워 나갔던 나의
도덕적 성향은 어떤 것이었을까? 자 그렇게, 내 일이 무엇인지,
정확하게, 아니 대강이라도, 알아볼 생각도 안 한 채, 나는
완전히 전적으로, 나는 마후드의 말을 인용하고 있는 거야,
내 일에 매달렸던 거야. 내 뇌리에 새겨졌던 그와 같은 움직임을,
내 힘이 약해져 감에 따라, 그 움직임을 유지하는 것이, 달리
어찌할 수 없었던 나한테는, 중요한 일이었어. 지능과 감각의

자유로운 작용은 특별히 제외하고, 기계적으로 내 마음을
독차지하고 있던, 그와 같은 의무와 그 의무를 거의 실행할 수
없는 내 처지로 인해, 마구간이 나오는 꿈조차 더 이상 꾸지 않고
본능적으로도 관찰을 통해서도 그곳으로 가까이 가고 있는지
아니면 그곳에서 멀어지고 있는지 더 이상 알아낼 수 없는 짐을
싣거나 수레를 끄는 다 늙은 말이 나는 나처럼 느껴졌지.
다른 질문들 중에서도, 그런 상황들이 대체 어떻게 가능한지
알아보는 질문은 오래전부터 내 관심사가 아니었어. 내 상황을
보여 주는 지금까지의 감동적인 묘사가 내 기분을 상하게
하지는 않았지만 그 묘사를 떠올리면서 나는, 마후드가 내게
주장했던 바처럼, 그 뜰을 맴돌았던 이는 사실 내가 아니었던 건
아닌지 나한테 또 물어보게 되는 거야. 진통제는 반드시 챙겼던
나는, 나의 활동을, 그게 실제로 뭐가 됐든지 간에, 중단시킬
정도의 치사량은 어쨌거나 허용하지 않으면서, 그걸 마음껏
복용하고는 했어. 그래도 그 집을 알아봤고 기억해 냈다고
생각했건만, 그 이후로는 더 이상 그 거주지에 대해서도,
기다림으로 인해 점점 더 동요하고 있었던, 그곳에 터질 듯이
꽉 들어차 있었던 사랑하는 이들에 대해서도 나는 생각하지
않았던 거야. 나는 데드포인트[5]에, 일직선으로, 아주 가까이
있었음에도 불구하고, 걸음을 재촉하지 않았어. 나는 분명
그렇게 할 수도 있었어, 하지만 나는 몸을 아껴야만 했지, 정말로
도달하기를 원했지만. 사실 그렇게 몹시 원했던 건 아니야,
하지만 도달하기 위해, 나는 최선을 다해야 할 의무가 있었지.
이루고 싶은 목표라, 그런 걸 깊이 있게 생각할 틈이 나한테는
전혀 없었어. 앞으로 가기, 나는 그것을 앞으로라고 불러,
나는 항상 앞으로 갔어, 똑바로 직선으로 가지는 못하더라도,
적어도 정해진 내 몸 상태에 맞춰 걸어갔지. 내 인생에서 다른
일을 할 만한 여유는 없었어. 말하고 있는 자는 여전히 마후드야
나는 단 한 번도 걸음을 멈춘 적이 없었어. 내가 했던 정지들은
거기에 해당되지 않아. 왜냐하면 계속 가려고 정지했던 거니까.
나는 내 처지를 생각해 보려고 걸음을 멈추지는 않았어,
하지만 예컨대, 진통 연고를, 손 닿는 데까지 최선을 다해,

몸에 바르던가, 아니면 다리가 하나밖에 없는 사람한테는
힘든 일이긴 했는데, 아편 주사를 몸에 직접 놓을 때면 그렇게
했지. 자주, **저** 사람이 쓰러졌다, 이렇게 외치는 소리가 들리고는
했는데, 사실은 목발을 놓고 양손을 자유롭게 사용해서 내 몸에
적절한 조치를 취하려고, 내가 일부러 팍 넘어진 거였어.
다리가 하나밖에 없는 사람한테는, 특히나 머리는 나빠 잘 안
돌아가는데 사태는 긴박하고 남은 다리는 더 이상 사용하지
않아서 약해져 있는 경우에는, 엄밀하게 말해 바닥에 드러눕는
일이, 어려운 게 사실이야. 그래서 일을 아주 간단하게 처리하려면
목발을 버리고 그냥 팍 넘어지는 거지. 내가 하고는 했던 게
바로 그런 거야. 그러니까 어떻게 보면 내가 쓰러졌다고 하는
말들도 맞는 거지, 아주 틀린 말은 아니었던 거야. 내가 뜻하지
않게 넘어지는 경우도 역시 있었지만, 자주는 아니었어, 자주는
아니라고, 나 같은 노장이, 아니 생각들 해 봐, 뜻하지 않게
넘어지는 경우는 흔치 않거든, 대체로는 적절한 타이밍에
자발적으로 넘어지는 거야. 요컨대, 선 채로 혹은 바닥에 누운
채로, 내 몸에 반드시 필요한 처치들을 충분히 한 다음에,
통증이 가라앉기를 기다리면서, 여기에 뭘 더한다면, 그래
다시 움직일 만한지 움직일 때를 또 엿보면서, 그렇게 내가
정지해 있고는 했지만, **저** 사람 또 멈췄네, 저러면 절대로
도달하지 못할 거야, 이렇게 그들이 말하면서 그들 나름대로
이해했던 그런 상황은 아니었어. 내가 그 집으로 확 들어간다면,
만약에 언젠가 그런 일이 일어난다면, 그건, 변비로, 또는 몸에
사는 벌레로 괴롭히는 개처럼, 점점 더 빨리, 점점 더 심하게
경련을 일으키듯 몸을 비틀면서, 나를 껴안으려고 애쓰는
내 가족들 가운데서, 가구들을 뒤엎으며, 몸이 최대로 꼬일 대로
꼬여 결국은 다른 쪽으로 확 젖혀지면서, 안녕이라고 가족들한테
저녁 인사도 못 한 채, 다시 밖으로 튕겨져 나올 때까지,
계속해서 돌고 돌려고 그런 걸 거야. 방금 마음을 굳혔는데
나는 그 상황에 조금만 더 있어 볼까 해, 거기에도 약간의 진실은
있을 수 있을 테니까. 내가 계속 회의적인 태도로 일관하는 걸
아마도 봤는지, 마후드가 어쩌다 보니 그렇게 된 것처럼

나를 다리 말고도 팔도 하나 없게 만들었어. 그래도 그러한 상태에서 목발을 짚을 수 있게, 목발의 아랫부분이 앞으로 가도록 하나밖에 없는 내 발을 이용하는 나한테, 목발을 잡고 움직이는 데 충분해 보이는 겨드랑이가 있었지. 주체할 수 없는 의혹들이, 마후드가 나를 우습게 만드는 데 썼던 내 마음에, 바로 그 내 마음에 생겨날 정도로, 내게 심한 충격을 주었던 일은, 우선은 죽는 순간에 그들이 냈던 소리로, 그다음은 죽은 그들의 몸에서 풍기는 냄새로 내가 알아챘던, 내 가족한테 닥친 그 불행으로 인해, 내가 왔던 길을 되돌아갔다는 암시였어. 바로 그때부터 나는 그를 더 이상 따라갈 수 없었지. 그게 왜 그랬는지 나는 바로 설명할 거야, 그래야 다른 문제도 생각하고, 아 그보다 먼저, 그다지 나와 재회하고 싶지 않음에도, 내가 나를 기다리고 있는 그곳에서, 나와 재회할 방법도 우선적으로 생각해 볼 수 있을 테니까, 그렇기는 한데 이번이 내 유일한 기회야, 적어도 나는 그렇게 생각하고 있거든, 더 이상 말할 필요가 없도록, 그들이 원하는 바라면, 거짓말하지 않고 마지막으로 조금만 말한 다음에, 내가 침묵할 수 있는 유일한 기회라고. 그 이유들을. 내가 서너 개 정도 댈까 하는데, 그거면 충분할 거야. 우선은 내 가족에 관해, 아니 가족이 있다는 그 사실 자체만으로도 내가 수상한 낌새를 진작 알아챘어야 했는데 때때로, 내가 그렇게 착하다니까, 그리고 최초의 원생동물에서 아주 최근의 인류까지 아우르는 생명의 커다란 소용돌이 속에서 잠깐이라도, 미약하게나마, 몸부림쳐 봤으면 하는 갈망에 대해, 그건, 아니야, 이 이야기는 이렇게 열어 두지 뭐. 나는 다시 시작하겠어. 내 가족에 대해. 일단은 내 가족과 내가 한 일과는 아무 상관도 없었어. 한 치의 오차도 허용하지 않는 내 항해에서는, 그 장소를 떠났다가, 다시 그곳으로 돌아가는 게 당연한 일이었으니까. 게다가 그렇게 내가 만든 소용돌이에서 실오라기만큼도 내가 벗어나지 못했으니까, 내 가족은 내가 없는 틈에 이사를 해서, 거기서 100리외[52] 정도 떨어진 곳에 정착했을 수도 있어. 고통으로 인한 비명들과 부패로 인한 악취들에 관해서는, 내가 그것들을 알아차릴 수 있었으리라고

가정한다면, 그것들이 나한테는, 내가 배웠던 대로, 자연의 순리에
딱 맞는 일들처럼 보였을 거야. 혹여 그와 같은 현상들을 앞에
두고 내가 매번 돌아서야만 했더라도, 나는 멀리 가지 못했을
거야. 오로지 겉면만 빗물에 씻긴 나, 입은 아닐지라도, 머리는,
저주로 가득했던 그런 나로부터, 나는 먼저 돌아서야만 했을
테니까. 모든 정황상 아마 나는 실제로 그렇게 했을 거야.
그래야 내가 애매하게 원을 그리며 걸어가는 게 설명될 테니까.
거짓말들이야, 거짓말들이라고, 나는 알 필요도, 판단할 필요도,
저주할 필요도 없었거든, 하지만 갈 필요는 있었어. 보툴리누스[53]
박테리아가 나의 가족 전부를 앗아 갔다는 이야기를, 나는 그
이야기를 지치지 않고 계속 반복할 거야, 나는 기꺼이 받아들였지,
물론 그 이야기로 인해 내 행동이 달라질 필요가 없었다면 말이야.
에이 이러느니 차라리 그 일들이 실제로 어떤 식으로 벌어졌는지
함께 살펴보는 게 낫겠어, 마후드가 진실을 말한 게 맞다면.
아니 무슨 이유로 그가 나한테 거짓말을 했겠어, 정말 간절하게
내 지지를 확보하고 싶어 했던 그인데, 그런데 무슨 지지이지,
아마도 나를 해석하는 그만의 방식에 대한 지지가 아닐까.
어쩌면 나한테 고통을 주는 게 두려워서 거짓말을 했을 수도
있지. 하지만 나는 고통을 받기 위해 거기에 있는 거잖아, 바로 이
사실을 날 유혹했던 이들은 절대로 이해하지 못했다니까.
그들 모두는, 사실대로 말하자면 참을 수 있는 고통에 대한
꽤 다양한 견해들을 피력하며, 적당하지는 않더라도, 적어도 끝이
정해져 있는 고통만을 느끼며 내가 존재하기를 원했지. 그들은
심지어, 더 이상 참을 수 없다면, 내가 사라지는 방법밖에 없다고,
그런 식으로 내게 넌지시 알리고는, 나를 죽이기까지 했어. 더
이상 참을 수 없다면! 단 1초라도 내가 참을 수 있게 해 줬다면,
그 뒤로는 누워서 떡 먹듯이 영원토록 버텨 낼 수 있었을 거 아냐.
그런 그들이 어떻게 견디기 어려운 고통을 자초했을까!
하지만 대미는, 나를 세상으로 내보냈던 저주받을 놈과,
그 몸 안에 영원히 눌러앉아 있으면서, 내가 복수하려고 했던,
깔때기 모양으로 생겨 먹은 놈은, 아니 그냥 간략하게
두 바보들은 말할 것도 없고, 수많은 근친들에 의해 아주 쉽게

내가 유산되었다는 사실이 주는 충격으로 망연자실해 있는 듯이
나를 그리고 있는 마후드의 그 이야기였어. 사실대로 말해서,
적어도 솔직해는 지자고, 나는 내가 무슨 말을 하고 있는지
알지 못한 지 이미 한참 됐어. 그게 내가 딴 곳에다가 정신을
팔고 있어서 그런가 봐. 아 이렇게 내 무죄가 밝혀지는구나. 어디
딴 곳에다 정신을 파는 순간부터, 무슨 일이든 다 용서가 되는
법이니까. 그러니까 걱정 말고, 마치 아무 일도 없었던 것처럼,
계속하자고. 좋아 그렇다면 그 일들이 실제로 어떻게 벌어졌는지
약간이라도 함께 살펴보도록 하자고, 단번에 고아로, 대를 이어
줄 자식 하나 없는 홀아비 등등으로 나를 몰아가면서, 마후드가
진실을 말한 게 맞다면. 공기를 들이마시기만 해도 숨이 턱턱
막힐 정도로 아수라장이 된 이곳, 이곳을 내팽개치고 나올 정도의
시간은 있으니, 나는 잘 빠져나올 거야, 이번은 지난번들처럼
되지 않을 테니까. 그렇기는 하지만 나는 나를 모함한 자를
부당하게 대하고 싶지는 않아. 사실 그는, 내가 접어들었던
방향에서 일어날 수 있었던 가능성들을 내가 다 소진시키기도
전에, 다시 몸을 틀어 다른 쪽 방향으로 내가 다시 출발하도록
만들면서도, 나의 사기 저하나 뭐 그런 부분에 대해서는
단 1초도 고려하지 않았어, 내가 그런 걸 암시하고 싶어 하는
것처럼 보일 수 있었으니까, 대신에 오로지 본능적인 위기만을
생각했고, 이어서 원치 않는 죽음을 맞이하고 있는 내 가족이
지르는 비명들에 대한 그리고 정신을 완전히 잃지 않으려면,
내가 멀리해야만 하는, 구역질 나게 만드는 가스에 대한,
동일하게 본능적으로 형성된 혐오만을 고려했으니까. 이제는,
사건들을 다시 정립한 이번 버전에 관해, 이번 버전도 다른
버전만큼이나 보잘것없다고, 또 만일 그들이 나를 다룰 줄
알았다면, 부득이한 경우에는 어쩌면 내가 되어 줄 수도 있었던
피조물을, 이번 버전도 다른 버전과 똑같이 무시했다고 말하는
일만 남았어. 그럼 지금 당장 그 일들이 실제로 어떻게 일어났는지
함께 살펴보도록 하자. 결국 마침내, 뻔한 일이었지만, 같은
지면의 원형경기장을 바라보고 있는 1층 전체가 하나의 방이었던
둥그렇게 생긴 집, 우리 그 집을 잊지 않도록 하자, 그 집 안으로

들어갔던 나는, 누구의 얼굴이며, 누구의 배인지, 마구잡이로
흩어져 있는, 내 가족의 알아볼 수 없는 잔해들을 짓밟고,
떠났을 때처럼 도착해서도, 목발 끝으로 그 잔해들을 짓누르면서,
나의 회전을 완벽하게 완성시켰지. 그렇게 하면서 내가 만족감을
얻었다고 말하는 건, 진실을 왜곡하는 걸 거야. 실제로는
경련이라도 난 듯 몸을 뒤틀며 덜덜 떠는 내 마지막 동작을
위해서, 견고하고 균등한 바닥이 필요했던 바로 그 시점에,
매우 물컹물컹한 바닥 위에 있었다는 게 내 마음에 들지
않았으니까. 나는 몇 날 며칠을 온전히 보내면서, 나의 기나긴
여행을 끝내고, 다음 여행을 시작했던 곳이 바로 엄마의
아랫배라고, 뭐 확신하는 건 아니지만, 그렇게 생각하기를 좋아해.
아니야, 꼭 그렇지만도 않아. 이졸데[54]의 가슴에서도 그런 일은
충분히 일어날 수 있었을 테니까, 아니면 아빠의 거시기나,
또는 병신자식들[55] 중 한 명의 심장에서도. 그런데 확실한 걸까?
갑자기 생겨난 독립의 기회로, 치명적인 쇠고기 통조림 찌꺼기를
내가 오히려 꿀꺽 삼켜 버렸던 건 아니었을까? 그 단계들을
거치면서 내가 악천후를 핑계로 넘어진 척했던 게 도대체 몇
번이었을까? 할 말은 더 있지만 여기서 그만두자. 나는 여기 말고
다른 곳에 있었던 적은 없었잖아, 아무도 여기에서 나를
빼내 준 적이 없었다고. 그러니 어느 한 양배추 속에서 사람들이
아이를 찾아냈다는 소리를 듣고서, 거기가 채소밭 어느
귀퉁이였는지 또 세상으로 나오기 전에 거기서 어떤 종류의 삶을
누렸는지 기억해 내려고 하는, 그런 어린애 같은 짓 좀 이제
그만해. 나는, 나는 이제 몸과 궤적들을, 하늘과 땅을, 더 이상
언급하지 않을 거야, 뭔지 모르니까. 모두의 의견이 완전히 일치된
상황에서, 그들이 아주 다양한 말로, 차례대로, 수천 번씩, 내가
정말 아는 듯이 보일 때까지, 그것들 전부가 어떠한지를, 어떤
쓸모가 있는지를, 나한테 다 말해 주고, 설명해 주고, 묘사해
주었지. 그러니 내 말을 듣고서, 내가 아무것도 전혀 본 적 없고
그들 목소리 말고는 아무것도 전혀 들은 적 없다고, 누가
말할 수 있을까? 그 인간들 문제도 그래, 나 자신을 그 인간들인
것처럼 여겨 볼까 내가 마음먹기도 전에, 어떻게 그들은 그

인간들에 대한 설교를 나한테 늘어놓을 수가 있었을까.

내가 하는 모든 말은, 내가 사용하는 말과 더불어, 다 그들한테서 나온 거야. 나야 좋기는 한데, 그런데 그게 도움은 안 돼, 끝이 안 나니까. 그들의 언어를 가지고서라도, 내가 말해야만 하는 건, 당장은 바로 나야, 그게 하나의 시작이 될 거야, 침묵으로 향하는, 또 내가 누구인지, 내가 어디에 있는지 내가 말하지 못하도록, 또 내가 해야만 하는 일을 하지 못하도록, 즉 끝장을 낼 수 있는 유일한 방식으로 내가 해야만 하는 일을 하지 못하도록 방해하기 위해서, 그들이 내게 주입시켰던, 내가 신뢰하지 못하는 중요하지 않은, 나와는 상관없는 광기 말고, 말을 해야만 하는데 그렇게 할 수 없는 광기, 그 광기의 끝으로 향하는 한 걸음이 되는 거지, 그들이 나를 사랑하지 않는 게 분명해. 아 그들이 나를 얼마나 난처한 상태로 몰아넣었는지 모를 거야, 그래도 나를 소유하지는 못했어, 완전하게는 못했지, 아직은 못했다고. 그들을 위해서 증언하기, 그러다 내가 뒈질 때까지, 마치 그런 일로도 죽을 수 있는 듯이, 자 이게 그들이 내가 하기를 원하는 일이야. 같은 패거리로, 그들을 만방에 알리지 않고서는 입도 뻥긋할 수 없다, 이건 그들이 나를 몰아갔다고 생각하는 상태고. 나도 그들과 똑같은 놈이었다는 걸 나 스스로 인정하지 않고서는 절대로 내가 사용할 수 없을 거라고 그들이 생각하고 있는 한 언어를 나한테 떠맡겨 버리기, 얼마나 한심한 작전인지. 나는 그들의 언어를 손 좀 보려고 해, 그들의 횡설수설을. 그것도 뒈져 버린 개새끼들 같은, 그가 횡설수설하고 있는 이야기들만큼이나, 내가 전혀 이해하지 못했던 그 횡설수설을. 흡수력이 전무한 나의 상태, 쉽게 잊을 수 있는 나의 능력, 그들이 이러한 내 면모들을 너무 얕잡아 봤어. 소중한 이해 불능아, 결국에는, 바로 네 덕분에 내가 나일 수 있을 거야. 곧 머지않아 그들이 무조건 쑤셔 넣은 지식들은 단 하나도 남김없이 다 사라져 버릴 테니까. 그러니까 감미로운 긴 혼수상태, 그 혼수상태로 빠져들면서 멈추게 될, 소리만 요란하고 냄새는 안 나는, 허기진 자한테서나 나오는 그런 트림을 해 대다, 결국 내가 게워 낼 것은 바로 내가 될 테니까. 그런데 누구야, 그들은? 내가 속임수까지

써 가며, 그런 걸 알아볼 필요가 정말 있을까? 그렇진 않지, 하지만 그렇다고 그게 안 할 이유가 되진 않잖아. 그들만의 터전 위에서, 그들만의 무기들을 가지고, 나는 그들을 쓸어 버릴 거야, 물론 잘못 만들어진 그들의 꼭두각시도 함께. 그러다가, 나의 흔적들을, 어쩌면 발견해 낼 수도 있는 거니까. 자 그럼 결정된 거야. 그런데 어느 잔해에서부터 시작할까? 신기한 일이네, 얼마 전부터 그들이 나를 괴롭히지 않고 있어, 그래 맞아, 시간개념 그것도 그들이 억지로 나한테 주입한 거였어. 그들의 방식을 따르다 보면, 어떤 결론을 내리게 될까? 마후드가 잠잠해졌어, 이 말은 그의 목소리가 계속해서 나오기는 하지만, 더 이상 새로워지지는 못하고 있다는 걸 의미해. 석고상에 생기를 주는 관대함을 발휘하지도 못하고 또 앞으로도 절대로 허튼소리들로부터 헤어 나오지 못할 만큼 그 쓰잘머리 없는 소리들로 내가 범벅이 되어 있다고 이미 여기고 있는 건가? 뭐 좋아, 그래도 그 안에서, 움직이지 않은 채, 나는 살 수 있을 테니까, 그러면서 내 소리를 듣게 될 유일한 존재는, 바로 나라고 큰소리칠 수 있을 거야. 그들의 속성들을, 그들이 나한테 지우는 바람에, 카니발에서처럼, 미사일이 빗발치는 곳으로, 나는 그 속성들을 끌고 다녔어. 죽은 척하고 있는 지금의 나한테, 그들이 생명을 줄 줄 몰랐던 나한테 말이야, 여하간 나를 감싸고 있는 딱딱한 내 괴물 같은 껍질은 썩어 버릴 거야. 그런데 이게 전적으로 목소리에 관한 문제라서, 아주 다른 종류의 은유는 부적절해. 그들이 자기들의 목소리로 나를 탱탱하게 부풀려 놨어, 꼭 공 같다니까, 내가 나를 비워 봤자 헛짓이야, 내 귀에 들리는 소리는 여전히 그들의 목소리니까. 누구야, 그들은? 그리고 왜, 얼마 전부터, 아무 소리도 없는 거야? 그들이 나를 포기한 게 아닐까? 잘 알겠지만, 이자한테서 건질 만한 건 아무것도 없어, 그러니 추궁하지 말자, 이자는 위험하지 않으니까, 이렇게 말하면서. 아 하지만 지하 감옥에, 포박당한 채로, 독방에서, 고문을 당하며, 그들의 인류가 질식시키고 있는 걸 말하도록, 강요받고 있는 사람의 실낱같은 목소리, 유형(流刑)을 축하해야만 하는 이유를 더듬거리면서도 말하려고, 강제로 살게 된 자의

희미한 헐떡거림, 거기 조심해. 체, 그들은 마음 편하게 있네,
나는 그들이 지른 소리로 인해 감금되어 있건만, 아무도 내가
어떤 상태인지 절대로 모를 거야, 혹여 내가 그걸 말한다 해도,
아무도 그렇게 말하는 내 말을 들으려고 하지 않겠지, 그러니 나는
그걸 말하지 않을 거야, 아니 할 수 없을 거야, 나한테는 그들이
사용하는 그들의 언어밖에 없으니까, 아니 할 수 있어, 그들이
소유하고 있는 그들만의 언어일지라도, 나는 그걸 어쩌면
말할지도 몰라, 오로지 나만을 위해서, 헛된 삶을 살지 않았던 게
아니니까, 그리고 침묵할 수 있기 위해서, 만일 그래야 침묵할
수 있는 권리가 주어진다면, 하지만 그럴 가능성은 무척 희박해,
침묵을 잡고, 좌지우지하는 자가 바로 그들이라서, 아니 왜
항상 같은 놈들 있잖아, 작당을 하는 거지, 작당을, 어쩔 수 없지
뭐, 나는 이제 침묵에는 관심 없어, 나는 내가 어떤 상태인지 말할
거야, 쓸데없이 태어나지 않았던 게 아니니까, 나는 그들의 언어를
손볼 거야 그들의 그 횡설수설을, 그런 다음에 나는 아무 말이나
막 할 거야, 그들이 좋아할 만한 말은 전부 다, 기꺼이, 영원토록,
마지막에는 초연하게. 우선 나는 내가 아닌 모습을 말할 거야,
바로 그런 식으로 하라고 그들이 나한테 가르쳐 주었거든,
그런 다음에 내가 어떤 자인지를 밝힐 생각이야, 이미 시동은
걸렸으니, 두려움에 사로잡히고 말았던 바로 그 지점에서 나는
다시 시작하기만 하면 돼. 나는 아니야, 이걸 말할 필요가 있을까,
머피도, 와트도, 메르시에도 아니라고, 됐어, 나는 그들의 이름
같은 건 더 이상 열거하고 싶지 않아, 또 이름도 기억나지 않는
다른 아무개들 중 그 누구도 아니야, 그들은 내가 그들이라고
나한테 말했지, 나도 그렇게 되려고 분명 애를 썼던 것 같아,
강압에 못 이겨, 두려움으로 인해, 나를 나 자신으로 받아들이지
않으려고, 여하튼 아무 관계도 아니야. 내가 원한 적도 전혀
없었어, 추구해 본 적도, 참고 받아들인 적도, 그에 관해 아는 바도
물건을 소유해 본 적도, 적수가 될 만한 상대를 가져 본 적도,
감각을 가져 본 적도, 머리가 있었던 적도 전혀 없었다고.
더 할 수도 있겠지만 이제 그만하자. 그들이 내가 말하기를,
설령 저주하고 부정할지라도, 그러니까 그들에 관해, 내가

말하기를 바로 그들이 원하고 사실상 또 말할 수밖에 없게
되는, 상당히 말하기 쉬운, 내가 아주 잘 아는 사실을, 부정하고,
깎아내리는 일은, 쓸데없는 짓이야. 그들이 나 내가 존재하기를
엄청나게 원하는 것처럼 그들 그들도 존재한다는 것, 당연히
있을 수 있는 일이야, 그렇다고 내가 그 사실을 알 필요까지는
없지, 뭐 그러든가 말든가 그런 거지, 만약 그들이 나한테
기원하는 법을 가르칠 줄 알았다면 또 모르지 내가 그렇게
되기를 기원할지도. 그들과 그들의 아무개들, 그런 그들의 이름을
열거하지 않고서는 그와 같은 궁지에서 벗어나기는 불가능해,
그러니 바로 이 점도 고려해 볼 필요가 있어. 또 그만큼 마후드의
이야기를, 내가 그렇게 받아들였던 것처럼, 나의 이야기인 양
제시하며, 정식 절차 없이 이야기할 필요도 있는 거야.
와, 그거 괜찮은 생각인데. 혐오감을 약간 더 느끼기 위해. 나는
그 이야기를 암송해 보려고 해. 그동안 나는 강제로, 두려워서,
서툴러서, 중단해야만 했던 부분에서부터 이야기를 다시
시작하면서, 나만의 관심사를 계속 이어 나갈 방법을 좀
알아볼 거야. 그건 마지막 이야기가 될 테니까. 나는 기꺼이
그 일을 단행하는 것처럼 보이려고 해. 그래야, 저 위, 섬에서,
동향인들, 같은 신앙인들, 동시대인들과 동무들 사이에서, 내가
발휘한 나의 처세술에 관한 내 기억을, 그들이 되살리려는 듯
보일 경우, 그들을 잠재울 테니까. 그동안에 나는 나를 나타내기
위해, 무엇을 해야만 하는지 살펴보겠어. 그들은 아무것도
알아차리지 못할 거야. 그래도 일단은 소위 신이라는 존재가
나의 'bien'을 위해 나한테 보내고 있는, 그 미치광이 패거리들,
그들이 과연 누구인지 어디 좀 살펴보자고. 사실대로 말하자면—
아니지, 우선은 그 이야기를 해야지. 그 절정에서 토할 정도로
내 속을 울렁거리게 만들려면. 섬, 나는 섬 안에 있어, 나는 절대로
그 섬을 떠난 적이 없었어, 그걸 보면 나도 참 한심해. 나는 나선
모양으로, 세계 일주를 하며 살았다고 그렇게 이해하고 믿고
있었지. 착각한 거야, 내가 쉬지 않고 돌고 있는 곳은 바로 그
섬이니까. 나는 오로지 그 섬 말고는, 다른 곳은 전혀 몰라.
사실 둘러볼 기력이 전혀 없었기 때문에, 그 섬에 대해서도

역시나 아는 게 없어. 나는 섬 기슭에 다다르면, 거기서 방향을
틀지, 섬 안쪽으로. 내 경로는, 나선 모양이 아니야, 그것 역시도
내 착각이었던 거야, 그보다는 불규칙한 고리들이 겹쳐 있는
모양이지, 그때그때 밀려오는 공황 정도에 따라, 때로는 왈츠처럼,
짧고 급격한 회전으로 만들어진 고리들, 때로는 이탄지(泥炭地)
전역을 감싸는, 큰 폭의 포물선을 그리는 고리들, 그리고 때로는
그 둘 사이, 어딘가에 위치해 있으면서, 어떻게 그게 가능한지는
내 알 바 아니지만 꾸준하게 축을 따라 이어지는 고리들.
하지만 내가 언급하고 있는 그 시기에 방금 말한 역동적인 삶은
끝이 나기 때문에, 제3자가 주는 자극 없이는, 나는 움직이지
않아, 또 절대로 움직이지 않을 거고. 사실은, 예전에 대단한
여행가로 활동하다가 그 끝 무렵에, 무릎으로 걷다가, 기기도
하고 구르기도 하다 보니, 알다시피 그 위에 머리만 달랑 얹혀
있는, 그저 (비참한 상태의) 몸통만 남은 거야, 자 이게 내가
최대한 이해하고 기억했던 내 남은 신체에 관한 묘사야. 도살장
근처 인적 드문 길가에 놓인, 속 깊은 한 항아리 속에, 꽃다발을
쑥 집어넣듯이, 항아리 주둥이가 내 입에 닿을 정도로, 쑥 들어가
있는 나는, 움직이지 않고 있어, 마침내. 돌리면, 고개를 말하려는
게 아니라, 제멋대로 두리번거릴 수 있는 두 눈을 말하려는 거야,
말고기 전파자를 조각한, 한 흉상을 내가 볼 수 있지. 동공 없는,
돌로 된 그 흉상의 두 눈이 나를 응시하고 있어. 거기다 도처에
있는, 내 창조자의 눈까지 합하면, 나를 응시하는 눈이 네 개나 돼,
그렇다고 내가 나 자신을 특혜받은 존재로 여기리라는 생각은
하지들 마. 경찰은, 법적으로 엄격하게 봤을 때 나한테 문제가
없지 않은데도, 나를 너그러이 봐주고는 해. 경찰은 알거든,
내가 제대로 말을 못 하니까, 인파가 몰리는 시간에 열성적인
연설을 통해, 아니면 해가 지고 나서, 귀가가 늦은 술 취한
행인들에게, 반체제적 구호들을 속삭이며, 지도자들과 맞서
싸우라고 대중을 선동할 목적으로 내 처지를 불법적으로
이용하지 못하리라는 사실을. 경찰은 역시나 모르지 않거든,
더 이상 제구실을 못 하는, 남성의 거시기 말고는, 몸통에 달려
있는 게 없어서, 징역형에 해당되는 경범죄로, 즉 적선을 부추기는

행위로 해석될 수도 있는 몸짓을 내가 하지 못하리라는 사실을. 실제로 나는 누구도 불편하게 하지 않아, 도처에서 물의와 분노를 일으킬 만한 요소들을 걸핏하면 찾아보는 엄청나게 예민한 그런 범주의 사람들 말고는. 그래도 그들로 인한 위험은 적어. 사실 바로 그런 종류의 사람들은, 대부분 생전 처음으로 도시를 접하는 가축들이, 쇠망치 세례를 받으러 가는 광경에, 기절할까 봐 두려워, 그 근방을 피해 가기 마련이거든. 그런 관점에서 장소는 잘 택한 거야, 내 관점에서도 그렇고. 그렇기는 하지만 나를 보고 충격에 빠질 정도로 충분히 불안정한 사람들도, 그러니까 혼란스러워하고, 업무 능력과 행복 추구력마저 일시적으로 저하되기도 하는 그런 사람들일지라도, 한 번 더 나를 처다보는 수밖에 별수가 없어, 그러기로 결심할 수 있는 자들만이, 바로 마음의 안정을 찾을 수 있을 테니까. 사실 내 얼굴은 충분히 누릴 자격이 있는 휴식을 마음껏 맛보고 있는 자의 만족감을 오롯이 드러내 보이고 있거든. 그래 내 입은 항아리에 가려서 대체로 보이지 않았고, 내 눈꺼풀은 감겨 있었던 게 맞아. 아 이런, 어떤 때는 과거고, 어떤 때는 현재잖아. 여하간 내 대가리에 뾰루지가 잔뜩 나 있는 데다가, 그 근처에 엄청나게 많은 검정파리들이, 그 위에서 우글거리고 있어서, 전적으로 내 대가리의 그러한 상태로 인해, 어떤 이들에게는 선망의 대상이 되기도 하고, 또 불만의 원인도 될 뻔한 상황을, 내가 피할 수 있었을 거야. 자 이제 내가 어떤 상태인지 알겠지, 그러길 바라. 일주일에 한 번 정도, 나를 담고 있는 용기를 비워 내려고, 사람들이 거기서 나를 꺼내고는 했어. 그 용기 청소는 정면에 있는 싸구려 식당 여주인한테 맡겨졌는데, 그녀는 아주 기꺼이, 게다가 싫은 기색 하나 없이, 나를 귀여운 오물 덩어리라고 아주 다정하게 부르기까지 하면서, 그 일을 해내고는 했지, 사실 그녀한테는 텃밭이 하나 있었거든. 그녀가 나를 딱히 좋아하는 것 같지는 않았지만, 그렇다고 내가 그녀의 흥미를 끌지 못한 것도 아니었어, 그건 분명했지, 그러니까 나를 제자리에 돌려놓기 전에 내 입이 드러난 때를 이용해서 그 안에다 허파 쪼가리나 골수 같은 걸 처넣었던 거야. 그리고 눈보라가 사납게 휘몰아칠 때에는, 방수가

군데군데 되는 덮개를 나한테 씌워 주려고 왔던 것이고. 바로
그 덮개 아래서, 차가운 눈을 피해 아늑하게 있으면서, 무엇으로
인해 눈물을 흘리는지 계속 자문하며, 사실 감동하지 않았으니까
나는 눈물의 효험을 처음으로 경험했어. 그리고 그 경험은 한
번으로 그치지 않고, 그녀가 덮개를 씌워 줄 때마다 매번, 다시
말해서 1년에 몇 번씩이나 반복되었어. 맞아, 그건 불가항력적인
일이었어, 덮개가 씌워지자마자, 또 내 은인의 잰 발걸음 소리가
멀리 사라지고 나면, 눈물이 또르르 흐르기 시작했으니까. 그걸
감사에 대한 반응으로 볼 필요가 있었을까, 꼭 그렇게 봐야만
하나? 하지만 난 그 일에 대해 감사한 마음을 느끼지 않았던
것 같은데? 게다가 나는, 그녀가 그런 식으로 나를 보살폈다면,
오로지 선한 의도만을 가지고 그렇게 하지는 않았을 거라고
어렴풋하게나마 느끼고 있었거든, 그런데 그게 아니라면
내가 선행이라는 걸 잘못 이해하고 있었겠지, 그들이 설명해
줬었는데도. 나야말로 그녀한테 부정할 수 없는 가치 있는 역할을
하고 있었다는 걸 정말이지 잊어서는 안 돼. 그녀의 샐러드용
채소들이 자라는 데 내가 쳤던 도움은 차치하더라도, 나는 그녀
건물의 랜드마크가 되어 주었고, 심지어 예를 들자면 옆으로는
볼록 튀어나왔으나, 정면으로 보면, 측은할 정도로 가느다란
마분지 인형보다, 훨씬 더 효과 좋은, 일종의 광고물이 되어
주기까지 했으니까. 그녀도 그 점에 관해서는 조금도 잘못
생각하지 않았는데, 그건 밤에는 말할 것도 없고, 저녁에
아주 근사해 보이는 초롱들로, 내 거처를 장식하는 데 그녀가
기울였던 수고를 보면 알 수 있어. 또 내 거처를, 지나가던 행인이
거기에 붙어 있는 메뉴를 더 편리하게 볼 수 있도록 하기 위해,
자비를 들여, 그녀가 받침돌 위에 올려놓았던 걸 봐도. 바로
그 덕분에 내가 고기 국물에 들어가는 그녀가 키운 무는 예전만
못하나, 똑같이 고기 국물에 들어가는, 그녀가 키운 당근은
옛날보다 낫다는 정보를 얻어들을 수 있었던 거야. 고기 국물은
변함이 없었어. 내가 대강이라도 이해하는 분야의 언어가 바로
이런 언어고, 가능한 내 사유의 기반들은 명확하면서도 단순한
바로 이러한 개념들이야, 그리고 사실 다른 지적 양식(糧食)은

바라지도 않아. 무, 이게 무엇이랑 비슷한지 약간 알 것도 같아, 당근도 그렇고, 특히 중간 정도 크기의 당근이나, 낭트산 당근이 그렇지. 나는 나쁜 것과 덜 나쁜 것을 가르는 미묘한 차이를 내가 때때로 포착해 낸다고 믿고 있어. 그리고 어제와 오늘 같은 용어들의 영향권에서 내가 비교적 벗어나 있다 해도, 그로 인해 문제의 핵심을 파악하는 데서 느끼는 나의 희열은 아주 약간만 타격을 받을 뿐이라고 생각해. 그녀가 키우는 샐러드용 채소들에 대해서, 예를 들자면, 전부 좋게 말하는 소리들뿐이었어. 그렇다니까, 나야말로 그녀의 소규모 재산이라니까, 이러다 내가 죽잖아 그러면 그녀는 정말, 내가 확신하는데, 난감할 거야. 바로 그래서 나를 신줏단지 모시듯 하는 거라니까. 운명의 시간이 되어, 자연에게 진 부채를 내가 마침내 갚고 나자, 곡절 많은 인생 역정을 내가 마치게 될 낡은 단지를, 그게 지금 놓여 있는 장소에서, 사람들이 없애려고 하는 일에, 그녀가 반대하리라고 상상하니 기분이 참 좋네. 아 그리고 어쩌면 그녀는, 나를 기념하기 위해, 지금 내 머리 일부가 보이는 그곳에다가, 멜론, 또는 호박, 또는 작달막한 줄기 다발이 달려 있는 커다란 파인애플, 또는 더 좋은 걸로, 그 이유는 모르겠지만, 스웨덴 무 같은 것을 놓게 할지도 몰라. 그런 식으로 땅에 묻힌 자들에게 꽤 흔하게 일어나는 일로서, 나는 아주 완전히 사라지지는 않게 되는 거야. 그래도 한 번 더, 내가 거짓말을 시작했던 이유는, 그녀에 대해 말하기 위해서는 아니야. 데 노비스 입시스 실레무스,[56] 확실히 이게 내 모토였어. 그래 맞아, 그들은 거짓 선서에 산재해 있는 언어, 엿 같은 라틴어 수업도, 그게 유행이거든, 마찬가지로 나한테 해 줬어. 아무튼 오로지 눈이 와야만, 그것도 반드시 거세게 몰아치는 눈이 와야만, 덮개를 쓸 자격이 내게 주어진다는 점을 주목할 필요가 있어. 다른 형태의 그 어떠한 악천후도, 나를 위해 수고하는, 그녀의 모성 본능을 일깨우지 못해. 눈이 잦아들어, 그녀가 내 덮개를 벗기려는 찰나에, 나는 화가 나 항아리 주둥이 부근에다가 머리를 격렬히 박으며, 덮개를 덮은 채로 더 자주 있고 싶다는 걸, 그녀한테 이해시키려고 애썼어. 그러면서 동시에 불만의 표시로, 침을 퉤 뱉었지.

65

그래도 그녀는 전혀 이해하지 못했어. 나는 그녀가 그와 같은 행동을 참으로 어떤 식으로 풀이했을지 궁금해. 그녀는 분명 그 문제로 자기 남편과 대화를 나눴을 거야, 아마도 아주 단순하게 내가 숨이 턱턱 막혀서라는 말을 듣기 위해서, 사실 그녀가 들었어야만 하는 말은 아주 다른 말인데. 우리 둘 다 서툴렀던 거야, 공평하게 평가하자고, 나는 사인들을 보내는 데 있어서, 그녀는 그것들을 해석하는 데 있어서 서툴렀던 거야. 이런 이야기는 아무런 도움도 안 되는데, 내가 이걸 거의 믿으려고까지 하고 있잖아. 그래도 어떤 식으로 이 이야기가 끝나게 되는지 어디 한번 살펴보자고, 그러면 내가 다시 제정신을 차리겠지. 아 난감한 문제가 있어, 그게 이다음 이야기가, 기억이 안 나. 그런데 내가 그걸 전에 알기는 했나? 내 이야기가 거기서 중단되는지, 마후드가 내 이야기를 거기서 중단했는지 나는 나한테 묻고 있어. 내가 나한테 이렇게 말하면서, 모르는 거니까, **네**가 한 걸 봐, 너한테는 이제 내가 필요 없어. 사실을 말하자면 그들은 항상 이런 방식을 좋아했어, 내 쪽에서 동의하는 것 같은 아주 작은 기미만 보여도, 갑자기 중단하는 방식, 그리고 그들이 내 탓으로 몰아갔던 그 삶 말고는 다른 부활의 원천 없이, 나를 중단된 상태 그대로 내버려두는 방식을. 게다가 그들이 내가 그 숱한 불행한 일들을 온전히 혼자서 잘 매듭지을 수 있기에는 생기가 아직 부족하다고 간주하고, 그 불행한 일들의 줄거리를 반복하는 건, 전적으로 내가 그 상태에서 벗어나지 못하고 있는 걸 보고서 그러는 거야. 하지만 이음매를 만드는 대신에, 이 점을 내가 여러 차례 지적했다고 생각했는데, 그리고 그들이 나를 버렸던 장소에서 나를 도로 찾는 대신에, 거기서 멀리 떨어져 있는 나를, 내가 그 간격을 완전히 혼자 감당했다고, 어떤 상황에서 어떻게 기억하는지 알지도 못한 채, 한동안, 어떠한 종류의 도움도 없이, 내가 살았다고, 아니면 완전히 혼자, 내가 죽었다가, 진짜 아기처럼 질을 통해, 세상으로 다시 나와, 그들이 주는 최소한의 도움도 없이, 하지만 그들이 내게 제공했던 정보들에 전적으로 의지해서, 장년에, 게다가 노년에 이르렀다고 으스대기를 어쩌면 바라면서, 아주 다른 모습으로 있던 나를

데리러 온 거야. 인간의 일생을 내가 떠맡는 정도로는, 분명
그들을 만족시키지 못할 테니까, 나는 몇 세대를 경험할 필요가
있어. 하지만 확실하지는 않아. 그들이 나한테 했던 모든 이야기가,
그게 유일한 어떤 실존과 아마도 연관되어 있는 것처럼 보이니까,
지탱할 능력이 나한테 거의 없다 보니, 갈수록 뚜렷해지기만
하는 정체성들의 혼동. 내가 내 힘으로 죽음에 이르게 될 때,
바로 그때가 되어야 그들이 내가 다른 시대를 아름답게 장식할
만한 자격이 되는지, 아니면 이전보다는 능숙하게, 현시대를
다시 살 만한 자격이 되는지 보다 제대로 판단할 수 있을 거야.
따라서 나도 방금 전에 언급한 다리 하나 달린 팔 불구자와 내가
지금 꼼짝없이 갇혀 있는 물고기 대가리에 몸통만 있는 병신을,
절단들과 각종 쇠약들로부터 영혼을 확실하게 보호하는,
몸이라는 단 하나의 싸개의 두 양상에 정말 불과할 뿐이라고
내 마음대로 추측하고 가정해 볼 수 있겠지. 이미 다리 하나를
잃어버렸던 상태니까, 내가 나머지 다리 하나마저도 실제로
잃어버렸을 가능성이 농후해. 팔도 마찬가지고. 요컨대, 쉽게
일어날 수 있는 변화의 양상이라고. 내 기억이 맞는다면, 그들이
기꺼이 나한테 하사했던 그처럼 남달랐던 노년기에 관해,
그리고 팔다리는 제대로 다 있는데 다만 그것들을 쓸 줄 아는
능력이 부족했던 그처럼 유별났던 장년기에 관해 도대체 무슨
말을 할 수 있을까? 그리고 그들이 나를 죽게 내버려두었어야만
했던 그런 종류의 청년기에 관해서는? 나는 그들의 호감을
사지 못했어. 아 분명히 그들이, 어떤 핑계를 대서라도, 무슨 짓을
해서라도, 나를 기쁘게 하려고, 여기서 나를 내보내려고,
그들이 할 수 있는 일은 전부 다 했던 것 같았는데. 거참
끈기를 가지고 끝까지 했었어야지 나는 그들한테 그저 그 점이
원망스러울 뿐이야. 하기는 그들보다 한술 더 떠, 그들이,
쓸모없는 존재로 여겨서, 나를 포기해 버리고 나를 나한테로
돌려주게 되는 그때에 이르러서야 비로소 내가 내 할 일을 다한
것으로 인정할 이도 있으니까. 여하간 그때가 오면 나는 잃어버린
그 시간 내내, 내가 어떤 자였고, 어디에 있었는지 말하는 일에,
마침내 전념할 수 있을 거야. 그런데 내가 정확하게 예측했는데도,

나한테 그러한 것을 기대하는 자는 누구야? 그리고 아주 다른 목적들을 가지고 있는, 그 사람들은 누구야? 그러니까 이상과 같은 질문들로 본의 아니게 득을 보는 이들이 누구냐고. 상황이 이런데 항아리 속에서, 내가 나한테 그런 질문들을 하고 있었던 거야? 모래 마당에서, 또 그것도 자주 일어나 앞으로 가면서, 내가 나한테 물어보고는 했던 거야? 나는 줄어들고 있었어. 나는 줄어들고 있어. 옛날에는, 야단을 맞아 풀이 죽어 있는 것처럼, 어깨 사이로 고개를 푹 숙이기만 해도, 나는 사라질 수 있었지. 머지않아, 내가 줄어들고 있는 정도로 보아, 나는 그와 같은 수고를 더 이상 할 필요가 없을 거야. 그리고 두 눈을, 나는 더 이상 세상의 빛을 보지 않기 위해서, 그 두 눈을 감는 노력도 더 이상 할 필요가 없을 거야, 사실은 눈에서 몇 푸세57 떨어져 있는 항아리가, 두 눈을 가려 주거든. 그래서 밤에는 달빛이 되는, 저 위에서 쏟아지는 빛도, 즐겁게 해 주려고, 가끔씩 내 모습을 비춰 보고는 했던, 작고 예쁜 그 푸른 거울들에, 반사되지 않게 하려면 내 이마를 항아리 안쪽 벽면에 갖다 대기만 하면 돼. 착각이야, 착각, 그와 같은 수고와 노력을, 나는 앞으로도 계속 기울이게 될 테니까. 사실은 그 여편네가, 내가 점점 더 깊숙이 항아리 속으로 들어가는 걸 알아채고는 기분이 나빴는지, 나를 씻길 때마다, 매 바꿔 주는 톱밥을, 내 항아리 밑에다 잔뜩 채워 넣으면서, 내가 다시 밖으로 삐죽 나오도록 만들었거든. 톱밥은 사암보다는 덜 딱딱하기는 하지만, 건강에는 더 안 좋아. 그리고 나는 사암에 길들여져 있었다고. 지금은 톱밥에 길들여져 있지만. 습관을 들이는 일도 일이야. 나는 아무 일도 하지 않고 무기력하게 있는걸, 그러면 사람의 힘이 약해지잖아, 도저히 견딜 수가 없었어. 그래서 두 눈도, 과거에 그랬던 것처럼, 감았다 떴다, 감았다 다시 떴다 하고는 하지. 그리고 고개도, 옛날처럼, 수그렸다가 들었다, 수그렸다 들었다 하고. 나는 밤새도록 고개를 밖으로 빼 놓고 있다가, 특히 새벽에 고개를 자주 숙이는 편인데 거기에는 나름 분명한 의도가 있어, 바로 그 여편네를 조롱하고 속이려는 의도지. 사실은 덜거덕거리는 소리를 내며, 일단 셔터를 올리고 난 다음에, 그녀가 처음으로 보내는 시선이, 졸음과

욕정으로 더 축축해진, 그녀가 처음으로 보내는 그 시선이, 나에게 맞춰져 있거든. 게다가 내가 눈에 안 뜨이기만 하면 그녀가 흥분하고 서두르니까. 왜냐하면 그건 둘 중 하나를 의미하거든: 밤사이에, 내가 달아났거나, 아니면 내가 더 줄어들었거나. 그러나 자 나는, 그녀가 내게로 완전히 도착하기 전에, 통 튀어나오는 용수철 인형처럼, 그녀를 주시하는 동그랗게 부릅뜬 두 눈을 해 가지고, 고개를 이렇게 잽싸게 다시 드는 거야. 사실 나는 눈을 크게 뜰 줄도 알아, 눈을 감았다가 다시 뜰 줄도 알고, 눈을 크게도 작게도 만들 줄 알아, 그렇게 해야 내 기분이 좋아지는 듯이. 때 이른 목의 경직으로 인해, 내가 고개를 돌리지 못한다고 해서, 그렇다고 고개가 언제나 한 방향으로만 고정되어 있으리라고 생각해서는 안 돼. 사실은 내가 몸을 마구 움직이다 보면, 내 몸통을 어느 정도 내가 원하는 만큼 돌아가게 만들 수 있거든, 그것도 한쪽 방향으로만이 아니라 다른 쪽 방향으로도. 여하간 당시의 나는 순수한 놀이라고 생각했을, 그 귀여운 장난은, 나로 하여금, 나는 잃을 게 없는 자라고 여기고 있었던 그런 나로 하여금, 비싼 대가를 치르게 했어. 자신의 재산을 잃어 보지 않고서는, 자신이 가지고 있는 재산을 잘 모른다는 말이 사실이더라고. 그러고 보면 내가 알아채기 위해서는 도둑이 들어 잃어 봐야만 하는, 다른 재산들이 아직도 내게 남아 있는 게 틀림없어. 그래서 오늘날에는, 과거에 그랬던 것처럼, 내가 어느 때나 눈을 떴다 감았다 할 수는 있지만, 지난 좋은 시절처럼, 고개를 숙였다 들었다 하는 일은, 내 악동 기질 탓에, 더 이상 할 수가 없어. 사실은 목걸이가, 그러니까 항아리 주둥이에 고정되어 있던 그 고리가, 내 턱 바로 아래쪽 목을, 지금 조이고 있거든. 그래서 내 입을, 옛날에는 가려서 보이지 않던 그 입을, 또 차가운 감촉의 돌 항아리에다 종종 갖다 대기도 했던 그 입을, 지금은 모든 사람들이 다 볼 수 있는 거야. 그렇기는 하지만 그러한 변화에도 내 마음을 녹이는, 전에는 누리지 못해 봤던 몇몇 이점들이 있다는 걸 동일하게 언급할 필요가 있어, 무엇보다도 파리들을 잡을 수 있다는 이점을. 나는 파리들을 이렇게 덥석 물어, 따아악! 그러니까 나한테도 여전히 이빨이 있단 말이야? 팔다리는 잃었는데 이빨이 성하다니, 정말 웃기는 일이잖아! 하기야 정말 그렇겠어. 파리 떼라. 파리에는 아마도 영양가가 그다지 많지 않을 거야, 또 맛도 썩 기분 좋지는 않겠지, 그렇기는 하지만 문제는 거기에 있는 게 아니라, 유용한 것과는 거리가 멀고, 기분 좋은 것과는 거리가 먼, 다른 데에 있는 거야. 나는 잡기가 훨씬 더 어렵기는 하지만, 초롱불 빛들에 현혹된 나방들도, 잡고는 해. 하지만 나는 아직도 초보적인 수준에 머물러 있을 뿐이야, 새로운 그 운동에서, 내가 상한가를 쳤다고 보기는 어려워. 지금은, 그 일의 어두운 면으로 돌아가 보고자, 나는 그 목걸이가, 아니 시멘트로 된, 그 고리가, 몸을 돌리는 데, 많은 불편을 주고 있다고 말할 거야. 나는 얌전하게 있는 법을 배우려고 그 목걸이를 끼고 있는 거거든. 눈을 뜨면, 눈앞에는, 상당히 다양하고 거의 진짜 같은, 정확하게 똑같이 배열된 환영들이, 항상 있어, 그로부터 내가 기쁨을 맛본다면 그건 분명 목에 찬 그 칼 덕분이야. 실은 나를 괴롭히는 걱정이 딱 하나 있는데, 언젠가 내가 더 줄어들게 되면, 목이 졸려 죽는 건 아닐까 하는 거야. 질식! 폐로 숨 쉬는 유형에 여전히 해당되었던 나. 증거로는, 복부와 더불어, 내게 남아 있었던 흉곽. 숨을 들이마실 때마다, 그걸 의식하고는, **자** 이리로 산소가 들어오네, 그리고 숨을 내쉬면서, **저**리로 더러운 것들이 나가니까 피가 진홍빛이 되는 거야, 이렇게 중얼거리고는 했던 나. 새파래진 안색. 음란하게 돌출된 혀. 팽창된 음경. 아 맞다, 음경, 그걸 미처 생각하지 못했네. 나한테 더 이상 팔이 없으니 얼마나 아쉬운지 몰라, 있었으면 아마 대단한 걸 뽑아냈을 텐데. 아니야, 지금 이대로가 더 좋아. 내 나이에, 자위행위를 다시 시작하는 건, 부적절한 일일 거야. 그리고 그렇게 한들 얻을 만한 게 전혀 없을 테고. 어쨌거나, 그에 관해 나는 뭘 알고 있는 걸까? 온 정신을 집중해 말 엉덩이를 생각하며, 일정한 간격으로 잡아당기다가, 끝부분이 발딱 일어서는 순간, 누가 알겠어, 대단치는 않아도 어떤 상태에 어쩌면 도달하게 될지. 하늘이, 그게 움직이는 것 같아! 그렇다면 그들이 나를 거세하지 않았다는 말인가? 그렇지만 나는 그들이 정말 나를 거세한 줄 알았어. 내가 아마도 음낭들하고, 헷갈리나 봐. 게다가 하늘도 이제는 더 이상 움직이지 않아. 다시 집중해 봐야지. 한 마리의 페르슈산 말.[58] 자, 자, 맘을 크게 먹고, 자 어서, 완전히 죽어 버리는 일은, 너를 살게 하려고, 그들이 자초했던 온갖 고초에 비하면, 별것도 아니야. 가장 중요한 문제가 해결되는 거라고. 그들이 너를 그렇게 살해하고, 그렇게 자살하게 만들었던 이유는, 네가, 다 큰 청년처럼, 혼자 다 알아서 요령껏 처리할 수 있게 하려던 의도였어. 자 이상은 내가 나한테 하는 말이야. 그렇게 말하고서도 흥분한 나는, 이렇게 덧붙이지, **질**기게도 남아 있는 그따위 무기력은 없애 버려, 이 사회에서, 그런 게 있을 자리는 없으니까. 그들이 모든 걸 다 할 수는 없어. 그들은 너를 바른길로 인도했고, 벼랑 끝까지 갈 수 있게 너한테 손도 내밀어 주었잖아, 그들한테 감사를 표하려고, 도움 없이 마지막 걸음을 내딛고 있는, 지금의 너한테. 나는 이렇게 생생한 언어가, 또 아주 노골적인 문체에 어울리는 이러한 돈호법이 좋아. 자연의 장관을 누비며 그들이 늘 데리고 다녔던 사람은 어느 중풍병자였어, 그리고 감탄할 만한 일이 더 이상 아무것도 남아 있지 않은 지금, **아니** 인생을 누린 이가 또 다른 중풍병자라니, 이런 말이 나올 수 있도록, 나는 뛰어내려야만 해. 그들은 내가 거기에 있었던 적이 전혀 없다는 사실을, 뒤집힌 그 두 눈, 딱 벌어진 그 입 그리고 그 입술 사이로 흐르는 침이 나폴리만[59]이나 오베르빌리에[60]와는 아무 상관 없다는 사실을 짐작조차도 못 하는 것 같아. 마지막 걸음! 무슨 수로? 첫걸음도 전혀 뗄 줄 몰랐던 나인데. 어쩌면 그들은 자신들의 행동을 만족스럽게 생각할지도 몰라, 만약에 바람이 나를 확 밀어 주기만을, 내가 그저 무작정 기다리고 있는 상황이라면. 그러면 정말 좋겠는데, 내가 할 수 있는 일이니까. 하지만 제일 먼저 초조해하는 사람은 바로 그들이야. 그게 적당한 바람이 없어서, 절벽이라도 무너져야 할 판이었으니까. 아 그 안에 있는 내가 살아 있기만 하면, 심장마비나 또는 아주 빨리 진행되는 심근경색을 기대해 볼 수도 있을 텐데. 일반적으로 그들은 몽둥이찜질로 내 목숨을 완전히 끊어 놓지, 그건 나한테 하나의 시작이 있었고, 이어질 또 하나의 시작이 있으리라는 점을,

자신들한테, 또 후원자들한테, 또 목격자들한테 입증하려는 거야.
그리고 나서는, 아무 변화도 없었던 내 가슴팍에, 발을 내리꽂고,
구경꾼들한테, **아**, 여러분이 50년 전 그의 모습을 봤어야
했는데, 얼마나 돌아다니기 좋아했다고요, 수완은 또 얼마나
대단했는지 모를 겁니다! 전부 다 다시 시작해야만 한다는 사실을
그들은 아주 잘 알면서도 그렇게 말했지. 아 그런데 내가 그들의
필요를 아마도 과장하는 것일 수도 있어. 나는 무기력하다고
나를 비난하기는 하지만, 나는 나를 움직이게 하기도 하거든,
적어도 예전에는 움직이게 했다고, 아니 그럼 내가 절호의 찬스를
놓쳤겠어? 자 이번에는 머리야. 가끔씩, 머릿속에서 뭔가가
움직이고 있는 듯한 느낌이 나. 그러니까 뇌출혈 같은 걸로
절망할 필요는 없어. 뭐가 또 있을까? 소화와 배설 기관들은,
아무리 움직이지 않으려고 해도, 때때로 움직이기 마련이거든,
그 덕을 본 내가 바로 그 증인이야. 그거 참 고무적이네. 살아
있는 한, 희망은 있는 거니까. 파리 떼는, 외적인 요소로서, 그저
참고삼아 내가 언급하고 있는 거야. 파리 떼가 나한테 티푸스균을
옮길 수도 있으니까. 아니다, 그건 쥐들이구나. 내가 쥐들을 잠깐
살펴봤는데, 다른 볼일을 보느라 정신이 없더라고. 작은 조충은?
관심 없어. 어쨌거나, 생각해 보니까 내가 너무 쉽게 낙담했어.
나한테도 어쩌면 그들을 만족시킬 만한 게 있을 텐데 말이지.
하지만 이미 나는, 그들이 아주 생생하게 보여 주었던 길, 그
재앙의 길에서, 벗어나기 시작하고 있는걸. 나라면 그 길을 묘사할
수 있을 텐데, 아니 묘사할 수 있었을 거라고, 방금 전만 해도, 그리
오래 가지고 있지는 못하겠지만, 그래도 여전히 자극에 반응할 수
있는 두 눈에, 그리고 한쪽 귀, 그거면 충분하지, 그리고 그 배경이
조용하고 텅 빈 공간이 되도록 거기에서 없애야 할 게 무엇인지
그에 대한 막연한 생각이라도 최소한 내게 줄 만큼, 그만큼은 내
말을 따르는 머리를 갖추고, 당연히 줄어든 상태로 있는 나한테,
그들이 그런 나한테 바랐던 그대로, 마치 내가 그 길에 있었던
듯이, 묘사할 수 있었을 텐데. 그래 항상 그런 식이었지. 세상이
자리를 잡는 그 순간에, 그리고 내가 그 세상에서 떠날 방도를
어렴풋하게나마 찾은 것 같다고 생각하는 바로 그 순간에, 모든 것

다 사라져 버려. 색색의 전등들이 무슨 화환처럼 장식되어 있고, 내가 들어가 있는, 나의 항아리가 받침대 위에 놓여 있는 그 장소를, 나는 이제 더 이상 보지 못하겠지, 나도 내가 그런 것에 집착할 줄은 몰랐어. 아마도 나를, 변화시키기 위해, 그들은 어느 경축일 저녁에, 내가 벼락을 맞거나, 도끼에 찍히도록 한 다음, 아무도 모르게, 땀 흘려 살았었다는 증거로, 수의(壽衣)로, 나를 재빠르게 감싸도록 할지도 몰라. 아니면 그들은, 변화시키기 위해, 거기서 나를 꺼내, 산 채로 납치하게 해서, 만약을 대비해, 다른 곳에다 나를 두게 할지도 모르지. 그리하여 다음번에 내가 나오게 되면, 언젠가 내가 또 나오게 된다면, 다 새로울 거야, 나는 다 낯설게 느끼겠지. 그래도 조금씩 조금씩, 그들의 도움으로, 그 장소에, 또 나한테, 나는 익숙해질 거야, 그러면서 조금씩 조금씩, 그들이 소유하고 있는 그들의 삶으로, 인도자도 없고, 도움도 없이, 젊든 늙든 간에, 단 1초라도, 어떻게 살까라는, 낡고 오래된 질문이 떠오를 거야. 그리고 그로 인하여 다른 조건들 속에서 이루어진, 다른 시도들이 기억나서, 그들의 도움을 받아, 그들의 은밀한 속삭임을 따라, 내가 방금 나한테 했던 그런 질문들처럼, 나에 관해, 그들에 관해, 그런 시간의 급변들과, 그런 나이의 변화들에 관해, 질문들을, 나는 나한테 던져 보겠지, 그리고 그들이 만족스러워하여, 어쩌면 마침내 나를 가만히 내버려두고, 다른 그이를 만족시키려고, 혹시 내 방식이라는 게 정말 있으면, 내 방식대로 노력할 수 있게 나를 자유로이 내버려두도록 하기 위하여, 또 그래서 그가 만족스러워하여, 나를 가만히 내버려두고, 혹시 이게 그의 소관이라면, 나를 용서하고, 내게 휴식과, 침묵의 권리를 주도록 하기 위하여, 내가 항상 실패했던 지점에서, 마침내 성공하기 위해 사용해야 할 방법들을 나는 나에게 제시하겠지. 단 하나의 피조물만을 기대하다니 너무하잖아, 처음에는 피조물이 없는 것처럼 행동해야만 한다고 해 놓고서, 그런 식으로 표현해야만 하는 혀가 잠잠해지는 지점이자, 피조물이 있지도 또 없지도 않은 지점에서 휴식을 취할 수 있는 권리를 갖기 전에, 피조물이 있는 것처럼 행동해야 한다고, 그렇게 주장하다니 정말 너무하네. 두 거짓말, 내가 계속 머물러 있었던 곳인데, 이제는 그들이 내가 더 이상 머물러 있지 못하게 하는 곳으로, 말로는 표현할 수 없는 생각조차 할 수 없는 그런 곳에, 풀려나, 혼자 있기 전에는, 끝까지 가지고 있어야 할 두 유물. 방해꾼들 없이, 드디어 혼자 그런 곳에 머물러 있는 게, 내가 생각하는 만큼 휴식을 주는 일은 어쩌면 아닐 수도 있어. 뭐 그래도 상관은 없어, 휴식이라는 건 그들한테나 있는 단어니까, 생각하다라는 단어 역시 그래. 그렇기는 하지만, 바로 그래서 내가 헛소리를 지껄이는 듯이 보이거든. 나도 모르는 사이에, 다른 양초에 불이 붙어 있는 일처럼, 알아차리지도 못한 채, 예상치 못한 어떤 새로운 일과 마주하면 속상할 거야. 그래 맞아, 가급적이면, 뒤를 돌아볼 때고, 앞으로 가고 싶으면, 가야 할 방향을 정할 때라고 나도 그렇게 느끼고 있어. 내가 무슨 말을 했는지 내가 알기만 했어도. 에이 뭐, 나는 괜찮아, 그건 유일한 레퍼토리로, 그저 항상 똑같은 말이었을 테니까. 나는 나 자신은 위험하게 애창곡을 함부로 막 바꾸는 그런 종류의 사람이 아니거든. 그러니까 어디 가야 할 곳이 있는 듯이, 시작된 어떤 일이 있는 듯이, 해야 할 어떤 일이 있는 듯이, 그렇게 계속하기만 하면 되는 거야. 모든 건 말[言]의 문제로 귀결돼, 그걸 잊어서는 안 돼, 나는 잊지 않았거든. 그렇게 내가 말하는 걸 보니, 내가 이렇게 말한 적이 분명 있었나 봐. 나는 어떤 식으로든, 아마도 열정적으로 할 수도 있고, 모든 일이 다 가능하니까, 먼저 내가 아닌 자에 관해, 내가 마치 그 사람인 양 말하고 나서, 그다음에 내가 마치 그 사람인 양, 나라는 사람에 관해 말해야만 해. 기타 등등을 할 수 있기 전에는. 그건 목소리들, 내가 살아 있기를, 대체로, 바라고 있는 지금의 목소리[61]처럼, 나를 시험해 보려고, 일부러, 목소리들이 멈춘 그때에도 참 예의 바르게, 이어 가는 그런 목소리들에 관한 문제야. 예의범절, 열정, 여유, 믿음, 이런 것들이 마치 내가 살아 있다고 말하는 단어들이고, 내가 가진 단어들을 말하는 나의 목소리이며, 내가 가진 나의 목소리인 것처럼, 사실은 바로 그 사이에서 그들이, 이유는 모르겠지만, 수조(兆) 정도 되는 생존자들, 수경(京) 정도 되는 죽은 자들, 이 정도 숫자로는 그들 성에 안 차지만, 그들과 내가 함께하기를

바라고 있으니까, 그런 만큼 내가 그 사이로, 살짝 경련이
일어나기는 하지만, 가야만 해, 이웃의 사랑과 이성의 혜택들을
받으며, 갓난아기처럼 가냘프게 울다가, 엉엉 대놓고 울기도 하고,
히죽히죽하다가, 숨이 막혀 헉헉거리기도 해야만 한다고. 그런데
이봐, 예의범절이라는 거, 나는 그런 건 모르거든. 이런 병신 같은
단어들의 집합, 내가 가지고 있는 이 집합은 정말로 그들한테서
나온 거야, 그리고 내 목을 조르는 이 속삭임, 이걸로 나를 가득
채웠던 이들도 바로 그들이지. 그런데 이게 있는 그대로 나오거든,
나는 그냥 하품만 하면 돼, 나한테 들리는 소리는 바로 그들의
목소리야, 오래돼서 쉬어 버린 확약들, 거기서 나는 아무것도
바꿀 수 없어. 앵무새, 그래 뜻하지 않게 그들이 앵무새 부리를
가진 물고기 대가리를 만났던 거야. 만일 인정받기 위해, 내가
해야만 하는 말을 그들이 나한테 말해 줬더라면, 그게 언제가
됐든 간에, 나는 반드시 그대로 말하겠지. 에이 설마! 그러면
너무 쉽잖아, 거기에는 진심이라는 것도 없을 텐데, 토사물 같은
시답잖은 소리들과 뒤엉켜, 진심 역시도 내 주둥이를 통해서
나와야만 해, 그래야 비로소 내가 나를 믿는 것처럼 보일 테니까,
이게 더 이상 허황된 소리만은 아닐 거야. 그러니까, 희망을 잃지
말자고, 너무 놀라 입을 딱 벌리고 있다 보면, 아주 기계적으로,
내가 어쩌면 거기에 이를 수도 있는 거니까. 그런데 다른
목소리가, 그러니까 동물의 왕국에 대해서는 그런 열정을 보이지
않으면서, 내가 가진 나의 소식들은 기대하고 있는 자의 목소리가,
말하는 내용이 뭔데? 아 정말 당황스럽네. 사실은 엄밀한
의미에서의 나에 관해서, 알아 나도 내가 무슨 말을 하고 있는지
안다고, 나는 여전히 아무 소리도 듣지 못한 것 같아. 이런
상황에서도, 목소리를 논할 수 있을까? 분명 아닐 거야.
그런데도 나는 그렇게 하고 있잖아. 하기야 목소리들과 관련된
이상의 모든 이야기는 재검토하고, 정정하고, 부정할 필요가
있지. 아무 소리도 들리지 않는다고 해서, 내가 그 목소리들의
전언(傳言)들에 덜 시달리는 건 아니야. 그것들을 목소리들이라고
부르기, 그게 사실이 아니라는 걸 알고 있는 이 마당에, 그렇게
하지 않을 이유가 결과적으로는 없지. 그래도 한계들은 있겠지.

소신껏, 그 한계들에 대비하도록 하자. 그러니까 나에 관해서는 아무 소리도 못 들었어. 다시 말해서 지속되는 어떠한 관계도 없었던 거야. 기껏해야, 간간이, 희미하게 들려오는 외침들. **내 말 들어! 너 자신으로 돌아가!** 그러고 보니 누군가가 나한테 뭔가 할 말이 있는 거네. 그렇기는 하지만 최소한의 정보도 없어, 그게 아니면, 이미 내가 알고 있었던 바대로, 내가 거기에 없으니까, 아무 정보도 얻을 수 없으리라는, 암시. 나는 상당히 민감해져서, 그러한 간곡한 기원들은, 전달 수단으로서, 마후드[62]와 그 일당들이 사용했던 것과 똑같은 매체를 통해 이루어진다고 지적하지 않고서는 있을 수가 없었어. 뭔가 석연치가 않아. 그러니까 차라리 내가 살고 있는 편이 나을지도 모르는 머릿속에 그들이 들어앉은 이후부터 그들이 계속해서 나한테 쏟아붓고 있는 계시와도 같은 사실들과는 달리, 앞으로 주어질 그런 계시적인 사실들에서, 어떤 가치라는 것을, 내가 여전히 바라고 있다면 의심스러울 거라고. 하지만 그런 달콤한 희망으로부터, 내 기억이 정확하다면, 방금 전에 막, 나는 정신을 차렸어. 흥미나, 재미 면에서 똑같이 빈약하지만, 들여야 할 노력의 종류에 따라서, 채석장과 탄광을 분리하듯, 아마도 분리해 내야 할, 요컨대 두 가지 종류의 노역. 나는. 이 나는이 도대체 누구야? 폭풍우가 오기를 기원하며, 밤에, 감시자의 눈을 피해, 자기 노를 버리고, 해 뜨는 쪽으로, 좌석 사이를 기어서, 헤라클레스의 기둥[63]이 있는 곳으로 돌진하는, 갤리선[64]의 죄수. 내가 그런 내가 이제는 더 이상 폭풍우 오기를 기원하지 않는 것만을 제외하면. 아니 아니지, 나는 여전히 애원하고 있잖아. 그것도 잦아들 거야, 이 납빛 바다 위에서, 지금부터 마지막 여행을 끝마칠 때면. 나는 다른 광기하고, 자신의 악행을, 알고 싶어 하고 기억하고 싶어 하는 광기하고, 구분이 안 돼. 바로 그래서 그런지 나는 이제 그런 것에 걸려들지 않아. 영벌을 막 마치고 출소한 자들한테는 좋은 일이지. 이렇게 말을 해 놨으니, 더는 생각하지 말자, 이제는 아무것도 생각하지 말자, 이제는 절대로 생각하지 말자. 한쪽에는 여러 명이 있고, 다른 한쪽에는, 그저 나한테 간청하고만 있는, 한 명이 있어. 그들은 다 똑같은

언어로, 그들이 나한테 가르쳐 주었던 그 유일한 언어로 말하고
있지. 그들이 다른 언어들도 있다고 나한테 말해 준 적이 있어.
그것들을 몰라 아쉽지는 않아. 이렇게, 침묵이 깨지는 순간에,
있을 수 있는 일은 오로지 한 가지뿐이야. 명령들, 기도들, 위협들,
칭찬들, 질책들, 이유들. 칭찬들이라, 그래, 나는 향상되었다는
칭찬을 들은 적 있어. 잘했어, 젊은이, 오늘은 이걸로 끝낼 거야,
돌아가서 자, 그러면 내일 보자. 그리고 나서 내가 등장하는 거야,
맞을까 봐서, 아무 말이나 되는대로 지껄이며, 아이들 틈에
앉아 있는, 하얀 턱수염의 내가. 다리의 맨살을 다 드러내고,
헐렁하고 낡은 검은 옷을 걸친 채, 반바지에다 오줌을 지리던
나에게도, 미래가 있었던 그 시절처럼, 다시 아주 어려져서, 벌로
받은 과제들과 세월을 짊어진 나는, 6학년인 채로 죽게 되는
거지. 마후드 학생, 2만 5천 번째로 물어보겠어, 포유동물이
뭐지? 그것도 나는 학문의 기초를 닦느라 녹초가 되어, 즉사하는
거야. 하지만 나는 향상되었을지도 몰라, 그들이 나한테 그렇게
말했으니까, 단지 아직은 충분하지 않을 뿐이야, 아직은 충분하지
않아. 아. 숙제를, 내가 어디까지 했더라? 잊어버렸네. 자 기억력의
결핍, 이거야말로 내가 개화(開花)하는 데 치명적이었어. 사실이야.
마후드 학생, 나를 따라 해 봐, **인**간은 고등 포유동물이다. 나는
할 수 없었지. 그와 같은 동물원에서는, 그저 늘 포유동물들
문제라니까. 우리끼리니까, 어디 한번 말들 좀 해 봐, 인간이란
저런 것이라기보다는 이런 것에 가깝다는 소리가, 학생
마후드한테, 도대체 그 아이한테 빌어먹을 무엇을 줄 수 있었을까?
이렇게 봉쇄된 것이 악몽으로 인해 풀리자, 그 모든 게 뚝뚝
방울져 떨어지는 걸 보면, 사라진 건 아무것도 없었다고 전제할
필요가 있어. 그런 게 해빙(解氷)이야. 나는 꿈에서 깨어나기
전에, 포유동물들을, 여기서도 그게 다 보여, 맘껏 즐겨 보려고
해. 빨리, 엄마[65]를 한 명 데리고 와, 내 양쪽 젖꼭지를 꼬집으며,
그녀를 쭉쭉 빨아 먹어야지. 그러면 좋겠지만 나는 이름 하나를
지어줘야만 해, 그 외톨이한테. 자기만의 이름이 없으면, 구원도
없잖아. 그래서 나는 그를 웜이라고 부를 거야. 때가 되었어.
웜. 그 이름이 마음에 들지는 않지만, 선택의 여지가 거의

없으니까. 그 이름은, 내가 더 이상 마후드라고 불릴 필요가
없을 때, 나에게 언젠가 그런 날이 오면, 적절한 때에, 내 이름이
되기도 할 거야. 마후드 전에도, 똑같이 삼지창으로 무장한,
같은 인종에 같은 믿음을 가진, 그와 같은 다른 이들이 있었어.
하지만 웜 같은 종자는 처음이야. 말들이 그래. 그게 나는 그자를
모르거든. 그자 역시도, 진절머리가 나서, 나를 훈육하는 일을
포기하면, 기준을 세웠더라도, 아마도 자기 자리를 내줘야 할
거야. 그자한테는 여전히 발언권이 없었어, 그 딱한 자한테는.
그는 속삭여, 그러다 보니까 다른 자들이 이야기하는 가운데서도,
나는 끊임없이 그의 속삭임을 들어야 하는 거야. 그들 모두보다도
또 마후드보다도, 마후드는 이제 없지만, 그는 오래 살아남았지.
생존자들의 생기 없는 그 혀를 진정시켜 달라고 나한테 간구하는,
충직한 그자의 소리가, 나한테 아직도 들린다니까. 이상이,
변함없는 톤, 그 톤에 의하면, 내가 이해하고 있는 것 같은
이야기야. 내가 잠자코 있을 수만 있어도 나는 더 잘 이해하겠지,
내가 있기를 바라고, 내가 말하기를 바라는, 그가 나한테 원하는
바를. 아 정말, 그가 천둥 치듯 큰 소리로 말하면 얼마나 좋을까!
말도 안 되는 소리 좀 하지 마, 나는 침묵하며, 숨죽이고 있어야만
해. 그런데 내가 잘못 이해하고 있었나 봐. 사실 마후드가 잠자코
있다면, 웜도 잠자코 있는 거잖아. 아니 나한테 불가능한 일을
바라다니, 하지만 괜찮아, 사실 이런 것 말고 나한테 요구할
만한 게 있겠어? 하지만 부조리한 것이 있잖아. 그들이 이성으로
단순화시켜 버린 나의 부조리. 실제로 그 불쌍한 웜은 그 일과
아무 상관도 없어. 그 일에 관해 나는 뭘 알고 있는 거지? 여하간
그 위에다 똥을 싸지르기 전에, 우리의 생각을 마무리 짓도록
하자고. 사실 내가 마후드라면, 나는 또 웜이기도 한 거잖아.
풍덩. 아니면 혹 내가 아직 웜이 아니더라도, 마후드는 더 이상
아니니까, 나는 웜이 될 것이고. 풍덩. 이제 서둘러 심각한
문제들로. 아니야, 아직은 아니야. 내 이성을 완전히 끝장내기
위해서, 어쩌면 마후드 어머니라는 짧은 이야기를 하나 더
해야 할지도. 그럴 필요 없어, 때가 되면 알아서 다 나올 테니까,
영원부터, 돌아가고 있는 디스크가 저기 있잖아. 그렇지,

그런데 그들의 허풍들도 틀림없이 나올 거야, 디스크라는 게 녹음한 대로 그대로 나오니까. 자유에 관한 문제도, 내가 다루겠지, 그거야 당연한데, 정해진 순서를 기다려야 해. 아 그런데 내가 너무 성급하게, 그 두 명의 실패 도발자들을, 비교해 버렸나 봐. 만일 내가 그들 중 한 명이 될 수 없다면 그건 그 나머지 한 명의 잘못이 아닐까? 그 둘은 공모자인 거지. 자 이러니까 추론을 해야만 하는 거야, 그것도 열성적으로. 그게 아니면 그 이중의 실패에 대한 책임을 져야 할, 결국은 나겠지만, 제3의 악당[66]이 존재하는 것은 아닐까? 미소를 띠고 있는, 내 진짜 얼굴을, 나는 결국 보게 될까? 나는 그 광경을 보지 못할 것 같은 느낌이 드는데. 한순간도 내가 무엇을, 누구를, 언제를, 어디를 말하는지, 무엇을 가지고, 왜 말하는지 안 적은 없지만, 그런 위험한 임무를 맡기 위해서는 내게 노동 형에 처해진 50명의 죄수들이 필요하리라는, 그런데 막상 수갑을 채우려고 하면, 51번째 죄수가 늘 아쉬우리라는 점은, 바로 그 점은, 의미하는 바가 뭔지도 모르면서, 나는 알고 있어.[67] 핵심은, 나는 그 어느 곳에도 전혀 가 보지 않았고, 마후드 집이건, 웜 집이건, 내 집이건 간에, 그 어디에도 내가 있지 않다는 거야, 그게 어떤 종류의 면제로 인한 것인지는 그리 상관할 바는 아니고. 핵심은, 바닷물이, 연안들이, 또 양심도 없는 비열한 놈들을 통해, 피조물을 괴롭히려고, 하늘나라에서 날뛰는 어느 한 스포츠 신이 있는 한, 그만큼 자신의 낚싯줄 끝에서 끝까지 몸을 파닥이는 거야. 내가 아 내가 낚싯바늘 세 개를 한꺼번에 꿀꺽 삼켰는데도 나는 여전히 배가 고파. 그로 인해 떠들썩하게 소란이 벌어졌지. 어떤 누군가가 어디에 있는지, 거기에 있지 않으면, 어디에서 머물 것인지, 이러한 사항들을 아는 건 정말 좋은 일이구나! 이제 자신을 영원히 그 누구도 아닌 자라고 알고 기뻐하며, 사지가 뜯겨 나가도록 편안하게 자신을 맡기는 일만 남은 거야. 그동안에도 나는 주둥이를 놀려야 하다니 이건 말이 안 돼, 그러면 그가 입맛을 쩝쩝 다시며, 편안하게 피 흘리는 데 방해가 되잖아. 자고로, 끝나기 일보 직전에 있는 그 어떠한 상황에서도, 전부를 다 누릴 수는 없는 법이니까. 언젠가는 그들이 나를 수면 위로

정말 데려가겠지, 그래야 아주 시시한 살인자들로 인해, 아주
시시한 일개 피해자로 인해, 그렇게나 즐거운 시간을 보내려고
애쓸 필요는 없었더라는, 바로 이 부분에 대해, 모든 사람들의
의견이 모아질 테니까. 그러면 얼마나 조용할까. 아무튼 지금은, 왼
쪽으로 가서 한 바퀴 돌아보도록 하자, 그러면 친애하는 그 더러운
새끼가, 좋아할 테니까. 나는 다른 놈이 나를 계속 감시하고
있는지 잘 살펴볼 거야. 그렇게라도 안 하면 끝장날 테니까,
그자는 나를 붙잡지 못할 테고, 나는 그자한테서 벗어나지
못하겠지, 나는 웜을 말하고 있는 거야, 맹세컨대, 다른 놈은
나를 붙잡지 못했고, 나는 웜한테서 벗어나지 못했어, 그게
과거에서부터, 현재까지 쭉 이어져 오고 있지. 나는 붙잡히지도
않고, 벗어나지도 못할 존재로, 난파되기를 기원하며, 구명대를
차고, 기가 막히게 좋으리라 예상되는 새날을 향해, 좌석 사이를
기어다니는 놈이야. 갑자기, 다림줄[68] 모양의, 세 번째 줄이
느닷없이 위에서 곧장 떨어지는데, 그건 내 영혼을 위한 거야.
옛날 옛적에, 내가 내 영혼이 어디에 있는지 알았더라면, 나는
그걸 그 세 번째 줄에다 걸었을 거야. 그러면 우리는 넷이 되는
건데, 4인 4각 구도[69]가 만들어지는 거지. 나는 알고 있었어,
우리는 101명이 되어야만 하지만 막상은 100명에 불과하다는
사실을. 우리에서 내가 늘 빠져 있을 테니까. 웜, 또는, 불러 보고
싶었던 대로, 와트, 웜, 자기 생각을 이해시키는 데 젬병인 웜,
그 웜을 어떻게 말해야 할까? 내 꼭두각시 인형 안에서, 흰개미가
내는 그 이상한 소리를 멈추게 하는 그자를 도대체 어떻게
말해야 할까? 게다가 다른 자는 생각도 안 하는 그자를 어떻게
말해야 하지? 이거 봐, 웜이 되려고 하는 나는 아마도 결국
마후드가 되고 말 거야! 그러니까 나는 이제 웜이 되기만 하면
되는 거야. 내가 아무개가 되려고 하면 나는 분명 웜이 되고
말 테고. 그러니까 나는 이제 아무개가 되기만 하면 되는 거야.
거기서 정지, 내가 그렇게까지 할 필요가 없도록 그가 조치해 줄
수 있을 거야, 또 그가 안쓰럽게 생각하니까, 내가 거기서
정지할 수도 있어. 여명이라고 해서 늘 장밋빛은 아닐 테니까.
웜, 웜, 우리 셋을 생각해 줘, 갤리선은 뭐 어떻게 되겠지.[70] 그러

보니 이런 식으로 몇 번의 시도를, 내가 전에 이미 했던 말 같기는
한데 여하간 그 말과는 다르게, 내가 전에 이미 했었던 것처럼
보여. 내가 그 시도들을 기록해 두었을 거야, 내 머릿속에라도.
하지만 웜은 아무것도 기록할 수 없잖아. 자 어쨌든 간에 이게
첫 번째 긍정인 셈이네, 아니 내 말은 부정, 구축하는 데 토대가
되는 부정이라고. 웜은 아무것도 기록할 수 없어. 마후드는 기록할
수 있을까. 바로 그거야, 엮어 보자고, 엮어 봐. 그럼 기록할
수 있지, 필요할 때마다 찾아볼 수 있게, 관리 차원에서, 어떤
일들을, 아니다, 모든 일들을, 항상 하는 건 아니지만, 기록하는 게
마후드의 (가장 두드러진) 특성이야. 그리고 어떻게 보면,
뜰 안에서, 그의 항아리 안에서, 그가 그렇게 하는 걸 우리가
실제로 목격하기도 했어. 나는 그 어느 때보다도 너그러운 마음을
가지고 솜씨 좋게, 마후드의 이야기를 시작하기 위해서는 그저
웜의 이야기를 하고 싶어 하면 다 되는 줄 알고 있었어. 이거 참
갑자기 그가 나와 가깝게 느껴지는데, 드크루아[7]라는 말고기
예찬자의 훈장들을 흘깃 보는 걸 보니까. 이제 아페리티프를
마실 시간이야, 사람들은 벌써부터 걸음을 멈추고, 메뉴를 보고
있어. 매력적인 시간이지, 특히나 이 시간대가 그래, 그리고
인도와 배수로를 걸쳐, 한없이 늘어지는 그림자를 나의 위령탑에
만들어 주는, 끝에서 끝까지 길을 훑고 지나가는 마지막 햇살, 그
햇살이 드리워지는 해 질 녘에도, 같은 풍경이 벌어져. 옛날에는
그 그림자를 바라보고는 했었어, 쇠고리가 목에 채워진 이후로,
자유롭지 못한 지금보다는 훨씬 더 자유롭게 몸을 돌릴 수 있었던
때였으니까. 그러다 보니 나는 저기 맨 끝에 내 머리가 놓여
있어서, 사람들이 내 머리도 밟고 가고, 바닥을, 아직도 멋지게
스쳐 가는, 내 주변의 파리들도 밟고 가는 걸 알 수 있었어.
게다가 나는 한결같은 모양으로 흔들리며 길게 뻗어 있는
그림자들과 연결된 내 그림자를 따라서, 사람들이 내 쪽으로
올라오는 걸 보기도 했었지. 사실 어떤 때는 나는 나와 내
그림자가 헷갈려, 어떤 때는 안 그런데. 또 어떤 때는 나는 나와
내 항아리를 헷갈려 하지 않아, 어떤 때는 꼭 그러면서. 그게,
우리 기분에 따라 달라지나 봐. 그리고 자주 나는, 내 그림자가

사라져, 나한테 내가 더 이상 보이지 않을 때까지, 잠자코 있고는 했었어. 정말이지, 전에 내가 이미 강조했듯이, 아페리티프 마실 때와, 가끔씩 겹쳐지는, 기가 막힌 순간이야. 그렇기는 하지만 그런 즐거움을, 나에게도 해롭지 않고, 남들한테도 위험하지 않다고 여겼던 그 즐거움을, 목줄을 한 이후로, 나는 누리지 못하고 있어, 그 목줄이 메뉴 바로 위에 놓인 내 얼굴을, 철책으로 향하게 고정시키고 있거든, 왜냐하면 고객은 내 머리에 부딪쳐 죽을 염려 없이 자기 식사 메뉴를 짤 수 있어야만 하니까. 고기는, 이 지역에서, 정말 유명해, 그래서 사람들이, 일부러 맛을 보려고, 멀리서도, 아주 멀리서도 오고는 해. 그렇게 와서 맛을 보고, 서둘러들 떠나지. 밤 열 시가 되자마자, 이른바, 무덤 속처럼, 동네 전체가 완전히 조용해지는 거야. 이상은 오랜 세월에 걸쳐 축적되고, 또 축적되는 순간 즉시 귀납적 추론을 거치는, 내 관찰들로부터 나온 거야. 여기 누군가는 죽이고 누군가는 먹고 있어. 오늘 저녁에는 창자 요리가 나오는구나. 이것은 겨울이나, 아니면 봄이나 가을처럼 춥지도 덥지도 않을 때 먹는 음식이야. 곧 있으면 마르그리트가 내 초롱에 불을 밝히러 올 거야. 그녀가 늦네. 벌써 한 명 이상의 행인이, 중얼중얼 투덜대며, 이것이, 아니 이번에는, 좀 더 세련되게, 오늘의 메뉴라고 해야지, 오늘의 메뉴가 잘 보이게, 내 바로 코앞에다 라이터를 켰어. 그녀한테, 나의 은인한테 진정 아무 일도 없었으면. 눈 때문에, 그녀의 발소리도 안 들리고, 그녀가 오는 것도 안 보이겠지. 오전 내내 나는 덮개 밑에 있었어. 비수기가 시작되면, 냉기를 피하라고, 넝마를 내 주변에다 빙 둘러 차곡차곡 쌓아서, 그녀가 넝마 둥지를 만들어 주거든. 그게 참 포근해. 나는, 오늘 저녁에, 그녀가 그녀의 커다란 분첩으로, 내 대가리에 분칠을 할 예정인지 궁금해. 분칠은 그녀가 최근에 생각해 낸 일이야. 나를 위로하기 위해서, 더 이상 어떠한 상상을 해야 할지 그녀는 모르겠나 봐. 내 고름물집에서 고름이 멈추기를 다 바라기까지 하잖아! 지진이라도 나면. 도살장이 나를 삼켜 버릴 텐데. 철책 너머, 건물 두 채 사이로 보이는 풍경 저 안쪽으로, 하늘이 보여. 내가 마음만 먹으면, 쇠창살 하나로도 그 사이를 막을 수 있어. 그렇게 보이는 가늘고

긴 하늘은, 구름이 낮게 깔린 북쪽 하늘의 작은 조각이야. 내가
고개를 들 수만 있어도 창공의 중심으로 솟아오르는 하늘을 볼
수 있을 텐데. 이렇게나 상세한 묘사에, 덧붙일 만한 게 과연
있을까? 심야 파티는 지금부터가 시작이야, 내가 알아, 그러니
우리 아직 떠나지 말자, 이 떠들썩한 소란을 향해, 한 번 더 또
영원히 안녕이라는 말은 하지 말자고. 납득할 수 있는 뭔가가
생겨나기를 바라면서, 내가 곰곰이 생각해 보는 건 어떨까?
글쎄, 한번 했다고 습관이 되는 건 아니니까. 거의 바로 생각이
떠오르는 걸 보니, 더 자주 깊이 생각해 보지 않은 일이 후회가
되네. 여하튼 생각이 사라지기 전에, 어서 서둘러 말해야지. 어떻게
그 사람들이 나를 못 알아볼 수가 있는 거지? 나를 알아보는
것 같은 사람은 오로지 마들렌뿐이잖아. 도망을 가거나 추적을
하느라, 다급한 행인이라면, 그래 내가 눈에 들어오지 않을 수도
있어. 하지만 가축들의 고통스러운 비명 소리를 들으러 와서,
도살이 시작되기를 기다리며 서성이는, 딱 봐도 할 일 없는 그
구경꾼들은? 그리고 메뉴의 위치로 인해, 원하건 원하지 않건
간에, 바로 앞에서 내 숨결을 느끼고, 말 그대로 나랑 코가 맞닿을
정도로 가깝게 있어야만 하는 배고픈 그 사람들은? 그리고 놀고
싶은 욕심에, 놀이터에 갔다가 되돌아오는 그 아이들은? 아니
내 처지에 놓인, 사람의 얼굴이라면, 그것도 머리카락이 몇
가닥밖에 없고 최근에 씻어 말끔한 그런 얼굴이라면, 호기심을
일으키는 데 큰 성공을 거둘 만도 하잖아. 그들이 내 존재를
모른 척하는 일이, 과연 힘들어할까 봐 걱정이 돼서 조심하는
것일까? 그들이 그렇게 하는 데에는, 안에 뼈와 가죽이 있는 줄은
짐작도 못 한 채, 내 거처에다 오줌이나 갈기러 오는 개들한테서는
찾아보기 어려운 어떤 섬세한 감정이 개입되고 있는 거라고.
그런데 개들이 그렇게 하는 걸 보면 나한테는 냄새도 안 나 봐.
그래 그렇기는 하지만 누군가가 냄새를 풍겨야만 한다면,
그 사람은 바로 나야. 어떻게 마후드는, 내가 이런 상황에 있는데,
평상시처럼 행동하기를 바랄 수 있지? 파리 떼가 내 존재를
입증해 준다, 뭐 그렇다고 쳐, 그렇다면 얼마만큼이나? 파리 떼는
아주 똑같이 입맛을 다시며 암소의 똥 덩어리 위로도 내려앉을

수 있는 거 아닌가? 이건 아니야, 이 문제에 대한 해명을 내가
수용하지 않는 한, 또 마들렌 말고도 다른 사람이 나를 알아보지
않는 한, 이 짓을 계속해 나갈 정도로 충분히, 나에 대한 말을
믿기가 나한테는 불가능해질 거야. 게다가 정말 그렇게 되면,
그러니까 내가 요구하고 있는 그 증거, 그 증거가 없으면 그들이
세워 놓았던 나에 대한 계획들도 깡그리 다 수포로 돌아가게 될
거라고, 그런데 내가 더 이상 그 증거를 수용할 수 없는 상태가
곧 될 거란 말이지, 그 정도로 내 기능들이, 얼마 전부터, 떨어지고
있거든. 바로 거기에 우리를 예기치 않은 상황으로 몰아갈 수 있
어떤 변화의 원리가 있는 게 분명해. 그런데 내가 살아 있다는
걸 믿을 수 없었음에도, 가장 좋은 쪽으로 가정하고서, 내가 죽게
된다면, 그것은 그들이 나한테 원했던 바는 그런 게 아니라는
걸 알기 위해 대가를 치르는 꼴밖에 안 돼. 사실 이런 일은 이미
나한테 여러 번 일어났었지, 그때마다 그들은 나를 살려 내기
전에, 지렁이들 틈에서 보내라고, 보상 휴가조차도 주지 않았어.
하지만 내게 장차 어떤 일이 일어날지 그 누가 알 수 있겠어,
그러니 이번에는? 느낄 수도 있고 생각도 하는 존재로서 내가
맹렬한 기세로 죽음의 나락으로 떨어지는 건, 어쨌거나 끝내주는
일이야. 어쩌면 어느 날 한 신사가, 죽음을 앞둔 내 눈앞에
시간이 주마등처럼 마지막으로 막 스쳐 지나가고 있는 바로 그
무렵에 자기 애인의 팔짱을 끼고 지나가다가, **아니** 이런, 이 남자
상태가 안 좋네, 앰뷸런스를 불러야겠어! 나한테까지 들릴 만큼
큰 소리로, 그렇게 내 존재를 알려 줄지도 모르니까. 따라서
돌멩이 하나를 집어서, 모든 일이 다시 시작되려는 듯 보이면,
규정대로 두 번 팍팍. 나는 죽겠지, 하지만 그러기 위해서는
먼저 내가 살아 있어야 해. 그 신사가 환상에 사로잡힌 거라고
추측하지 않으려면. 그래, 계속 미심쩍은 상태로 있지 않으려면,
그의 미래의 부인한테도 대꾸할 기회를 반드시 줘야지, **정**말
그러네, 자기야, 이 사람이 토하려나 봐. 바로 그때가 되면 내가
알게 되겠지. 마지막 한숨에, 아니면 너무 자주 죽음의 엄숙함을
깨는 그런 유감스러운 딸꾹질 도중에 이루어지는 탄생을.
마후드, 내가 의사 한 명을 알고 지낸 적이 있었는데, 그 의사는

84

임종 직전에 나오는 숨은, 철저히 과학적인 관점에서 봤을 때, 항문을 통해서만 나올 수밖에 없으므로, 가족은 유언장을 개봉하기 전에, 맨 아래에 나 있는 바로 그 구멍에다 거울을 갖다 대 봐야 한다고 주장하고는 했어. 아무튼, 나는 죽음과 관련된 그와 같은 세부 사항들을 다시 살펴보지도 않은 채, 죽음 그 자체가, 그보다 앞서 있는 삶에 대한 증거이거나, 심지어는 강력한 추정이 된다는 전제를 해 버리고 마는 중대한 실수를 저질렀어. 게다가 나는 내 입장에서 말하자면 더 이상 이 세상을 떠나고 싶지가 않아, 그들이, 내가 그 일의 주모자로 나를 지목할 수는 없으니까, 예컨대 엉덩이를 걷어차든, 또는 입을 맞추든, 어떻게 해서든 주의를 끌어서, 억지로 내게 확신을 심어 주듯이, 전에 있었던 곳이라는 확신도 없이 나를 억지로 밀어 넣으려고 하는 이 세상을 떠나고 싶지 않아. 그래, 나는 더 이상 떠나고 싶지가 않다고, 사실 그렇게 한들 나는 아무 도움도 안 되고, 아무 변화도 일으키지 못하며, 아무것도 끝내지 못하리라는 걸 알고 있거든. 그러니까 3분의 2 정도는, 저기, 내 앞에서, 아주 객관적으로, 나를 증명하고 나머지는 내가 알아서 하면 얼마나 좋을까. 안으로 눈을 뜨면, 모든 게 다 단순해지고 명료해지잖아, 물론 여기서 대조의 묘미도 더 잘 살릴 겸, 그 전에 눈은 바깥으로 먼저 향해 있었다고 전제해야겠지. 한창 잘나가는데 도중에 그만둬 버리면, 그게 비록 더는 할 수 없어서 그런 것일지라도, 나는 아쉬워할지도 몰라. 사실 난 그렇게 빨리는 다시 시작하지 못할 테니까, 아 그러면 안 되는데. 게다가 이 빌어먹을 1인칭에 질려 버렸어, 도저히 참을 수가 없다고, 아니 이 1인칭이 중심 화제가 아니잖아, 내가 좀 따져야겠어. 하지만 그렇다고 마후드를 문제 삼을 수는 없어, 아직은. 웜은 더더군다나 아니고. 나 원 참, 대명사 그까짓 게 뭐라고, 그것에 혹하지만 않으면 되잖아. 게다가 다 습관 들이기 나름이라고. 나중에 우리가 한번 살펴보도록 하지. 내가 어디까지 했지? 아 그래, 단순한 것과 명료한 것이 주는 기쁨. 여기에 그 가엾은 마들렌도, 나한테 아주 잘해 주는 그녀도 어디 한번 끌어들여 보자. 그렇게나 나한테 신경을 써 주고, 그렇게나 끈질기게 나만을 주시하는데, 도대체 무엇이 부족해서 나는, 그

희한한 섬[72]의, 브랑시옹 거리[73]에, 내가 실제로 있는 게 맞는지 의심하는 걸까. 아니 내가 거기에 없는데, 하나도 빼먹지 말았으면 좋겠는데 하여간, 미쳤다고 그녀가 일요일마다 내 더러운 배설물을 치우겠어, 서리가 내릴 정도로 짙은 찬 안개가 몰려올 때면 내 보금자리를 만들어 주겠냐고, 눈 맞지 않게 나를 보살펴 줄까, 내 톱밥을 갈아 주기나 하겠냐고, 과연 병든 내 머리에다 소금을 뿌릴까? 나의 실체에 대한 확신도 없이, 그녀가 나한테 목줄을 채우고, 받침돌 위에 올려놓고, 나를 초롱으로 꾸미고 그랬을까? 내가 이와 같은 명백함을 인정할 수 있고, 이 명백함이 허용하는 정의가 마침내 이루어진 상황이라면 나는 얼마나 행복할까. 불행하게도 나는 이 명백함을 가장 신용할 수 없는 일 중 하나로, 게다가 용인할 수 없는 일로 여기고 있어. 그렇잖아, 며칠 전부터 그녀가 내 처소에 평소보다도 갑절이나 들인 그 정성을, 엄청난 혼란에서 비롯된 행동이라고 여기지 않으면, 달리 어떻게 생각해야 할까? 그게 일주일에 겨우 한 번 보았던, 초창기 때의 차분했던 그녀의 모습과는 너무나도 다르잖아. 툭 까놓고 분명하게 말하자고, 그 여자, 나에 대한 믿음을, 잃어 가고 있는 중이라고. 게다가 그녀는, 그 자리에서, 내가 여전히 약간이라도 상상이 되는지 알아보려고 수시로 오면서 자신의 잘못을 결국 시인하게 되는 순간을 늦춰 보려고 하고 있어. 마찬가지로 신에 대한 믿음도, 아주 조심스럽게 말하자면, 더 많은 헌신과 더 세밀한 조사를 하고 난 다음에 때때로 사라지기도 하잖아, 나는 그렇게 보이거든. 여기서 나는 과감하게 논리적 변별 작업[74]을 해 볼 거야(그렇게 나는 늘 생각하지). 나의 성역은 실제로 그곳이라는 말, 나는 그걸 부인할 생각은 없어, 나와는 상관없는 일이니까, 비록 그 정도로 커다란 단지 하나가 그런 장소에 있다는 게, 사실인지 아닌지 시비 걸고 싶은 마음도 없지만, 나한테는 거의 있을 수 없는 일처럼 보일지라도. 여하간 부인할 마음은 없어. 나는 그저 그 안에 내가 있는 게 사실인지 의심스러울 뿐이야. 성전을 올리는 일이 그 성전으로부터 숭배 대상을 내려오게 만드는 일보다 더 쉬운 법이니까. 그렇긴 한데 나는 약간만 비슷해도 헷갈리거든. 바로 그래서 논리적 변별 작업을 하는 거야. 그러거나 말거나. 그녀가 나를 사랑한다고, 나는 항상 느끼고 있었어. 그녀한테는 내가 필요해. 아무리 가게며, 텃밭이며, 남편이며, 어쩌면 아이들도, 있으면 뭐해, 오로지 나만이 채울 수 있는 빈 공간이 그녀 안에 있는데. 상황이 이러하니, 그녀가 허깨비를 본다 해도, 놀라운 일이 전혀 아닌 거야. 어느 때에는, 그녀한테서, 나와, 가까운 친족의 모습이, 즉 엄마, 누이, 딸, 등등의 모습이, 게다가 나를 붙잡아 두고 있는, 배우자의 모습이 보이는 듯했어. 다시 말해서 마후드가, 그가 중요하게 생각하는 부분을 내가 거의 존중하지 않는 걸 보고서, **나**는 아무 말도 안 한 거야, 이렇게 덧붙이며, 내게 이상의 추측을 불어넣었던 거야. 사실 그 추측은, 처음 얼핏, 받은 인상만큼 괴상망측하지는 않아. 그건 발화되는 순간에, 그때만 해도 나를 후려치지 않았던 몇몇 이상한 문제들을 해결해 주거든, 무엇보다도 편견 없는 사람들의 눈에, 말하자면 모든 사람들의 눈에 비친, 나의 존재[75]에 대한 문제까지도 천천히 해소해 주는 거야. 아니 그렇잖아 공공장소에서 나를 보이지 않게 숨겨 놓자는 결론이 났는데도, 내 머리를 부각시키기 위해 또 어두워지자마자 내 머리를 예술적으로 밝히기 위해 왜 그렇게 애를 썼던 거지? 당신들은, 대명사는 그리 신경 쓰지 말라고, 중요한 것은 오로지 결과뿐이라고 나한테 말하는군. 한 가지 더. 내가 알기로, 그 여자는 나한테 말을 건 적이 전혀 없었어. 혹시 내가 그 반대로 말하는 일이 있었다면, 그건 내 실수야. 혹시 이후에도 그런 일이 일어나고 있다면, 그것도 내 실수고. 내가 지금 실수하고 있는 게 아니라면 말이지. 하고자 하는 주장을 뒷받침하기 위해, 어쨌거나 기록을. 다정한 말이라고는 단 한 마디도 없었어, 질책하는 말도 전혀 없었고. 남들한테 내 존재를 알게 될까 봐 두려워서? 아니면 환상을 깰까 봐? 내가 요약해 보지. 내 유일한 신자인 그녀가 나를 부인해야만 하는 날이 다가오고 있는 거야. 아무 일도 일어나지 않았어. 초롱들이 여전히 꺼진 채로 있잖아. 같은 저녁때인가? 저녁 식사 시간은 아마도 지난 것 같은데. 마르그리트가, 평소처럼, 내가 알아차리지 못하게, 왔다가, 갔다가, 다시 왔다가, 다시 갔을 수도 있어. 나는 어쩌면, 한동안,

그런 줄도 모른 채, 온갖 불빛들로 반짝반짝 빛을 내고 있었겠지. 그래도 뭔가가 변했어. 밤이 평소 같지가 않아. 별들이 안 보여서 그러는 건 아니야, 저기, 내가 볼 수 있는 좁다란 하늘에 별이 뜨는 경우가 흔치 않거든. 아무것도 안 보여서, 심지어 철책마저도 안 보이니까 그러는 것도 아니야, 그런 일은 나한테 자주 일어났으니까. 침묵 때문에도 역시 아니야, 이 구석이 밤에는 조용하거든. 게다가 나는 반쯤 귀가 먹었어. 축사 쪽에서 나는 이상한 소리에 내가 쓸데없이 귀를 기울이는 일도 이번이 처음이 아니고. 갑자기 말 한 마리가 울겠지. 그러면 변한 건 아무것도 없음을 나는 알게 될 거야. 아니면 무릎 높이에 있는, 관리인의 손전등이, 안뜰로 지나가는 걸 보겠지. 인내심을 가져야만 해. 날이 춥네, 오늘 아침에 눈이 왔었거든, 그런데도 내 머리 위로 찬 공기가 느껴지지가 않아. 나는 아마도 여전히 덮개를 쓰고 있나 봐, 그녀가 밤사이에 눈이 다시 내릴까 봐 걱정이 돼서, 내가 생각에 깊이 잠겨 있는 틈을 타, 내 위에다 덮개를 어쩌면 다시 놓았을 수도 있어. 하지만 내가 정말 좋아하는 그 느낌, 내 머리를 누르는 덮개의 그 느낌, 그것 역시도 나한테 느껴지지가 않아. 내 머리가 무감각해진 건가? 내가 생각에 빠져 있는 동안에 무슨 발작이라도 일어났던 건가? 나도 모르겠어. 나는 나한테 질문하지 않고, 바짝 주의를 기울이면서, 참고 기다리려고 해. 여러 시간이 흘렀으니, 다시 날이 밝았을 거야, 변한 건 아무것도 없었어, 나한테 아무 소리도 안 들리고, 아무것도 안 보이며, 내 머리에 아무 감각도 없으니까. 내가 그들한테 책임을 물었더니, 그들이 아마도 나를 풀어 주었던 것 같아. 사실은 내 몸에 닿는 부분이 전혀 없는 상태로, 완전히 갇혀 있는 그 느낌이, 새로운 거야. 손발이 사라진 내 몸통에 톱밥도 더 이상 닿지 않으니, 나는 이제 내 몸이 어디에서 끝나는지 모르겠어. 나는 놓아 버렸어, 어제, 마후드의 세상을, 그 길을, 싸구려 식당을, 도살장을, 조각상과, 철책 사이로 보이는, 석필 같은 하늘을. 다시는 가축의 울음소리, 포크들과 유리잔들이 서로 부딪히며 내는 소리, 화가 난 도살자들이 갑자기 꽥 지르는 소리, 음식과 가격을 반복해서 열거하는 단조로운 소리를 듣지 못하겠지. 내가 살아 있기를 헛되이 바라는 여자도 이제는 없을 테고, 내 그림자가 저녁마다 바닥을 검게 더럽히는 일도 없겠지. 마후드의 이야기는 끝났어, 그 이야기는 나에 관한 이야기가 될 수 없다는 사실을 그가 깨달았거든. 그가 포기를 한 거지, 그를 기쁘게 해서, 마음 편하게 있으려고, 지기 위해 온갖 노력을 다했건만, 이긴 자는 바로 내가 된 거야. 이겼다고 해서 내가 마음 편하게 있을 수 있을까? 그럴 것 같지 않아, 내가 말없이 조용히 있을 것 같지가 않다고. 게다가 지금까지 한 모든 가정들은 아마도 전부 다 틀린 것 같아. 반드시 죽어야 하는 운명을 공격하려고, 더 강력한 무기들로 무장시켜서, 어쩌면 나를 다시 투입시킬지도 모르니까. 아니 그보다는, 내 임무에 따라, 그 상황을 보고하려면, 무슨 일이 벌어지고 있는 중인지 아는 게 오히려 더 중요해. 전부 다 목소리들의 문제라는 점을, 잊어서는 안 되는데, 가끔씩 잊어버릴 때가 있어. 벌어지고 있는 일이라는 게, 말들인 거지 뭐. 그들이 나한테 말을 하다 하다 끝내 언젠가는 지쳐 버리겠지 하는 희망에 기대어, 나는 그들이 나한테 말하라고 말한 걸 말하고는 있어. 그런데 알아들을 귀도 없고, 이해할 만한 머리도 없고, 제대로 기억도 못 해서, 나는 그저 잘못된 말만을 하고 있는 거야. 지금은 시작하는 목소리는 바로 웜의 목소리라고 내가 하는 말을 내가 듣고서, 들은 그대로, 나는 그 소식을 전하고 있어. 말하는 이는 바로 나라고 내가 믿고 있다고 그들이 믿을까? 이거 이것도 그들한테서 나온 말이야. 나한테는 나만의 한 자아가 있으므로, 그들이 그들만의 자아를 말하듯, 나도 내 자아를 말할 수 있다고 내가 믿도록 하기 위해서 말이지. 이것도 또 함정이야, 그 생존자들 사이에 끼어 있는 나를 갑자기, 따악, 내가 알아채고 찾아내도록 하는 함정이라고. 그들이 아무리 설명을 해도 나를 제대로 이해시킬 수 없었을 테니까 이런 식으로 내가 함정에 빠지고 마는 거지. 멍청한 걸로는, 그들이 결코 나를 이기지 못할 거야. 그들은 왜 그런 식으로 나한테 말하는 거지? 아마도 어떤 상황들이 나를 거치면서 변하나 봐, 중요한 상황들조차도, 그런데도 그 일에 그들은 아무 조치도 취하지 못하는 것처럼 보여. 이상의 질문들을 한 이가 바로 나라고 내가 믿고 있다고 그들이 믿을까? 이것 역시 그들한테서

나온 말이야. 어쩌면 약간 왜곡되었을지도. 나는 그렇게 하는 게
좋은 방법이 아니라고 말하는 게 아냐. 나는 그들이 결국 나를
손아귀에 넣지 못할 것이라고 말하는 게 아니라고. 나는 그렇게
되기를 바라고 있거든, 버려지기 위해서. 피곤한 건 바로 그러한
추적이야, 한없이 궁지로 몰리는 그러한 상황이지. 그 이미지들,
그들은 그 이미지들을 과장해서 마침내 나를 유인할 거라는
터무니없는 생각을 하고 있어. 아기가 신장염에 걸리지 않도록
쉬이이 소리 내는 엄마들처럼. 그들은, 그래, 그들은, 그들은 지금
모두 같은 처지야. 웜이 할 차례구나, 이제는 그가 선(先)이잖아,
나는 그가 즐겼으면 정말 좋겠어. 이런 그들이 만들어 보려고 했던
나의 모습에 그가 반대한다고 내가 생각했다니. 이런 내 안이
아니라, 그의 안에서, 나를 향한 일보(一步)를 내가 목격한 거잖아,
나를 그가 되도록, 마후드의 대적자인 그가 되도록 이끌고서,
그런데 가능한 단 하나의 인생으로, 약간이라도, 살아 보고
있는 게 아니라면, 나는, 나는 도대체 뭘 하고 있는 걸까, 이렇게
말하기. 이런 게 연합작전이라는 거야. 아니면 귀류법[76]을, 나는
존재할 수 없다고 가정하는 귀류법을 통해, 내가 존재하고 있음을
입증하기, 이런 게 연합작전이지. 안타깝지만 선입관을 갖는 일이
나한테는 아무 도움도 안 돼, 만일 내가 선입관을 가지고 있어도,
그 선입관이 절대로 오래 지속되지 않으니까. 게다가 나는 그가
용감하게 벌이고 있는 그 일에서 큰 성공을 거두기를 바라고
있거든. 그뿐만이 아니야 나는 그에게 협력도 할 생각이야. 내
능력을 알고 있고, 별다른 도리도 없으니, 내 능력이 되는 한도
내에서, 마후드와 그의 일당들에게 했던 그대로 할 거라고. 아,
웜, 그가 아는 게 없다니, 자신이 어떤 상태인지, 자신이 어디에
있는지, 무슨 일이 벌어지고 있는지 아는 바가 없다니, 사실 이
정도는 약과야. 그가 모르고 있는 점이 있는데, 그것은 바로
알아야 할 게 있다는 사실이지. 그의 감각들은, 그에 관해서나,
나머지 존재들에 관해서나, 그한테 아무것도 가르쳐 주지 않아,
그러니까 그런 식의 식별이 그한테는 낯선 거야. 아무것도 못
느끼고, 아무것도 모르지만, 그는 그럼에도 불구하고 어쨌거나
존재하기는 하는데, 그게 자기 자신을 위해서가 아니라, 그

인간들을 위해서인 거지, 설령 존재하고 있는 자일지라도, 마치 누군가에 의해 잉태되는 존재가 아니라면 존재하는 것이라고 말할 수 없다는 듯이, **우리**가 웜을 잉태해서, 그가 여기에 있는 거야, 이렇게 말하며 그를 잉태하고 있는 그 인간들. 그 인간들이. 우선은 한 명만, 그러고 나서 다른 인간들도. 자신의 뇌리에서 떠나지 않는, 아주 무능하고, 아주 무식한 자를 향해 우선은 한 명만 가고, 그러고 나서 다른 인간들도 가. 그 한 명이 자기 자신을 양식으로 내주고 싶을 정도로, 굶주린 그자, 그러니까 인간다운 면모가 전혀 없는, 다른 면모도 전혀 보이지 않는, 아무것도 없는, 아무것도 아닌 바로 그자를 향해서 가는 거지. 출산의 과정을 거치지 않고 세상으로 와, 인생을 누려 보지도 않은 채 세상에 머물러 있으면서도, 죽음은 원하지 않는, 기쁨들의, 고통들의, 평안의 진원지가 되는 그자한테로. 덜 변해서 더 실재적으로 생각되는 그자. 결국은 길고 헛된 삶으로 인해 언제나 끊임없이 존재했던, 삶을 벗어난 자. 하늘 아래, 저 위로, 밤마다 뛰쳐나오는, 그런 미쳐 날뛰는 꿈을 꾸는 동안, 어디에 있는지, 어디에 있었는지 알아내려고 하는 광기를, 생각해 내려고 하는 광기를, 말하려고 하는 그런 광기를 면하지 못한 자. 몰라서 그가 말하지 않는 자기 자신, 될 수 없었기에 되려고 더 이상 애쓰지 않는 자기 자신, 그런 자기 자신을 몰라서 침묵하고 있는 그자. 그자한테서 자신들의 모습을 알아보고서 항상 그렇듯이 그한테 오만상을 찌푸리는 이들로 둘러싸여 있는 바로 그자 말이야. 이와 같은 정보들을 줘서 고마워. 격려가 되는 정보들이야. 그런데 그게 다가 아니야. 자신의 진짜 얼굴을 찾으려고 하는 자, 다시 평온이 임하길, 동그랗게 부릅뜬 두 눈에, 불안으로 경련을 일으키고 있는, 바로 그 얼굴을 찾게 되리라. 사는 동안, 사는 것처럼 살았기를 바라는 자, 안심하기를, 삶이 어떻게 살았는지 말해 주리라. 와 진정으로 위로가 되는 말들이네. 웜, 웜이 되어 봐, 그러면 너는 그게 불가능하다는 사실을 알게 될 거야, 아니 이거 웬 벨벳 장갑[77]이야, 누구를 때렸는지, 손마디 부분이 약간 닳아 있네. 쳇, 우리가 그자의 눈에서 별이나 보이게 해 주자. 그리고 첫날처럼 부들부들 힘없이 축 늘어져 있는, 서투른 손놀림을 많이 거친 이 불량한 낡은 천에, 마지막 손질을 시작해 보자고. 하지만 이건 전적으로 목소리의 문제잖아, 완전히 다른 종류의 이미지는 치워 버려야 해. 자신의 목소리를 가지고 있지 않은 자의 목소리로서, 적당하면서도, 마지막이 될, 그런 목소리가, 자신의 고백을 통해서, 나를 관통하면 얼마나 좋을까. 그들은 말문이 막혀 에헴 마른기침을 해 대면서도 나를 회유하리라고 믿고 있는 건가? 내가 성공을 하건 실패를 하건 간에, 그게 나한테 무슨 소용이 있을까? 그 기획은 나한테서 나온 게 아닌데. 만일 그들이 내가 성공하기를 바란다면, 나는 실패해 버릴 거야, 그들을 등에 업고 가겠다는 말이지. 내가 하고 있는 말 가운데 나에 관한 말이 한 마디라도 들어 있나? 아니 없어, 나는 목소리가 없으니까, 이 장에서 나는 목소리가 없어. 이게 바로 내가 나와 웜을 혼동했던 이유들 중 하나야. 하지만 나는 이유들이 없잖아, 이유가 없어, 나는 웜과 같아, 목소리도 없고 이유도 없어, 내가 웜이네, 아니야, 내가 만일 웜이라면 내가 그걸 모를 리 없어, 혹 그렇다면 내가 그런 식으로 말하지 않겠지, 나는 아무 말도 못 할 거야, 나는 아무것도 모를 테니까, 그래도 나는 웜일지도 몰라. 여하간 나는 아무 말도 안 하고 있어, 나는 아무것도 모르니까, 그 목소리들은 나한테서 나오는 게 아니야, 그 생각들도, 내 안에 살고 있는 적들한테서 나오는 거라고. 난공불락의 존재, 웜이 나일 리가 없다고 나보고 말하게 하는 적들. 그들이 웜이듯이, 어쩌면 나도 웜일 수 있다고 나보고 말하게 하는 적들. 내가 웜일 리가 없으니까, 나는 웜이어야만 한다고 나보고 말하게 하는 바로 그 적들. 내가 마후드일 수 있었기에, 마후드일 수 없었던 내가, 웜일 수 없을 테니까, 웜이어야만 한다고 말하게 하는. 여하간 웜이 될 수 없었던 나는, 다양한 경로를 통해, 자동적으로, 마후드가 될 거라고 말하는 이들도 언제나 그들이지? 마치, 잠깐 조용히 있어 봐, 마치 내가, 뭔가를, 암시만으로도 이해할 만큼 충분히 성장했다는 듯이, 아니 그렇지 않아, 나는 설명이 필요해, 전부 다, 그래 그렇긴 한데, 나는 이해를 못 하잖아, 바로 이렇게, 바보같이 굴어서, 결국에는, 내가 그들을 짜증 나게 하겠지, 나를 진정시키기 위해서, 내가 실제보다도 나 자신을 더 멍청하게 여기도록, 그렇게 말하는 자식들이 바로 그놈들이잖아. 게다가, 전혀 예상 밖으로, 웜이 되었지만, 내가 웜이 되자마자, 그 웜이 마후드로 밝혀짐으로써, 나는 결국 마후드가 되리라고 말하는 이들도 언제나 그들이지? 아 그자들이 그냥 시작하고 싶어 하면 딱 좋겠는데, 그들 마음대로 나를 만들고, 그들 마음대로 나를 만드는 일에, 이번에는 성공하고 싶어 하기만 하면 딱인데, 나는 그들이 원하는 대로 다 할 작정이거든, 계속 쓸데없이 만지작거리는 재료, 그런 재료로 남아 있는 것에 나도 넌덜머리가 나니까. 아니면 그들이 싸우는 데 지쳐서, 정신 나간 놈이 아니고서야 일정한 모양으로 정리할 생각을 절대로 할 수 없을 만큼 엉망진창인 더미 속으로, 뭉텅이로, 나를 던져 버리고 싶어 하기만 해도. 그런데 그들이 동의를 안 해 주는 거지, 그들 모두가 다 똑같은 입장인데도, 그들은 나를 가지고 자신들이 만들고 싶어 하는 게 뭔지도 모르고 있어, 그들은 내가 어디에 있는지, 또 어떻게 존재하는지도 알지 못해, 내가 먼지 같은 존재다 보니, 그들은 먼지 인간을 하나 만들고 싶은가 봐. 자 이렇게 그들은 절망으로 빠져드는 거야. 이거 이건 있잖아 나를 달래서, 나한테 헛된 희망을 주어, 그런 식으로 말하는 자가 그놈들일 수는 없다고, 그런 식으로 말하는 이는 나일 수밖에 없다고, 마침내 내가, 마침내 나 자신한테, 내가 하는 말을 내가 듣고 있는 것처럼 보이기 위한 거야. 아 왁자지껄한 이 소리들 가운데서 내 목소리를 발견하게 되면 얼마나 좋을까, 그러면 나의 수고와, 그들의 수고는 끝이 날 텐데. 그가 이야기했어, 그는 그가 이야기했다고 믿고 있어, 그는 우리한테서 나온 자야, 지금은 우리 모두 입 다물고 잠자코 있자, 모두 다. 이렇게 짧은 침묵들이 존재하는 데에는 다 이유가 있어, 내가 바로 내가 그 침묵들을 깨트리도록 하기 위해서지. 내가 침묵을 견디지 못하니까, 침묵에 대한 두려움으로 언젠가는 반드시, 어떤 식으로라도, 내가 침묵을 깨트릴 거라고 그들은 믿고 있거든. 그래서 그들이 매 순간 말을 중단하는 거야, 나를 끝까지 몰아가려고. 그렇기는 하지만 그들도 너무 오랫동안 침묵하려고 하지는 않아, 작업이 수포로 돌아갈 수 있으니까. 사람이 내는 듯한 속삭임을 확 잡아채려고, 모두가 몸을 숙이고 있는 그 구멍들, 내가 그 구멍들을 좋아하지 않는 건 사실이야. 그거 그것은 침묵이 아니라, 덫이야, 상처 입은 명주원숭이처럼, 처음이자 마지막으로, 인간이 낼 만한 짧은 비명을 지르며, 그 안으로 떨어져서, 꿱 하고, 정말로, 사라져 버릴 수만 있다면 더 바랄 나위 없는 덫이지. 마침내, 행복에 취해 정신없는 순간에, 그들로 인해 내가 웜한테 목소리를 넘겨주는 일이 벌어져도, 이건 아무도 모르는 일이니까, 혼란에 빠져 정신없는 순간에, 나는 그 목소리를 아마 내 것으로 삼을지도 몰라. 자 이게 지금 화제가 되고 있는 사안이야. 하지만 그들은 그렇게 하지 못할 거야. 그들이 마후드에게 이야기를 하도록 시킬 수 있었을까? 내가 보기에는 아니거든. 나는 머피가 때때로 이야기를 했다고 믿고 있어, 어쩌면 다른 자들도, 기억이 나지는 않지만, 그런데 그게 정상적으로 이루어진 게 아니었어, 내 눈에는 복화술사가 보였으니까. 내 느낌에 그게 조만간 시작될 것 같아. 그들은 존재와 실존에 관한 이야기들로, 나를 멍청한 놈으로 충분히 몰아갈 만한 자들이야. 아 그래, 내가 웜이 누구인지, 그는 어떠한지, 그가 어디에 있는지, 그는 무엇을 하는지 더 이상 기억하지 못하는 지금, 나는 웜이 되기 시작하고 있어. 고등 사범학교 준비생이나 할 법한 이러한 발언들만 아니면 뭐든 좋을 텐데. 순식간에 어느 한 장소. 입구도, 출구도 없는, 안전한 장소. 에덴 같은 곳은 아니야. 그리고 그 안에 있는 웜. 아무것도 못 느끼고, 아무것도 모르며, 아무것도 할 수 없고, 아무것도 원하지 않는 상태. 영원히 멈추지 않을 그 소리가 그에게 들려올 때까지. 그때가 되면 끝이 나겠지, 웜은 더 이상 없을 거야. 우리는 그 사실을 알지만, 우리는 그건 말하지 않고, 웜의, 시작이라고, 깨어날 시간이라고만 말하고 있어, 왜냐하면 말해야만 하니까, 지금 웜에 대해서 말해야만 하고, 그렇게 할 수 있어야만 하니까. 더 이상 그자가 아니지만, 여전히 그자인 듯이, 그를 쫓아내어, 불행하게 하리라는 소리를, 바들바들 떨며 듣고 있는 귀, 응시하는 눈, 애쓰고 있는 머리의 그자인 듯이 그렇게 행동하자. 그래, 그자를 웜이라고 부르자, **하**지만 한 번 더 사는 거잖아, 어디에나 늘 있는 그 삶을, 모든 사람들이 이야기하는, 단 한 번만 살 수 있는 그 삶을, 이런 사기를 당하고서, 우리한테 소리칠 수 있도록. 아무것도 믿지 않았던 웜인데, 어쩌다 자신을 다른 이로 믿게 되었는지 참으로 안타까운 웜, 그의 꼴이 마치 종신형을 받은 자나, 심신상실자로 착각될 정도로 딱하게 되었어. 나는 어디에 있는 거지? 이건 청취자로서의 한 생애를 마치자마자, 내게 든 바로 첫 번째 생각이야. 답을 얻지 못한 채 남겨진, 이 질문에서, 한참 이따가, 보다 사적인 성질의, 예상치 못한 다른 질문들로, 나는 접어들 거야. 나는 아마도 결국, 혼수상태로 다시 빠지기 전에, 내가 살아 있다고, 기술적으로 말하고 있다고 여기게 되겠지. 여하튼 차근차근 체계적으로 헤쳐 나가자. 언제나 그렇듯이, 나는 내 최선을 다할 거야, 달리 방도가 없으니까. 그 어느 때보다도 송장처럼 보이게 나를 만들어 놔도, 나는 다 받아들일 거야. 귀를 통해, 받아들인 말들을 원래 그대로, 아니면 원뿔 모양의 어떤 기구에다 고래고래 소리를 지름으로써, 항문 속으로 들어온 말들을 원래 그대로, 그 말들을, 가능한 한, 원래의 순수한 상태로 온전히 유지하고 원래의 순서에 똑같이 맞춰서, 입을 통해, 나는 그대로 돌려보낼 거야. 도착과 출발 사이에 생기는, 그런 경미한 머뭇거림, 배출하는 데 걸리는 그런 약간의 지체, 이런 점들이 걱정이 돼, 전부 다 내가 저지를 수 있는 일들이라서. 만일 그들이 다시 더듬더듬 말하기 시작하지 않을 경우에, 나에 관한 진실이 단 한 번만 분출되어도 내가 입을 피해는 상당할 거야. 그럼 어떻게 해야 할지 말해 봐. 그만 지체하기. 나는 웜이야, 다시 말해서 나는 이제 웜이 아니라는 말이지, 와 이런, 내가 순식간에 이해하다니. 그렇기는 하지만, 극심하게 타오르는 고통 속으로 들어가면, 그거 즉 내가 이해한 바를 나는 잊게 되겠지, 나는 더 이상 웜이 아니라, 일종의 짝퉁 투생 루베르튀르[78]같은 존재라는 사실을 잊게 될 거라고, 그거야말로 그들이 정말로 기대하고 있는 바이기는 하지만. 웜은, 아니 나는 말할 수 없이 심각하게 단조로운데도, 어느 정도의 다양성을 확실히 드러내고 있는, 영원히 멈추지 않을 그 소리를 지각하고 있어. 그들이 나한테 말해 주지 않았던 부분이지만, 정체 모를 영원의 끝으로 가면, 그 소리는 하나의 목소리라는 점을

내가 알 수 있을 정도로, 또 이미 다리 하나를 걸치고 있다고 내가
자부할 수 있는 자연에는, 지체 없이 듣게 될, 유달리 더 불쾌한
소리들이 있다는 점을 알 수 있을 정도로 내 통찰력은 충분히
증폭되지. 자 이런 데도 인간이라고 볼 수 있는 소인(素因)들이
나한테는 없었다고 어디 한번 말해 보시지. 처음으로 그런 불행한
일을 겪고 나니까, 그 뒤로부터 가야 할 길이 얼마나 피곤하게
느껴지던지. 몽롱한 상태에서도, 수반되는 공포 가운데, 뇌세포에
불을 내면서, 얼마나 많은 신경들이 잡아 뜯겨 그대로 드러났던지
살갗이 벗겨진 자, 그자가 일에 체계를 세우는 데, 시간이 많이
걸렸어, 많이 걸렸지. 그러니까 그게 에이 아니다 아무것도
아니야. 바보 같은 짓. 공동의 운명. 장난. 영원하지 않은. 그러니
서둘러 즐겨야만 해. 그들이 나한테 장미를 언급했어. 결국에는
내가 그 꽃향기를 맡겠지, 일은 바로 그런 식으로 이루어지니까.
그러고 나서 그들이 그 가시들을 강조할 테지. 정말 굉장히
다채롭네. 그 가시들로, 불쌍한 예수한테 한 대로, 나를 찌르려면
그들이 와야만 할 거야. 그렇지 않아, 나는 나 자신은 그 누구의
도움도 필요치 않아, 내 처지를 개의치 않고 공상에 빠져들고
있는 듯한 느낌을 내가 받게 되는 어느 날, 그 가시들이 저절로,
내 엉덩이 밑에서 돋아나기 시작할 테니까. 한 사발[79]이나 되는
가시들과, 향기로운 공기. 하지만 그래도 너무 앞서가지는
말자. 나는 여전히 만족스럽지가 않아, 나한테는 아무런 기술도
없으니까, 아무런. 이것 봐 봐, 나는 나를 이동시키는 법을 여전히
모르고 있어. 나와 관련해서는, 국지적으로 이동시키는 법을, 똥과
관련해서는, 전체적으로 이동시키는 법을 전혀 모르고 있다고.
나는 알기를 바라는 법도 모르기 때문에, 알기를 그냥 헛되이
바라고만 있지. 나한테서 나오지 않는 건 다른 곳에다 문의할
수밖에 없어. 마찬가지로 사고력도, 처음 느껴 본 격렬한 고통
같은, 극도로 위급한 경우들이 아닌 경우에도 충분히 제 기량을
발휘할 수 있을 만큼 유연한 그런 사고력이 내게는 아직 없어.
나는 의미론이라는 문제에, 예컨대, 시간을 빨리 가게 할 수 있는
그런 종류의 문제에는 붙잡혀 있지 않을 거야. 다른 이들한테는
체험 시간이 없어지는, 개인의 차원을 넘어서는 사심 없는 사색의

즐거움들을 제공하는 문제지만. 나는 말이지, 연기에 휩싸인 말벌집을 가득 채우는 엄청난 혼란과 같은 그런 혼란이 만일 거기에 있다면, 어느 정도의 공포를 넘어섰기 때문에 벌어진 일이라고 생각할 수밖에 없어. 내성이 생기기만 하면, 그런 혼란에서 내가 점차로 빠져나올 수 있다는 말이야? 그건 지금 내가 몸담고 있는 레퍼토리의 범위를 잘 몰라서 하는 소리일 거야, 게다가 막 수습을 마친 내게 앞으로 닥칠 시련에 비하면 그 레퍼토리가 별거 아닌 듯이 보일 수도 있으니까. 불빛들은, 멀리 저 아래에서 반짝이다가, 갑자기 자리를 박차고 쭉 올라가, 확 팽창하더니, 나를 삼켜 버리기 위해서, 눈을 뜰 수 없을 정도로 밝은 빛을 내며, 나를 급습하는 그 불빛들은, 그저 하나의 예시에 불과해. 내가 아무리 그 불빛들을 잘 알고 있다 해도, 그 빛들로부터 생각할 거리는 언제나 생기기 마련이야. 지금까지도 변함없이 마지막 순간에, 내가 지글지글 타들어 가려는 막 그 무렵에, 그 불빛들은 팍 꺼지고 말거든, 연기와 휘파람 소리를 내면서, 하여튼, 그러니까 내가 침착하게 있는 거잖아. 저 위 약간 오른쪽에다, 잘 두려고 하는 내 머리의 안쪽에서도, 불티들이 타닥 튀어 오르다 두개골 내벽들에 부딪혀 갑자기 푹 꺼져 버리고는 해. 때때로 나는 나도 어느 머릿속에 들어가 있다고 나한테 말하고는 하는데, 내가 그렇게 하는 데에는 두려움이, 그리고 사방을 두꺼운 뼈로 막고, 안전하게 있고 싶은 욕망이 있어서 그러는 거야. 그리고 여기에 덧붙일 말이 있는데, 그것은 아무 해가 안 되는 약한 불빛들로 내 하늘에 긴 상흔을 남기고, 아무 의미 없는 소문들로 나를 괴롭히는 다른 한 명의 여러 생각들로 인해 두려움에 사로잡히도록 나를 방치하는 실수를 내가 저지르고 말았다는 거야. 하지만 모든 일에는 각각 그 나름의 때가 있는 법. 그리고 금방 포기할 것처럼, 자주 당황하고 주저하기도 하지만, 절대로 멈추지 않는, 나를 왜곡되게 말한 적 있는 그 목소리만 빼고, 모두는, 내가 진짜로 뭐이었을 때처럼, 자주 잠을 자는 거야. 그런데 있잖아 그게 자는 게 아니라 잠깐 실신한 거더라고, 나한테 소망하는 법을 가르치기 위해서, 일부러 그렇게들 한 게 아니라면 말이지. 그거 참 웃기는 일이네, 그들이 나를 조종했던 비루한 내 젊은 시절에서, 내가

97

느끼는 절망처럼, 절망적이기도 하고, 여하간 그들 수중으로 넘겨지기 전까지, 즉 내가 뭐이었을 당시에, 내가 어땠는지 나는 기억이 나는 것도 같아. 이건 나로 하여금 이렇게 말하고 싶게 만들려는 거야, **기억**을 더듬어 보니 내가 정말로 뭐이구나, 또 내가 한 만큼 그도 할 수 있었다고 믿고 싶게 만들려는 거지. 그런데 그게 잘 안됐어. 하지만 그들은, 그들이 나라고 부르는 자가 진정한 나라는 논리를, 내가 받아들이도록, 내가 마치 받아들이는 것처럼 행동하도록, 이전 방법보다는 덜 유치한, 다른 방법을 찾아낼 거야. 아니면 그들은, 어제를 언급하지도 않고, 내일을 언급하지도 않으면서, 그들이 나한테 돌려주었던 그대로 돌려줄 필요가 없는 자를 내가 완전히 잊도록 만들려고, 피곤의 작용을 믿으며, 점점 더 심하게 괴롭히는 일을 기대하겠지. 여하간 그럼에도 나는 기억이 나는 것 같아, 그러면 그 기억을 절대로 잊지 말아야지, 모든 일이 혼란스러워지기 전에, 내가 그자였을 당시, 내가 어떠했는지를 잊지 말아야 해. 하지만 그건 당연히 불가능한 일이야, 뭐은 자신이 어떠했는지, 또 자신이 누구였는지 알 수 없었으니까, 바로 이런 식으로 내가 논리를 펼쳐 나가기를 그들은 바라고 있어. 게다가 나는 또 이런 기분도 들어, 훨씬 더 고약한 일이기는 한데, 그들이 나를 가만히 내버려두기만 하면, 내가 다시 그가 될 수도 있으리라는 기분. 이번 전달은 아주 훌륭하군. 나는 그게 우리한테 무슨 소용이 있는지 궁금해. 그들이 별안간 멈추기를 기대하며, 아무 말도 하지 않기 위해 말하는 일을 멈출 수만 있다면. 아무 말도 안 한다고? 성급한 말이네. 판단은 내 몫이 아니야. 무슨 근거가 있어야 내가 판단을 할 거 아냐? 이거 또 열받게 하네. 그들은 내가 안절부절못하다가, 더는 참지 못하고 갑자기 확 달려들어 그들을 도왔으면 하는 거야. 그 모든 속셈이 얼마나 훤히 들여다보이는지. 때때로 나는 나한테 말해, 아니 그들이 나한테 말해, 아니 뭐이 나한테 말해, 어이 주어는 신경 쓸 필요 없어, 그러니까 내 공급자가 한 네다섯 명 정도, 그렇게 여러 명이 된다고 나한테 말하는 거야. 그렇기는 하지만 서로 조화를 이루지는 않아, 서로 얽혀 있지도 않고. 그러다 보니 그 공급자는 음역을, 강세를, 음조를,

바보짓을 다양하게 바꿔 가며, 다수로 보이게 하는 데 재미 들린 항상 똑같은 더러운 자식이라고 하는 편이 더 적당하지 않을까 싶어. 실제로 그런 상황이 아니라면 말이야. 미끼도 꽂지 않은 녹슨 낚싯바늘을, 아마도 나는 받아들이겠지. 그러나 그 모든 욕망들은. 그렇기는 하지만 아주 가끔씩, 아주아주 가끔씩, 길게 이어지는 침묵들도 있어, 침묵이 이어지는 동안에는, 더 이상 아무 소리도 안 들리니까, 나도 더 이상 아무 소리도 안 하게 돼. 실은 귀를 쫑긋 세우고 나는 속삭이는 소리를 듣고 있어. 하지만 나를 위해서 그러는 건 아니야, 오로지 그들을 위해서 그러는 거지, 그들이 또 머리를 맞대고 공모를 하잖아. 그들이 무슨 말을 하는지 들리지는 않아, 단지 여전히 저기에 있고, 그들이 일을, 즉 나에 관한 일을 끝내지 않았다는 사실만을 알 뿐이야. 모여 있던 그들 사이가 약간 벌어졌어. 비밀들이구나. 만일 단 하나의 비밀만이 문제가 되고 있다면, 그건 그자에 관한 비밀일 거야, 자기 자신과 상의하고, 중얼거리며, 자기 콧수염을 물어뜯고, 터무니없는 언행들의 새로운 단면에 초점을 맞추고 있는 바로 그자. 침묵이 흐르자마자, 나는, 염탐을 할 것! 아, 그들이 나에 대한 조치를 취했어. 그건 주변에 아무도 없기를 바라는 마음에서 그런 거야. 그런데 지금은 그런 말을 할 때가 아니야. 좋아. 그럼 무슨 말을 할 때지? 드디어, 웜을. 좋아. 우선은, 그의 기원까지, 거슬러 올라갈 필요가 있어, 그리고, 계속하기 위해서, 그를 나의 모습으로 만들었던 다양한 여러 단계들을 거치면서, 또 그 단계들 간의 불가피한 연결을 밝히는 데 신경을 쓰면서, 끈기 있게, 그의 뒤를 쫓을 필요가 있지. 그 모든 작업은 격렬한 어떤 움직임 안에서. 그러고 나서 내가 포기할 때까지, 그날그날의 기록들을. 그리고 마지막으로, 갓난아기의 울음소리 대신에, 희생자가 춤을 추며 부르기 시작하는 승전가. 곤란한 일이 난데없이 생기지만 않는다면. 마후드, 나는 죽는 법을 알지 못했어. 웜, 나는 곧 태어날 수 있을까? 이건 같은 문제야. 그래도 동일 인물은 아마도 아닐 거야, 결과적으로는. 미래가 그 사실을 그들한테 알려 주겠지, 이렇게 미래는 좋은 핑곗거리가 되는 거야. 여하간 계속해서 거슬러 올라가 보자, 그다음에 우리는 굴러떨어지는 거야. 차라리 그 반대로 말하는 편이 나을 텐데.
하지만 만일 해야만 하는 말을 전부 다 말해야만 한다면야. 상류
쪽에 있든, 하류 쪽에 있든, 상관이 없는 거지, 나는 귀에서부터
시작하니까, 그러기에 귀가 정말 딱 좋거든. 전에는 그게 태고의
어둠이었는데. 그 이후로는, 얼마나 환하게 빛나는 곳인지. 자
이렇게 나는 어쨌거나 꽉 꽂히고 말았어, 내 기원에, 그게 화제의
중심이 되는 건 당연한 일이야, 그것만큼 중요한 사안은 없거든.
다른 한 명이 오고 있어, 순조롭게 다 잘되고 있네, 이렇게 말할 수
있는 상황에서는. 나라면 아마도 1천 년 정도 시간을 더 잡을 것
같은데. 하긴 이제는 신경 쓸 문제가 아니지. 그 한 명이 오고 있는
중이잖아. 교회 묘지들이 눈에 익기 시작하고 있어. 나는 어느 날
아침에, 아침 식사랑 같이, 항문으로 슬쩍 빠져나갈 수는 없을지
궁리해 보고 있어. 안 돼, 내가 움직이지 못하잖아, 아직은 안 돼.
어떤 때는 머릿속에 있고, 어떤 때는 배 속에 있고, 이상해, 그리고
어떤 때는 딱히 어디다 할 수 없는 어느 곳도 아닌 곳에 있고. 만일
내 주변 전체가 쿵쾅쿵쾅 뛰고 심한 하중을 받고 있다면, 거기는
아마 타원구멍[80]일거야. 미끼야, 미끼. 아무 말도 안 하거나,
때때로, 그저, 이제 그만두자, 이제 그만두자고, 이 말만을 되뇌며
슬프게 머리를 흔드는 친구, 그들 가운데서, 그런 친구를 내가
얻을 수 있을까. 시작하기 전에도 누군가가 있을 수 있지, 바로 이
점에 그들은 이 점에 관심을 두고 있어. 뿌리째 몽땅 같이 딸려
나와야만 하니까. 뛰다 못해, 질주하는 이 시간들은, 그래 잠자고
있었던 그 시간들이야, 같은 시간들이지. 그리고 없어지라고
그들이 쓸데없이 악을 써 보지만 언젠가는 기어코 다시 생길
그 침묵, 그 침묵도 예전과 같은 거야. 살갗이 좀 벗겨졌네,
통과하다가, 그랬나 봐. 알았어, 오고 있는 사람이 나라는 거잖아,
돛을 다 부풀릴 정도로 그렇게 말을 해 대니 알아들을 수밖에,
그리고 누구도 말하지 못하는, 생각도 못 해 본 그 조상(祖上)
또 나라는 거잖아. 하지만 나는, 그들이 내가 잉태되지 않으면,
나는 절대로 태어나지 못하리라는 주장에 마침내 설득되어,
비로소 침묵하게 되면, 그때에는 아마도 그 조상에 관해서, 또
내가 그로 있었던 이해할 수 없는 그 시기에 관해서도 말하게 될

거야. 그래, 나는, 그들이 나와 따로 떼어 놓고 생각할 수 없었던 존재, 그 존재를 다시 만나기 전에, 놀리듯 말을 따라 하는 어느 메아리처럼, 잠깐, 아마도 그에 관해서 말하게 되겠지. 게다가 그들이 벌써부터 쇠약해지고 있어, 분명하다니까. 아니 그건 속임수야, 그들 계획대로, 내가 잘못 알고 뛸 듯이 기뻐하는 꼴을 보려고, 또 내가 슬픔에 사로잡혀, 절름발이 평안이라도 얻으려, 그들이 말하는 조항들을 받아들이게 하려는 속임수라고. 하지만 나는, 나는 아무것도 할 수 없잖아, 바로 이 사실을 그들이 매번 잊는다니까. 나는 뛸 듯이 기뻐할 수도 없고 또 슬픔에 잠길 수도 없다고, 물론 그들이 어떤 상황에서, 어떻게 그런 감정들이 만들어지는지 나한테 설명을 해 줬지만 다 소용없었어, 내가 하나도 이해하지 못했거든. 그런데 그 조항들이란 게 뭘까? 난 그들이 원하는 바를 모르겠어. 그걸 내 입으로 말은 하지만, 나는 그게 뭔지 모르겠어. 나는, 나는 그냥 소리들을 내는 거야, 그것도 점점 더 능숙하게, 내가 보기에는 그래. 만일 그런데도 그들이 만족을 못 한다면, 나도 뭐 어쩔 수 없는 거지. 나에 대해, 내가 만일 머리를 언급한다면, 그건 내가 그것을 언급하는 소리를 듣고 있다는 거야. 그렇더라도 항상 똑같은 말을 하는 건 지겹지. 그러니 그들이 언젠가 그게 변화되기를 바라는 건, 아주 당연한 일이야. 전신 감염의 발원지로서, 그 안에 생각을 담고 있는 작고 예쁜 종양 하나가 내 호흡기관이나 도관의 다른 어떤 지점에서 언젠가 자라나기를 바라는 일도 그래. 그러면 나는, 사정을 알게 되면 누구나 그러는 것처럼, 몹시 기뻐할 텐데. 그리고 그 즉시 나는 이성이라는 유익한 고름을 운반하는 누관(瘻管) 망으로만 있게 될 텐데. 아 그들이 진정 믿고 싶어 하는 바대로, 나한테 살이 붙어 있다면, 나는 이에 반박하지는 않아, 그들의 어리석은 생각에, 그게 그렇게 어리석은 생각이 아닐 수도 있으니까. 그들은, 생각해 봐야 할 진짜 살이 있는 양, 내가 아파한다고 말하는데, 나는 아무것도 안 느껴지거든. 마후드, 나도 약간의 감각이 있기는 했어, 이따금씩, 그런데 그래서 그들이 득을 보는 게 뭐라도 있었나? 없었을 거야, 딴것을 찾아보는 게 그들한테 좋을 거야. 나도 목에 찬 쇠고리, 파리 떼, 사지 없는 내 몸통 밑에 깔린 톱밥, 내 대가리 위의 덮개를 느끼긴 했어, 그것들에 대한 정보를 얻는 그 순간에. 그런데 주어가 바뀌자마자 사라지는 그것들, 그것들도, 삶의 일종인가? 나는 아니라고 할 만한 이유가 없다고 생각해. 하지만 그들은 단호히 아니라고 여겼던 것 같아. 그들은 너무 까다롭고, 요구하는 바도 너무 많아. 그들은, 내가 하늘나라에 대한 말을 몰두해 듣다가, 살아 있다는 거부할 수 없는 증거로서, 목덜미의 통증을 느끼기를 바라고 있다니까. 그들은 내가 해박해지기를 바라, 그래서 내가 목덜미의 통증을 느끼고 있다는 사실을, 파리 떼가 나를 먹어 치울 것이고 하늘나라가 변화시킬 수 있는 것은 아무것도 없다는 사실을 알게 되기를 바라고 있어. 그들이 멈추지 않고, 끝없이, 내성이 생길 수 있으니까, 계속해서 점점 더 강하게 하도 채찍질을 해 대서, 내가 끝내는 그들이 원하는 바대로 어떻게 해야 하는지 아는 것처럼 정말 보일 수도 있어. 그들은 가끔씩 쉬기도 하겠지만 나는 멈추지 않고 계속해서 울부짖겠지. 사실 그들이 시작하기 전에, 이렇게 미리 언질을 줬을지도 몰라, **울**부짖어야만 해, 무슨 말인지 알겠지, 그렇지 않으면 아무것도 증명하지 못해. 그러다가 결국 피곤해서, 아니면 더 이상 할 수 없을 만큼 늙어서 기진맥진해진 그들이, 먹지를 못해 멈춰 버린 내 비명 소리들처럼 표면으로 드러나는 모든 실제 정황들을 근거로, 내가 죽었다고 선고할 수도 있어. 하지만 사실은 그들이 메마르고 지친 나이 든 손으로, 먼지를 털어 내듯, 서로를 툭툭 치면서, **그**는 이제 더 이상 움직이지 못할 거야, 이런 식으로 말하는 게 당연하게 보일 정도로 내가 움직일 필요가 없었을 거야. 이건 너무 단순한데. 하늘도 필요하고, 불빛들, 조명들, 3개월 치의 희망, 위로의 작업 이렇게 내가 모르는 뭔가가 더 있어야 해. 그렇기는 하지만 이번 이야기는 여기서 괄호를 닫자, 그래야 홀가분한 마음으로, 다음 이야기의 괄호가 열렸다고 말할 수 있으니까. 소리. 얼마 동안 내가 순전히 귀로만 있었던 거지? 대답은, 다음 것이, 너무나도 좋은 나머지, 더는 그대로 있을 수 없을 때까지. 당신한테 머리 하나가 자라나도록 하기 위해서, 끊임없이 돌아오는, 언제나 같은 음성들로서, 수천 가지나 되는 그 다양한 음성들, 더 많이 필요하지는 않아, 그 머리는 처음에 싹처럼 올라오다가, 엄청나게 커지는데, 이때만 해도 말은 없어, 그러다 눈이 생겨날 무렵에는, 원뿔 모양의 불 끄는 도구처럼 되는 거야, 그러면서 악보다도 더 나쁜, 악의 저장고가 되는 거지. 자 이쯤에서 슬그머니 도망치는 게 상책이야. 내가 청력을 잃기 전에, **어**떤 목소리가 들리네, 그런데 그 목소리가 나한테 말을 하고 있어, 이렇게 말하게 되는 순간부터는, 어떻게 대처하건 상관없어. 그 목소리가 내 목소리는 아닌지, 대담하게, 물어보게 되는 순간부터도. 나한테는 목소리가 없다고, 어떻게 하든 간에, 결정을 짓게 되는 순간부터도. 눈치 못 채게, 찬 데서 뜨거운 데로, 비슷한 효과를 내게, 꽁꽁 얼어붙은 데서 펄펄 끓는 데로 가게 되는 순간부터도. 여기서 출발하는 거야, 그가 떠났어, 그들은 나를 보지 못하지만, 내 소리는 듣고 있어, 움직이지 않은 채, 헐떡거리는 소리를, 그들은 내가 꼼짝 않고 있다는 사실은 모르고 있지. 그는 그게 말이라는 건 알아, 그러나 그게 그의 말인지 아닌지는 모르지, 바로 그런 식으로 그게 시작되는 거야, 원래 아주 순조롭게 가던 사람이 도중에 멈춰 서는 법은 절대로 없거든, 그 어떤 목소리도 들리지 않을 정도로, 모두와 멀리 떨어져서, 자신이 홀로 있다고 믿으며 지내다가, 어느 날 그는 그 말을 자신의 말로 삼고, 그들이 그에게 말해 준 그 생명의 빛으로 나아갈 거야.[81] 그래, 나도 그게 말이라는 걸 알아, 그렇긴 하지만 그 사실을 몰랐던 때가 나한테도 있었어, 내가 아직도 그게 나의 말이라는 사실을 모르고 있는 것처럼. 그러니까 그들이 희망을 가질 수 있는 거야. 내가 그들이라면 나는 내가 알고 있는 것을 알고 있다는 사실만으로도 만족해했을 거야, 그래서 나는 내가 들은 소리, 그 소리는 반드시 지속할 필요가 있는 말 못 하는 것들이 만들어 내는 순수하고 필연적인 소리가 아니라, 침묵의 선고를 받은 이들의 겁먹은 재잘거림이라는 사실을 알도록 당부하는 일 말고는 다른 건 나한테 일체 요구하지는 않을 것 같아. 불쌍한 마음이 들어서일 수도 있고, 내가 나를 용서해서 그런 것일 수도 있지만, 여하간 나는 나를 나의 학대자로 보이게끔 만드는 일에 열중하지는 않을 테니까. 하지만 그들은 내가 마후드를 연기했을 때만큼이나,

아니면 그때보다도 더, 엄격하면서도, 욕심이 많아. 자신들의 요구
사항들을 낮추기는커녕! 그건 내가 여전히 아무 말도 안 했기
때문이야. 귀로 포착한 소리, 그게 곧장 내 입으로, 아니면 다른 쪽
귀로, 이것도 가능한 일이니까, 나오는 거야. 말도 안 되는 말을
쓸데없이 자꾸 하지 마. 살짝 막혀 있는 중간, 그 중간에 있는 두
개의 구멍과 나. 아니면 뚫고 들어가기에는 너무나도 약해서,
아무것도 가져가지 않고, 아무것도 가져오지 않는, 서둘기만 하는
무심한 개미들처럼, 여러 단어들이 서로를 넘어뜨릴 만큼 강하게
부딪치고 있는, 입구이자 출구인, 단 하나의 구멍. 이제 나는 더
이상 나라고 말하지 않을 거야, 앞으로는 절대로 그렇게 말하지
않을 거라고, 너무 바보 같으니까. 그래서 내 생각이기는 한데,
앞으로 나라는 소리가 들릴 때마다, 3인칭을, 그 자리에다가
집어넣으려고 해. 만약에 그래도 그들이 즐거워한다면. 그런다고
달라지는 점은 아무것도 없을 거야. 오로지 나만 있을 뿐이니까,
내가 있는 그 자리에, 있지 않는 나만. 첫째로는. 말, 그자가 그게
말이라는 사실을 자기는 안다고 말하고 있어. 그런데 그자가
어떻게 그걸 알 수 있는 거지? 다른 소리는 일체 들어 본 적
없는 사람이잖아. 일리가 있네. 아 그러면 휘파람 소리를 내며
꺼지는 그 불빛들은 뭐야? 아 그러네. 사실 그것만 있는 게 아니라
다른 것도 있어, 재료가 풍성한 나머지 안타깝게도 최소한의
암시마저도 지금까지 금지되었던 다른 많은 것들이 있지. 우선
당사자의 숨쉬기를 예로 한번 들어 보자. 자 여기에 숨을 쉬고
있는 당사자가 있어, 이제 그한테 남은 일은 숨을 쉴 수 없게 되는
일이야. 가슴이 한껏 부풀어 올랐다가, 가라앉고는 해, 마모는
순조롭게 진행되고 있어, 자연의 재앙이 위에서 아래로 번져
나가고 있지, 곧 그에게 다리가 생길 거야, 길 수 있는 가능성이
생기는 거지. 거짓말이야, 그는 여전히 숨을 쉬고 있지 않아,
앞으로도 절대로 그는 숨을 쉬지 않을 거야. 그러면 숨을 쉼으로써
점차 수척해지는 이들에게, 생명 유지에 필요한 숨소리를
상기시키는, 은밀하게 순환하는 공기 소리 같은, 그 희미한 소리는
뭐야? 예가 적당치 않아. 아 그러면 꺼지면서 휘파람 소리를
내는 그 불빛들은 뭐야? 그 소리는 그의 실망이, 그의 공포가

만들어 내는 광경을 보고, 빵 터져 나오는 큰 웃음소리에 오히려
가까워. 그가 빛에 푹 잠겨 있다가, 순식간에 어둠 속으로 다시
곤두박질치는 게, 그들한테는 참을 수 없이 웃긴 일로 보이나 봐.
아무튼 그들은 거기, 사방에, 진을 친 다음부터, 그들을 가로막고
있는 벽에다, 구멍 하나를, 즉 차례로, 눈을 갖다 댈 수 있는,
작은 구멍 하나를 만들 수 있었어. 그러니까 그 불빛들은, 그건
아마도 그한테 얼마나 많은 진척이 있었는지 알아보려고, 때때로,
그들이 그한테 비춰 보는 불빛들일 거야. 그런데 그와 같은
불빛들에 관한 문제는 따로 다뤄 볼 가치가 있어, 그 정도로
흥미로운 문제니까, 그것도 좀 오랫동안, 찬찬히 살펴볼 필요가
있지, 그래서 시간이 촉박하지 않고, 머릿속이 좀 잠잠해지면,
제일 먼저, 그 문제를 다루고자 해. 스물세 번째 결심. 결론이
뭐야? 웜이 냈던 소리는, 말소리, 트림 소리, 웃음소리, 쪽쪽
빠는 소리, 다양한 방식으로 침 튀기는 소리와 꾸르륵거리는
소리가 전부라는 거? 거기다가. 하중으로 휘어지는 공기의 신음
소리를 잊지 말아야지. 그는 배우고 있어, 그게 중요한 거지. 여러
견해들의 자유로운 표현을 일시적으로 확 덮어 버리는, 잠시 후 이
땅 위로 폭풍우가 맹렬히 몰아칠 때, 그는 무슨 일이 벌어지는지
간파하고, 그게 세상의 끝이 아니라는 사실을 알게 될 거야.
글렀어, 그가 있는 그곳에서 그는 배울 수가 없으니까, 머리가
작동을 못 하거든, 첫날이나 지금이나 그가 알고 있는 바는 거의
비슷해, 그러다 보니 이해도 못 한 채, 듣게 될 뿐이고, 고통을
당할 뿐이지, 그렇게 될 게 뻔해. 분노를 보다 잘 표출하도록, 그의
귀에서, 머리가 자라났어, 그게 정말 그렇다니까. 오로지 분노로만
가득 차 있는, 귀에 붙어 있는 머리가, 거기에 있는 거야,
당장은, 그게 가장 중요해. 그건 일종의 변환 장치야, 그곳으로
들어간 소리는, 이성의 도움 없이, 분노와 공포로 변해 버리지.
지금으로서는, 그걸로 충분해. 잠시 후에 그들은, 그와 함께
거기서 나와서, 원을 도는 일에 집중하게 될 거야. 그러한
상황에서, 왜 굳이 인간의 목소리라고 하는 걸까? 하이에나의
울부짖음이나 망치 소리라고 하는 것보다는 낫나? 대답, 진짜
입술이 비틀리는 모양을 그가 보게 될 때, 너무 겁먹지 않도록.

그들은 그 어떠한 질문에도 다 응대를 해, 그들은 그들끼리 있으니까. 게다가 그들은 이야기하는 걸 좋아하거든, 그러면서도 그들을 아직 모르는 사람한테는, 그러한 그들의 성향이 너무나도 짜증 날 수 있다는 걸 알고 있어. 수많은 그들은, 아마도 서로 손을 잡고서, 주위를 완전히 빙 둘러, 끝이 안 보이는 사슬을 이루는데, 그들 각각은 서로를 잇는 고리 역할을 하며, 차례대로 이야기를 하지. 그들이 예측할 수 없는 순간에 갑자기 휙 움직이며, 둥글게 원을 도니까, 그로 인해서 말소리는 항상 같은 쪽에서만 나오는 거야. 그러면서도 종종 그들은 다 같이 동시에 이야기할 때가 있어, 그들 모두가 정확하게 똑같은 말을 동시에, 게다가 신만이 무소부재(無所不在) 할 수 있다는 사실을 알지 못했다면, 하나의 입에서 나오는, 하나의 목소리라고 여길 정도로 완벽한 앙상블을 이루면서, 말을 하는 거지. 어떤 누군가가, 아 그런데 이 누군가는 아무 말도 안 하고, 아무것도 모르는 원은 아니야, 아직은. 역시나 차례대로, 그들 중 원하는 이들은, 벽에 나 있는 작은 구멍을 통해서 그 안쪽을 들여다봐. 한 명이 이야기하는 동안, 다른 한 명은 들여다보는 거야, 그런데 그렇게 들여다본 자는 그러고 나서 분명 이야기를 할 테고 그러면 그가 언급하는 내용들이, 어떤 경우에는, 그가 본 것과 꼭 무관하지만은 않을 때가 있는 거지, 여기서 그 어떤 경우란, 그러니까 우회적으로라도 언급할 필요가 있겠다고 느낄 정도로, 그가 본 것에 그가 흥미를 갖게 되는 경우를 말해. 그런데 그 이후로도 계속해서, 그렇게 하고 있는 그들, 그런 그들의 희망은 과연 무엇일까? 왜냐하면 어떤 희망으로 그들이 생기에 차 있다고 생각하지 않을 수 없는 상황이니까. 그리고 한쪽 눈은 감고 한쪽 눈은 구멍에 갖다 댄 채로, 얼마나 진행되었나 그들이 감시하고 있는 그 변화는 어떤 성질을 가지고 있을까? 그들이 교육적 성과를 바라고 움직이는 건 아니야, 그것은 확실해. 지금 당장은, 그한테 아무것이라도 가르치는 일이 문제가 아니거든. 짐짓 상냥한 것 같으면서도, 가시가 돋친, 교리문답 지도교사의 언어가, 그들이 유일하게 구사할 줄 아는 언어야. 그가 떠나기를, 찢어발기는 그 소리로부터 멀리, 그가 떠나려고 노력하기를, 이게 지금으로서는, 그들이 원하는 전부야. 그는 어디로 가든지 간에, 중앙에 있기 때문에, 그들한테로 가게 될 거야. 그래 그는 중앙에 있어, 드디어 가장 흥미로운 단서 하나가 나왔네, 그게 뭐든 상관은 없지만. 그가 움직였는지 보려고, 그들이 쳐다보고 있어. 그는 고통의 역사를 드러내 보일 수 있는 얼굴도 없고, 고유한 형태도 없는 그냥 하나의 더미에 불과하지만, 그 더미를 이루는, 다소 붕괴되고, 쭈그러진 배열은, 전문가들에게, 분명 시사하는 바가 있을 거야, 그러니까 그들이 그 배열을 가지고, 치명상을 입은 자처럼, 낌새를 알아채지 못하도록, 슬그머니 떠나거나, 아니면 펄쩍 뛰어오르는 그를, 곧장 관찰할 수 있는 가능성이 얼마나 되는지 예측해 볼 수 있는 거지. 항상 뜨고 있는, 말[馬]의 눈처럼 생긴, 공포로 얼이 빠진, 그 더미 안에 있는 한쪽 눈, 그들한테는 한쪽 눈만 있으면 되니까, 그들 눈에 그의 한쪽 눈이 보이는 거야. 그는 어디로 가든지 간에 그들한테로 가게 될 거야, 즉 그가 움직인 것을 알고, 그들이 부르기 시작할 후렴이 들리는 쪽으로, 또는 그가 움직인 것을 알고, 움직이기를 잘했다는 믿음을 그가 가질 수 있도록, 침묵하는 자들 쪽으로, 또는 그가 아주 순조롭게 나아가다가, 도중에 멈추지 않도록, 실제로는 점점 더 가까이, 그가 그들한테로 가고 있지만, 그가 그들한테서 멀어지고 있다는 믿음을, 또 아직 충분히 멀리 가지 않았다는 믿음을 가질 수 있도록, 마치 멀어지고 있는 것처럼, 더 부드러운 소리를 낼 목소리 쪽으로 가게 될 거라고. 아니, 그렇지 않아, 그는 그 어떠한 믿음도 가질 수 없고, 그 어떠한 판단도 내릴 수 없으니까, 하지만 그의 다양한 부위의 살들은 그 일을 해낼 거야, 평화로워 보이는 곳으로 가려고 애쓸 거라고, 그러다 더는 애쓰지 않게 되면, 또는 좀 덜 애쓰게 되면, 또는 더는 감당할 수 없게 되면, 털썩 쓰러지겠지만. 바로 그때, 그가 자신이 쫓기고 있다고 믿고, 그들한테로, 다시 갈 수 있도록, 그들이 그가 멀어지기를 바라는 쪽에서, 목소리를 처음에는 희미하게, 그러다가 점차 더 크게, 다시 소리 내기를 시작할 거야. 바로 그런 식으로 그들이 그들을 가로막고 있는 벽 쪽으로, 정확하게는 팔을 쑥 집어넣어서 그를 잡을 수 있는, 그들이 만들어 놓았던 다른 구멍들이 나 있는 벽 쪽으로 그를 유인해 내는 거지. 하나같이 어찌나 다 형이하학적인지. 장애물 때문에, 더 이상 멀리 갈 수 없는, 또 그냥 더 이상 움직일 수 없는, 또 만들어질 커다란 침묵 때문에, 당장에는, 더 멀리 갈 필요도 없는, 그런 상황에 그가 처해지면, 그가 서 있었을 거라고 가정하고, 그러면 그는 털썩 쓰러지겠지, 하기야 파충류 같은 생물조차도, 오랜 시간을 도망 다니다 보면, 나자빠질 수 있으니까, 이렇게 말해도 괜찮아, 부적절하지 않아. 그는 털썩 쓰러질 거야, 그가 처음으로 구석에 틀어박히게 되는 거지, 바닥에 닿는 부분의 지지를 강화시켜 줄, 수직의 피신처, 즉 수직으로 닿는 부분의 지지를 처음으로 경험하게 되는 거야. 그건 분명 대단한 일이야, 안정이 되기를 기다리면서, 처음으로, 여섯 면들 중 단 한 면이 아니라, 두 면을 같이 지지해 주는, 어떤 지지대를 느끼고, 어떤 버팀벽을 느끼는 일은, 그러니까 안정이 되기를 기다리면서, 오로지 자신의 네 측면만이 노출되어 있음을 느끼는 건 진정 대단한 일이지. 하지만 그러한 기쁨을, 웜은 그저 막연하게만 알게 될 거야, 그의 선사시대를 시작하기 전에는, 과거의 모습 그대로, 또는 거의 흡사한 상태로, 다시 돌아가기 전에는, 짐승만도 못한 상태일 테니까. 바로 그때 그들은 그를 꽉 붙잡아서 자신들이 머무는 공간으로 데리고 오겠지. 그들이 눈에 맞는 작은 구멍 하나를 만들고 나서, 양팔에 맞는 그것보다 큰 다른 구멍들도 만들 수 있었다면, 그렇잖아 그리 크지 않을 웜을, 어둠에서 빛으로 이동시키기 위해서 그것들보다 큰 구멍 하나도 만들 수 있을 테니까. 그런데 웜을 자신들이 머무는 공간으로 반드시 데려오기 위해서, 웜이 움직여 앞으로 가자마자 그들이 하게 될 일을 언급하는 게 과연 무슨 소용이 있을까, 사실 웜은 움직여 앞으로 갈 수가 없거든, 그가 그러기를 자주 갈망하기는 하지만, 그러니까 그자에 관해 언급하면서 동시에 갈망에 관해서도 언급할 수 있다면 그렇다고, 그런데 그렇게 할 수도 없고, 그렇게 해서도 안 될 것 같아, 그래도 마치 그가 살아 있는 양, 마치 그가 이해라도 할 수 있는 양, 그렇게 그에 대해 말해야만 해, 그렇게 그한테 말해야만 한다고, 비록 그렇게 하는 일이 아무짝에도 쓸모가 없을지라도, 사실 그렇게 하는 건 아무짝에도 쓸모가 없어.

그런데 그한테는 그러한 상황이 다행이기도 해, 그가 움직일 수 없는 상황이, 비록 그로 인해 그가 고통스러워하기는 하지만, 예전에 누렸던 약간의 침묵을, 약간의 평안을 찾아서, 그가 있는 곳을 벗어나 움직이는 일은, 그의 삶을 정지시키는 데 동의하는 서명이나 마찬가지일 테니까. 그래도 아마 언젠가는 그도 움직이겠지, 지극히 미미하기는 하지만, 초반에 들인 작은 노력이, 자꾸 되풀이됨으로써, 그곳으로부터 그를 끌어낼 만큼, 큰 노력이 되는 바로 그날에는. 아니면 아마 언젠가는 그들이 그를 포기하겠지, 잡았던 손을 놓고, 구멍들을 틀어막고서, 일렬종대로, 보다 유익한 일들에 집중하려고, 떠나 버릴 거야. 사실 그게 어떤 식으로든지 결판이 나야 하는 거잖아, 이쪽이든 저쪽이든지 간에, 저울의 눈금은 기울어져야 하니까. 아니 꼭 그렇지만도 않아, 삶을 음미하지도 못하고, 삶에 생기를 불어넣지도 못한 채, 그렇게 인생을 보낼 수도 있고, 아무것도 이루지 못하고, 별 볼 일 없는 존재로, 허무하게 죽을 수도 있는 일이니까. 그들이 그가 머물고 있는 곳으로 그를 직접 찾으러 나서지 않는 게 이상해, 그렇게 할 수도 있을 텐데. 그들은 엄두도 못 내고 있어. 사실 그가 있는 곳의 공기는 그들한테 적합하지가 않아, 그런데도 그들은 그가 그들의 공기로 숨 쉬기를 바라고 있는 거야. 그를 다시 데려오라는 지시를 받은, 어쩌면 개 한 마리를 풀어놓고서. 하지만 개 역시도 그곳에서는, 단 1초도 버티지 못할걸. 그렇다면 끝에 갈고리 하나가 달린, 아마도 긴 막대를 이용해서. 왜냐하면 둘러싼 벽 안쪽이 상당히 넓으니까, 자, 봐 봐, 그는 그들과 멀리 떨어져 있어, 긴 소제기 끝에 달린 둥근 솔로도, 그를 건드릴 수 없을 만큼, 아주 멀리 떨어져 있지. 움푹 들어간 곳 가운데에 유일하게 보이는 점 하나가, 그 작은 점 하나가, 바로 그자야. 그래 그는 지금 구덩이 안에 있는 거야. 모든 시도가 다 이루어질 거야. 그들이 그자가 보인다고 말하고 있어, 그들이 보고 있는 게 바로 그 점이야, 그들이 그게 그자라고 말하고 있어. 어쩌면 그게 그자일 수도 있다고. 그들은 그자가 자기들의 소리를 듣고 있다고 말하고 있어, 그들이 그걸 알 리가 전혀 없기는 하지만, 어쩌면 그자가 그들의 소리를 듣고 있을지도 모르지, 맞아, 그자는 듣고 있어, 그것만은

확실해, 웜이 듣고 있어, 글쎄, 그게 말은 안 되지만, 그럴 수도
있을 거야, 또 그래야만 하고. 최근 정보에 의하면, 그래서 그들은
그자를 내려다보고 있고, 그자도 그들 있는 데까지 가려면, 기어
올라가야만 한대. 뭐, 상황은 또 바뀔 테니까. 경사면이 완만한
내리막길들은 그자가 있는 곳에서 서로 만나고, 그자를 지나면서
평평해지고 있어, 아니 길들은 서로 만나지 않아, 그곳은 움푹
파인 곳이 아니니까, 정말 빨리도 바뀌네, 조금만 더 하면 그가
고지에 가 있겠어. 그들은 그를 신뢰할 수 있기 위해서, 무슨
말을 해야 하는지, 확신을 갖기 위해서, 무엇을 꾸며 대야 하는지
더 이상 모르겠는 거야, 그들한테는 아무것도 보이지 않으니까,
아니 그들한테는 회색만 보이니까, 그가 어딘가에는 반드시
있어야만 한다면, 그가 있을 것 같은 장소에서, 그들이 그자가
있는 곳이라고 장담했던 장소에서, 그가 그곳에서 나왔으면 하는
희망으로, 그가 다시 움직이는 소리를 들었으면 하는 바람에,
그들이 준비한 작살, 갈고리, 쇠스랑, 쇠갈고리가 그 진가를
발휘할 수 있는 근방으로, 불쑥 나타나서, 마침내 구조되어, 드디어
집으로 돌아가는 그를 보았으면 하는 기대로, 그들이 차례대로,
소리를 지르고 있는 장소에서, 한결같은 모양으로, 잔잔하게
피어오르는 연기 같은, 회색만 보이니까. 자 그러면 이제 그들은
됐어, 그들의 역할은 끝난 거야, 아니지, 아직은 아니야, 그들을
그냥 둘 필요가 있어, 그들은 아직 쓸모가 있을 거야, 주위를
돌면서, 구멍에다 대고, 소리를 지르는 그들이, 소리를 지르기
위한 구멍이 분명 또 따로 있을 거야, 저기에 있게 그냥 두자.
그가 듣고 있는 게 정말 그들의 목소리일까? 그가 들을 수 있게
하려면 진짜로 그들이 필요한가, 그들 그리고 그들과 유사한
꼭두각시들이? 기하학적 정신[82]한테, 양도하는 일은 이제 그만.
그가 듣고 있다, 그거면 된 거야, 홀로, 그리고 말없이, 연기
속으로 사라진 그가, 아니 그게 진짜 연기가 아니잖아, 불이 난
게 아니니까, 아무렴 어때, 뜨거운 열기도 없고, 살고 있는 사람도
없는, 이상한 지옥인가 보지, 어쩌면 천국일지도 몰라, 어쩌면
천국의 불빛일 수도 있고, 또 고독일 수도, 또 그 목소리, 산 자들을
위해서, 또 죽은 자들을 위해서, 신한테 선처를 호소하는,

보이지 않는 축복받은 자들의 목소리일 수도 있고, 다 가능한 일이니까. 그곳은 지상이 아니야, 이게 가장 중요한 점이지, 그곳은 지상일 리가 없어, 뭠 혼자 살고 있거나, 아니면 원하는 대로 그래 다른 이들도 살고 있는, 즉 동요하지 않고, 말없이, 그가 있는 데서 멀지 않은 곳에, 그처럼 누워 있는 다른 이들도 살고 있는, 지상에 나 있는 구멍일 리가 없어, 또 그 목소리도, 그들을 눈물로 애도하고, 그들을 부러워하고, 그들의 이름을 부르고, 그들을 잊어버리는 목소리, 이래서 목소리에 일관성이 없나 봐, 하긴 다 가능한 일이니까, 여하간 그 목소리도 아니야. 아 그래, 이거 정말 안 됐네, 그는 그게 목소리라고 알고 있는데, 어째서 그렇게 알고 있는지는 모르겠어, 정말 전혀 모르겠어, 그는 그게 그렇다는 걸 전혀 이해하지 못하고 있어, 아니 약간은 이해하고 있어, 그럼 거의 못하는 거네, 이해할 수 없는 상황이잖아, 그래도 해야만 해, 그러는 편이 좋아, 그가 약간이라도 이해하면, 혹 못하더라도 전혀는 아니고 거의 못하면 얼마나 좋을까, 언제나 똑같은 쓰레기를 던져 주고, 똑같은 명령을 내리고, 똑같은 위협을 가하고, 똑같은 방식으로 귀여워해 주는 개처럼. 자 이렇게 일이 해결되었네. 결론을 내릴 수 있겠어. 그런데 그 눈[83]은, 그것도 그가 가지고 있게 그냥 놔두자, 봐야 하니까, 축축하게 젖어 있는, 희번덕거리는 길들여지지 않은 그 큰 눈은, 눈물을 흘려야 하니까, 킬라니 호수[84]로 가기 전에, 익혀야 하니까. 그 눈으로 그는 무엇을 하고 있는 거야, 아무것도 안 해, 그냥 뜬 눈을 가지고 있는 거야, 그 눈은 떠진 채로 있거든, 그게 눈꺼풀 없는 눈이잖아, 아무 일도 일어나지 않거나, 아니면 정말 거의 아무 일도 일어나지 않는 그곳에서는, 눈꺼풀이 필요하지 않아, 만약 그가 눈을 깜빡이기라도 한다면, 만약 그가 눈을 감기라도 한다면, 보기 드문 광경들을, 그가 놓칠 수도 있으니까, 그리고 우리는 그를 알거든, 그가 일단 눈을 감으면 다시는 뜨지 않을 거야. 눈에서 눈물이 거의 끊임없이 솟구쳐 나오고 있어, 미칠 듯이 화가 나서 그런지, 고통스러운 마음 때문에 그런지, 도대체 왜 그러는지 모르겠어, 정말 전혀 모르겠어, 여하간 상황은 그래, 그를 울게 만드는 건 어쩌면 목소리일 거야, 격분하게 만들어서, 아니면 다른 어떤 격정에 사로잡히게 해서, 아니면 어떤 것을, 때때로, 보도록 강제함으로써, 그래 어쩌면 바로 이거야, 그가 자주적으로 행동할 수 있는 힘을 발휘할 거라고 보기는 어렵지만, 보지 않으려고, 그가 눈물을 흘리는 걸 수도 있어. 그가 인간다워지고 있어, 그놈이, 만일 그놈이 눈을 뜨지 않으면, 만일 그놈이 주의를 기울이지 않으면, 그놈은 바로 잃게 될 거야, 그런데 무슨 수로 그가 주의를 기울이겠어, 도대체 무슨 수로 그가, 그들이 그들의 두 귀로, 그들의 두 눈으로, 그들의 눈물로, 자신을 농락하고 있는 중이라고 어설프게나마 생각을 할 것이며 온갖 일들이 다 일어날 수 있는 그런 종류의 머리를 갖겠느냐고. 그게 그의 강점이지, 유일한 강점, 즉 아무것도 이해하지 못하는 점, 주의를 기울일 수 없는 점, 그들이 원하는 바를 파악하지 못하는 점, 그들이 거기 있음을 알지 못하는 점, 아무것도 느끼지 못하는 점, 아 그런데 잠깐만, 그는 느끼잖아, 그는 아파하기도 하고, 소음으로 인해 고통스러워하기도 하잖아, 게다가 그는 알고 있거든, 그게 목소리라는 사실을 알고 있다고, 또 몇몇 표현들을, 몇몇 어조들을, 이해하기도 해, 전부 다 틀렸어, 틀렸다고, 그렇지만도 않아, 그렇게 말하는 자가 바로 그들이니까, 그들은 아는 바가 전혀 없으면서도, 그를 원하니까 그렇게 말하는 거야, 어쩌면 그는 아무것도 모르고 있을 거야, 어쩌면 그는 그 무엇에도 통증을 느끼지 못할 거야, 그리고 그 눈은, 여전히 몽상에 사로잡혀 있겠지. 그가 듣고 있다, 그건 사실이야, 그렇게 말하는 이가 또 그들이기는 하지만, 그래도 받아들여야지, 받아들이는 게 좋을 거야, 뭣이 듣고 있다, 그거야말로 확신할 수 있는 유일한 사실이야, 그가 듣고 있지 않을 때도 있었지만, 그들이 다 똑같은 뭣이라고 말을 하니까, 그러니까 그가 변했던 거야, 심각한 일이네, 잉태를 하다니, 과연 어디까지 그가 갈 수 있을까, 이거야 아무래도 괜찮으니까, 그를 한번 믿어 보자. 당연히, 그 눈도, 그건 그를 도망치게 만드는 거야, 그를 겁먹게 만드는 일이라고, 그것도 그가 맺은 유대를 끊어 놓을 정도로 상당히 많이, 그들은 그것을 유대라고 부르고 있어, 그들은 그를 해방시키고 싶은 거야, 아 선하신 어머니, 그가 들어야만 하는 말은 무엇인가요,

그 눈물은 어쩌면 환희의 눈물일지도 몰라. 여하튼, 끝까지
가 보자, 어떤 누군가는 거의 끝에 와 있는 게 분명하니까,
두려운 존재들이라고 할 만한 그들, 그런 그들이 그에게 제공할
필요가 있는 말은 과연 무엇인지 어디 한번 보자. 그런데 어떤
누군가는, 누구지? 이야기를 모두가 동시다발적으로 하지들 마,
그렇게 해서는 역시 아무런 도움이 안 돼. 다 해결될 거야, 저녁
느지막하게, 사람들이 다 가고 나면, 침묵이 다시 내려올 거야.
그동안에, 대명사들과 몇몇 부분의 허튼소리들을 가지고 꼬투리를
잡아 봤자 피곤하기만 해. 주어가 뭐든 알게 뭐야, 그런 건
있지도 않은데. 뭐은 단수이고, 그래 왔지, 그들은 복수야, 혼동이
생기는 걸 피하기 위해서, 혼동은 피해야만 하니까, 모든 일이 다
뒤죽박죽되기를 기다릴지라도. 그들은 어쩌면 그저 단 하나의
존재일 수 있어, 사실 단 하나의 존재라고 해도 별 지장은 없을
거야, 그런데 막상 그렇게 되면 자신을 자신의 희생물로 헷갈릴 수
있거든, 일이 고약하게 되어 버리는 거지, 진정한 마스터베이션이
되는 거야. 진척이 있네, 진척이 있어. 여하간 그러면 연출적인
측면에서, 시시해질 거야. 아니 거기에 있지도 않고, 거기서
살지도 않는데, 알 수가 있을까, 그들이 그것을 살다라고 하거든,
거기에 불씨가 있으니까, 그들을 위해서, 그 불씨가 불을 발하기만
하면 되는 거야, 이제는 그 위에서 설교할 수밖에 없어, 설교는
울부짖음을 담고 있는, 살아 있는 횃불이 되는 것으로 끝이
나겠지. 바로 그때가 되어야, 천사들은 지나가고, 진정한 지옥이
자리하는, 소위 죽음과도 같은, 거북한 침묵을 두려워할 필요
없이, 그들이 침묵할 수 있을 거야. 확실히 눈은 만만하지가 않네.
소리들이, 그것들이 돌아다니다가, 큰 벽을 통과하고 있어,
그런데 말이야 그 모습들을 똑같이 말할 수 있을까? 일반적으로는,
당연히 그럴 수 없지. 하지만 이번 경우는 비교적 특별하니까.
그런데 어떤 모습들을 말하는 거야, 실수를 하더라도, 무엇과
관련된 문제인지는 알아보려고 해야 하는 거잖아. 우선은
의기소침하게 하는 경향이 있는, 그 회색이야. 그렇기는 한데
그 회색 안에 노란빛이 좀 있어, 장밋빛도 좀 있는 듯하고, 예쁜
회색이네, 어떤 색하고도 다 잘 어울린다고 일컬어지는 그런

종류의, 지린내 나고 뜨뜻한 회색이지. 보이네, 눈이 있으니까, 그런데 사실은 전혀 안 보여, 쓸데없는 사족 좀 붙이지 마, 나중에 가면 다 밝혀질 일인데. 사람이라면 자신의 왕국이 과연 어디에서 끝나게 될지 궁금해할 거야, 그의 눈은 어두운 미지의 영역을 살피려고 할 테고, 돌 하나 가지기를, 팔 하나 있기를, 적절한 순간에, 돌 하나를, 아니 많은 돌들을, 잡고 놓을 줄 아는 손가락들이 있기를 간절하게 바라거나, 또는 소리를 지르고 나서 그 소리가 되돌아오는 것을, 1초씩 세어 가며, 기다릴 수 있기를 너무나도 원하겠지, 그리고 사람이라면 목소리도 안 나오고 필적할 만한 다른 미사일도 없고, 명령에 따라 접히기도 하고 펴지기도 하는, 자신의 뜻대로 움직이는 팔다리도 없다는 사실에, 틀림없이 괴로워할 거야, 그리고 또 사람이라면 그러한 상황에 처해 있는, 인간이라는 사실에, 다시 말해서 낡아 빠진 방편들 말고는, 어디에다 둘 데 없는 머리라는 사실에 아마도 유감스러워할 거라고. 하지만 웜은 자신이 이전처럼 되는 걸 방해하는 소리로 인해서만 오로지 고통스러워할 뿐이야, 여기에 미묘한 차이가 있어. 사실 똑같은 웜인데, 게다가 그들은 그 점에 집착하잖아. 아 그리고 같은 웜이 아니라고 해도, 아무 상관이 없는 게, 아무 방해도 안 하는 소리로도, 항상 고통스러워했던 듯이 그가 고통스러워하니까, 정말 그러네. 여하튼 그 회색은 거의 가중시키지 않는 것처럼 보여, 그의 고통을, 그렇게 하려면 대낮같이 환한 빛이 더 적합할 거야, 그가 눈을 감을 수 없는 걸 고려해 봐도. 게다가 그는 눈을 다른 방향으로 돌릴 수도, 내리깔 수도, 치켜뜰 수도 없잖아, 그 눈이 초점 조절을 해 보지도 못하고 항상 똑같은 좁은 영역만을 보도록 고정되어 있으니까. 아닌 게 아니라 빛은 언젠가는 아마도 생길 거야, 서서히 생겨나거나, 빠르게 생겨나거나, 단번에 생겨나거나 간에, 그렇다 보니 웜을 머물게 할 방도가 정말이지 잘 안 보여, 떠나보낼 방도 역시 잘 안 보이고. 그렇기는 하지만 불가능한 상황들이 계속 이어질 수는 없어, 그것도 부당하게, 그거야 당연하지, 그러니까 다른 가능성들은 말할 것 없이, 그런 상황들이 해소되어 사라지거나, 그 상황들이 결국에는 가능한 상황들로 밝혀지거나, 이 사이에서 결판이 나야 해. 그러니까 불빛이 있어도, 그것이 반드시 재앙이 되지는 않을 거라는 말씀이야. 아니면 불빛이 전혀 없어도, 우리는 또 없는 대로 지낼 거라는 말이지. 아닌 게 아니라 아마도 지금이야말로, 우뚝 솟아, 크기를 부풀리다가, 급습하는, 코브라를 연상시키고, 쉬이익 휘파람 같은 소리를 내며 꺼져 버리는, 복수(複數)의, 그 불빛들을 사용해서, 마침내, 저울이 한쪽으로 기울도록, 결판을 내야 할 때일 지도 몰라. 아니야. 그렇게 할 때가, 아직은 아니야. 아. 여기서는 희망을 바라지 말자, 그게 모든 걸 망쳐 버릴 수 있으니까. 다른 이들은, 서늘하고, 밝은, 밖에서, 그를 위해, 희망을 품고 싶다면야, 아니면 달리 어쩔 도리가 없다면야, 아니면 그렇게 하라고 돈을 받았다면야, 그렇게 하라고 돈을 받은 게 틀림없어, 그들은 그 어떠한 희망도 품지 않으니까, 여하간 그렇게 희망을 품으라고 해, 그들은 그렇게 계속해 나가기를 희망하고 있지, 그 일이야말로 거저먹는 맛있는 치즈니까, 쥐새끼 같은 인간들, 그들은 유다[85]에게 기원을 하면서도, 정신은 딴 데 팔고 있어, 사실 그 모든 게 기도야, 그들이 뭘 위해 기도하는 거야, 그들이 뭘한테 기도하는 거지, 연민을, 그들에 대한 연민을, 뭘에 대한 연민을 그가 가질 수 있도록, 그들은 그걸 연민이라고 부르거든, 우리들의 주인, 그는 얼마나 참아야만 할까, 다행히도 그는 어떤 상황인지 전혀 몰라. 이 못된 어둠아, 물러나, 네 자리로 가, 더러운 개새끼. 그 회색이. 또 뭐야. 진정해, 진정하라고, 모든 색과 어울리는 그 회색과 어울리기 위해서는, 다른 뭔가가 있어야만 하는 게 틀림없어. 온갖 세상들에 있는 것처럼, 여기에는 온갖 것들이 죄다 있는 듯이 보여, 모든 것들이 조금씩. 그러니까 아주 조금씩 있는 듯하다고. 하기야 문제는 이게 아니지. 자유롭게 움직이지 못하는 그 수정체 앞으로, 무엇이 와서 바보 같은 짓을 할 것인가, 이 문제를 생각해 보는 일이 가장 중요하니까. 얼굴이라면, 얼마나 고무적인 일일까, 만일 그게 얼굴일 수 있다면, 가끔씩 오지만, 항상 같은 얼굴로서, 순수하게 기뻐하는 표정에서, 환멸을 특징적으로 가장 잘 드러내는 미묘한 표정 변화들을 거쳐, 침울하게 굳은 무표정에 이르기까지, 알아볼 수 없을 정도로는 변화시키지 않으면서, 진짜 얼굴이 할 수 있는

일을 조직적으로 보여 주고, 체계적으로 표정을 바꾸는 그런
얼굴이라면, 얼마나 기분 좋은 일일까. 앙투안[86]의 돼지 새끼
엉덩이에 처박힌 얼굴이라면. 범죄자들처럼, 정면과 측면으로,
천천히, 한 달에 한 번이라고 하자, 그 정도는 과한 게 아닐
테니까, 적당한 높이로, 적당한 거리를 두고 지나가는 얼굴이라
그 얼굴은 심지어 가다 말고 멈춰서, 입을 벌리고, 몹시 기뻐하
저런 저런, 깜짝 놀라고는, 말을 더듬고, 중얼거리고, 울부짖으며
신음 소리를 내다가, 결국에는 입을 다물겠지, 그때 턱은
부서질 정도로 앙다문 상태이거나, 거품 같은 침이 질질 흐르게,
건들거리고 있을 거야. 정말 그러면 멋질 텐데. 아주. 마침내
무언가의 등장. 제날짜, 제시간에 와서, 진력날 수 있으니까,
절대로 지나치게 오래 머물러 있지는 않고, 아쉬울 수 있으니까,
그렇다고 너무 조금 머물지도 않고, 그러니까 희망이 태어나,
자라다, 한풀 꺾이고, 죽어 버리는 데 걸리는 딱 그 시간만큼,
그래 5분이라고 하자, 그 시간만큼 머무는, 성실한, 한 방문객.
시간개념이 그에게로, 즉 윔에게로, 삐걱거리는 그의 머리통
속으로, 흠잡을 게 아무것도 없는 것 같은, 영원의 이미지를
가지고 있는, 시간을 잘 지키는 그 늙다리 앞으로, 종종걸음으로
가기 시작하는 것처럼 보여. 공간개념도 당연히 끌고 가는 거라
그 두 개념이, 몇몇 쿼터[87]에서, 얼마 전부터, 서로 팔짱을 끼고
있어, 그래야 보다 더 확실하니까. 그렇긴 하지만 경기에서는 이
수도 있고, 질 수도 있을 거야, 어떻게 된 일인지는 모르겠지만,
그가 우리 가운데, 만남을 기다리는 이들 가운데 있는 것 같아,
그래서 이렇게들 말하는 것일지도 모르지, **자**기 애인을 기다리
있는 저 늙은 윔을 봐 봐, 그리고 저 꽃들도, 그가 자나 봐, 너는
모르는구나, 아니 알아, 자 어서, 자기 사랑을 기다리는 늙은 저
윔을, 그리고 저 데이지 꽃들[88]을 봐, 그가 죽었나 봐. 그렇다면,
그렇다면 대단한 일일 거야. 다행히도 그냥 꿈이네. 사실 여기에
얼굴도 없고, 얼굴 비슷한 것도 전혀 없거든, 사는 즐거움과 그
비슷한 것들을 드러낼 만한 게 아무것도 없어, 그러니까 다른 것
찾아봐야만 해. 매년마다, 아니 2년마다, 잠시, 그의 앞으로 와
머무는 듯한, 상자나, 나뭇조각 같은, 단순한 사물이나, 어떻게

도는지도, 무엇의 주변을 도는지도 모르지만, 여하간 주변을 도는,
공이나, 초반에는, 이런 횟수가 중요하지 않겠지만, 2년마다,
아니 3년마다, 멈출 필요가 없어서인지, 멈추지 않고, 그의
앞으로 지나가는 커다란 돌멩이, 그래도 없는 것보다는 나을
거야, 그것이 다가오는 소리가 그한테 들리고, 그것이 멀어지는
소리가 그한테 들린다면, 그러면 대박일 텐데, 불안해하다가,
이성적으로 생각하며, 인내하다가, 인내심을 잃고, 머리를 돌리며,
귀를 쫑긋 세우고, 눈알을 굴리는 법을, 분 단위로, 시간 단위로,
계산하는 법을 그가 아마도 배우게 될 텐데, 진짜 심장들을
기대하기에, 그래도 없는 것보다는 나을 거야, 그를 저버리지
않을 것처럼 보이는, 커다란 그 돌멩이. 그로 인해서 그의 심장이
움직일지도 몰라, 왈츠를 추는 거야, 그는 자신의 심장이 내는
소리, 트라 붐 라 라 라, 코린느푸아,[89] 트라 붐 라 라 라, 레 미 레
도 팡 팡, 왈츠를 듣게 되는 거지, 사람들이 그런 걸로 화낼 일은
없을 테니까. 당연하지. 불행히도 사실들을 붙잡아야만 해, 모든
것이 다 전복될 때면, 심장이 반응할 수 있는 범위에, 와 기가
막힌 표현이네, 도드라져 보이는 사실들이 있을 때면, 사실들
말고, 도대체 무엇을 붙잡고, 무엇에 매달리겠어, 게다가 심장이
이렇게까지 소리치잖아, **사실**이 그래, 사실이 그렇다고, 그러고
나서 당장에는, 위기를 넘겼으니까, 다음은, 보다 침착하게, 다시
말해서, 이 경우에는, **돌**멩이나, 나뭇조각 같은 건 여기에 없어,
아니 만일 혹 있다 해도, 사실이 그렇잖아, 만일 혹 있다 해도,
그게 마치 없는 것처럼 보여, 사실이 그러니까, 식물계도 없고,
광물계도 없으며, 동물계도 없는데, 미지의 계(界)에 속하는,
오로지 웜만, 웜만 저기에 있는 거야, 아니 그러니까 거의 그런
것 같아, 거의 그런 것 같다고. 그렇다고 그리 서둘지는 마, 너무
이르니까, 나를 잊게 할 수 있는, 좋은 일이건, 나쁜 일이건 간에,
그 어떠한 일도 일어나지 않았다고, 그 어떠한 일도 일어나지 않을
거라고, 알고 있어서, 안다고 믿고 있어서, 마침내, 꽤, 조용하게
있는 내가, 그런 내가 나를 기다리고 있는 그곳으로, 아무 성과가
없어도, 의기양양하게, 내가 있는 바로 그곳으로, 되돌아가기에는,
시기상조일지도 모르니까. 나는 나를 마음에 그려 보고 있어, 나는

내 자리도 마음에 그려 보고 있어, 그걸 알려 주는 표시가 전혀 없어서, 다른 자리들과, 그걸 구분해 주는 게 전혀 없어서, 그런데 다른 자리들도 다 내 자리이기는 해, 전부 다, 만일 내가 원하기만 하면, 하지만 나는 내 자리만을 원해, 그런데 그게 어디인지 알려 주는 표시가 전혀 없네, 그래도 아주 약간이지만 알 것도 같아, 나는 그것을 마음에 그려 보니까, 내 주변 어딘가에 내 자리가 있는 게 분명해, 내 자리가 나한테 꽉 달라붙어서, 나를 완전히 덮고 있어, 그 목소리가 멈추기만 한다면, 그저 한 1초만이라도, 1초도 길게 느껴질 테니까, 침묵의 1초도. 나는 귀를 기울일 테고 그러면 그 목소리가 금방 다시 시작될 것인지, 아니면 정말로 완전히 잠잠해졌는지 알 수 있을 텐데, 그런데 무엇으로 내가 그것을 알 수 있을까, 어쨌건 간에 내가 알 수 있을 거야. 그리고 그들의 환심을 사려고, 그들의 신임을 유지하려고, 그들이 나를 다시 맡는 게 좋겠다고 여길지도 모르니까, 그때를 준비하려고, 나는 계속해서 귀를 기울이고 있을 거야, 아니면 그 이후로는 더 이상 귀를 기울이고 있지 않겠지, 나는 더 이상 듣지 않을 수도 있어, 그런데 내가 더 이상 듣지 않는 날이 올 수 있을까, 최악의 상황을 걱정하지 않고서도, 다시 말해서, 모르겠다, 최악의 상황 될 수 있는 경우가 뭐가 있을까, 아마도 여자의 목소리, 그런 경우에 대해서는 생각해 본 적이 없었는데, 그들이 소프라노 가수 한 명을 데리고 올 수도 있잖아. 몰라 그 일은 더 이상 생각하지 말고, 다시 해 보도록 하자, 그들이 원하는 게 무엇인지 그것만이라도 알 수 있으면 좋으련만, 그들은 내가 뭐이기를 바라고 있어, 하지만 내가 그자였잖아, 나는 그자였다고, 도대체 뭐가 문제인 거야, 내가 완전히 그자로 있었던 게 아니었던 거야 그게 분명 그런 걸 거야, 그게 그럴 수밖에 없어, 그렇지 않으면, 그게 도대체 무엇이겠어, **이**것 봐, 모르고 있었겠지만 너는 살아 있어! 이렇게 말하는 그들의 소리를 들어 보려고, 그들이 거하는 곳으로, 불빛 쪽으로, 햇빛 쪽으로 나는 다가가지 않았어. 나는 참았어, 그게 분명 그랬을 거야, 참을 필요는 없었지만, 나는 아무것도 못 느끼니까, 무슨 소리야 다 느끼면서, 이 목소리, 나 이것을 참았던 거야, 나는 도망치지 못했거든, 도망칠 필요는 있었는데, 웜은 도망칠 필요가 있었지, 하지만 어디로, 하지만 어떻게, 그는 꼼짝 않고 있잖아, 웜은 내키지 않아도 갈 필요가 있었어, 아무 곳이나, 그들한테든, 푸르른 하늘이나 바다든, 하지만 어떻게 그렇게 하냐고, 그는 움직일 수가 없잖아, 어디에 불가피하게 묶여 있는 건 아니지만, 여기에 묶여 있을 만한 데가 없거든, 그가 어딘가에 깊이 뿌리를 박고 있는 것처럼 보여, 정 그러면 그래 묶여 있는 거라고 하지 뭐, 지진이 나야만 하나, 땅에 박혀 있는 게 아니야, 그게 뭔지 모르겠어, 그건 모자반 같은 거야, 아니야, 그건 당밀 같은 거야. 그것도 아니야, 그게 뭐든 무슨 상관이야, 빛 가운데로 그를 토해 내는, 경련 같은 게 있어야만 하나. 아니 왜 이렇게 고요한 거지, 이야기 소리만 빼면, 숨소리 하나도 안 들려, 별일 아니야, 의심스러운데, 생명이 시작되려는 고요인가, 어쨌든, 그때부터, 그게 질척거리는 진흙탕처럼 느껴져, 거기가 얼마나 아늑한데, 이 소음만 없으면, 아늑하겠지, 다시 들어오고 싶어 하는 건 바로 생명이야, 아니야, 그가 나가기를 바라는 게 바로 생명이지, 아니면 사방에서, 퐁퐁 터지는 작은 공기 방울들인가, 말도 안 돼, 여기에는 공기가 없잖아, 공기는 숨을 막히게 하니까, 빛은 눈을 감게 만들고, 그가 가야만 하는 곳이 바로 저기야, 절대로 어두워지지 않는 곳이지, 하지만 여기도 어둡지는 않잖아, 무슨 소리야 어두운데, 여기는 어둡다고, 이 회색은 바로 그들이 만든 거야, 그들의 램프들로. 그들이 가 버리고 나면, 그들이 입 다물게 되면, 찍소리 하나 없이, 빛줄기 하나 없이, 어두워지겠지만, 그들은 절대로 가 버리지 않을 거야, 아니거든, 입 다물고 조용히 있을 수도 있거든, 완전히 가 버릴지도 모르는 일이고, 어느 날, 어느 저녁에, 천천히, 슬프게, 열을 지어, 긴 그림자들을 드리우며, 그들의 주인한테로, 그 주인은 그들을 벌하거나, 너그럽게 봐주겠지, 저 위에서, 하는 일은 오로지 그것뿐이니까, 패배한 자들에게는, 벌, 용서, 이 두 가지만 있는 거니까, 이게 다 그들이 하는 말이잖아. 너희들은 너희들의 재료로 뭘 한 거지? 우리는 그것을 사용하지 않았어요. 하지만 그들은 그 구멍들을 막았는지에 대해 예나 아니요로 말하도록 독촉을 받고 있어서, 아니 그럼 그들이 그 구멍들을

막은 거였어, 그래 안 그래, 그들은 그렇기도 하고 아니기도
하다고 말할 거야, 아니 누구는 그렇다고 하고, 누구는 아니라고
말할 거야, 그것도 동시에, 왜냐하면 그들은 주인이 자신이 던진
질문에, 대답으로, 어떤 말을 듣고 싶어 하는지 모르니까. 그런데
그 두 가지가 다 나름의 이유가 있어, 그 두 가지 대답들이,
사실 그들은 그 구멍들을 막았던 거야, 이렇게 말해도 된다면,
하지만 그렇지 않다면, 그들은 그것들을 막지 않았던 거지, 사실
그들은 그 구멍들을 막아야만 하는지, 아니면 반대로, 벌어진
채로 그냥 둬야만 하는지, 출발하면서도, 무엇을 해야만 하는지
알지 못했거든. 그래서 그들은 거기다가 각자 자기들의 램프를
고정시켰어, 그 구멍들 안에다가, 점토 같은 성질이 있으니,
저절로 막히지 못하게, 그들이 거기다가 그들의 성능 좋은
램프를, 불을 켠 채로, 안쪽을 비추도록, 각각 밀어 넣었던 거야,
조용함에도 불구하고, 그들이 여전히 저기에 있다고 그가 계속
믿도록, 또는 회색은 자연스럽게 만들어진 거라고 그가 믿도록,
또는 그들이 더 이상 저기에 없어도, 그가 계속 고통스러워하도록,
사실 그는 오로지 소음 때문에 고통스러워하는 게 아니거든,
회색으로도, 불빛으로도 고통스러워해, 그는 그래야만 하고,
또 그러는 편이 좋기도 하고, 또는 마치 그가 그 일을 아는 게
가능하기라도 하는 것처럼, 그들이 떠났다는 걸 그가 알지 못하게
하면서, 주인이 요구하면, 그들이 돌아올 수 있도록, 또는 그
구멍들을 막아야만 하는지 아니면 저절로 막히게 내버려둬야만
하는지, 무엇을 해야만 하는지 그들이 모른다는 점 말고는 다른
동기가 없다 보니, 그게 좆같은 거야, 와 드디어, 와 드디어
찾았어, 딱 맞는 단어를, 그래 찾다 보면 얻어걸리는 거야, 틀리다
보면 얻어걸리는 거라고, 결국에는 찾아내잖아, 이런 게 소거의
문제야. 그 구멍들은 이제 됐어. 그 회색은 아무것도 의미하지
않아, 회색의 침묵이라고 해서 반드시 그저 지내 볼 만한 좋은
한때인 건 아니니까, 그게 나쁠 수 있듯이, 좋을 수도 있는 거야.
그런데 관리자들이 없으면 방치된 램프들은 계속해서 불을
밝히지 못해, 기대와 달리, 조금씩, 램프의 불들은 사그라질 거야
기름을 충전해 주는 관리자들이 없으면, 결국에는, 그 램프들이

침묵할 거라고. 그러면 검게 되겠네. 그렇기는 한데 검정색이나 회색이나 다 마찬가지야, 검정색 역시도 이를테면 검정색이 짙게 만들고 있는 침묵의 가치에 대해, 그 어떠한 입증도 못 하거든. 사실 그들이, 주인 앞에서 여러 해 동안 변론했음에도, 웜을 위해서, 웜과 함께, 할 만한 일이 아무것도 없다는 사실을 그에게 납득시키지 못한 채, 불들이 꺼지고도 한참 있다가, 돌아올 수도 있으니까. 그러면 전부 다 다시 시작될 게, 분명하구나. 그러니까 절대로 알지 못할 거야, 웜은 절대로 알지 못할 거라고, 침묵은 검정색이라는 걸, 혹은 침묵은 회색이라는 걸, 절대로 알 수가 없을 거야, 침묵이 지속되는 한, 그게 좋은 침묵인지를, 아니면 그때를 좋은 한때라고 부를 수 있다면, 불필요한 벼락을 더 맞지 않으려면, 다음 회기를 위해 대기하면서, 예전 침묵들의 속삭임들을 들어야 하고, 그것들의 동정을 살펴야 하는, 지내 볼 만한 좋은 한때만이 문제가 되고 있는지를 말이야. 그런데 웜과 다른 한 명을 혼동해서는 안 돼. 이 경우에, 그게 중요한 문제는 아니지만. 사실 귀를 기울여 들어야만 했던 자는, 더 이상 아무 소리도 들리지 않을 거라는 사실을 그가 알거나, 모르거나 간에, 여하간 귀를 기울여 들을 테니까. 다른 식으로 말하자면, 그들은 다른 식으로 말하는 걸 좋아하니까, 이건 의심의 여지가 없어, 그렇게 해야 시간을 벌 테니까, 침묵이 일단 깨지고 나면 다시는 절대로 완전한 침묵이 되지 못하거든. 그래서 희망이 없는 거야? 아니 당연한 거잖아, 이거 왜 이래, 그런 걸 물어볼 생각을 하다니. 아니야, 어쩌면, 작은 희망이 있을지도, 하지만 아무짝에도 쓸모없는 희망일 거야. 그렇긴 하지만 사람들은 잊고 있지. 아니면 만약 단 한 명만 있을 경우 그 한 명이 완전히 혼자서, 자신의 주인한테로 갈 테고, 그저 그의 긴 그림자만이 사막을 가로질러 가는 그를 따라가겠지, 거기가 사막이니까, 이거 처음 듣는 얘긴데, 웜은 그들이 그를 붙잡는 날(le jour)에, 사막에서, 햇빛(le jour)을, 사막의 빛(le jour)을 보게 될 거야, 그건 다른 어느 곳에나 있는 똑같은 빛이지, 그들이 아니라고 말하는데, 그들은 그 빛이 더 순수하고, 더 밝다고 말하고 있어, 너희들은 한 장소만을 염두에 두고 말하는 거잖아, 에이 사하라사막만 있는 게 아니거든,

다른 사막들도 있다고, 여하간 중요한 건 바로 오존이야, 그한테
오존이 필요할 테니까, 초반에는, 아 맞다, 후반에도, 그게 살균
작용을 하거든. 주인이. 그들을 x라고 하면 우리한테 필요한
건 x+1일지도 몰라. 그런데 그 납빛 눈 말이야, 정말로, 그한테
그게 무슨 쓸모가 있을까? 불빛을 보는 데 쓸모가 있지, 그들이
그것을 일러 보다라고 하거든, 그래 좋아, 그가 그것으로 인해
고통스러워하니까, 그들이 그것을 일러 고통스러워하다라고
해, 그들은 고통스러워하는 게 뭔지 알아, 그러다 보니 그들은
고통스럽게 할 줄 알지, 주인이 그것을 그들한테 말했던 거야,
주인이 이렇게 그들한테 말했다고, 이렇게들 해 봐, 저렇게들도
해 보고, 그러면 너희들은 그가 몸을 뒤트는 꼴을 보게 될 거야,
너희들은 그가 우는 소리를 듣게 될 거라고. 그가 울고 있어,
이건 하나의 사실이야, 오 하지만 그렇게 확실하지는 않아, 그걸
이용하려면 서둘러야만 해. 하지만 뒤트는 건, 글렀어. 그런데 한
가지 일러둘 사항이 있어, 그것들이 아무리 오랫동안 지속되고
있어도, 그저 시작에 불과할 뿐이라는 거야, 위대한 침묵 왕의
설득력 있는 말에 힘입어, 그들은 용기를 잃지 않을 테고, 그 말을
절대로 가둬 두지 않을 테니까. 그렇게 하는 게 그들의 일이고,
그들의 권한이니까, 그런데 그렇게 함으로써 어떤 결론을 내거나
내지 못하거나 간에, 그들한테 일어날 수 있는 일은 무엇일까? 이
정도면 그들에 관해서는 충분히 이야기한 거야, 그들은 그저 자기
자신들에 대해서만 이야기하니까, 당연하지, 다 그들 소유잖아,
그들이 없으면 아무것도 없을 거야, 심지어 윔조차도, 윔이라는
게, 자기 자신들에 대해서 이야기하고 있는 그들이 가지고 있는
하나의 생각이거든, 그들이 가지고 있는 하나의 단어이고, 이
정도면 그들에 관해서는 충분히 이야기한 거야. 하지만 그 회색은
그 불빛은, 만약 그가 그를 고통스럽게 만들고 있는 그 불빛을
피할 수 있다면, 그가 정중앙에 있기 때문에, 어느 쪽으로 가든,
발걸음을 내디딜 때마다 고통스러울 테니까, 사오십 번 정도의
헛된 시도 끝에, 결국은 중앙으로, 반드시 돌아가게 되리라는
가설은 불확실해지는 거지? 그렇지, 그건 불확실해지는 거지. 사
제대로 가고 있다고 자신하며, 그가 주변을 둘러막고 있는

벽 쪽까지 이르기 위해서, 그들이 주의를 기울일 테지만, 불빛
쪽으로, 그가 발걸음을 내디딜 때마다 불빛은 점차 약해질 게
분명하거든. 그러면 끝내주는 건데, 승리의 결과물인 거잖아,
승전가를 울려야 할 거야. 그를 고통스럽게 만들기 위해서,
그들한테는 필요 없는 희망이지만, 그가 고통스러워하는 순간에도
희망은 있게 마련이니까. 그런데 그들은 그가 고통스러워하는지
어떻게 알 수가 있지? 그들한테 그가 보이나? 그들이 그렇다고
말하네. 하지만 그건 불가능한 일이잖아. 그들한테 그가 내는
소리가 들리나? 당연히 아니지. 그는 아무 소리도 안 내니까.
아니 어쩌면 소리를 내고 있을 수도 있어, 울고 있으니까. 뭐 어찌
되었든 간에, 또 옳건 그르건 간에, 그들은 평온하게 있고, 그는
고통스러워하고 있어, 그것도 그들 덕택에. 에이 아직 그리
충분하지는 않지, 그래도 살살 해야만 해. 그 단계에서, 지나치게
가혹하게 굴면, 그의 지력(知力)을 영원히 흐릴 수 있을 테니까.
다른 질문은. 민감한 문제야. 내성에 의한 결과들, 그들은
그것들을 어떻게 처리하지? 그들이 크고 강하게 목소리를 내고,
빛의 강도를 높이면서, 그와 같은 결과들이 생기지 않도록
조치를 취할 수는 있어. 그러면 시간이 흐르면서, 고통이
줄어드는 게 아니라, 계속해서, 정확히 말하자면, 첫날 느꼈던
고통을 그가 그대로 쭉 느끼게 되는 건가? 분명 그게 가능할
거야. 또 그러면 시간이 흐르면서, 점점 더, 변하지 않는 미래에서
변할 수 없는 과거로, 변형이 이루어지면서, 첫날 느꼈던 고통이
줄어들거나, 유지되는 게 아니라, 그가 더 많은 고통을 느끼게
되는 건가? 다른 질문을, 그러나 같은 맥락의 사고의 틀 안에서.
까다로운 문제야. 변함없는 고통이, 아마도 결국에는 영원히
지속되지 않을 수도 있으리라는 생각을 때때로 하게 만드는
기복 있는 고통보다 더 나은 게 아닐까? 그거야 추구하는 목표에
따라 분명 다르지. 말하자면? 인내해야 하는 자한테는, 성급함을
최소화하기. 고마워. 이게 당면 목표야. 그에 따라 다른 목표들이
생겨나겠지. 그에 따라 평온하게 있는 법을 배우게 될 거야.
단조로움을 깨기 위한, 아무거라도, 다른 대책이 없으니까,
제기랄, 몸이라도 최소한 뒤척이고, 바닥을 뒹굴 때를 위해서.

하나님 맙소사, 산 채로 화염에 휩싸여 있는데도, 그들은
고통스럽지 않은가 봐, 그래도 그들의 결박이 사라지자, 좀
시원한 곳을 찾아, 탁탁 타들어 가는 소리를 내면서, 되는대로,
사방으로 잽싸게 뛰어가네. 창밖으로 뛰어내릴 때까지도 평정심을
유지하는 이들조차 있어. 그 누구도 그한테 그 정도까지는
요구하지 못하지. 그저 그가 혼자 알아서 면전에서 달아나는
위안거리들을 찾아내기를 바라기, 그게 다지 뭐, 그는 멀리 가지
않을 거야, 그는 멀리 갈 필요가 없을 테니까. 아무런 책임이
없을지라도, 자신의 현 상태에 일시적으로라도 대처하기 위해서,
오로지 자기 자신만을 믿도록 요구하기. 가장 쓸데없는 일일지도
모르지만, 털모자의 깃털 장식을 더 멋있게 정돈하려고 의자 위로
올라가는 경기병처럼, 그렇게 그가 행동하기를 바라는 게 다야.
그는 이치를 따지거나 뭐 그럴 필요가 없어, 가라앉기를 바라지도
말고, 없어지기를 바라지도 말고, 절대로 덜하거나, 절대로 더하지
않는 고통을, 똑같은 방식으로 계속해서, 그저 느끼기만 하면
되는 거야, 이렇게 하는 일이 저렇게 하는 일보다 더 복잡하지는
않잖아. 희망을 갖지 않으려고, 이치 같은 걸 따질 필요가
없다니까. 그러니까 단조롭게 가, 그게 더 자극적이야. 하지만
어떻게 그걸 보장하지. 그런 건 신경 쓰지 마, 신경 쓰지 말라고,
그 불쌍한 자들이, 목소리나, 약간의 빛, 이런 종류의 빈약한
수단들로, 그들이 할 수 있는 일을 하는 거니까, 그게 그들의
일이야, 그들이 이렇게 말하잖아, **그**가 익숙해지지 않은 건
맞는지, 그가 약해지지 않은 건 맞는지, 우리는 아무것도
모르지만, 그래도 상관없어, 중간 정도는 되는 거니까, 우리는
그저 계속하기만 하면 돼, 그러다 보면 결국 그가 이해하게 될
거야, 결국 그가 몸서리를 치게 될 거라고, 작은 반응이 나오는
거지, 눈에서 일어나는 어떤 변화가, 우리한테로 그를 다시 던지는
파도가, 생겨나게 되는 거야. 어디에도 전혀 보이지 않는데 눈들을
찾으려고 하는 것, 어디에도 전혀 들리지 않는데 신음 소리를
포착하려고 가만히 살피고 있는 일, 이런 일들 역시 삶이라고
하기에는 애매하지. 그렇기는 하지만 이게 그들의 삶이야. **저**기
어딘가에, 주인은 말하지, 그가 있어, 내가 너희들한테 말한 대로

해, 그를 나한테로 데려와, 내 영광을 위해서 그가 필요하니까.
하기야 마지막으로 한 번만 더 수고를 하지 뭐, 한 번만 더, 그게
어쩌면 마지막일 수 있으니까, 이렇게 매번 이번이 마지막이라는
생각을 가지고 일을 해야만 해, 그게 뒷걸음치지 않기 위한 유일한
방법이니까. 고약한 가스를 한 사발⁹⁰ 힘껏 내뿜자 얍 앞으로
가네, 그러고는 곧장 돌아오기는 하지만. 앞으로. 말이야 쉽지.
그런데 어디가 앞이야? 그리고 무슨 이유로 앞으로 가는 거지?
미친 척하는 놈들의 무리는, 가, 그들은 내가 아무것도 모른다는
걸 알거든, 내가 듣자마자 족족, 다 까먹는다는 사실을 알고 있어.
이런 식으로 짧게 짧게 휴식을 취하는 건, 그리 어려운 일이
아니야. 그들이 입을 다물면, 나도 입을 다무는 거지. 1초 후에.
내가 그들보다 1초가 늦거든, 나는 그 1초를 기억하고 있어, 1초는,
역시나 나와 상관없는, 그다음 1초를 온전히 받아들이면서,
나한테 주어졌던 그대로, 그 1초를 토해 내는 데 걸리는 시간이야.
단 한순간도 내 소유인 적이 없는데, 그런데도 그들은 내가 머리를
어디에다 써야 하는지 알기를 바라고 있어. 아 그럼 머리를
어디에다 써야 하는지 나는 잘 알고 있지, 그 머리가 내 말을
듣기만 하면. 그들이 내가 일에 전념하는 듯이 보이기를 원하면,
내가 진행하고 있는 일을, 전에도 말한 적이 있었던 것 같으니까,
그걸 되풀이해서 말하라고 해. 그 어조며, 그 표현들, 그것들이
내 전매특허라고 내가 믿게 하려면. 나의 실존은 시간문제에
불과하다는 생각을 그들이 머릿속에 담아 둔 이후부터 쭉 사용해
온, 언제나 똑같은 낡은 수법들을. 나한테 잃어버린 기억들이
있다는 생각이 들어, 통째로 날려 버린 문장들이 있다는, 그건
아냐, 통째로는 아니지. 나는 어쩌면 그 이야기의 숨겨진 이유를
놓쳤을 지도 몰라. 내가 그걸 몰랐어야 했는데, 그래도 그렇게
말은 했어야 하지 않았을까, 어쨌거나 나한테 거는 기대는
더 이상 없으니까, 그걸 계산했어야 했는데, 다음번 내 재판
때, 뭐라고, 그들은 진지한 사람들이라서, 그들이 나를 가끔씩
법정에 세우고는 하거든. 나는 알게 될 거야, 나는 내가 한 나쁜
짓을 어쩌면 언젠가는 말하게 될 거야. 우리는 결과적으로 총 몇
명이지? 그런데 지금 누가 말하고 있는 거야? 그러니까 누구한테?

그리고 무엇에 관해서? 이런 어려운 질문들은 아무 도움도 안
돼. 그들한테 내 입에다 마지막으로 무엇으로 나를 구원할지,
무엇으로 나를 영벌에 처하게 할지 집어넣으라고 해, 그리고
그러한 것들을 더 이상 말하지 말라고 해, 더 이상 말하지 말라고.
하지만 이게 내가 받고 있는 벌이야, 그들이 나를 재판하는 이유가
바로 내가 받고 있는 이 벌 때문이니까, 그들의 말과 다른 말을
사용하지 않으면서도, 말하지 못하는, 이해도 못 하는, 말 못 하는
돼지 새끼인 양, 내가 제대로 형을 치르고 있지 않으니까. 지하
감옥 독방에 가두겠지, 지하 감옥 독방에 가두는 거야, 언제나
지하 감옥 독방에 가두었으니까, 나는 다 듣고 있거든, 그들이
하는 말을 전부 다, 그게 유일하게 들리는 소리니까, 그러다
보니 혼자, 큰 소리로, 말하는 이가 마치 나인 듯한 착각이 들
정도야, 그 누구도 결국은 더 이상 모르는 거잖아, 절대로 멈추지
않는 한 목소리, 그 목소리가 어디에서 흘러나오는지 말이야.
어쩌면 여기에 다른 이들도 있을지 몰라, 나와 같이 수감된 이들,
정말이지, 캄캄하다, 이 지하 감옥에 반드시 독방들만 있으라는
법은 없잖아, 아니면 다른 이가 있거나, 어쩌면 나한테 이 어려운
시기를 함께할 동료가 있을지도 모르지, 말하는 걸 좋아하는 친구
아니면 끊임없이, 눈에 띄는 거라면, 아주 보잘것없는 것일지라도,
말해야만 하는 친구가, 아니야 나는 안 믿어, 나는 무엇을 안
믿는 걸까, 나한테 이 어려운 시기를 함께할 동료가 있다는
말을, 그렇구나, 그래도 설마하니, 그렇게까지 할 정도로 그들의
분노가 크겠어, 그들이 그래도 설마하니라고 말하네. 나는 두
눈을 뜬 채로, 종종 나도 모르게 깜빡 잠이 드는 게 분명해. 그렇다
하더라도 만사는 계속되는 법이지, 내가 떠나지 않으니까, 내가
돌아오는 일도 없어. 혹 그게 반수면 상태나, 불면증 뭐 이런 게
오히려 아닐까? 그래도 변하는 건 아무것도 없어, 전혀. 그러니까
잊어버리자고. 구멍들, 그런 것들이야 늘 있었지, 멈춘 건 바로
그 목소리야, 더는 들리지 않는 건 바로 그 목소리라고, 그래서
뭘 어쩌라는 거야, 그 일이 중요한 것일지도 모르잖아, 그래봤자
결과는 똑같아, 하지만 또 어쩌면 중요하지 않을지도 모르지,
예외적으로. 아 여러 해법들. 그들이 여기다 나를 가뒀으면서,

나를 다른 곳에다 가두려는 심사인지, 아니면 나를 풀어 주려고
하는 심사인지, 지금은 나를 내보내려고 애를 쓰고 있어, 그게
내가 어떻게 하나 보려는 심사로, 그들이 나를 밖에 두려는 것일
수도 있어. 그렇다면 철문에 기대어 서서, 팔짱을 끼고, 다리를 꼰
채로, 그들이 나를 쳐다보고 있겠네. 아니면 그들은 그저 그들이
도착하면서부터, 또는 도착하고 한참 후부터, 여기에 있는 나를
찾아보려고 그러는 것일 수도 있고. 그들의 흥미를 끌고 있는
대상은 내가 아니라, 장소거든, 그들은 그들 중 한 명을 위해서, 이
장소를 원하고 있으니까. 그렇다면 어쩌겠어, 우연하게라도 좋은
생각이 날 때까지, 사색하고, 사색해야지, 별수 있겠어. 말로 하는
게 중요했던 말들, 그 말들이 말해짐으로써, 모든 게 잠잠해지고
모든 일이 다 중지되는 순간에는, 그게 어떤 말들이었는지 알
필요가 없을 거야, 그게 어떤 말들이었는지 알 수도 없을 테고,
그 말들이 저기 어딘가에 있겠지, 무더기로 있는 저기 어딘가에,
흐름을 형성하는 저기 어딘가에, 그렇다고 그게 반드시 마지막
말들일 거라고 생각할 수는 없어, 담당자가 그 말들을 확인해 보고
동의해야만 하거든, 그러면 시간이 걸리잖아, 그가 멀리 있으니까,
담당자는, 바로 주인이야, 그들이 그한테 보고서를 보여 주지, 그
전부를, 그는 중요한 말들을 알고 있어, 그것들을 선택했던 이가
바로 그자니까, 그러는 동안에도 목소리는 계속되는 거야, 그들이
그자한테 가는 동안에도, 그가 신중하게 검토하는 동안에도,
판결문을 가지고, 그들이 우리한테 돌아오는 동안에도, 그 말들이
계속돼, 잘못된 말들이, 틀린 말들이, 모든 일을 다 중지하거나,
모든 일을 다 계속하라는, 명령이 떨어질 때까지, 아니 그렇지
않아, 다 쓸데없는 말이야, 모든 일은 다 알아서 계속될 테니까,
모든 일을 다 중지하라는, 명령이 떨어질 때까지. 그 말들은
아마도, 그들이 방금 전에 했던 말 속에, 그 안, 어딘가에, 있는
것 같아, 그들이 말해야만 했던 그 말들은, 수적으로 꼭 많다고는
볼 수 없어. 그들은, 자신들에 대해 이야기하면서도, 그들이라고
말하는데, 그건 말하고 있는 이가 바로 나라는 걸 내가 믿도록
만들려고 그러는 거야. 그게 아니라, 내가, 누군지도 모르는 자에
대해 이야기하면서, 그들이라고 말하는 것은, 말하고 있는 이는

내가 아니라는 걸 내가 믿도록 만들려고 그러는 거지. 아니 차라리 전달자가 출발하자마자, 주인의 명령, 즉, **계**속들 해, 이러한 명령을 가지고, 그가 돌아올 때까지, 조용히 있는 게 좋겠어. 실제로 긴 침묵들이 생겨나고는 하니까, 간간이, 진정한 휴전들이 만들어지고는 하거든, 그와 같은 침묵들이 흐를 때마다 나는 그들의 속삭임을 들어, 한편에서는 아마 이렇게 속삭였을 거야, **끝**났어, 이번에는 우리가 적중했어, 다른 한편에서는, **다**른 식으로 표현을 하든가, 아니면 똑같이 표현하되, 배열을 달리해서 하든가, 여하튼 다시 다 시작해야만 해. 그러니까 그 매번이 다 소강상태인 셈이야, 그런 상태를 소강상태라고 일컬을 수 있다면, 그런 상태에 있으면, 자신의 운명을 알게 될 때까지, 기다리게 돼, 이렇게 말하면서, **그**게 아마도 그렇지 않을 거야, 이렇게 말하면서, **내** 입에서 나오는 이 말들의 출처는 어디이며 그 의미는 무엇일까, 아니야, 아무 말도 안 하면서 그러고 있는 거야, 사실은 더 나올 말이 없거든, 만일 그렇게 하고 있는 걸 기다림이라고 일컬을 수 있다면, 기다림에는 이유가 없어, 기다리면서 귀를 기울이는 거야, 이 부분은 편집할 때 살리도록 할 것,[91] 그냥, 처음에 그랬던 것처럼, 왜냐하면 어느 날 귀를 기울이기 시작했으니까, 왜냐하면 더 이상 멈출 수가 없으니까, 그건 이유가 될 수 없어, 만일 그런 상태를 소강상태라고 일컬을 수 있다면 말이야. 그런데 죽을 수도, 살 수도, 태어날 수도 없다는 그 이야기는 정말 대단해, 그게 어떤 역할을 하고 있는 게 틀림없어, 어디로 가는지도, 어디에 있는지도, 어디에서 오는지도 모른 채, 앞으로 나아가지도 못하고, 뒤로 물러나지도 못하며, 죽어 가고, 살아가고, 태어나는, 어떤 누군가가 자신이 존재하는 곳에 머물러 있다는 그 이야기도 대단하지, 사실 거기에서는 그 어떠한 가정도 해 보지 않고, 그 어떠한 자문도 해 보지 않은 채, 다른 곳에 있을 수 있고, 다른 식으로 존재할 수도 있으나, 어떤 누군가는 그렇게 할 수 없다 보니, 그냥 그곳에 있는 거야, 자신이 누구인지도 모르고, 어디에 있는지도 모르면서, 아무개는 거기에 머물러 있는 거지, 그 아무개가 보기에, 그의 주변에는, 겉으로 보기에, 겉으로 보기에 말이야, 아무 변화도 없는 거야.

끝을 기다려야만 해, 끝은 오게 마련이니까, 그래서 그렇게 끝이
오면, 끝이 오면 아마도 결국 이전의 상태와 똑같게 될 거야,
끝을 향해 가거나, 그로부터 멀어지거나, 불안에 떨거나, 또는
즐겁게, 그 끝을 기다려야만 했던 그 오랜 기간의 상태와 똑같게
될 거라고, 정통해 있든, 체념하고 받아들이든, 충분히 해 봤든,
충분히 있어 봤든, 아무것도 할 줄 모르고, 그 무엇으로도 있을
줄 몰랐던 자에게는, 다 똑같은 거니까. 이 목소리가 그치기만
한다면, 운율도 전혀 안 맞는 이 목소리, 어디에도 없고 아무것도
아닌 존재가 되는 걸, 방해하는 이 목소리, 심지에서 빠져나가려고
애를 쓰는 듯, 헐떡이며, 사방으로 희미하게 빛을 던지는 이 작고
노란 불꽃이 꺼지지 않을 만큼, 아주 딱, 아주 딱 그 정도만큼,
서투르게 방해하고 있는 이 목소리, 희한한 작은 불꽃, 이 불꽃을
만들지 말았어야 했어, 아니면 이 불꽃을 키웠어야 했지, 아니면
이 불꽃을 꺼 버렸어야 했어, 꺼지도록 내버려뒀어야만 했다고.
후회들, 그런 것들이 너희한테는 도움이 되지, 그런 것들을
통해 너희는 세상의 끝으로 다가가는 거야, 존재했던 것에 대한,
존재하고 있는 것에 대한 후회들, 이것들은 엄연히 달라, 아니지,
같은 것들이지, 너희는 모르잖아, 무슨 일이 벌어졌던 건지, 무슨
일이 벌어지고 있는지 너희는 모르잖아, 어쩌면 같은 것들일지도
모르지, 같은 후회들, 그것들을 통해서 너희는 이동하는 거야,
후회들의 끝으로. 그렇기는 한데 지금은 약간의 활력을, 지금
아니면 할 수 없어, 약간의 열의를, 그런다 한들 나오는 건
아무것도 없을 거야, 한 발자국도 움직이지 않을 테니, 그래도
상관없어, 우리는 속물근성에 절어 있는 장사치들이 아니니까,
그리고 그 누구도 모르는 일 아니겠어, 그렇기는 하네. 마후드가
자기 단지에서 나와, **금**방 갈게요, 금방 갈게요, 내 마음의
심장이여, 노래를 부르며, 엎드린 채로, 피갈[92]을 향해 갈 수도
있는 일이니까. 아니면 뭐, 그래 그리운 그 뭐, 그는 아마도 더
이상은, 아무것도 할 수 없는 상황을, 더는 견딜 수 없는 상황을,
견뎌 내지 못하겠지, 그 부분을 놓쳐서는 안 될 거야. 내가
그들이라면 나는 쥐들을 풀어놓겠어, 물 쥐, 시궁창 쥐, 그것들이
최고잖아, 오 너무 많이는 말고, 대략 열두 마리, 열다섯 마리

정도, 그래야 그가 어쩌면, 떠날, 결심을 할 테니까, 그건 그렇고 참 대단한 서론이야, 앞으로 드러날 그의 특성들에 관한. 아니야, 쓸데없는 짓이야, 단 한 마리의 쥐도 거기서는 살아남지 못할 테니까, 단 1초도. 그럼 그 눈을 다시 좀 보도록 하지, 살펴봐야만 하는 데는 바로 거기야. 오줌 누듯 눈물을 싸 버려서, 흰자위에, 붉은 기운이 약간 감도는 듯해, 어, 한 번 번득이긴 했는데, 저걸 지성의 번득임이라고는 선뜻 말하지 못하겠는걸. 늘 있는 일이니까 넘어가고. 눈이 약간 더 돌출된 것 같아, 감돈 포경[93]에 걸린 것처럼 볼록 더 튀어나온 것처럼 보여. 눈이 듣고 있나 봐. 눈 상태가 나빠지고 있으니, 그건 어쩔 수 없어, 광택도 잃어 가고 있거든, 눈구멍에서 주저 없이 흘러나오는 뭔가를 빨리 거기다가 집어넣어야만 할 것 같아, 10년 후면 너무 늦을 거야. 그들이 저지르는 잘못은, 아직은 전부 다 구상 단계에 있을 뿐인데도, 어느 일정한 곳에, 뭐가 실제로 존재하는 듯이, 그에 대해 말하는 거야. 하지만 지금 그 문제로 돌아가기에는 너무 늦었어. 우선은 그들이 실수를 해도 끝까지 가도록 놔둬, 그래야 그들이 이해를 도모할 수 있는, 개념들까지는 아니더라도, 용어들을 섣부르게 사용해 위험을 자초하는 일이 생기지 않도록 조심하며, 그 문제를 다시 다룰 수 있을 테니. 마후드의 경우도 마찬가지로 충분히 연구되지 않았어. 누군가는 그와 같은 피조물은 두 명일 거라고 생각하며, 그들을 필요로 할 수 있는데도, 또 그들에 대한 맹목적이고 음울한 대화들에 과감하게 투신하지 않고도, 그들의 존재 가능성마저 감지할 수 있는데도. 아주 조금만 더 깊이 생각했더라면 말하는 시간의 종은 울린 적이 없고, 아마도 절대로 울리지 않을 거라는 점을 그들한테 일러 주었을 텐데. 하지만 그들은 반드시 말해야만 해, 중단하는 일은 그들한테 금지되어 있거든. 어째서 그들은 다른 존재를 말하지 않는 걸까, 어째서 어떻게 보면 확실하게 실존하고 있는 어떤 존재를, 3만 개 또는 4만 개 정도의 단어 전부를 가지고도 이와 같은 어구들을 사용해야만 하는 것에 얼굴조차 붉히지 않은 채 떠벌릴 수 있는 어떤 존재를, 그리고 마침내, 가장 믿을 만한 이야기로서, 오래전부터 전 시대마다 가장 언변 좋은 혀들을 움직이게 했던

어떤 존재를 말하지 않는 거냐고, 그러면 좋을 텐데. 흔하게 있는
일이잖아, 그들은 기분 전환을 하고 싶어 해, 궂은일을 도맡아
하고 있으니까, 아니다, 기분 전환을 하고 싶어 하는 게 아니다,
감정을 가라앉히고 싶어 해, 이것도 아니야, 마음을 달래고 싶어
해, 이건 더더욱 아니고, 상관없어, 그들은 이도 저도 안 하고
있으니까, 그게 뭔지는 모르지만, 그들이 원하는 일도 안 하고
있고, 어쩔 수 없어서 억지로 맡고 있는 이해하기 힘든 그 일도 안
하고 있어, 흔하게 있는 일이야. 방금 전 사람들 같지가 않아, 안
그래? 어쩔 수 없지 뭐, 그들도 자신들이 누구인지, 어디에 있는지,
무엇을 하고 있는지 모르거든, 또 왜 그렇게 나쁘게, 왜 그렇게
끔찍할 정도로 나쁘게 일이 굴러가고 있는지도 몰라, 그게 정말
그렇다니까. 그러니까 차곡차곡 쌓이다 와르르 무너져 버리고
마는 가설들을 그들이 세우는 거라고, 참 인간다운 일이잖아,
바닷가재[94]라면 그렇게 할 수 없을 테니까. 우리는 곤란한 상황에
처한 거야, 우리들 모두가 다, 그러면 다 똑같은 곤경에 처한
건가, 그건 아니고, 참 어떻게 그런 생각을 할 수 있지, 우리 각자
개인적인 사정에 따라 각기 다른 곤란한 상황에 처한 거라고. 나
자신은 나는 수치스러울 정도로 대강대강 날림으로 만들어졌어,
그들이 그 사실을 파악하기 시작한 게 틀림없어, 나, 나한테
전부 다 주렁주렁 달려 있어, 훨씬 낫네, 내 주변으로, 아주 훨씬
나, 항아리-인간, 내 주변으로, 모든 게 돌고 있어, 덧없이, 정말
그렇다니까, 뭐라고 하지들 마, 전부 돌고 있다니까, 이건 머리야,
나는 어느 머릿속에 있는 거야, 어어어이, 취하자마자, 이 무슨
놀라운 계시인가. 아 걷잡을 수 없는 이 눈먼 목소리, 그리고
모두가 정신 줄 놓고 숨까지 참아 가며 듣고 있는 이 순간들,
그리고 뭘 찾는지도 모른 채, 다시 더듬더듬 찾기 시작하는
목소리, 그리고 다시 찾아온 아주 잠깐의 침묵, 뭔지도 모르는
것을 예의 주시하고 있는 침묵, 생명의 표시야, 그게 정말
그렇다니까, 누군가로부터 빠져나가기도 하고, 다가오면 누군가는
부정하기도 하는 생명의 표시, 그건 확실히 그래, 이 모든 게
다 끝나기만 한다면, 평화로울 텐데, 아닐걸, 끝났다는 걸 믿지
못할 거야, 그래서 길목을 지키며 기다리게 될 거야, 다시 시작될

목소리를, 생명의 표시를, 누군가가 자기 자신을 배신하기를,
아니면 뭔가 다른 것을, 생명의 표시들 말고 있을 만한 뭔가 다른
아무거나를, 예컨대 톡 떨어지는 핀 하나, 약하게 흔들리는 나뭇
하나, 아니면 낫으로 두 동강 낼 때, 또는 물속에서, 창으로, 푹
찔러 잡을 때 개구리들이 지르는 작은 비명, 이런 것들 말고도
예를 더 들 수 있어, 그러면 좋겠지만, 지금 상황에서는, 힘들
것 같아. 아마도 눈이 멀어야만 하나 봐, 눈이 멀면 더 잘 듣게
되니까, 정보가 부족한 건 아니야, 우리한테는 우리의 지식들을
조율할 조율사들이 있잖아, 그들은 라를 치고서, 2분이 지난
다음에, 솔을 듣거든, 어쨌거나 볼 만한 건 아무것도 없어, 이 눈
하나의 실수인 거지. 그런데 말하고 있는 자는 웜이 아니야.
그래 사실이야, 지금까지는, 그 반대로 말하는 건, 아직은
시기상조일 수 있으니까. 그렇게 나온다면, 나도 아니야. 그리고
마후드는 명백히 목소리를 잃었어. 문제는 거기에 있지 않아,
당장은, 어디에 문제가 있는지는 모르겠지만, 지금은, 여하튼
거기에 없어. 아 좋아, 이거 기분 전환이 되네, 어느 한쪽 눈,
그 눈에서 어떤 예나 어떤 아니요로 인해 눈물이 나오고 있어,
그 예들이 그 눈에서 눈물을 빼고 있는 거야, 그 아니요들
역시, 깜짝 놀랄 만한 그 판결들의 근거들이 합당한 관심을
언제나 전폭적으로 받지는 못한다는 결과에서, 무엇보다도 그
어쩌면들도. 마후드 역시, 나는 웜을 생각한 건데, 웜 역시, 아니
마후드 역시 엄청난 울보야, 아마도 그 점을 제대로 다루지
않았던 것 같아. 그의 턱수염이 눈물로 아주 푹 젖었어, 그런다고
조금이라도 진정이 되는 것도 아닌데, 아주 바보짓을 도맡아
하고 있어, 정말 어떻게 해야 그가 진정될 수 있으려나, 심리적
메커니즘으로 인해, 자신의 창조주를 저주조차 할 수 없는, 불행
그는, 장뇌[95]처럼 차가워. 자 이제 마후드를 잊어야만 해. 그에
관해서는 단 한 마디도 하는 게 아니었는데. 아마도. 그를 잊는
일이 가능할까? 사실 사람들은 뭐든 잘 잊잖아. 그런데도 나는
자신의 존재가 서서히 사라지는 일을 마후드가 절대로 방관하지
않을 거라는 두려움이 아주 커. 웜은 안 그래, 존재했었는지도
모르게, 완전히 사라지게 될 거야, 그러니까 아마도 이런 경우인

거지, 이전에 존재한 적도 없었는데, 사라질 수 있는 경우. 말이야
쉽지. 하지만 마후드 역시 그렇지는 않아. 확실하지 않잖아,
쯧쯧, 전혀 확실하지 않잖아. 상관없어, 마후드는, 도살장 맞은편,
사람들이 대가리까지 항아리 속에 구겨 박은 그를 놓았던 그곳에,
이유는 모르겠지만, 어쩌면 자신도 한통속이라고 믿을 수 있게,
다시 말해서, 조만간, 자신도 오물이 되어 배수구로 사라지게
되어 있다고 믿을 수 있게, 그게 정말 그렇다니까, 별생각 없이도,
그런 사고는 할 수 있는 법이니까, 오늘의 요리를 알아보는 일과
마찬가지로, 드러나게 자신을 알아봐 달라고, 아니면 개별적으로
그렇게 해 달라고, 제스처를 취하지도 않고 표정 놀이도 하지 않은
채, 그녀는 놀이를 좋아하는 사람이 아니거든, 말없이 행인들에게
애원하면서, 그렇게 있을 거니까. 나는 나 자신은 특이하게도
정말 걸핏하면 눈물을 보여, 이런 것까지 말하고 싶지는 않았는데,
그들을 대신해서 이런 세부적인 사항은 알아서 빼야 했어,
여하간 그 사실은 내 마음대로 사용할 수 있는 배수관이 하나도
없다는 것을 의미해, 그래 하나도 없어, 보다 저급한 배수관들도,
이런 상황에서, 어떻게 좋은 건강을 유지할 수 있겠어, 또 믿을
만한 게 뭐가 있겠어, 아니 믿을 만한 게 아무것도 없다는 점은
문제가 안 돼, 관건은 제대로 맞추는 거야, 단지 그거라고, 그들은
말하지, **만**일 이게 검정색이 아니라면 흰색이 분명해, 제각각
나름의 기회를 한 번이라도 가질 만한 가치를 가지고 있는, 그
중간에 존재하는 모든 색조들을 고려한다면, 상투화된 방식의,
그와 같은 추론은 무지의 소치라는 사실을 인정들 하라고. 그리고
옳은 일이 아니라는 걸 분명히 알면서도, 같은 짓을 반복하며,
그들이 소비하는 시간도. 반박당하기 쉬운 맞대응들, 만일 그들이
거기에다 수고를 아끼지 않고 싶어 한다면, 만일 그들이 여유가
있다면, 그러한 맞대응들은 쓸데없는 일이라는 의견을 곰곰이
생각해 볼 여유가 있다면. 하지만 곰곰이 생각하면서 동시에
이야기하는 방법은, 계속 말하면서, 했던 말, 하고 있는 말, 할
법한 말을 곰곰이 생각하는 방법은 있어야지, 어떤 누군가는
아무거나 닥치는 대로 곰곰이 생각하잖아, 그 누군가는 아무
말이나 막 하기도 하고, 어느 정도는, 어느 정도는, 대응할 능력도

없이, 충분한 근거도 없는 자기 비난을 감행하다가, 금방 다른
문제로 넘어가기도 하지, 바로 그렇기 때문에 그들이 항상 똑같은
짓을 반복하는 거라고, 아주 달달 외우고 있는, 똑같은 푸념을, 그
이유는, 그동안에, 다른 것을 생각해 보려고, 늘 똑같은 것과는
다른 것을 말하는, 늘 똑같이 틀린 것을 항상 틀리게 말하는
방법을 곰곰이 생각해 보려는 거야, 하지만 그들은 알아내지
못하잖아, 그들은 알아내지 못하도록 자신들을 방해하는 것
말고는 말할 만한 다른 건 알아내지 못하고 있다고, 차라리 다양한
방식으로 이야기를 제시할 수 있게, 지금 하고 있는 이야기에
대해 생각하는 편이 훨씬 더 나을 거야, 제시라는 건 중요한
문제니까, 그런데 생각하면서 동시에 말하는 방법이라니, 그건
재능처럼, 특별한 거야, 생각은 정처 없이 떠돌지, 말도 그래,
서로서로 멀리 떨어져서, 이런, 과장은 하지 말자고, 그럼 각자
제각각 떨어져서, 사기로 된 두더지들,[96] 이것들이 있어야만
하는 곳은 바로 중앙이어야만 하는데, 말없이 있어서, 생각 없이
있어서, 괴로워하는 그곳, 기뻐 어쩔 줄 몰라 하는 그곳, 아무것도
못 느끼고, 아무 소리도 안 들리며, 아무것도 모르고, 아무 말도
하지 않고, 아무것도 아닌 채로 있는 그곳, 바로 그런 곳이야말로
그 두더지들이 있기 딱 좋은 곳일 거야, 어떤 누군가가 있는 그곳
말이야. 다행스럽게도 그들이 그곳에 있어, 당연히 아무데나라는
의미에서의 그곳이지, 그 사태에 대한 책임을 지기 위해서, 그게
무슨 사태인지는 잘 모르지만 그들도 최소한 이 정도는 알고 있어
즉 그 누구도 그로 인해 양심의 가책을 느끼고 싶어 하지 않는다
그로 인해 위에 부담을 느끼는 것만으로도 충분하다. 그렇군,
다행스러운 일은 나한테 그들이 있다는 거야, 말하는 그 유령들이
그들이 언제까지나 나와 함께하지는 않겠지, 그럴 거라고 봐, 에
빌어먹을 유령들, 그놈들이 결국에는 내가 전부 지껄인 말이라고
내가 믿도록 만들 거야. 어쨌거나 그 주인을, 우리는 하지 않을
거야, 이것 좀 들어 봐 그들이 술에 물 탄 듯 얼버무리고 있어,
우리는 하지 않을 거라고, 반드시 필요한 경우가 아니면, 그를
신경 쓰는 잘못을 저지르지 않을 거야, 그 주인은 고위직에
있는 평범한 공무원으로 밝혀질지도 몰라, 판이 그런 식으로

돌아가면 우리는 결국 신을 필요로 하게 될 거야, 우리 처지가
아무리 옹색해져도 옹색한 게 아닌 게, 피했으면 좋겠는 나락들이
여전히 존재하거든. 가족끼리 모여 있자, 더 친밀하게 있는
거야, 우리는 서로를 아니까, 겁먹을 만한 놀랄 일은 없을 거야,
우리가 유언장을 읽어 봤는데, 아무한테도 해당이 안 돼. 그
눈이, 시선을 끌 정도로 신기한 그 눈이, 관심을 가져 주기를,
뭔가를 해 주기를, 그러니까 더 이상 눈물을 흘리지 않게 해
달라는 건지, 볼 수 있게 해 달라는 건지, 이글이글 타오르는
눈빛을 만들어 달라는 건지, 눈을 감게 해 달라는 건지, 정확하게
무엇을 도와 달라는 건지 모르지만, 도와주기를 간청하고 있어.
그 얼굴에서, 눈만 보여, 어느 한 얼굴을 알아보려고 할 때 처음
보게 되는 곳이 바로 눈이니까, 또 어쩌면 예전에 흘린 눈물로
인해 끈적끈적해진, 입 아래쪽 주변으로 늘어진, 희끗희끗한 긴
머리카락일지도 모르고, 아니면 누더기가 다 된 펄럭이는 망토의
술 장식일지도 모르고, 아니면 세상 전부를 가려 보고자 폈다
오므렸다 하는 손가락일지도 모르고, 아니면 손가락, 머리카락,
누더기, 이 전부가, 풀 수 없게, 뒤엉켜 있는 상태일지도 모르는,
잿빛의 가늘고 긴 자국 같은 것들만 알아보고, 쓸 만한 건
아무것도, 아무것도 알아보지 못했을 경우 다시 보게 되는 곳도
바로 눈이야. 하나같이 전부 다 괴상망측한 가정들, 그 가정들을
소리 내 말하기만 하면 아무 말도 하지 말았어야 했다는 후회가
밀려오지, 그거야 아는 거잖아, 그런 점을 알고 있어야, 그런
과거와는 다른 과거, 대체로 바람직해 보이는, 다른 과거가 있게
되는 거야. 그는 대머리에다, 알몸이야, 그리고 그의 두 손은,
결정적으로 방전된 채 무릎 위에 놓여 있어서, 그 어떤 몹쓸
장난도 치지 못하지. 그러면, 얼굴은 어디에 있는 거야? 다 바보
같은 짓이야, 눈 역시 나는 믿지 못하겠어, 여기에는 아무것도
없잖아, 볼 게 아무것도 없다고, 보이는 게 아무것도 없어, 그게
뭘까, 이렇게 생각하고 있는데, 그게 딱 나타나는 거지, 구경꾼
없는 어느 한 세상이, 그 반대의 경우도, 으으으. 그러니까
구경꾼도 없고, 게다가 구경거리도 없는 셈이네, 맞아, 일찌감치
그게 없어지는 거지. 이 소리가 그치기만 하면, 말할 거리는 이제

없는데. 지금 무슨 소리를 내보내고 있는지 나 자신한테 물어보고 있어. 아마도 웜에 관한 거겠지. 마후드는 포기했으니까. 나는 내 차례를 기다리고 있어. 맞아, 언젠가는, 그들의 관심이 내 사례에 쏠리도록 하리라는 희망을, 요컨대, 나는 단념하지 않고 있어. 내 사례가 최소한의 흥미만을 유발하기 때문이 아니라, 어라, 뭐가 좀 이상한데, 내 사례가 특별히 흥미로워서가 아니라, 그렇지, 이게 내가 말하려고 했던 바야, 그러니까 내 차례이기 때문이야, 나도 역시 비현실적인 존재로 인정받을 권리가 있다고, 그렇게 나한테 생각이 드니까. 이런 건 절대로 끝나지 않을 테니까, 쓸데없이 환상을 품지는 마, 아니 끝나게 될 거야, 그들은 알게 될 거라고, 나 다음에 그게 끝이 날 테니까, 그들은 포기하고, 이렇게 말할 거야, **그** 모든 게 전부 실재하는 일이 아니야, 어떤 누군가가 우리한테 거짓말들을 늘어놓았어, 누군가가 그한테 거짓말들을 늘어놓았다고, 그가 누군데, 주인이지, 어떤 누군가는 누구야, 모르긴 하지만, 영원한 제3자일 거야, 바로 그가 그 사태에 책임을 져야 하는 장본인이야, 주인은 그 일과 아무 상관도 없어, 그들도 그렇고, 나는 그 누구보다도 더 그렇고, 그런데도 우리는 서로에게 책임을 묻는 잘못을 저질렀지, 주인은 나한테, 그들한테, 자기 자신한테, 그들은 나한테, 주인한테, 그들 자신한테, 나는 그들한테, 주인한테, 나 자신한테, 우리는 다 결백한데, 정말로. 뭐가 결백하다는 거야, 아무도 그것을 정확하게 알지는 못하지만 알기를 바라는 일에 있어서 결백하지, 할 수 있기를 바라는 일에 있어서 결백해, 쓸데없이, 아무것도 없는 데서 들리는, 그 모든 소리에 결백하고, 각자 잠겨 있는 침묵을 그런 식으로 오랫동안 경시한 일에 결백하다고, 그걸 알려고 하는 사람은 더 이상 없어, 결백이 덮어 주고 있는 것, 우리가 우연히 보이게 되었던 이 결백 이것이 모든 것을, 모든 잘못들을 덮어 주고 있어, 그 잘못들에 대한 질문들을, 결백이 끝장냄으로써. 그럼으로써 끝나게 될 거야, 내 덕에 다 끝장이 날 거라고, 그럼 그들은 떠나겠지, 한 명씩 한 명씩, 아니면 쓰러지겠지, 그들은 털썩 쓰러지게 될 거야 자신들이 서 있던 바로 그 자리에서, 그러고는 더 이상 움직이지 않겠지, 내 덕으로 인해, 그들이 해야만 하는 것이라고 믿었던 말 전체에서, 그들이 내가 하기를 바란다고 믿었던 일 전체에서, 아무것도 이해하지 못할 나의 덕으로, 그런 다음에 침묵이, 살육이 끝나고, 원형경기장에 날리는, 모래 먼지처럼, 우리 모두에게 다시 임하여, 자리를 잡겠지. 최고로 멋진 전망이네, 내 생각에 그들이 정렬하기 시작하는 것 같아, 그러고 보니 나한테도 어쩌면 생각이라는 게 있나 봐, 그들로 인해 내가 말을 하네, **이**렇게 하기만 하면 좋을 텐데, 저렇게 하기만 하면 좋을 텐데, 내가 그렇게 말을 하는 거야, 하지만 그렇게 생각하는 이는 바로 그들이지, 아니, 그들 역시도 그런 생각은 안 해. 나는 그게 뭐든 간에 원하거나 한탄하지 못할 가능성이 아주 커. 누군가가, 내가 나를 이렇게 불러도 되는지 잘 모르겠지만, 어느 한 상황에 대해 그에게 아낌없이 쏟아부은 열정적인 묘사들에도 불구하고, 그 상황을 동경할 수 있거나, 일찍이 그한테 일어났던 상황으로서, 역시 난해한, 방금 말한 상황과는 다른 그 상황의 중단을 진지하게 바랄 수 있기란 사실상 어려운 일처럼 보이거든. 그들이 늘 입에 담고 있는 침묵, 그 침묵이야말로 그가 온 곳이고, 그가 돌아갈 곳일지도 모르지, 그의 레퍼토리가 끝나면, 그런데 그는 그게 뭔지 모르고 있어, 그한테 맞는 레퍼토리를 갖추기 위해, 할 법한 일이 도대체 뭐가 있는지도 모른다고. 그놈은 우등생이야, 그래서 일이 잘못될 때마다 항상 도움을 요청받아, 그는 늘 가치를 언급하고, 상황들을 언급하지, 그는 한 번 이상이나 도움의 손길을 보냈어, 아 또 고통도 언급한다, 그렇게 그는 거창한 말만을 써 가며 일을 처리하지, 나중에 모든 일이 다 정상으로 돌아가면, 그 즉시 말을 보태는 한이 있어도, 여하간 그런 식으로 그는 용기를 북돋아 줄 줄 알아, 사태가 악화되는 걸 막을 줄도 알지, **그**런데 너무나도 힘들어, 그는 항상 힘들어했어, 아무튼 그 말로 밝아진 분위기에 다시 찬물을 끼얹기는 하지만. 그는 금방 만회해, 양(量), 내성(耐性), 폭리 등등 유명한 개념들을 동원해서, 그는 모든 일을 한 번 더 깔끔하게 처리하지, 또 그가 그렇게 해야, 다음번에 있을 충격에서, 자신을 사로잡은 그 충격적인 경우에는 그런 개념들을 적용할 수 없다고 선언할 수 있는 거야, 사실 그는 그게 망령이 들어서 그러는 거라는 걸 모르고 있거든. 아니, 더 위를 봐, 이미 내

위로, 내 쪽으로, 허리가 아플 정도로, 목이 아플 정도로,
그들이 숙이고 있었던 거 아니었나, 아니 내 말은, 그들이
전에 다른 일을 한 적이 있었냐고, 예전부터, 특히 시간만은
구체적으로 밝히지 마, 그러면, 다른 질문, 마후드와 웜의
이야기에 내가 왜 등장하는 거지, 아니 그보다는 내 이야기에
그들이 왜 나오는 거야, 이런 썰어야 할 빵이 많네, 곰팡이 슬게
그냥 놔둬. 알았어, 알겠다고, 자 주목해 봐, 이번에는 판이 커,
늘 하는 허튼소리잖아요, 토씨 하나도 안 틀리면서, 항상 똑같이,
그러니까, 아 자자, 자기야, 이걸 봐야지, 이게 당신이잖아, 이
사진을 보라고, 그리고 자 파일, 내가 장담하는데, 형벌은 없어,
그리고 노력 좀 하고 살아, 당신 나이에, 신분이 없다는 건,
내가 장담하는데, 그건 부끄러운 일이야, 이 사진을 봐, 뭐라고,
당신한테는 아무것도 안 보인다고, 정말이네, 뭐 상관없어,
이봐, 그럼 이 해골을 봐 줘, 두고 봐, 당신은 괜찮을 거야, 오래
걸리지 않아, 그리고 자, 여기 전과 기록, 경찰 모독죄, 외설죄,
신성 모독죄, 법정 모독죄, 상급자 모독죄, 하급자 모독죄,
이성(理性) 모독죄, 구타 없음, 이것 봐라, 구타 없음, 별거 아니네
당신은 괜찮을 거야, 두고 봐, 당신이 말해 봐, 그는 일을 하나,
말도 안 돼죠, 불가능해요, 이봐, 자 여기 건강 기록, 경련성
노증,[97] 무통성 고무종들,[98] 내가 제대로 말한 거야, 무통성, 다
무통성이야, 다수의 연화증들, 다양한 경화증들, 때려도 통증을
느끼지 못하고, 떨어지고 있는 시력에, 소화불량이라, 주의해서
음식을 섭취할 것, 약간의 배변, 떨어지고 있는 청력에, 부정맥,
변덕스럽지 않고 한결같은 기질, 떨어지고 있는 후각, 잘 잔다,
전혀 발기를 못 한다, 여기서 더 말해 볼까, 군대 보조 근무자로
배속받은 적 있고, 수술 불가, 운송 불가 환자라, 이봐, 자 여기
머리, 아니 아니, 반대쪽 끝에 있잖아, 내가 장담하는데, 이건
기회야, 뭐라고, 그는 술을 마시나, 그걸 말이라고 해요, 그가
가장 좋아하는 일인데, 당신이 말해 봐, 아버지와 어머니는, 두
분 다 돌아가셨어요, 일곱 달 간격으로, 아버지는 임신된 날에,
어머니는 태어난 날에, 내가 장담하는데, 이보다 더 잘하지는
못할 거야, 당신 나이에, 사람이라고 할 수 없는 몰골로 지내다니

정말 가슴이 짠하네, 이봐, 자 여기 사진, 두고 봐, 당신은 괜찮을
거야, 이게 뭐지, 이와 같은 상황에서는, 겪고 넘어가야 하는
어느 순간이 있어, 이 지상에서는 말이야, 그렇게 하고 나면
평안이 찾아오지, 그 밑에 있는 거, 이게 유일한 방법이야, 내
말을 믿으라니까, 여기서 나가야지, 뭐라고, 나한테 해 줄 다른
말은 이제 없는 거야, 아니 확실해, 확실하냐고, 잠깐만요, 나도
잠깐만, 생각해 봤어요, 잠깐 있어 봐, 그럼 당신은 정말 아니라는
거지, 잠깐만요, 그렇다니까요, 그자가 아니에요, 하지만 내가
먼저 원했어요, 뭐라고, 당신 이해를 못 하네, 나도 이해를 못
하겠어요, 뭐 상관없어, 지금은 농담할 때가 아니야, 그래, 내가
옳았어, 이번에는 정말 당신이야, 자, 여기 사진, 이걸 봐, 그는
오래 못 갈 거야, 당신은 서둘러야만 해, 이건 기회라고, 그리고
조잘조잘 또 재잘재잘, 내가 감언이설에 넘어갈 때까지, 아니,
그건 사실이 아니야, 그들은 그걸 잘 알고 있지, 나는 이해가 안
됐어, 움직이지도 않았고, 나는 괜찮아, 나는 괜찮을 거야, 그들이
가 버리기만 하면, 나는 움직이지 않았어, 내가 했던 모든 말,
내가 했다고 했던 말, 내가 했다고 했던 모든 말은, 다 그들이
했던 말이야, 나는 나 자신은 아무 말도 안 했어, 나는 나가지
않았으니까, 그들이 이해를 못 하니까, 나는 나갈 수 없어, 그들은
내가 그러길 원치 않는다고, 그들이 내건 조건들이 내 마음에
들지 않는다고, 결국에는 내게 딱 들어맞는 조건들을 제시하게
될 거라고 믿고 있지, 그렇게 되면 나는 나가게 될 거야, 그들이
나를 붙잡고 있을 테니까, 간접적으로, 바로 그런 식으로 나한테
그것이 보여, 아니야, 아무것도 안 보여, 그들은 이해를 못 하고
있어, 나는 그들한테로 갈 수 없거든, 그들이 나를 찾으러 와야 해,
그들이 나를 확보하고 싶으면, 나를 나가게 해 줄 사람은 마후드가
아니야, 웜도 마찬가지이고, 그들은 웜한테 많은 기대를 걸었지,
나를 밖으로 꾀어내는 일에, 웜은 자기 말로는 자신은 남과
달랐다고 하네, 그럴 수 있어, 내가 보기에는 똑같지만, 그들은
이해를 못 하고 있어, 나는 움직일 수 없거든, 여기서도 나는
괜찮아, 나는 괜찮을 거야, 그들이 나를 내버려두기만 하면,
그들보고 나를 찾으러 오라고 해, 나를 원한다면, 그들은 아무것도

발견하지 못할걸, 그래도 그들은 떠날 수 있을 거야, 홀가분한 마음으로. 아니면 혹시 나를 찾으러 온 이가 나처럼, 단 한 명이라면, 불가능한 일을 하느라 자신의 인생을 허비했다는, 아니 훨씬 더한 것을 낭비했다는, 그런 회환에 젖을 걱정 없이, 떠나거나, 아니면 나와 함께 여기에 남아 있을 수 있을 거야, 그한테 일어날 수 있는 일이니까, 만일 그렇게 된다면 나한테 동족이 한 명 생기게 되는 거네, 근사한 일이겠는걸, 나의 첫 번째 동족이라, 역사적인 순간이 될 것 같아, 내가 한 명의 동족이라는 점을 깨달음으로써, 그렇지 않아, 나는 아무것도 모를 거야, 그래도 괜찮아, 어쨌거나 근사한 일일 테니까, 한 동족이라는 사실은, 한 패거리라는 사실은, 그가 나와 닮을 필요는 없을 거야, 그는 나와 비슷해질 테니까, 필연적으로, 그는 그저 흘러가는 대로 느긋하게 자신을 맡기기만 하면 돼, 그는 무엇이든 원하는 대로 생각할 수 있을 거야, 그때에는, 그러다 피곤해지거나, 장소가 그의 마음에 들면, 그는 이렇게 크게 소리칠 수도 있을 거야, **나는** 더 멀리는 가지 않겠어, 자신이 내린 결정들을 분명하게 인식하기 위해서, 아주 큰 목소리로, 그 결정들을 선포하는 습관에 따라, 그리고 만일의 경우를 대비해서, 이렇게 덧붙일 수도 있을 거야, **지금** 당장은, 그렇게 그의 바보짓은 마지막을 맞이하겠지, 그는 그저 흘러가는 대로 느긋하게 자신을 맡기기만 하면 돼, 그는 사라져 버릴지도 몰라, 그자도 역시 아는 바가 전혀 없겠지, 우리는 그곳에 있을 거야, 우리 둘 모두는, 각자가 각자 모르는 사이에, 서로가 서로 모르는 사이에, 이거야말로 저기서 방금 전까지만 해도 내가 꾸고 있었던 아주 멋진 꿈인데, 기가 막힌 꿈. 그리고 끝나지 않은 꿈. 사실은 난처하게도 또 다른 한 명이 도착했거든, 자기 동료를 성가시게 쫓아다니더니, 그를 나오게 만드는 거야, 그가 제정신을 차리게 해서, 그의 동료들한테로 돌려보내려는 거지, 여러 차례 협박도 하고, 여러 번 약속도 하고, 요람, 굴렁쇠, 동정, 방탕한 사랑, 피땀, 피골, 무덤과 같은 이야기들도 늘어놓으면서, 그런 종류의 어느 한 이야기에서, 그의 동료를 나오게 만드는 거야, 그의 동료로서 나를, 맞아, 맞아, 서투른 프랑스어로,[99] 그리고 끝나는 꿈, 끝이 난 그의 삶,

아니다, 그 전에, 그런데 너희들은 이해한 거지, 우리는 이렇게 셋이니까, 이게 훨씬 더 안락하잖아, 게다가 그건 끝나지 않았어, 그건 끝나지 않는 꿈이니까, 잠을 자기만 하면 돼, 글쎄, 그게 노래 가사에도 나오잖아, **개** 한 마리가 음식 저장고 안으로 들어갔네, 작은 순대 하나를 훔치다 잡히고 말았지, 지금은 기억나지 않는 뭔가로 세차게 내리쳐서, 주인이 그 개새끼를 박살내 버렸어, 2절, **그**걸 본 다른 개들, 서둘러 서둘러 죽은 개를 땅에 묻었지, 하얀 나무 십자가 아래, 그곳을 지나가는 이라면 그 묘비명을 읽어 볼 수 있을 거야, I절처럼, 3절을, 2절처럼, 4절을, 3절처럼, 5절을, 더 해 볼까, 마음대로, 마음대로 해, 우리는 지금 IOO명이야, I천 명이지, 자리는 있으니까, 산 자들로 고통스러워하는 당신, 아데스테, 아데스테,[100] 당신은 괜찮을 거야, 두고 봐, 다시는 절대로 태어나지 않을 테니까, 아니 그게 아니라, 태어난 적이 없을 테니까, 그리고 당신 애새끼들을 데리고 와, 당신이 했던 짓에 비하면, 우리가 주는 고통은 그 애들한테 달콤한 애무 같을 테니까. 아니 그런데, 우리는 이미 다수이지 않나, 하나의 무리잖아, 그런데 내가 무슨 권리로 첫 번째라고 우쭐댈 수 있겠어, 오히려 마지막은 아닐지 어떻게 알아, 물론 시간적으로 말이야, 이게 무슨 황당한 질문들인지, 제발 그들이 여기에 답할 생각일랑은 아예 말기를. 하긴, 이렇게 늦은 시간에, 그들이 정말 꾸미고 있을 수 있는 일이란 게 뭐겠어? 정면으로, 솔직하게 나와 맞서기로 결국 결심하는 거 아니겠어? 그렇겠지. 그렇다면 어서 막을 올려야지. 들어들 보라고, 들어 봐, 내가 지금의 나처럼 되기 전에, 나도 그들과 같았어, 거참 빌어먹을 일이지, 그 사실이야말로 빨리 헤어 나오기는 글러먹은 좆같은 것이잖아, 괜찮아, 괜찮아, 돌격이 시작되었으니까, 망자여 일어나라, 교수대로, 정자(精子)다.[101] 나 역시, 20센타보[102]만 한 수천 개의 커프스를 단 채로, 이해할 수 없는 한 사건을 변론하는 데 지친 나머지, 궐석자들 사이로, 쓰러져 버렸어, 공간을 포개는, 멋진 장면이네, 공쿠르상감이야, 그들은 나를 재우려고 해, 멀리서, 내가 저항할까 봐 겁먹었거든, 그들은 살아 있는 나를 원해, 나를 죽일 수 있게, 그러니까 나는 살아 있게 될 거야, 그들은 내가 살아 있다고 믿고 있어, 시체라도 한 구 있으면 그게 시체 발굴 같은 느낌이 날 텐데, 배 속에도 역시 없어, 그 갈보 년이 생리를 안 했거든, 나를 엿 먹일 그 계집애 말이야, 자 상황이 이러하니 관찰 영역을 대폭 축소해야만 할 거야, 시트 속에서, 작은 꼬리를 힘없이 흔들며, 추위로, 죽어 가고 있는 정자 하나, 어느 아이의 시트 속에서, 말라 죽어 가는 정자 하나가 어쩌면 나일지도 몰라, 거 참 오래 걸리네, 모든 걸 다 고려해야만 하니까, 바보 같은 소리라도 말하는 걸 겁내서는 안 돼, 말도 하기 전인데, 어떻게 그게 바보 같은 소리인지 알 수 있지, 그리고 그게 바보 같은 소리인가, 이제는 철회할 수 없는 소리니까, 나름 타당한 이유로, 타당한 이유라니 그것도 바보 같은 소리네, 아니면 그렇게 될 낌새가 보이는 소리이거나, 그들이 무심코 하는 말이 아니라면, 설마 그럴 리가 있겠어, 수학 공부를 좋아하는 애가 저기 있다, 이게 중요한 화제라는 점, 삶이나, 대량학살 같은 화제처럼, 그거야 기정사실이고, 에이 실토들 하시지, 몽정으로 태어나, 기껏해야, 새벽이 되기도 전에 죽어 버리는, 운 좋은 사람들이 있다고 생각들을 하잖아, 어이, 완전히 그런 분위기인데, 그렇지 않아, 불알은 늘어져 있지 않다고, 나를 원하는 그 불알은, 그게 상호적인 거지, 또 한 번 절망적으로 반짝이는 희미한 빛. 다시 마후드를, 또 웜을 짧게 훑어보자고, 이게 우리의 마지막 기회이니까, 아니 그들의 두개골 안에는 대체 뭐가 있는 걸까, 이제는 아무것도 없어, 그런 종류의 이야기들에서 건질 만한 게 있었던 적은, 단 한 번도 없었어, 내 이야기가 있잖아, 그들이 나한테 하고 있는 이야기, 거기서도 역시 건질 만한 게 아무것도 없다는 걸 그들은 알게 될 거야, 나한테서도 얻을 게 없다는 걸 그들은 알게 되겠지, 그럼 끝나겠네, 이야기들로 이루어진 그 지옥 말이야, 그들한테 욕을 해 대고 있는 놈이 나일지도 몰라, 어쩌면 그렇게 항상 똑같은 사기를 치냐, 아 불쌍한 놈들, 결국에는 내가 그들한테 욕을 퍼붓긴 할 거야 아마도, 그들은 그것도 대화의 한 주제라는 것을 알게 되겠지, 나는 개한테도 안 할 말들을, 귀띔도 안 하고, 입에 담지도 않을 말들을 그들은 했다고 할 거야, 중간에 파편적으로 생겨나는 약간의 통찰력으로,

내가 복수를 하는 거지, 통찰력이라는 약간의 똥 덩어리들, 그들은
그게 무엇인지 겪어 보게 될 거야, 나는 닥치는 대로 아무 데나
그들한테 눈 하나를 턱 붙여 줄 거야, 이렇게, 어림잡아서, 혹시
뭔가를 앞에 두고 헤맬지도 모르니까, 나는 그들을 깔고 앉은
다음에 그 위에다가 이야기들, 사진들, 서류들, 장면들, 빛들,
신(神)들, 이웃들, 일상적으로 이루어지는 삶 전체를 똥 싸지르듯
싸지를 거야, 이렇게 소리를 고래고래 지르면서, **태어나라,**
사랑하는 친구들아, 태어나라, 그리고 내 엉덩이로 돌아와, 그러면
너희들은 그 안에서 고통으로 몸을 비트는 게 얼마나 기분 좋은
일인지 알게 될 테니까, 오래 걸리지는 않을 거야, 내가 설사를
하거든. 그들은 그게 무엇인지 겪어 보게 될 거야, 그게 쉬운
일이 아니라는 사실을 알게 될 것이고, 뭔가 특별한 맛이 있음을
경험하게 될 것이며, 그게 모두를 위한 일이 아니라는 걸 보게 될
거야, 반드시 산 채로 태어나야만 한다는 점을 알게 될 것이고,
그게 인위적으로 얻을 수 있는 어떤 경험이 아님을 체험하게
될 거야, 아마도 그렇게 그들은 배우게 되겠지, 나를 조용히
내버려두는 법을. 그래야지, 그런데 있잖아, 나는 그럴 수 없을
거야, 나는 이제 그럴 수 없을 거라고, 옛날에는, 아마도 그럴
수 있었을 거야, 방황하는 사랑하는 이를 다시 가정의 품으로
돌아오게 하려고, 내가 배운 대로, 온갖 노력을 다하고는 했던
그 시절에는, 그는 소중한 사람이었다고, 그는 나한테 소중한
사람이었다고, 나는 그 사람한테 소중한 사람이었다고, 우리는
서로에게 소중한 사람이었다고 그렇게 말하는 소리를 내가
들었으니까, 지금은 내 곁에 없는 사랑하는 그 사람, 그 사람은
누구를 닮았을까, 우리는 어디서 만났을까 궁금해하면서도,
평생을 나는 그 사람한테 실없는 소리로 장난만 쳤어, 내 평생을,
말하자면 내 삶의 거의 대부분을, 거의 대부분이라는 말은 있을
수 없어, 그럼 내 평생을, 그와 재회하기 전까지, 이제 나는
그들한테 소중한 사람이야, 그들은 나한테 소중한 사람들이고,
그렇다니 정말 다행이다, 그들은 우리와 재회하게 될 테니까, 한
명씩, 그런데 딱하게도 그들이 셀 수 없이 많아, 다수라, 여기도
마찬가지야, 변절자들의 시신을 안치해 놓은 소중한 곳, 이곳이 꽉

찰 일은 절대로 없어, 확실히 오늘 저녁에는 모든 것이 다 소중해, 괜찮아, 다른 사람들은 아무 소리도 못 들어, 손해를 보는 건 바로 마지막 사람이잖아, 고인이 된 나의 그 사람이, 저기 내 옆에, 그 사람한테는 이미 다 끝난 일이야, 옆에 아무것도 없네, 그럼 내 아래에, 우리는 포개져 있으니까, 아니, 그것도 말이 안 돼, 괜찮아 사소한 일이니까, 끝에서 두 번째인 그 사람, 그한테는 이미 다 끝난 일이야, 마지막인 나, 나한테도 역시 끝날 일이겠지, 나는 더 이상 아무 소리도 듣지 못할 거야, 내가 할 일이 없네, 그저 기다리는 일 말고는, 거참 오래 걸리네, 그가 내 위에 누우려고, 아니 내 옆에 누우려고 올 거야, 헌신적으로 나를 학대하는 그자가, 나를 고통스럽게 만들었다는 사실로 이제 그자가 고통스러워할 차례야, 나는 마음의 평화를 맛볼 차례고. 모든 일이 어찌나 다 잘 풀리는지, 그렇게 만드는 건 바로 인내야, 흐르는 시간이고, 지구를 더 이상 돌지 않게 만들고, 시간을 더 이상 흐르지 않게 만들며, 고통을 멈추게 만드는 건, 그렇게 만드는 건 바로 돌아가는 지구이지, 기다리기만 하면 돼, 아무 일도 하지 말고, 그렇게 하는 건 아무 의미도 없어, 아무것도 알려고 하지 말고, 그렇게 하는 건 아무 도움도 안 돼, 그러면 모든 일이 다 잘 풀려, 하나도 안 풀리거든, 하나도, 하나도 말이야, 그 일은 절대로 끝나지 않을 거야, 그 목소리는 절대로 그치지 않을 거라고, 여기에는 나밖에 없어, 처음이자 마지막인 나, 나는 누구를 괴롭힌 적이 없어, 누군가의 고통을 끝내 준 적도 없지, 누군가 와서 내 고통을 끝내 줘야 하는데, 그들은 절대로 길을 나서지 않을 거야, 나는 절대로 움직이지 않을 거고, 나는 절대로 마음의 평화를 얻지 못할 거야, 그들도 그럴 거고, 그런데 있잖아, 그들은 그런 것에 연연하지 않아, 그들은 그런 것에 연연하지 않는다고 말해, 게다가 나 역시 그런 것에 연연하지 않는다고 그들이 말해, 그러니까 마음의 평화에, 생각해 보면 그럴 수도 있어, 사실 내가 어떻게 마음의 평화에 연연하겠어, 그게 도대체 뭐라고, 그리고 고통, 그게 뭘까, 그들이 내가 고통스러워한다고 말하고 있어, 가능한 일이야, 내가 이것을 하면, 내가 저렇게 말하면, 내가 움직이면, 내가 알려고 들면, 그들이 입 다물고 조용히 있으면,

144

그들이 길을 나서면 내 기분이 나아질 거라고도 하지, 가능한
일이야, 그런데 그런 것들에 관해서, 뭘 알라는 거야, 그들이 한
말들에서, 뭘 이해하라고, 난 절대로 움직이지 않을 거야, 절대로
알려고 하지 않을 거고, 절대로 말하지도 않을 거야, 그들도
절대로 입 다물고 조용히 있지 않을 테니까, 그들은 절대로 길을
나서지 않을 거야, 그럼 절대로 나를 갖지 못하겠지, 그러면서도
절대로 나를 포기하지 못할 거야, 나는 할 말을 다 했어, 어디
당신들 이야기를 해 봐. 나는 그러는 게 더 좋아, 나는 그러는 게
더 좋다고 말해야만 해, 그러는 게 뭔데, 아니 당신들도 알잖아,
당신들이 누구야, 당신들은 관중인 것 같은데, 봐, 여기 관중이
있잖아, 이건 공연이니까, 사람들이 자기 좌석 값을 지불하고
기다리고 있어, 아니 어쩌면 이 공연은 무료 공연일지도 몰라,
이거 무료인 것 같은데, 무료 공연이야, 사람들이 그게 시작되기를
기다리고 있어, 그게 뭔데, 무료 공연, 사람들이 공연이 시작되기를
기다리고 있어, 그러니까 무료 공연을, 아니 어쩌면 이 공연은
의무적으로 시행되는 건지도 몰라, 의무적으로 시행되는 공연,
사람들이 그게 시작되기를 기다리고 있어, 그러니까 의무적으로
시행되는 공연을, 거참 오래 걸리네, 관중한테 목소리 하나가
들리고 있어, 아마도 낭송하는 소리 같은데, 그게 공연인가 봐, 시
낭송 낮 공연으로, 확실하게, 검증하고, 선택한 단편(斷片)들을,
암송하는 어떤 사람의 소리가, 아니 즉흥적으로 읊어 대는
어떤 이의 소리가, 사람들한테 가까스로 들리고 있어, 그게
공연인가 봐, 사람들은 나가지도 못하고 있어, 사람들은 나가는
걸 두려워해, 다른 곳은 어쩌면 상황이 더 나쁠지도 모르니까,
관중은 나름대로 최선을 다하고 있어, 그들은 다양한 추론들로
자신들을 자제하고 있거든, 우리가 너무 일찍 왔나 봐, 여기서는
라틴어를 좀 쓸 필요가 있을 텐데, 막 시작된 거야, 아직 시작되지
않았어, 그냥 전주곡일 뿐이야, 공연자는 자기 분장실에서 혼자,
마른기침을 해 대며 목소리를 가다듬고 있잖아, 그가 곧 모습을
드러내겠지, 그가 곧 시작할 거야, 아니면 무대감독이 나오겠지,
그가 이러저러한 지시를 하고, 마지막 신호를 주는 거야, 그러면
조만간 막이 오르겠지, 바로 그게 공연인가 봐, 공연을 기다리는

거 말이야, 소곤거리며, 그들이 서로의 추론을 나누고 있어, 그러고 보니 목소리가 들리는 건가, 아마도 공기 소리인 것 같아, 올라가고, 내려오고, 팽창하고, 소용돌이를 만들고, 장애물들 사이에서, 출구를 찾아 헤매는 공기 소리, 그런데 다른 사람들은 어디에 있는 거야, 다른 관객들 말이야, 당신들은 눈치채지 못했어 기다림에 옥죄어 있는 바람에, 당신들만 홀로 기다리고 있다는 사실을, 바로 그게 공연인가 봐, 공연이 시작되기를, 뭔가가 시작되기를, 당신들 말고 다른 무언가가 있기를, 자리에서 일어나 나갈 수 있기를, 더 이상 두려워하지 않기를, 안절부절못하며, 홀로 기다리는 거 말이야, 당신들은 서로의 추론을 나누고 있어, 당신들은 어쩌면 장님일지도 몰라, 당신들은 분명 귀머거리일 거야, 공연은 개최되었거든, 모든 게 다 끝났어, 손 그러면 그 손은 어디에 있는 거야, 다정한 손, 아니면 그저 도움을 베푸는 손, 아니면 도와 달라고 돈을 지불한 손 말이야, 그 손이 너무 지체하는데, 당신들의 손을 잡고, 당신들을 밖으로 데리고 나가는 거, 바로 그게 공연인가 봐, 아무 비용도 안 들어, 홀로 기다리는 거 말이야, 장님에, 귀머거리인 당신들, 당신들은 어디로 가야 하는지, 무엇을 해야 하는지 모르잖아, 그러니 당신들을 거기서 데리고 나와, 다른 곳으로, 어쩌면 상황이 더 나쁠지도 모르는 다른 곳으로 데려가도록, 손이 오기를 바라는 수밖에. 자 지금까지 당신들이라는 호칭을 썼어, 그러다 보니 우리가 너무 당신들이라는 그 호칭에, 집착하게 되는 거야. 그래서 지금부터는 그치들이라는 호칭을 쓸 거야, 내가 좀 더 좋아하는 호칭이니까, 내가 좀 더 좋아하는 호칭이라고 말할 필요가 있는 호칭이지, 진짜로 파리 잡는 파리 끈끈이, 도대체 이게 왜 생각나는 거야, 나도 몰라, 이제는 그렇게 좋아하지도 않는데, 그 끈끈이에 대해서는 이게 내가 아는 전부야, 그러니 그런 걸로 신경 쓰면서 진 빼지 마, 더 이상 선호하지 않는 한 가지, 그게 뭔지 당신들은 알잖아, 거기에 신경을 써 봐, 어림도 없는 소리, 기다리면서, 자신이 무엇을 선호하는지 찾아내야만 해, 그러면 앙케트에 정식으로 참여할 때가 올 거야. 그 일에 더해, 연결시켜 보도록 하자, 연결시켜 보자고, 그들은 절대로 모를 거야, 게다가 나에

대한 그들의 태도가 변하지 않았잖아, 내가 착각을 했어, 그들이
착각을 했지, 그들이 나를 속였어, 그들은 나를 속이고 싶어 했지,
나에 대한 그들의 태도, 그것이 변했다고 말하면서, 하지만 그들은
나를 속이지 못했어, 나는 그들이 하고 싶어 하는 일이 무엇인지
이해를 못 했거든, 그들이 나한테 하고 싶어 하는 일이 무엇인지
나는 감을 잡을 수가 없었어, 나는 있잖아 나는 나한테 말하라고
말한 것을 말하고 있는 거야, 그게 다라고, 그런데 말이지,
모르겠어, 내 입이 있는지 느껴지지가 않아, 내 입안에서
뒤죽박죽으로 맴도는 말들이 느껴지지가 않는다고, 사실 시를
좋아해서, 지하철이나, 침대에서, 자신을 위해, 자신이 좋아하는 시
한 편을 암송할 때에는, 말들이 거기, 어딘가에, 아주 작은 소리도
내지 않은 채, 있는 법이잖아, 그런데 그것 역시도 느껴지지가
않아, 뚝 떨어지는 말들이, 어디로 떨어지는지, 어디에서
떨어지는지 모르지만, 정적 가운데 방울져 뚝뚝 떨어지는 침묵,
나는 그게 느껴지지가 않아, 내 입도 느껴지지가 않고, 내 머리도
느껴지지 않아, 그러면 귀는 내가 느끼고 있을까, 시원하게들
말해 보시지, 내가 과연 귀는 느끼고 있을까, 아 물론 아니지,
이런, 나는 귀도 못 느껴, 이거 참 되어 가는 꼴이 영 아닌데,
잘들 궁리를 해 봐, 나는 뭔가를 느껴야만 한다고, 그렇지, 나도
뭔가를 느끼는구나, 그들이 내가 뭔가를 느낀다고 말하네, 그게
뭔지는 모르겠지만, 나는 내가 느끼는 게 뭔지 모르겠어, 내가 뭘
느끼는지 말 좀 해 봐, 그럼 내가 누구인지 당신들한테 말해 줄
테니까, 그들이 내가 누구인지 나한테 말할 거거든, 그래도 이해는
못 하겠지, 여하튼 그걸 듣게는 될 거야, 그들은 내가 누구인지
말할 테고, 그럼 나는 그걸 들을 테고, 귀가 없어도 나는 그걸
듣게 될 거야, 그리고 나는 그걸 말하겠지, 입이 없어도 나는 그걸
말하게 될 거야, 나는 밖에서 들리다가, 곧장 내 안에서 들리는 그
소리를 듣게 되겠지, 어쩌면 바로 이런 걸 내가 느끼고 있는지도
몰라, 나를 중심으로 안과 밖이 있다는 것을, 어쩌면 바로 이런 게
나일지도 몰라, 한쪽은 밖, 다른 한쪽은 안, 이렇게 세상을 둘로
나누는 물건, 이것은 칼날처럼 가느다란 물건일 수도 있어, 나는
이쪽에도 있지 않고 저쪽에도 있지 않아, 나는 중간에 있으니까,

나는 칸막이야, 나한테는 두 면이 있고 두께가 없어, 어쩌면 바로
이런 걸 내가 느끼고 있는지도 모르지, 내가 떠는 게 느껴져, 나는
고막이니까, 이쪽에는 두개골이 있고, 저쪽에는 세상이 있어, 나는
이쪽에도 저쪽에도 속하지 않아, 그들이 말을 거는 상대는 내가
아니야, 그들이 생각하는 대상도 내가 아니고, 그렇지 않아, 그게
그렇지가 않아, 이상의 그 어느 것도 나한테는 느껴지지가 않잖아,
다른 걸 해 봐, 떼 지어 다니는 이 돼지 새끼들아, 다른 걸 말해
보라고, 어떻게 해서든, 나한테 들리도록, 어떻게 해서든, 내가 그
말을 반복하게끔, 정말 이런 촌뜨기들을 봤나, 계속해서 똑같은
말을 하기, 내가 계속해서 똑같은 말을 하도록 만들기, 그들이
그게 맞는 말이 아님을 아는 순간에도, 아니, 그들도 역시 아는
바가 아무것도 없어, 그들은 잊어버리거든, 그들은 절대로 변하지
않는데도 자신들이 변한다고 믿잖아, 그들은 죽는 순간까지도
똑같은 말을 하며 저 자리에 있을 거야, 그다음에는 아마도 짧은
정적이 흐를 테지, 다음 패거리가 일할 준비를 하는 시간이야,
죽지 않는 건 나밖에 없어, 어쩔 수 없는 거야, 나는 태어날 수가
없으니까, 어쩌면 이게 다 그들의 계략일지도 몰라, 계속해서
똑같은 말을 하기, 세대가 바뀌어도, 계속해서 똑같은 말을 나한테
퍼붓기, 나를 고정한 경첩들에서 내가 빠져나와, 울부짖을 때까지,
그러면 그들이 말할 거야, **그**가 가냘픈 울음소리를 냈어, 조만간
헐떡이겠네, 뻔한 일이잖아, 이제 그만 가자, 저런 걸 뭣 때문에
계속 보고 있어, 다른 자들이 우리를 기다려, 그한테 그 일은 이제
끝난 거야, 그의 불행들이 이제 끝난 거지, 그의 불행들이 이제
시작되는 거야, 그의 불행들이 이제 끝나는 거지, 그는 구원받은
거야, 우리가 그를 구원했어, 그들은 전부 다 똑같아, 그들 모두는
다 구원받잖아, 그들 모두는 다 태어나고, 그치는 난폭한 자였어,
그는 출세 가도를 달릴 거야, 분노로, 후회로, 자신을 결코
용서하지 못하겠지만, 그리고 그들은 가버리겠지, 이런 식으로
담소를 나누며, 일렬종대로, 또는 둘씩 짝을 지어서, 해변을 따라
여기는 지금 해변이야, 자갈을 밟으며, 모래사장을 지나, 저녁
공기를 맞으며, 지금은 저녁이니까, 이상이 아는 전부야, 지상에
있는, 어느 곳인지는 중요하지 않아, 저녁, 그림자들. 알았어,

그런데 있잖아, 나를 고정한 경첩들에서, 나는 빠져나오지 못할 거야, 저녁 시간에서도, 확실한 건 아니잖아, 불가피한 일도 아니고, 새벽 역시도 그때까지 서 있는 모든 것들에, 기다란 그림자를 만들어 주거든, 중요한 건 오로지 그거야, 그저 그림자만 생각하면 돼, 생명력도 없고, 정해진 형태도 없으며 가만히 쉬지도 않는 그림자, 지금은 어쩌면 새벽일지도 몰라, 밤이 맞이하는 황혼, 문제는 그게 아니잖아, 그들이 가 버릴 거라고, 그런 식으로 그들이 가 버릴 거라고, 내 형제들한테로, 아니지, 이건 아니지, 형제들은 아니야, 그렇다니까, 취소해, 그들은 몰라, 어디로 가는지 알지도 못한 채, 그들은 길을 나서고 있는 거야, 주인한테로 가는 건가, 그럴 수 있지, 주의 깊게 잘들 보라고, 그럴 수 있으니까, 그한테 그들의 자유를 요구할지도 몰라, 그들한테 그게 끝난 거니까, 나한테는 그게 시작이고, 끝이 시작되는 거라고, 내 외치는 소리를 들으려고, 그들이 걸음을 멈추고는 해, 하지만 더 이상은 멈추지 않을 거야, 아니, 그들은 멈출 거야, 고함 소리가 그칠 테니까, 이따금씩, 누가 나한테 대꾸는 하지 않는지, 들어 보려고, 누가 오지는 않는지, 보려고, 나는 비명 지르기를 그만둘 거거든, 그러고 나서 나는 갈 거야, 나는 눈을 감고, 나는 다른 곳에 가서 비명을 지르러, 비명을 지르며, 갈 거야. 좋아, 그런데 있잖아, 내 입 말이야, 나는 입을 열지 않을 거야, 그럴 수 없으니까, 나한테는 입이 없잖아, 아니 그게 뭐 대수라고, 하나 생겨나게 하면 되지, 일단 작은 구멍으로 시작해서, 그게 점차 커지고, 점차 깊어지면, 그때 공기가 내 안으로 쑥 들어왔다가, 생기를 불어넣는 그 공기가, 요란한 소리를 내면서, 곧장 빠져나가게 하는 거야. 그런데 이거 너무 무리한 주문을 하는 건 아닌가, 참으로 보잘것없는 미물한테, 그렇게 많은 걸 기대하는 건, 무리수를 두는 게 아닐까, 그렇게 해서 과연 득이 될까? 그리고 그만하면 충분하지 않으려나, 항상 그 모습 그대로, 고대로 있는 그 물건에 아무 변화도 가하지 않더라도, 주름조차 잡혀 본 유례없는 그 자리에 입 하나를 움푹 뚫고자 하지 않아도, 충분하지 않으려나, 무엇으로, 앗 생각이 끊겼네, 뭐 어쩔 수 없지, 그럼 관련된 다른 예를 들어 보자, 어떤 작은 움직임으로, 수그러들기도 하고, 확 살아나기도 하는 어떤 미묘한 움직임으로 충분하지 않으려나, 그거면 충격을 주어, 전체에 영향을 줄지도 모르잖아, 눈덩이처럼 불어나서, 순식간에 여기저기를 시끌시끌하게 만들 수도 있을 거야, 그렇게 그 자체로 이동이 가능할지도 모르고, 정확하게는 여행들이라고 해야겠지, 출장, 유학, 관광과 같은 여행들이라고, 또 자발적인 이주들이나, 감성적이고 고독한 산책들이라고 해도 될 테고, 나는, 스포츠들, 백야(白夜)들, 유연체조들, 운동 실조증(失調症), 정자들, 사후경직, 뼈 발굴, 이런 식으로 큰 윤곽들을 보여 주고 있는 거야, 이 정도면 분명 충분할 테지. 이건 말에 관한, 목소리에 관한 문제니까, 이 점을 잊지 말아야 해, 이 점을 모조리 까먹지 않도록 신경을 써야 해, 그러니까 나를 통해서, 그들을 통해서, 말해질 어떤 것이 문제가 되고 있는 거잖아, 그게 그런데 분명치가 않아, 그래서 삶과 죽음에 관한 그와 같은 모든 개수작이, 나만큼이나, 그들한테도 완전히 낯선 일은 아닌지 자문해 봐야 해. 그들이 자신들은 지금 어느 정도까지 했으며, 나는 지금 어느 정도까지 했는지 더 이상 알지 못하는 게 사실이니까, 나야 그런 걸 신경 써 본 적이 전혀 없지, 나야 늘 했던 데까지 하고 있는 거니까, 나는 그게 어디쯤인지는 몰라, 그리고 하고 있는 거, 그게 무엇을 지시하는지도 모르겠어, 어떤 과정 같기는 한데, 내가 틀어박혀 있거나, 아직 착수조차도 못 하고 있을 수 있는 그런 과정, 사실 나는 하나도 안 했어, 바로 그래서 그들이 열받아 하는 거야, 그들은 내가 어느 정도는 해 놓았기를 바라고 있거든, 그게 어디쯤인지는 상관없고, 만일 그들이, 그들 자신들에 관해서, 나에 관해서, 도달해야 하는 목표에 관해서, 머리 좀 그만 굴리고 그저 계속하기만 하면, 그래야만 하니까, 뻗어 버릴 때까지, 에이 그것도 아니다, 언젠가는 시작되겠지, 언젠가는 결판이 나겠지 이런 허황된 생각일랑 집어치우고, 그저 계속하기만 하면 얼마나 좋을까, 하지만 그건 너무 어려운 일이야, 너무 어려워, 목표 없이는, 자신의 끝을 바라지 않는 목표 없이는, 존재 이유 없이는 존재 이전으로 돌아가는 거나 마찬가지야. 더 이상 일할 필요가 없게, 일거리가 없게, 일에 대한 갈증을 느끼다 보니, 아무것도,

특별하게 해야 할 일이 아무것도, 할 만한 일이 아무것도 없다는
사실을 잊지 않기란 역시 어려운 일이야. 역시나 쓸데없는 짓이야,
갈증을 느껴서, 허기를 느껴서, 아니, 허기까지는 필요 없지,
갈증을 느끼는 것만으로도 충분하니까, 갈증을 느껴서, 자신한테
이야기를 꾸며 대는 일은 쓸데없는 짓이야, 시간을 가게 하려는
거지, 그런 이야기들로 시간이 가지는 않아, 그 무엇으로도
그렇게 하지 못한다고, 상관없어, 여하간 상황은 그래, 자신한테
이야기를 꾸며 대는 거지, 그러고는 아무 말이나 자신한테
지껄이는 거야, 이런 식으로 말하면서, **이**건 꾸며 대는 이야기가
아니야, 사실은 항상 이야기를 꾸며 대고 있으면서도, 아니 보다
정확히 말하면 이야기를 꾸며 댄 적은 전혀 없었지, 그건 언제나
되는대로 나오는 소리였으니까, 자신한테 늘 아무 말이나 지껄여
댔던 거야, 기억하는 것만큼 오래전부터, 아니지, 그보다는 좀 더
오래전부터 그랬지, 사실 아무것도 기억하지 못하니까, 여하간 늘
아무 말이나, 그렇게 늘 똑같은 소리를, 시간을 보내려고, 지껄여
댔던 거야, 그러고 나니, 아무 이유 없이는, 흘러가지 않는 시간에,
갈증을 느껴서, 그만두고 싶은데, 그만둘 수가 없어서, 이유를,
말하고 싶은 그 욕구에 대한, 그만두고 싶은 그 욕구에 대한,
그럼에도 그만둘 수 없는 그 불가능한 상황에 대한, 그 이유를
찾아보려고 애를 쓰다가, 이유를 발견하고는, 다시 잃어버리고,
다시 찾아내고, 또다시 잃어버리고서는, 더 이상 찾아보려고
하지 않다가, 또 찾으러 다니고, 그러다 또 발견하고는, 다시
잃어버리고, 더 이상 찾아보려고 하지 않다가, 또 찾으러 가나,
아무것도 발견하지 못하다, 마침내 찾아내고는, 또 잃어버리고,
계속해서 말하고, 계속해서 갈증을 느끼며, 계속해서 찾아다니나,
더 이상 찾지 못하고, 계속해서 말하며, 또 찾으러 다니다, 그게
뭔지, 찾는 게 뭔지 궁금해하다가, 누군가가 찾으러 다니는 것을
찾고자 하다가, **야** 이거야 소리치고는, **에**이 아니잖아 한숨짓고,
할 만큼 했어 울먹이다가, **아**직은 아니야 부르짖고는, 계속해서
찾으러 다니다가, 정신 줄을 놓아 버리고는, 그 줄을 다시 잡으려
애쓰며, 계속해서 지껄이고, 아무 말이나 되는대로, 또 찾으러
다니는데, 아무거나 닥치는 대로, 갈증을 느끼며, 그게 무슨

갈증인지는 이제 모르겠지만, 아 맞다, 일에 대한 갈증, 천만에 아니거든, 이제는 할 게 아무것도 없잖아, 언제부터, 오래전부터, 그렇다면야, 그렇지 않은 이상, 그래도 혹시 모르니까, 저쪽을 찾아보도록 하자, 한 번만 더 힘을 내, 무엇을 찾아보자고, 맞다, 찾으러 가기 전에, 찾고자 하는 것이 무엇인지, 알아보도록 하자, 저쪽으로 찾으러 가기 전에, 어디로, 계속해서 말하면서, 자기 자신에게서, 자기 외부에서, 계속해서 찾으러 다니다가, 더 이상 찾지 못하고, 정신 줄을 놓고선, 신을 모독하다가, 모독하기를 그만두니, 기진맥진하나, 계속해서 할 수 있을 듯해서, 뭔지도 모르고, 아니 본성은 어디에 있고, 오성(惡性)은 어디에 있는 거야 어디에 있는지도 모르지만, 자연적인 본성에서, 이성에 기반하는 오성에서, 계속해서 찾으러 다니기는 하는데, 그런데 무엇을 찾으러 다니는 거지, 누가 찾으러 다니는 거야, 누구인지, 완전히 길을 잃은 거지, 어디에 있는지, 무슨 짓을 하는지, 그들한테 무슨 짓을 했는지, 그들이 당신네들한테 무슨 짓을 했는지 모색하며, 계속해서 말을 하고, 다른 이들은 어디에 있는 거야, 누가 말하는 것일까, 말하는 이는 내가 아닌데, 나는 어디에 있는 거지, 내가 항상 있었던 곳, 그곳은 어디야, 다른 이들은 어디에 있어, 말하는 이가 바로 그들이야, 그들이 바로 나한테 말하는 거야, 그들이 말하는 대상은 바로 나야, 그들의 소리가 나한테 들려, 나는 말을 못 하거든, 그들은 무엇을 원하는 걸까, 나는 그들한테 무슨 짓을 했던 걸까, 나는 신한테 무슨 짓을 했던 거지, 그들은 신한테 무슨 짓을 했던 걸까, 신은 우리한테 무슨 짓을 했지, 그는 우리한테 아무 짓도 하지 않았어, 우리도 그한테 아무 짓도 하지 않았고, 우리는 그한테 아무 짓도 할 수가 없거든, 그는 우리한테 아무 짓도 할 수 없어, 우리는 결백하니까, 그는 결백하니까, 누구의 잘못도 아니야, 뭐가 누구의 잘못도 아니라는 거야, 지금 이 상황, 지금 상황이 어떤데, 바로 이렇잖아, 알아들었으니까, 진정해, 그렇게 될 거야, 뭐가 그렇게 될 거라는 거야, 어떻게 그렇게 되는 건데, 갈증을 느끼며, 계속해서 말하다, 정신 줄을 놓고, 계속해서 찾으려고 애를 쓰다가, 찾는 걸 그만두고는, 또 찾으려고 하는데, 그들은 무엇을 원하는 걸까, 내가 이렇게 되기를, 내가 저렇게

되기를, 내가 소리 지르기를, 내가 움직이기를, 내가 여기서
나가기를, 내가 태어나기를, 내가 죽기를, 내가 듣기를 원하지,
나는 듣고 있어, 그걸로 충분치 않아, 내가 알아먹기를, 나도
노력해, 그래도 안 되는 걸, 그래서 노력하지 않는 거야, 나는
노력할 수가 없어, 질려 버렸거든, 불쌍한 놈, 그들도 불쌍하거든,
그들이 자신들이 원하는 바를 말하면 얼마나 좋아, 그들이 나한테
할 일을 주기만 하면, 나를 위해서, 할 만한 일을 준다면, 하지만
찌질한 놈들, 그들은 그렇게 못 해, 그들은 몰라, 점점 더, 그들이
나를 닮아 가고 있는데도, 더 이상 그들이 필요치 않아, 이제는
아무도 필요치 않아, 아무도 아무런 보탬이 안 되니까, 말하는
이는 바로 나야, 갈증을 느껴서, 허기를 느껴서, 추위를 느껴서,
또 열기를 느껴서, 자신에게 이야기를 꾸며 대는 일은 쓸데없는
짓이야, 아무것도 못 느끼니까, 그것 참 신기한 일일세, 자기
입이 있다는 걸 느끼지 못하거든, 더 이상 입이라는 걸 느끼지
못해, 입은 필요하지 않아, 사방에 깔린 게 말이니까, 내 안에,
내 밖에, 어라 이것 봐라, 방금 전까지만 해도 나한테는 두께가
없었는데, 그들의 말소리가 나한테 들려, 그 소리는 듣지 않아도
돼, 머리는 없어도 돼, 그 소리를 멈출 수가 없어, 멈춰지지가
않아, 나는 말 속에 있어, 나는 말로 이루어져 있으니까, 다른
것들을 이루는 말들, 다른 것들이 뭔데, 장소도 있고, 공기도 있고,
벽, 땅, 천장, 여러 가지들이 있지, 요컨대 나와 함께, 전 우주가
여기에 있는 거야, 그러니까 나는 공기이고, 벽이며, 유폐된 자야,
모든 것이 버티지 못하고, 열리고, 흘러나오기도 하고, 역류해
들어가기도 해, 여러 작은 덩어리들, 서로 엇갈리기도 하고,
결합하기도 하고, 분리되기도 하는, 그 모든 작은 덩어리들이 바로
나야, 내가 어디를 가건 간에 나는 나를 다시 발견하고는, 나를
버리고, 나한테로 가서는, 나한테서 나오거든, 결국 다 나인 거지,
되찾고서는, 잃어버리는 바람에, 사라져 버린, 나라는 작은 한
조각일 뿐인 거야, 단어들, 내가 그 모든 단어들이야, 그 모든
낯선 단어들, 먼지 같은 그 말들이 다 나야, 내려앉을 바닥도
없고, 흩날릴 하늘도 없는데도, 말을 하려고 서로 충돌하고, 말을
하려고 서로 피하면서, 서로 결합하는 단어들, 서로 떨어지는

단어들, 서로 관심 없는 단어들, 그 모든 단어들이 다 나라고
말을 해, 하지만 다른 것은 아니야, 그렇지 않아, 완전히 다른
것이기도 해, 그래서 움직이는 것은 아무것도 없고, 소리 내는
것도 전혀 없는, 깜깜하고, 말끔하며, 건조하고, 막혀 있고, 비어
있는, 단단한, 어느 곳에서, 나는 완전히 다른 것, 말 못 하는 어떤
것이기도 하다고 말을 해, 그리고 내가 귀를 기울이고 있다고,
그리고 내가 알아듣는다고, 그리고 내가 찾으려고 애를 쓴다고
말을 해, 우리에서 태어난 우리에서 죽은 우리에서 태어나고
죽은 태어나고 죽은 우리에서 태어나고는 죽은 태어나고는 죽은
짐승들의 우리에서 태어나고 죽은 우리에서 태어나고 죽은
짐승들의 우리에서 태어난 짐승들의 우리에서 태어난 짐승들의
우리에서 태어난 짐승들의 우리에서 태어난 짐승들의 우리에서
태어난 짐승들의 우리에서 태어난 한 마리 짐승처럼, 이렇게 한
마리 짐승처럼이라고 나는 말하는데, 그들은 말하기를, 그와 같은
짐승이라고 하네, 내가 가진 빈약한 수단들을 동원해서, 그와
같은 짐승처럼, 내가 찾으려고 하는 짐승, 바로 그와 같은 짐승,
그 종자한테 이제 남아 있는 거라고는 두려움, 또 격렬한 분노가
전부야, 아니지, 격렬한 분노는 지나갔잖아, 그러니 두려움만 있을
뿐이지, 두려움 말고는 그 종자한테 남아 있는 게 이제는 아무것도
없어, 100배나 커진, 그림자에 대한 두려움, 말도 안 돼, 그 짐승은
눈이 멀었는걸, 그 짐승은 눈이 먼 채로 태어났다고, 그럼 소리에
대한, 이렇게 말해도 된다면, 그렇게 해야지, 뭐라도 갖다 대야만
하니까, 기분이 좀 그러네, 그런 거지 뭐, 그럼 소리에 대한 두려움,
아니 소리들에 대한 두려움, 짐승들이 내는 소리들, 사람들이 내는
소리들, 낮과 밤에 들리는 소리들, 됐어 그걸로 충분해, 소리들에
대한 두려움, 대체로, 모든 종류의 소리들에, 대체로 일어나는
두려움, 모든 종류의 소리들, 그중 밤낮으로, 지속적으로 들리는,
유일한 소리가, 단 하나의 소리가 있어, 그게 뭐야, 오가는
발소리들, 한동안 말하는 목소리들, 길을 터 주는 몸들이 내는
소리, 바람 소리, 사물들이 내는 소리, 사물들 사이로 지나가는
바람 소리, 됐어 그걸로 충분해, 내가 찾으려고 한다고, 그와
같은 짐승처럼, 아니지, 그와 같은 짐승처럼 그러는 게 아니라,

나처럼 그러는 거지, 내 방식대로, 아니 그게 아니라, 내 나름대로, 내가 찾으려고 한다고, 그런데 지금 나는 무엇을 찾으려고 하는 거지, 내가 찾으려고 하는 것을, 내가 찾고자 하는 거지, 그게 무엇이냐면, 그게 이런 것 같은데, 그게 이런 것일 수밖에 없으니까, 그게 무엇이냐면, 그게 무엇일 수 있냐면, 그게 정말 무엇일 수 있냐면 말이지, 도대체 무슨 소리야, 내가 찾으려고 하는 거, 아니다, 내가 듣고 있는 거, 그게 나한테 돌아오고 있어, 모든 것이 나한테 돌아오고 있어, 나는 찾고 있어, 나는 그게 정말 무엇일 수 있는지 내가 찾고 있다고 말하는 소리를 듣고 있어, 내가 듣고 있는 것, 그게 나한테 돌아오고 있어, 그리고 그게 정말 어디로 나와서, 나한테까지 올 수 있는지 찾고 있어, 지금 여기는 완전히 잠잠하거든, 게다가 벽들도 두꺼워, 그리고 내가 어떻게 하는지도, 내 귀를 느끼지 못하는데, 내 머리를 느끼지 못하는데, 내 몸도, 내 영혼도 느끼지 못하는데, 내가 어떻게 하는지도, 무언가를 하기 위해서, 아니 아무것도 하지 않기 위해서, 내가 어떻게 하는지도, 그게 분명하지가 않아, 당신들은 그게 분명하지 않다고 말하는군, 그걸 분명하다고 하기에는 뭔가가 부족하잖아, 모든 것을 분명하게 하기 위해서, 조만간 내가 찾을 거야, 조만간 부족한 것을 찾아낼 거라고, 이렇게 나는 항상 뭔가를 찾는 중이야, 정말이지, 지긋지긋해, 여하튼 그건 시작에 불과해, 뭔가 하기 위해서, 모든 것을 분명하게 하기 위해서, 내가 어떻게 하는지, 그와 같은 상황에서, 내가 어떻게 하는지를, 내가 하는 일을 하기 위해서, 그러니까, 내가 하는 일, 내가 하는 일이라, 내가 하는 일을 알아내야만 해, 내가 무슨 일을 하는지 어디들 말해 보시지, 어떻게 그게 가능한지 나는 물어볼 거야, 나는 듣고 있어, 당신들은 내가 듣고 있다고, 또 내가 찾고 있다고 말하는데, 그건 사실이 아니야, 나는 아무것도 찾고 있지 않거든, 나는 이제 아무것도 찾지 않아, 어쨌거나, 고집부리지 말고, 그냥 넘어가자, 그리고 내가 찾고 있는지도, 그들이 내 기억을 되살리고 있는 중이야, 그리고 내가 찾고 있는지도, 프리모, 그게 무엇인지, 세쿤도, 그게 어디에서 온 것인지, 그리고 테르티오,[103] 내가 어떻게 하는지, 바로 그거야, 그렇게 하기 위해서, 내가 어떻게

하는지, 이 일을 비추어 보고, 저 일을 고려하며, 이제는 내가
모르는 뭔가를 살펴보고는, 자 봐 이제는 분명하잖아, 듣기
위해서, 내가 어떻게 하는지를, 또 이해하기 위해서, 내가 어떻게
하는지를, 그건 사실이 아니야, 도대체 무엇을 가지고 내가
이해하는 일이 가능하다는 거야, 나는 바로 이 점을 나는 나한테
묻고 있는 거라고, 에이 절반은 아니고, 100분의 1도 아니고,
5천분의 1도 아니고, 이거 50으로 계속 나눠 보자, 100만분의 1의
4분의 1도 아니고, 그 정도 했으면 됐어, 그러니까 여하튼 약간,
이해하기 위해서, 내가 어떻게 하는지를, 그래야지, 그러니까
낫네, 기분이 좀 그러네, 그런 거지 뭐, 여하튼 아주 약간, 최대한
적게, 무슨 말인지 알겠어, 만족스러워, 어느 한 표현의 대략적인
뜻을 이해하는 거지, 그것도 1천 번 중에 한 번 나올까 말까 하는
표현의, 아니 1만 번 중에, 이거 계속 곱해 보자, 10으로, 계산만큼
마음을 편안하게 하는 건 없으니까, 10만 번 중에, 100만 번
중에, 너무 과하네, 너무 적은 거지, 우리가 실수를 했네, 괜찮아,
그렇다고 이 표현과 저 표현 사이에, 달라지는 건 거의 없으니까,
여기서는, 하나의 표현을 이해하는 자는 나머지 표현들도 전부
다 이해하는 법이거든, 나한테는 해당이 안 되지만, 나머지
표현들 전부 다, 아니 그럴 수가 있나, 항상 전체로 가잖아, 모든
것도 전체, 무(無)도 전체, 중간에 머무는 일은 절대로, 절대로
없어, 항상, 너무 과하고, 너무 적은 거야, 자주, 드물게, 자 이제
여담을 마무리하고, 정리를 좀 해 보자, 여기에 내가 있다고, 나는
그렇게 느끼고 있어, 그래, 그렇다고 인정하지 뭐, 나는 체념한
상태니까, 여기에 내가 있어, 그래야지, 그러니까 낫네, 말하지
말걸, 앞으로 나는 그런 말은 절대로 하지 않을 거야, 어떻게 보면,
나는 이 상황을 이용하고 있는 거야, 말을 해야만 하는 이 상황을,
한편에는, 내가 있고, 그 다른 한편에는 그와 같은 소리가 있다고
해야만 하는 이 상황을, 그걸 난 전혀 의심하지 않았는데, 말도
안 돼, 어이 이치에 맞는 소리를 하자고, 그게 의혹을 불러일으킨
적이 전혀 없었다니까, 그 소리가, 다른 한편에 있다면, 그러니까
만일 그게 다른 한편에 있다면, 그거야말로 다음에 열릴 우리
토론의 안건이 되어야만 할 거야, 내 말은 그 문제를 차분하고,

철저하게 다뤄야 할 때가 마침내 온 거다 이거지. 내가 요약을
하자면, 지금 내가 여기에 있으니까 요약할 사람은 바로 나잖아,
말할 사람도 나고 내가 했어야 했던 말을 말할 사람도 나니까, 거
아주 재미나게 돌아가겠군, 내가 요약을 하자면, 나와 그 소리,
당장에는 다른 건 아무것도 눈에 들어오지 않으니까, 그렇긴
하지만 그저 방금 전에 내가 이 일을 맡은 거라서, 나와 그
소리, 그게 무슨 상관이야, 내 말 좀 끊지들 말라고, 나도 최선을
다하고 있어, 내가 다시 말하겠어, 나와 그 소리, 이 두 가지 사안,
이것들에 관해서, 자연의 질서를 뒤엎고 있는 이것들이, 다른 것들
중에서는, 그래도 논란의 여지가 없는 것처럼 보이니까, 이어지는
이야기는, 다시 말해, 한편으로, 그 소리에 관해, 소리로서, 그것의
정체가 무엇인지, 그것이 어떻게 나한테까지 오게 된 것인지, 어떤
기관을 통해 그것이 나오는지, 어떤 기관을 통해 인지하는지, 어떤
지적 작용을 통해, 대강이라도, 알아듣게 되는지를, 확실하게,
심지어 그럴싸하게라도 밝히는 일이 여전히 가능하지 않았다는
거야, 그리고, 다른 한편으로, 그러니까 나에 관해, 이 사안은 더
오래 걸릴 거야, 나에 관해, 거 아주 재미나게 돌아가겠네, 나는
어떤 존재이고, 어디에 있는지를 밝히는 일이, 요컨대 나는 단어들
틈에 있는 단어들인지, 아니면 침묵 가운데 있는 침묵인지를 아주
최소한의 정확성을 가지고도 밝히는 일이 여전히 가능하지
않았다는 거지, 여기서 침묵은 사실대로 말하자면 지금까지
겉으로 많이 부각되지 않았음에도 불구하고, 그렇다고 겉으로
보이는 것들에 주의를 기울여서는 안 되지, 이 주제에 관한
가설들 중 단 두 가지만을 상기하기 위해 언급하고 있는 거야,
말을 계속하자면, 내가 어떤 존재인지, 그 어떤 것들보다도,
특히나 밝혀지지 않았어, 맞아, 이미 강조한 거잖아, 내가 무슨
일을 하는지도, 듣기 위해서 내가 어떻게 하는지도, 만일 내가
듣고 있다면, 만일 듣는 이가 바로 나라면, 그런데 도대체 누가
그런 걸 의심할 수 있을까, 나도 모르지, 하지만 이러한 주제라도,
어딘가에, 의심이 있게 마련이니까, 말을 계속하자면, 만일 듣는
이가 바로 나라면, 듣기 위해서, 내가 어떻게 하는지도, 그리고
이해하기 위해서는 어쩌는지도, 가능한 한 생략을 해야, 시간을

벌지, 이해하기 위해서는 어쩌는지도, 똑같이 보류, 그리고 만일 말하는 이가 바로 나라면, 그 일이 어떻게 벌어지고 있는지도, 그리고 의심할 수 있는 것처럼 가정도 할 수 있는 법이니까, 만일 말하는 이가 바로 나라면, 끊임없이, 내가 말하고 있는 것을, 내가 그만두고 싶어 하는 것을, 내가 그만둘 수 없는 것을, 가정하고 의심하는 거지, 내가 요점들만 추려 본 거야, 사실 개요에 더 가깝기는 해, 나에 관해서, 말을 계속하자면, 밝혀지지 않았어, 만일 찾고 있는 이가 바로 나라면, 내가 찾다가, 찾아내고서, 잃어버리고, 다시 찾아내고는, 버리고, 다시 찾다가, 다시 찾아내고, 다시 버리는 것이 정확히 무엇인지가 밝혀지지 않았다고, 만일 찾다가, 찾아내고는, 잃어버리고, 다시 찾아내고, 다시 잃어버리고, 또 찾으나, 더 이상 찾지 못해서, 더 이상 찾지 않다가, 또 찾고, 또 찾아내고, 또 잃어버려, 더 이상 찾지 않는 이가 바로 나라면, 그런 이가 진정 나라면, 에이 아니야 나는 뭘 버린 적이 전혀 없는걸, 내가 찾아냈던 것들 중에서 그 어떠한 것도 버린 적이 전혀 없었어, 내가 잃어버린 것을 찾은 적이 전혀 없었으니까, 내가 버릴 수 없었던 것을 잃어버린 적도 전혀 없었고, 그러면 만일 그게 내가 아니라면, 그이는 누구이고, 그것은 무엇인지, 지금은, 다른 건 아무것도 눈에 들어오지 않아, 그래그래, 내가 결론을 내릴게, 시간을 보내기 위해, 아무 말이나 자기 자신한테 지껄이는 일은 쓸데없는 짓이라는 걸 알기에, 마치 시간을 보내기 위해, 아무거나 하는 데에도 어떤 근거들이 필요한 것처럼, 만일 그게 나라면, 내가 왜 그렇게 하는지에 대한 의문은, 밝혀지지 않았어, 그래도 괜찮아, 자기 자신한테 그렇게 물어볼 수도 있는 거야, 참고삼아, 시간은 왜 가지도 않고, 당신을 가만히 내버려두지 않는지, 시간은 왜 당신 주위로 와서, 순간순간, 사방에서, 점점 더 높이, 점점 더 두껍게, 당신이 소유하고 있는 당신의 시간으로, 다른 이들의 시간으로, 오래전에 죽은 이들과 아직 태어나지 않은 망자들의 시간으로, 쌓이는지, 시간은 왜 입인 가득 모래를 물고서, 아무 말이나 지껄이다, 몇 초 이내로 묻히는, 역사나 미래도 없고, 아무 지식도 없고, 아무 희망도 없으며, 아무 기억도 없는, 산 자도 죽은 자도 아닌 당신을 스포이트로

매장하러 오는지, 아 당연하지, 이런 의문은 중요한 게 아니야,
시간과 나는, 별개의 문제니까, 그래도 자기 자신한테 그렇게
물어볼 수는 있지, 시간이 왜 안 가느냐고, 내친김에, 참고삼아,
이렇게, 시간이 가도록, 내 생각에는 그게 다인 것 같아, 지금은,
다른 건 아무것도 눈에 들어오지 않으니까, 당장은, 더는 아무것도
눈에 들어오지 않아. 나는 나한테 더 이상 질문들을 해서는 안
돼, 그게 나의 경우라면 특히나, 나를 찾아내는 데 방해가 되는
그 밝히는 놈들은 안 돼, 다른 한 명이, 아니 다른 두 명이 문제가
되고 있는 게 아니라면, 그 한 명이 하고는 했던 말처럼, 이제는
그렇게 해서는 안 돼. 기왕이면, 다른 해결 방안들을, 그래,
과감하게, 다른 해결 방안들을. 사고 절약의 원칙[104]을 마음껏
사용하기, 마치 그게 나한테 익숙한 일인 것처럼, 너무 늦지는
않았으니까. 아무거나 가정하는 거 아니냐는 의심을 사지 않도록
하면서, 무엇보다도 말해진 말과 들리는 말은 같은 기원을 가지고
있다고 이제부터라도 가정하기. 제3자들을 의식하는 것보다는
더 나으니까, 그리고 약간 더 보편적으로는, 바깥세상을 의식하는
것보다는 더 나으니까, 공들이지 말고, 어디라고 명시도 하지
말고, 그냥 나한테 그 기원을 두기. 정신적으로 유별나게 나약하고,
이르지도 너무 늦지도 않은 순간에, 자신이 하는 말 말고는 아무
소리도 듣지 못하며, 게다가 그 말조차도, 아주 최소한의 부분만,
그것도 엉뚱하게, 이해해 버리고 마는 어느 한 귀머거리만을
다루게 될 때까지 필요한 경우 그와 같은 압력을 가하기. 꽉
들어찬 말들이, 쫙쫙 빨래 빠는 소리에 쭉쭉 키스 소리까지 내며,
지칠 줄 모르고 계속해서 빠져나가고 있는 어떤 입, 독방에 홀로
갇혀, 침을 질질 흘리는, 붉고, 두터운 아랫입술에, 바보같이
커다란 그 입의 이미지가, 낙담하는 바람에 하마터면 떠오를
뻔한, 어려운 순간들을 떠올리기. 보통 천벌로 간주하는 생각과
더불어, 시작과 끝에 관한 모든 생각들을, 이번에야말로 제거해
버리기. 표현하려고 하는 끔찍한 기질을, 극복하기, 이건 당연히
해야 하는 일이지. 그 이야기가, 잠시일지라도, 자신의 이야기이길
바랐던 그 사람, 어떤 방식으로든, 그게 어떤 방식인지는 거의
신경 쓸 필요가 없으니까, 그런 데 공들이지 마, 여하간 존재하고

있는 그 사람을, 거리낌 없이 그냥 확, 나로 간주하기. 더 좋은 건 나한테 몸을 부여하기. 훨씬 더 좋은 건, 어느 한 정신을 가로채 내 것으로 삼기. 막힘없이, 이른바 내면세계라고 하는, 나만의 한 세계에 대해 말하기. 더 이상 아무것도 의심하지 않기. 더 이상 아무것도 찾으려고 하지 않기. 내면 깊숙한 곳에, 버릴 수 있는 유일한 기회를 통해, 버릴 수 있기 위해, 완전히 새로 나온, 영혼을, 두께를, 이용하기. 결국, 요컨대, 이와 같은 결정들과, 또 다른 여러 결정들을 해 놓고서, 옛날에 그랬던 것처럼 차분하게 계속해 나가기. 어쨌거나 뭔가 변한 게 있기는 하네. 그 이후로, 마후드에 대해, 웜에 대해 한 마디도 안 했으니까, 아 맞다, 내가 잊고 있었네, 거침없이, 시간에 대해 말하기, 그리고, 말하다 보니, 자연스럽게 연결되어 생각이 난 건데, 몇 푸스 정도 떨어진 지점의, 그 지점의 사방이 뻥 뚫려 있는 듯이, 마찬가지로 거침없이 공간을 사용하기, 사실 몇 푸스 정도면, 이미 나쁜 상황이 아니거든, 그 정도면 나한테 공기 뭐 그런 게 주어지니까 아니 나한테 공기가 주어지니까, 또 그 정도면 혀도 내밀 수 있어 내밀어 봤다니까, 또 이렇게 내밀잖아. 내가 그것을 생각하고 있을 때, 그러니까, 아니다, 나는 아무 말도 안 한 거야, 내가 그것을 생각하고 있을 때, 머피를 필두로, 이 톱밥 더미들로 내가 낭비했던 시간을 생각하고 있을 때 말이야, 그런데 머피는 제일 우선시되는 인물이 아니었어, 나한테는 내가 있었으니까, 내가 머무는 곳에, 아주 가까이에, 내 피부와 뼛속에, 그것도 진짜 피부와 뼛속에 파묻혀 있는, 고독과 망각으로 죽을 지경에 있는, 그래서 내가 내 존재를 의심할 정도가 된, 심지어, 오늘날에는, 내 존재를 내가 단 1초도 믿지 못하다 보니, 내가 이야기하면서도 **누**가 이야기하는 걸까, 이렇게 말하고, 찾아야만 하고, 내가 찾으면서도, **누구**를 찾는 걸까, 이렇게 묻고는 찾아야만 하는, 기타 등등의 상황들이 연출될 뿐만 아니라, 일들이 벌어지려면 누군가가 필요하고, 또 그 일들을 멈추려 해도 누군가가 있어야 하는 법이니까, 누군가를 찾게 되는 나한테 일어나는 다른 모든 일들에도 똑같이 의심할 정도가 된, 그런 내가 있었으니까. 그런 머피와 다른 인물들, 그리고 마지막으로 쾌활한 우리 두 사람은,

그 일들을 멈추지 못했어, 나한테 일어나고는 했던 그 일들을, 그들한테는 그 어떠한 일도 일어날 수 없었거든, 나한테 일어나고는 했던 일들 중에서 그 어떠한 일도, 다른 일들도 마찬가지이고, 다른 일들이라는 건 없잖아, 더 많은 단어들은 쓰지 말자고, 그저 나한테 일어나는 일들만, 듣는 일, 말하는 일, 찾는 일 같은 그런 일들만 있을 뿐이야, 사실은 나한테도 일어날 수 없는 일들인데도, 내 주변을 맴돌고 있는 일들이지, 멈춰서 쉬는 걸 염려하는, 그대로 고정되는 걸 염려하는, 염려 많은 몸들처럼, 아니지, 울부짖고 낄낄대는, 하이에나들처럼, 이것도 아니야, 어쩔 수 없지 뭐, 여하간 나는 그러한 것들이 들어오지 못하도록 내 문들을 닫았어, 사실은 내가 그런 게 아니야, 내 문들이 그러한 것들 앞에서 닫힌 거지, 아마도 그래서 잠잠한 걸 거야, 그래서 평화로운 걸 거라고, 그의 문들을 열어서 그가 잡아먹히도록 해야 해, 그래야 그것들이 그만 짖어 대고, 먹기 시작할 거야, 짖어 대는 그 주둥이들이 말이야, **열**어 봐요, 열어 봐, 당신은 괜찮을 거야, 두고 보면 알 거라고. 그렇게 하니까 얼마나 좋아, 회상들, 두 번이나 깊이 가라앉으면서, 돛도 없는데 갈 방향을 대강 살펴보는 상황, 이러한 상황에도, 익사가 불가능하다니, 정말이지, 기분 좋은 일이네, 맞아, 그런데 있잖아, 나는 내 문들에서, 또 내 벽들에서 멀리 떨어져 있어서, 열쇠지기를 깨워야 할 것 같아, 그런 일을 맡은 자가 분명 한 명은 있을 거야, 그러고 보니 내 주제에서도 멀어졌네, 다시 주제로 돌아가 보자, 아니 주제가 거기에 없네, 내가 그걸 봤다고 생각했던 거기에 없어, 고체와 액체의 신기한 그 혼합물이, 더는 같은 상태가 아닌가 봐, 그게 아니면 내가 장소를 착각하고 있든지, 아니야, 같은 상태이고, 항상 거기, 같은 장소 맞아, 이거 참 난감하네, 내가 그걸 잃어버렸으면 하고 바랐던 것 같잖아, 내가 나 자신을 잃어버렸으면 하고 바랐던 것 같다고, 하긴 어쩌면, 예전처럼, 나한테 상상력이라는 게 있었던 시기처럼, 나 자신을 잃고, 눈을 감고서 어느 숲속에, 또는 바닷가에, 아니면 아는 사람 하나 없는 어느 도시에 있기를 내가 바라고 있을지도 모르지, 이제 밤이야, 모든 사람들은 집으로 돌아갔는데,

나는 거리를 걷고 있어, 나는 잇따른 거리들로 차례로 접어들고 있지, 여기는 내 젊은 시절을 보냈던 도시야, 나는 엄마를 찾고 있어, 그녀를 죽이기 위해, 태어나기 전에, 좀 더 일찍 그렇게 할 생각을 했었어야 했는데, 비가 온다, 나는 괜찮아, 나는 도로 중앙을 걷고 있어, 갑자기 중심을 잃고 여러 차례 경로를 크게 이탈하면서, 지금은 끝난 일이야, 두 눈을 감고도 나는 뜨고 있을 때 본 것과 똑같은 것을 보지, 그러니까, 잠깐만 있어 보시지, 내가 바로 말할 테니까, 내가 그걸 말해 보겠어, 눈을 뜨나, 감으나, 내게 보이는 영상, 그게 정말 무엇인지 나는 알고 싶은데 아무것도, 이제는 아무것도 내 눈에 안 보여, 거참, 실망스러운 일이네, 나는 그런 상황보다는 나은 상황을 기대하고 있었는데, 그런데 그런 상황이라는 게 나 자신을 안 볼 수 없는 상황을 말하는 거냐고, 나는 나한테 질문하는 거야, 그게 더 이상 나 자신을 안 볼 수 없는 상황을 말하는 거냐고, 아무것도 안 보이는 상황이라는 게, 이게 내 눈이 한쪽으로 쏠려서도 아니고, 눈이 멀어서도 아니야, 갇혀 있으면서도, 항상 변화하는 하늘을 창문을 통해서 쳐다보고, 산 자들 틈에 머무는 법을, 또는 그들에게서 벗어나는 법을 찾으며, 자신이 할 수 있는 일을 해 보고, 그늘에 있다가 빛 가운데로 나가거나, 왔다 갔다 하면서 수차례의 다양한 변장을 하는 그런 보잘것없는 피조물이니까, 그런 상황이라는 게, 더 이상 나 자신을 안 볼 수 없는 상황을 말하는 건가, 나도 몰라, 옛날에, 위험을 무릅쓰고 힐끗 쳐다보고는 했을 때, 내가 무엇을 보고는 했던 걸까, 나도 몰라, 기억이 나질 않아. 어쨌거나 이것 봐 떴다 감았다 하는, 두 개나 되는 눈이, 그런 눈이 나한테 있어, 아마도 푸른색일 거야, 이런 이야기가 쓸데없다는 거 알아, 사실 지금, 온갖 것들이 다 밝혀져 있는 머리도, 그 머리도 역시 나한테 있거든, 지금 내가 나에 대해서 말하고 있는 건가, 그게 가능한가, 당연히 그렇지 않지, 자 내가 알고 있는 또 하나의 사실이 있어, 내가 더 이상 말하지 않게 될 때 나는 비로소 나에 대해 말하게 될 것이다. 게다가 지금 다루고 있는 사안은 나에 대해 말하는 게 아니라, 말하는 것 자체라고, 아니면 더 이상 말하지 않는 것이든가,

이와 같은 가벼운 혼란이 나한테는 좋은 징조처럼 보여, 비루한 확신들을 깨부수는 머리에 인형 눈[105]을 달고 있는, 이 마지막 대리인에게 걸맞은 이름을 내가 어서 찾아내야만 할 거야, 나중에, 그건 나중에 해, 우선은 그자를 보다 더 자세하게 묘사하고, 그가 무엇을 할 수 있는지 알아봐야만 하니까, 그가 어디서 나오는지도, 아주 중요한 거지, 또 그가 어디로 돌아가는지도, 그야 당연히 자기 머릿속이지, 마후드 그리고 웜 같은 다른 자들을 경험했으니까, 우리가 다시 피카레스크[106] 장르에 곧장 빠져드는 일은 없을 거야. 지금 떠들어 대는 이는 바로 나야, 포위군이 떠났거든, 이제는 쥐들 다음으로, 내가 대장이야, 이제 나는 달빛 아래에서, 태형이 벌어지는 틈을 타, 좌석 사이를 기어다니지 않아도 돼, 고체와 액체의 신기한 이 혼합물에, 조금 이따 공기를 약간만 넣으면 재료는 다 넣은 셈이야, 어 아니네, 내가 불을 잊고 있었어, 어쨌거나 이상한 이 지옥을 봐, 어쩌면 천국일지도 몰라, 어쩌면 땅일지도 모르지, 어쩌면 땅 밑 어느 호수의 연안일 수도 있어, 누군지 거의 숨을 쉬지 않고 있어, 어쨌거나 숨은 쉬고 있는 거네, 그게 확실하지가 않아, 누군지 아무것도 못 봐, 아무 소리도 못 들어, 고인 물과 진흙의 길고 긴 키스 소리는 듣잖아, 딱 20길 정도 떨어진 저 위에서 사람들이 오가는, 그런 꿈을 누군가가 꾸고는 해, 그의 긴 꿈속에는 깨어 있는 자들을 위한 자리가 있나 봐, 그 누군가는 자신이 어디에서 그와 같은 정보들을 얻는 것인지 의아하게 생각하고 있어, 누군가는 풀까지 보이나 봐, 이슬이 내려 연한 청록색이 된, 이른 아침에 돋아난 풀까지, 그 정도는 돼 내 눈도, 그러면 내 눈이 아니야, 내 눈은 볼 장 다 봤거든, 내 눈에서는 이제 눈물조차도 안 나와, 그저 습관적으로 깜빡일 뿐이야, 15분 있다 뜨고, 15분 있다 감고, 배터시 공원[107]에 있는 철책으로 막아 놓은 동굴의 올빼미가 그렇게 하듯이, 배터시 공원이라, 뭔가 생각나는 게 있는데, 아 장례식, 이것 봐 이렇게 나는 나한테 하나의 인생이 있었으면 하고 바라는 일을 절대로 그만두지 못할 거야. 맞아, 그렇게 못할 거야, 머리가 안 되잖아, 무엇보다도 머리가 안 돼, 자신의 머릿속에서는 그 역시 아무 데도 못 가, 내가 경험자잖아. 재갈로 목구멍까지 막히고, 두 눈은 가려져 있으며, 몸은 기둥에 묶여 있으면서도, 그 누군가는 여러 독설에도 꿈적하지 않는, 셸리[108]를 자신한테 예로 들면서, 기둥 노릇을 하는 느릅나무 아래에서, 신선한 공기를 들이마시고 있어, 아니야, 머리가 좀 되잖아, 꽉 차 있기는 하지만, 옹골진 뼈도 있고, 그 속에 누군가는, 바위 속에 박혀 있는 화석처럼, 박혀 있지, 생각해 보니 그 누군가는 아마도 나인 듯해. 여하튼 나는 계속하지 못할 거야. 하지만 나는 계속해야만 해. 그러면 나는 계속해야지. 공기를, 공기를, 나는 공기를 좀 찾아볼 거야, 시간에서, 시간이 이루는 시대의 공기를, 공간에서, 내 머릿속에서, 바로 이런 식으로 나는 계속할 수 있을 거야. 뭘 하든 상관없기는 한데, 목소리가 작아지고 있어, 이런 경우는 처음이야, 그렇지 않아, 나는 이런 경우를 알고 있거든, 심지어 목소리가 아예 안 나온 적도 있어, 자주 그래, 바로 이런 식으로 그것은 또다시 끝나게 될 거야, 공기가 없으면, 나는 침묵할 거고, 그러다가 공기가 들어오면 나는 다시 시작하겠지. 내 목소리. 그 목소리. 그러네, 그 목소리가 썩 잘 들리지는 않네. 나는 이런 경우를 알고 있어. 목소리는 곧 그칠 거야. 그럼 목소리는 더 이상 나한테 들리지 않겠지. 따라서 나는 곧장 침묵할 테고. 더 이상 그 목소리가 안 들린다, 바로 이러한 현상을 나는 내가 침묵한다고 표현해. 그러니까 귀 기울여 잘 듣다 보면, 그 목소리가 또다시 내게 들릴 거라는 말이지. 나는 귀 기울여 잘 들을 거야. 귀 기울여 잘 듣는다, 바로 이러한 태도를 나는 내가 침묵한다고 표현해. 한풀 꺾여, 소리가 약해진 목소리인지라, 귀 기울여 아주 열심히 듣다 보면, 무슨 말인지 알아듣기 어려울지라도, 나는 그 목소리를 계속해서 듣게 될 거야. 목소리가 하는 말을 알아듣지도 못한 채, 계속해서 그 목소리를 듣는다, 바로 이러한 상황을 나는 내가 침묵한다고 표현해. 그러다 보면 목소리는 커질 거야, 다시 타오르는 불처럼, 꺼져 가는 불처럼, 이상은 마후드가 나한테 설명해 줬던 거야, 그러면 침묵으로부터, 내가 빠져나오는 거지. 말할 수 없을 정도로 너무 안 들린다, 바로 이게 나의 침묵이야. 그러니까 나는 항상 말을 하기는 하는데, 때때로 너무 작은 소리로, 나와 너무 멀리 떨어져서, 내 안에서도 너무 멀리 떨어져

채 말하는 바람에, 내 소리가 들리지 않는 거야, 아니다 그게
아니라, 내가 듣기는 해도, 이해를 못 하는 거지. 이해를 전혀 못
하는 건 아니고. 목소리가 멀리 갔다가, 다시 돌아오고 있어, 문
뒤로, 나는 곧 침묵할 거야, 조용해지겠네, 그러면 귀 기울여 들어
봐야지, 그런데 이거 말하는 것보다 더 죽겠어, 벌 받는 것처럼
죽겠어, 아니야, 더 죽겠는 건 아니야, 똑같아. 내가 가질 수 있을
거라고 믿고서, 가지려고 애를 썼던 침묵, 돌아 버린 머리에, 죽은
듯 축 늘어진 혀로, 구석에서 침을 질질 흘리고 있을 수 있고, 더는
귀 기울여 들어 보려고 하지 않아도 되며, 더 이상 내가 깨뜨릴
필요도 없을, 그런 진짜 침묵이 이번에도 생기지 않는다면. 나는
기대도 안 해. 나는 곧 그만둘 거야, 그러니까 그렇게 하는 것처럼
보일 거라고, 여하간 그것도 다른 것과 별반 다르지 않겠지.
마치 누군가가 나를 쳐다보고 있는 듯! 마치 그게 나인 양! 그건
너무 서둘러 땅에 묻힌 자가 내는 것 같은, 웃다가, 잠깐씩 쉬는
거라고 착각할 수 있는, 이상한 신음 소리에, 헐떡임, 비참하게
중얼거리는 소리가 침범하는, 언제나 똑같은 침묵일 거야. 그렇게
지속될 만큼 지속되겠지. 그 후에 나는 다시 시작할 거고, 부활할
거야. 자 이게 내가 많은 수고를 들여 얻게 될 결론이야. 진짜
침묵이 이번에도 결국 생기지 않는다면. 뭔지는 모르지만, 아마도
해야 될 말을, 더 이상 듣지 않아도 되고, 더 이상 들으려고
하지 않아도 되며, 침묵을 해도 되는 자격을 나한테 부여하는
그 말을 그간 내가 한 걸 거야. 나는 벌써부터 귀 기울여 듣고
있어, 나는 이미 약간 과묵해진 상태야. 다음번에는 그렇게 많은
수고를 들이지 않을 거야, 내가 마후드에 관한 오래된 이야기를
아무거나 하나 해 볼게, 아무거나 해도 되는 게, 내가 고민하지
않게끔, 그 이야기들이 다 똑같거든, 나는 더 이상 나 자신한테
신경 쓰지 않을 거야, 내가 무슨 말을 하든 결과는 같을 테고,
나는 절대로 침묵하지 않을 것이며, 나는 절대로 마음의 평안을
얻지 못하리라는 사실을 알고 있으니까. 시체가 되기 전에, 더
이상 들을 말을 한 마디도, 그러니까 더 이상 할 말을 한 마디도
남겨 놓지 않기 위해, 나에 관해, 나는 그게 나에 관한 거라고
느끼거든, 어쩌면 바로 이게 나의 잘못이겠지, 여하간 해야 할

말을 하려고, 마지막으로, 한 번 더 애쓰지 않는다면. 목소리가 돌아오고 있어. 잘됐지 뭐야. 어서 해 봐야지. 무엇을 해 본다는 거야. 나도 몰라. 계속하는 거. 지금은 아무도 없잖아. 어디 잘해 봐. 이제는 아무도 없다니, 이거 참 곤란하네, 내가 기억력이라도 좋으면 이 상황이 끝을 알리는 신호인지, 마지막으로 주어지는, 기분 좋은 휴식 시간을 알리는 신호인지 아마도 알 수 있을 텐데, 말할 만한 사람이 아무도, 당신한테 말을 해 줄 만한 사람이 아무도, 이제는 아무도 없어서, **바**로 내가 이와 같은 삶을 나 자신이 살도록 만들고 있는 거야, 나한테 나에 대해 말하는 이가 바로 나야, 이렇게 말해야만 하다니. 그래서 숨결이 느껴지지 않는구나, 이렇게 끝나기 시작하나 보다, 누군지 잠잠한 걸 보니, 끝난 거네, 아니 끝난 게 아니라, 다시 시작되고 있는 거야, 잊고 있었거든, 누군가가 있다는 걸, 그러니까 그 자신에 대해, 당신에 대해, 당신한테 말하는 그 누군가가 있다는 사실을, 게다가 두 번째도, 또 세 번째도, 게다가 그 두 번째를 다시, 그리고서는 그 셋을 동시에, 이 번호들은 그들을 구분하려고 그냥 붙인 거야, 그러니까 그들 자신에 대해, 당신에 대해, 당신한테 말하는, 그들 모두를 동시에 잊고 있었던 거야, 그러니 나는 귀를 기울여 듣기만 하면 돼, 게다가 한 명씩, 그들은 떠나거든, 한 명씩, 말을 멈추고, 그래서 목소리는 계속되는 거야, 아니 그 목소리는 그들이 내는 게 아니야, 그들은 거기에 있은 적이 전혀 없었거든 아무도 없었으니까, 당신 말고는 아무도, 당신에 대해 당신한테 말하는 당신만 있었을 뿐, 그래서 숨결이 느껴지지 않는구나, 어쩌면 이렇게 끝나기 시작하는 걸 거야, 숨결이 멈춘 걸 보니, 끝난 거네, 아니 끝난 게 아니야, 나를 부르는 소리가 들리거든, 그게 다시 시작되는 거야, 내 기억력이 좋다면, 그건 이런 식으로 진행되는 게 분명해. 어떤 것들이라도 있다면, 어딘가에 있는 아무것이라도, 자연의 한 쪼가리라도, 말할 만한 무슨 찌꺼기라도 있다면, 누군가는 더 이상 아무도 없으니까, 자신이 말하는 자가 되어야 한다는 주장을, 아마도 체념하고 받아들일 텐데, 어딘가에 있는 아무것이라도, 그게 보이지조차 않고, 무엇인지조차도 모르고, 그저 어딘가에, 자신과 함께, 거기에 있는 것만을 오로지 느낄지라도, 말할 만한 것이 있다면, 누군가는 아마도 침묵하지 않을 용기를 낼 텐데, 아니지, 용기를 내야만 한다면 침묵하기 위해서지, 왜냐하면 벌을 받을 테니까, 침묵했다고 벌을 받을 테니까, 그래도, 침묵할 수밖에 없어, 침묵했다고 벌을 받을 수밖에, 벌을 받았다고 벌을 받을 수밖에 없지, 그 누군가가 다시 시작하고 있으니까, 그래서 숨결이 느껴지지 않는구나, 그저 뭐라도 하나만 있으면 좋겠는데, 이것 보라고, 아무것도 없잖아, 그들이야, 그들이 떠나면서 있는 것들을 가지고 가 버려서 그래, 그들이 자연을 빼앗아 가 버린 거라고, 왜 그래 아무도 없었잖아, 아무것도 없었고, 나 말고는 아무도, 나 말고는 아무것도 없었잖아, 나한테 나에 대해 말하는 나, 멈출 수도 없고, 계속할 수도 없는 나 말고는, 하지만 나는 계속해야만 해, 그러면 나는 계속해야지, 아무도 없이, 아무것도 없이, 오로지 나만 갖고, 나한테 나오는 내 목소리만 갖고, 그러니까 나는 곧 그만둘 거라는 말이야, 끝내야지, 이미 끝난 거네, 시작되고는 있으나, 끝은 안 날 끝, 저게 뭘까, 저기 작은 구멍 하나, 누군가가 그 안으로 들어가고 있잖아, 침묵이야, 소음보다도 더 나쁜 침묵, 누군지 귀 기울여 듣고 있군, 그렇게 하는 게 말하는 것보다도 더 나빠, 아니, 더 나쁘지는 않아, 똑같아, 누군가 불안해하면서, 기다리고 있네, 그들이 나를 잊었을까, 응, 아니, 누가 부르고 있어, 누가 나를 부르고 있어, 내가 다시 나가 보지, 저게 뭘까, 사막 가운데 있는, 저기 작은 구멍 하나. 가장 나쁜 건 바로 끝이야, 아니지, 가장 나쁜 건 시작이지, 그다음이 중간이고, 그다음이 끝이지, 끝으로 가면 가장 나쁜 게 바로 끝이라고, 하는 이 목소리, 가장 나쁜 건 매 순간이지, 시간의 차원에서 일어나니까, 초들이, 순서대로, 경련을 일으키듯 홱홱, 지나가잖아, 그건 부드러운 흐름이 아니야, I초들은 쓰윽 지나가는 게 아니라고, 그것들은 와서, 빵, 철썩, 빵, 철썩, 당신한테 부딪치고, 퉁 튕겨져 나와서는, 더 이상 움직이지 않거든, 거 누군지 할 말 없을 때면 꼭 시간에 대해, I초들에 대해 말하더라, 하나의 삶을 만들려고 I초들을 서로 덧붙이는 이들도 있어, 나는 나 자신은 할 수 없는 일이야, 여하튼 각각의 초들은 첫 번째가 되는 거야, 아니지, 두 번째나, 세 번째가 되는 거지, 내가 태어난 지 3초가 된 거잖아, 글쎄, 항상 그런 건 아니라서. 나는 다른 곳에 있었어, 다른 것을 했고, 어느 구멍에 들어가 있었지, 내가 방금 거기서 나온 거잖아, 나는 아마도 입 다물고 있었을 거야, 그렇지는 않아, 뭔가를 말하기 위해서, 조금만 더 계속할 수 있기 위해서, 내가 그렇게 말하는 거니까, 조금만 더 계속해야 하거든, 아니 더 오랫동안 계속해야 해, 아니 아주 영원토록 계속해야 해, 내가 했던 말이 기억나면 나는 그 말을 되풀이해서 말할 수 있을 텐데, 내가 뭔가를 외울 수 있으면 나는 구제받을 텐데, 여하간 나는 항상 똑같은 말을 해야만 하는데 그게 할 때마다 고역이야, 1초들은 다 비슷비슷한 게 분명한데 그 각각이 참 가혹해, 그런데 내가 지금 무슨 말을 하고 있는 중이지, 나도 그걸 궁금해하던 참이었어. 어쨌든 그렇기는 하지만 나한테도 추억들은 있어, 나는 뭔을 기억하거든, 내 말은 내가 그의 이름을 잊지 않고 있었다고, 그리고 다른 그 사람, 그 사람 이름이 뭐지, 그의 이름이 뭐더라, 항아리 안에 있는 그 사람, 내 눈에는 그 사람이 잘 보이거든, 나 자신보다도 더 잘 보여, 나는 그가 어떻게 살았는지 알고 있어, 지금 생각났다, 나만이 그를 보아 주었지, 그런데 나는, 나는 아무도 안 봐 주네, 그 사람마저도, 이제는 나도 그를 보지 않아, 마후드, 그 사람 이름이 마후드였어, 이제는 나도 그를 보지 않아, 나는 이제 그가 어떻게 살았는지 모르겠어, 그는 이제 저기에 없어, 그는 저기, 항아리 안에 있은 적이 없었으니까 나는 그를 본 적이 단 한 번도 없었어, 그렇기는 하지만 그에 관해 말했던 것으로 보아, 내가 그를 기억하고 있는 거야, 나는 분명히 그에 관해 말했던 것 같거든, 같은 말들이 떠오르는 건 그것들이 내 추억들이기 때문이야. 그를 만들어 낸 자가 바로 나야, 그와 다른 많은 사람들을, 또 그들이 지나다니던 장소들을, 그들이 머물렀던 장소들도 내가 만들었지, 말할 수 있도록, 말해야만 했으니까, 나 자신에 대해서는 말하지 않고서, 나는 나 자신에 대해서는 말할 수 없었거든, 나 자신에 대해 말해야만 한다는 말 나는 듣지 못했으니까, 나는 내가 무슨 짓을 하는지도 모르고, 추억들도 꾸며 냈지, 그러다 보니 그중에서 진짜 내 추억은 단 하나도 없어. 그들에 대해 말해 달라고 나한테 부탁했던 사람은 바로 그들이었어, 그들은 자신들이 어땠는지, 또 어떻게 살았는지 알고 싶어 했지, 사실 그렇게 하는 게 나한테 도움은 됐어, 내가 그렇게 하는 게 도움이 되었다고 믿었던 이유는, 내가 할 말이 전혀 없었는데도, 뭔가를 말해야만 했으니까. 나는 내가 침묵하지 않을 때는, 아무거나 말해도 되는 자유가 나한테 있다고 믿었거든. 게다가 나는 내가 하는 말이, 요컨대 반드시 아무거나 나오는 대로 지껄이는 말은 아니라고, 만약 누군가가 내게 뭔가를 요청했다고 가정한다면, 그건 실제로 내가 요청받은 것일 수도 있다고 나 자신한테 말하고는 했어. 아니야, 나는 믿지도 않았고 나 자신한테 그 어떠한 말도 하지 않았어, 나는 내가 할 수는 있지만, 감당이 안 되는 어떤 일을 하다가, 대체로 더는 할 수 없는 상태가 되면 그 일을 더 이상 하지 않았는데, 그런데도 그것은 계속해서 들려왔어, 목소리가 들려왔다고, 내 목소리는 더 이상 나오지 않았기 때문에, 내 것일 리 없었던 목소리가, 그렇기는 한데 내가 입 다물고 있을 수 없었기 때문에, 또 어떠한 목소리도 들리지 않는 곳에, 나 혼자 있었기 때문에, 내 것인 게 분명했던 그 목소리가. 좋아, 내 삶에는, 그것을 이렇게 삶이라고 일컬어야만 하니까, 세 가지 문제가 있었어, 말을 할 수 없다는 문제, 침묵할 수 없다는 문제, 그리고 고독의 문제, 여기서 고독은 당연히 물리적인 고독인데, 내가 해결을 본 거야. 맞아, 지금은 나도 내 삶에 관해 말할 수 있어, 내가 너무 피곤해서 자세하게는 못 하지만, 그런데 내가 살아 본 적이 있었는지 모르겠네, 그 점에 관해서는 정말이지 뭐라 할 말이 없어. 어쨌거나, 나한테 금지되어 있는 사항임에도 불구하고, 나는 내가 조만간 완전히 침묵하리라고 믿고 있어. 좋아, 그렇게, 살아 있는 존재인 것처럼, 그렇지, 내가 죽을 거라는 생각이, 내가 조만간 죽을 거라는 믿음이 생긴다고, 나는 그렇게 내가 변화되기를 바라고 있어. 그 전에 나는 먼저 침묵하기를 바라겠지, 때때로 나는 아주 용감하게 말했던 나의 행위에 대한 보상이 바로 이런 건 아닐까 생각하고는 해, 즉 여전히 살아 있는 상태에서 침묵 가운데로 들어가기, 그럼 그 침묵을 즐길 수 있을 테니까, 그건 아니다, 그럼 왜 그런지 모르겠어, 어쩌면 말하지 않고 있는 나 자신을 느끼려는 건지도, 오래전부터 나 혼자서

흐트러뜨리고 있는 이 대기 전체와 한 몸을 이루고 있는 나를,
에이 말도 안 돼, 그건 진짜 대기도 아니잖아, 나는 말할 수 없어,
내가 왜 죽기 전에 침묵하기를 바라는지 나는 말할 수 없다고,
그건 내가 항상 있었던 곳이지만 절대로 편안하게 쉴 수 없었던
그곳에서 상황이 더 최악으로 아주 조용하게 치닫는 것에 겁내지
않으면서, 항상 같은 모습이었으나 절대로 내 모습이 될 수 없었던
그 모습으로 종국에는 잠시나마 있으려는 거야, 그건 아니야,
나는 잘 모르지만, 이유는 보다 단순할지도 몰라, 나는 나를 나
자신을 원했거든, 나는 내 나라를 원했어, 아주 잠깐이라도, 나는
내가 내 나라에 있기를 원했다고, 나는 침입자들한테 둘러싸인
채로, 내 집에서 한 명의 이방인으로, 이방인들 틈에서, 한 명의
이방인으로 죽고 싶지는 않았거든, 아니라니까, 나는 내가 무엇을
원했는지 몰라, 나는 내가 무슨 생각을 했었는지 모른다고, 나는
말을 하면서, 서로 뒤섞여 합쳐진, 욕망들과 비전들로 인해,
맹목적으로 달려들 만하지만, 정확하게 뭔지는 모르는, 많은
것들을 분명 원했을 거야, 또 말도 안 되는 많은 것들을 틀림없이
상상했을 테지, 나는 내가 했던 말에 더 주의를 기울였어야 했어.
그리고 그 일은 그런 식으로 벌어지지 않았어, 그 일은 지금
벌어지고 있는 일처럼 벌어졌던 거야, 그러니까 내 말은, 이런
나도 모르겠다, 내가 하는 말을 반드시 믿을 필요는 없어, 나도
내가 무슨 말을 하는지 모르니까, 나는 늘 해 왔던 대로 하는
것뿐이야, 할 수 있는 한 계속해서 하는 거지 뭐. 내가 조만간
완전히 침묵하리라고 믿는 바에 대해 말하자면, 내가 그것을
특별나게 믿는 것도 아니야, 물론 나는 항상 그럴 거라고 믿었어,
나는 절대로 침묵하지 못하리라고 내가 항상 믿어 왔던 바처럼,
그렇다면 그것을 믿는다라고 말할 수는 없지, 그게 내 장벽이야.
그런데 그 뒤로 변한 건 정말 아무것도 없는 거야? 말하는 일
대신에, 예컨대 선별 작업이나, 내가 사물들의 위치를 바꿔야
할 때 하게 되는, 단순한 배열 작업처럼, 손이나, 발을 사용하는,
그런 어떤 일거리를 내가 가지고 있다면, 내가 어느 정도까지
했는지 알 수 있을 텐데, 아니, 꼭 그렇지만도 않아, 여기에서는
그것들이 다 보이거든, 그들은 내가 비워야 할 통과 채워야 할

통, 그 두 통들을, 단 하나의 통으로 생각하며 의심하지 못하도록
만들려는 것 같아, 그게 물 같은데, 물, 내가 골무로 탱크에 있는
물을 퍼서 다른 탱크에다 붓는 일을 곧 하게 되나 봐, 네 개의 통이
있는 것처럼 보이는데, 아니면 100개, 그중 절반은 비워야 할
통들이고, 나머지 절반은 채워야 할 통들로, 번호가 붙어 있어서,
짝수 번호의 통들은 비워야 하고, 홀수 번호의 통들은 채워야 하나
봐, 아니야, 더 복잡할 수도 있어, 그리 대칭적이지 않아 보이거든,
뭐 그래도 상관없어, 어떤 방식으로, 어떤 순서로, 생각이 안 나서
그러는데, 그게 갈아타기 뭐 그런 걸 몇 번씩 거쳐서, 채우고,
비워야 하는 탱크들이라, 통하는, 그래 판자 아래 숨겨져 있는
관들로 연결되어, 서로 통하는 저장 탱크들이라서, 여기에서는
그것들이 다 보이거든, 언제나 똑같은 수위를 나타내는 그것들이,
틀렸어, 그것들이 제대로 작동하지 않을 것 같아, 그렇게 될
희망도 없지 않나 싶어, 그러니까 희망의 싹들이 내 안에서 자라날
수 있게 그들이 그러는 거잖아, 그래 맞아, 가만히 있지들을 못해,
그에 비해 나는, 말하자면 나는 가만히 있지, 그러네, 관들과
밸브들을 가지고서, 여기에서는 그것들이 다 보이거든, 그들이
내가 여러 가지 것들을, 때때로, 상상할 수 있게 만들려나 봐,
만일 내가 이 일, 즉 물을 옮겨 붓기라는 하찮은 이 일 대신에, 그
일을 맡는다면, 그것도 같은 용기(容器)에다 하는 일일 테지만,
나는 더 잘해 낼 것 같아, 그러면 내 상태가 지금보다는 훨씬 더
좋아지겠지, 에이 됐어, 나는 불평하고 싶지 않아, 나한테 몸이
생길지도 모르는 일이잖아, 말할 거리가 싹 사라져 버릴지도
모르고, 나는 내 발소리를 듣겠지, 거의 항상, 또 물소리도, 또
관들 속에 갇힌 공기가 지르는 비명 소리도, 나는 도대체 이해가
안 되네, 열정에 불타오르는 순간들도 있을 거야, 그래서 내가
나에게 이렇게 말하기도 하겠지, **내**가 빨리 하는 만큼 그만큼
일은 빨리 마무리될 거야, 이건 정말 어처구니가 없네, 그런 게
희망이라는 걸 거야, 어두워지지 않을지도 몰라, 그와 같은 일은
어두운 데서 할 수 없으니까, 그거야 사정에 따라 다르지, 하긴
그래, 정말 창문이 안 보이네, 여기서는 안 보여, 여기서는 그런 게
중요하지 않으니까, 창문이 안 보이는 거 말이야, 나는 왔다 갔다

할 필요가 없어, 다행히도, 그렇게 할 만한 능력이 내게는 없는 것 같아, 능숙할 필요도 없고, 사실 물은 잘 알겠지만 아주 귀중한 거라서, 길을 가다가, 또는 물을 긷거나, 통에 퍼부을 때, 무심코 흘리게 되는 가장 작은 한 방울이, 나한테는 엄청난 손해가 될 수 있거든, 그런데 그게 한 방울이라면, 어둠 속에서, 어떻게 알 수 있지, 그게 도대체 무슨 이야기야, 아니 그냥 하는 얘기야, 아이고 내가 시답잖은 이야기를 또 쓸데없이 지껄였나 보네, 나에 관해서 아무 변화도 겪지 않은 채 내 인생이 될 수도 있었을 인생, 아마도 그랬던 것 같은 그 인생에 관해서, 이쪽으로 지나갈 만한 자격을 갖추기 전까지 나는 아마도 저쪽으로 지나갔을 거야, 내가 이미 운명을 맛보고 오고 있는 길이 아닌 이상, 누가 알겠어, 내가 어떤 고귀한 운명을 향해 가고 있는지. 어쨌거나 다른 한 명을 한 번 더 문제 삼을 필요가 있어, 나한테는 그자가 아주 잘 보이거든, 커다란 통들 사이로 왔다 갔다 하면서, 손을 떨지 않으려고 하다가, 자신의 골무를 놓치고는, 그 골무가 튀어 오르다 다시 떨어져 또르르 굴러가는 소리를 자세히 듣고, 허리를 굽혀 찾다가 무릎을 꿇고, 그러다 엎드려서, 기어다니는 그자가 보인다고, 그치가 저기서 멈추네, 그치는 분명 나였어, 그런데 나는, 나를 본 적이 단 한 번도 없었거든, 그러니까 그건 내가 아닌 거야, 도통 모르겠는걸, 어떻게 나를 알아보지, 사실 나는 나를 만난 적이 전혀 없었잖아, 그치가 저기서 멈추네, 완전히, 이제는 그치가 보이지 않아, 나는 이제 그자를 보지 못할 거야, 아니 보이네, 지금 저기 있잖아, 다른 자들하고, 나는 그들의 이름을 대지 않을 거야, 그치라고 하면, 아무나 다 되는 거니까, 어떤 이들은 이 일을 하고, 어떤 이들은 저 일을 하고 있어, 그는 내가 말한 대로 하고 있고, 아 더 이상은 생각나지가 않아, 그는 나와 함께하려고, 돌아올 거야, 오로지 악인들만이 외로운 법이니까, 나는 그를 다시 보게 될 거야, 바로 그가 그러기를 먼저 원할 테니까, 그는 자신의 상태가 어땠는지, 자신이 어떻게 살았는지 알고 싶어 했거든, 아니면 그는 돌아오지 않겠지, 여하간 둘 중 하나겠지, 모두가 다 돌아오는 건 아니니까, 그러니까, 정말로, 지금까지, 내가 딱 한 번만 만난 이들도 분명 있을 거라는 얘기야,

막 시작되었어, 그 끝이 가까이 다가오는 게 나는 느껴져, 시작도 마찬가지야, 각각 저마다의 궤도를 돌고 있으니까, 이건 분명해. 그래도, 나는 다시 시도해 봐야지, 그런데 그 뒤로, 내내, 달라진 건 정말 아무것도 없는 건가, 나는 지금 나에 대해 말하고 있는 거야, 그래, 이제부터는 나 자신에 대해서만 나는 말할 거야, 그게 안 되더라도, 그렇게 하기로 마음먹었어, 그렇게 하는 데 무슨 별다른 이유가 있는 건 아니야, 그래서 오히려 내가 하겠다고 할 수 있는 것이고. 변한 건 전혀 없나. 어쨌거나 나는 늙어 가야만 해, 젠장, 나는 계속해서 늙어 가고 있는 늙은이로 항상 있었거든, 게다가 문제가 되는 건 내가 아니라는 사실을 염두에 두지 않으면, 늙는다고 해서 달라지는 점은 아무것도 없어, 제기랄, 내가 나를 잘라 냈잖아, 뭐 그래도 괜찮아. 자신이 무슨 말을 하는지 알지도 못하고, 또 차분하게, 그것을 곰곰이 생각해 보기 위해 멈춰 설 수도 없는 상황에 있다면, 그래도 다행히, 다행히, 정말로 멈춰 서기를 원하는 것처럼 보여, 그렇다 해도 무조건, 상황에 있다면, 내 말은, 그러한 상황에 있다면, 자 보자, 어떤 누군가가 그러한 상황에 있다면, 그가 그러한 상황에 있다면, 에잇, 다 때려치우자, 이것이 그러한 상황에 있다면, 그래서 저것이, 좋아, 이제 이 이야기는 그만하자, 나는 거의 포기할 뻔했어. 도와줘요, 사람 살려, 장소 묘사에 아주 탁월한 능력을 가지고 있는 내가, 그런 내가 그 공간을 묘사해 본다면, 벽들, 천장들, 바닥들, 이런 것들이야 내 전문이지, 문들, 창문들, 그런데 그간 나는 창문들을 어떤 식으로 그려 왔더라, 바다로 나 있는 창문들이 있었어, 오로지 바다와 하늘만 눈에 들어왔지, 여하간 문조차 없고, 창문마저도 없는, 오로지 네 면, 아니 여섯 면으로만 되어 있는, 그런 어느 방에 내가 있게 된다면, 그건 낱말 맞추기와의 이별을 뜻하는 걸 거야, 내가 처박혀 있을 수 있다면, 그곳은 광산일 것이고, 주변이 어두울 테니까, 나는 꼼짝 않고 있을 수 있겠지, 그래도 그곳을 살펴보기 위해, 나름의 조치는 취할지도 몰라, 예컨대 메아리치는 소리를 듣고서, 그 광산을 알아 가는 거지, 그리고 나는 그곳을 기억하고, 그곳을 상상하겠지, 내가 집에 있는 거라면, 집이라는 공간은 어떤지 내가 말하겠지, 내 집에서,

아무거나 이야기하는 대신, 그 공간을, 만일 내가 그 공간을
묘사할 수 있다면, 그곳을 그려 볼 수 있다면, 나도 시도해 봤어,
나는 공간을, 내 주변의 공간을 감지하지 못하겠어, 그래도 나는
그만두지 않아, 나는 도대체 그게 뭔지 모르겠어, 살은 아닌데,
그게 멈추지를 않네, 공기 같기도 하고, 그만하면 됐어, 이번에는
나야, 사람들은 그놈이라고 하지, 그놈은 가스처럼, 오래가지 않을
거야, 헛소리들이야, 공간을 말해야지, 공간을, 그다음에 우리 같이
알아보자고, 공간이 먼저니까, 그런 다음 나는 그 안에 들어가
있을 거야, 나는 꽤 견고한 그 안쪽, 한가운데로, 아니면 세 면으로
지탱하고 있는, 어느 구석으로, 들어가 있을 거야, 공간, 내가 어느
공간이라도 감지할 수만 있으면 좋겠는데, 나는 시도해 봤어, 나는
시도해 볼 거야, 그게 내 소유인 적은 단 한 번도 없었지, 내 창
아래 있는, 내 창보다 위에 있는 그 바다, 그리고 보트, 너 그 보트
기억나, 그리고 강, 그리고 작은 만(灣), 나한테 추억들이 있음을
나는 잘 알고 있었어, 그 추억들이 내 추억이 아니라서 아쉽긴
하지만, 그리고 별들, 그리고 표지등들, 그리고 부표들에 달린
불들, 그리고 불길에 휩싸인 산, 그 당시에 난 아무것도 아끼지
않고 그 무엇도 멀리하지 않았어, 다른 사람들은 내 그와 같은
점을 이용하려고 했지, 그들은 파리 떼처럼 무더기로 죽어 나갔어,
아니면 숲, 원래 난 지붕이나, 실내 이런 것들을 필요로 하지 않아,
만일 내가 어느 숲에서, 덤불숲에 갇히거나, 같은 자리를 맴돌고
있는 나 자신을 상상할 수 있다면, 그건 내 횡설수설과의 이별을
의미하는 걸 거야, 나는 말하지 않아도 되는 이를 위해서,
나뭇잎들이 솟아나는 순간에, 그늘을 만드는 순간에, 떨어지는
순간에, 썩어 부식토가 되는 순간에, 참 멋진 순간들이잖아, 한
잎 한 잎, 그 나뭇잎들을 묘사하겠지, **하**지만 그렇게 하는 건
내가 아니야, 나는 아니라고, 그럼 나는 어디에 있는 걸까, 무엇을
하고 있을까, 에구 그새를 못 참고, 그런 게 뭐 그리 중요하다고,
아니 그게 아니라, 자신이 상당히 멀리 떨어져 있다고 느끼는
건, 흥을 깨는 일이니까, 마음이 이제는 없잖아, 그늘이 흔들어
달랬던, 가시덤불 속에 있었던 마음이, 어떤 누군가는 바다로
가 보고 있어, 도시로도 가 보고, 산과 평원에서 자기 자신을

찾고자 해, 어쩔 수 없는 거야, 그 누군가는 자기 자신을 원하니까, 자기만의 한구석에 있는 자기 자신을 원하고 있으니까, 그러는 건 사랑이 아니야, 호기심도 아니지, 불안한 거야, 피곤한 거지, 그 누군가가 멈추고 싶어 해, 더 이상 여행하기를 원하지 않아, 더 이상 찾고 싶어 하지도 않고, 더 이상 거짓말을 늘어놓고 싶어 하지도 않지, 더 이상 말하고 싶어 하지 않는 거야, 그저 눈을 감고 싶어 해, 그것도 이번에는 자기 자신의 눈을, 요컨대 자기 자신을 찾아내고 싶어 하는 거지, 그래야 일이 빨리 진행될 테니까. 나는 어떤 것 하나를 유심히 바라보고 있어, 다른 것들은 모조리 사라져 버렸거든. 이거 수상하데. 게다가 내 눈에 띄는 게 아무것도 없으니까, 나는 내가 할 수 있는 한 계속하는 거야, 만일 그게 무슨 의미 있는 거라도 된다면 나도 어쩔 수 없어, 나는 여기로 지나갔고, 그건 내 앞으로 지나갔어, 그것도 수천 번을, 이제 그것의 차례야, 그게 가면 다른 게 올 거야, 나의 옛 순간의 또 다른 순간이, 그게 이거야, 내가 나 자신한테 부여하려고 하나, 나 자신한테 부여할 수 없게 되는 그 옛 의미, 지옥에 떨어진 자들을 구해 주는 한 신이 있어, 첫 번째 날에 그랬듯이, 바로 오늘이 그 첫 번째 날이야, 그날이 시작된 거라고, 나는 그걸 잘 알아, 그날에 관한 기억들이 나한테 족족 떠오를 테니까, 오늘 나라고 하는 존재들은 모조리 생겨날 거야, 쓸모없는 탄생들, 그렇게 존재하지 않았던 내가 밤에 나오게 될 거야. 이보라고 저 튀니스[109] 핑크빛 좀 봐, 새벽빛이야. 내가 만일 나 자신을 가둘 수만 있다면, 나는 서둘러서 나 자신을 곧장 가둬 버렸겠지, 그건 내가 아닐 테니까, 나는 어서 공간을 만들어야지, 내가 있을 곳은 아니지만, 무슨 이유라도 있어, 그렇게 느껴지지 않으니까, 어쩌면 그렇게 될지도 모르잖아, 그럼 내 공간으로 삼아야지, 그리고 나 자신이 거기에 있어야지, 나는 거기에 누군가를 있게 할 거야, 그럼 나는 거기서 누군가를 발견하겠지, 내가 누군가 안에 나 자신을 둘 테니까, 그리고 나는 이게 나야라고 말할 거야, 그런데 어쩌면 그가 나를 데리고 있는 건지도 몰라, 어쩌면 그 공간이 우리를 붙잡아 두고 있는 건지도 모르고, 뭔가가 다른 뭔가의 안에 있기, 그래서 사방이 그 뭔가가 되기, 그러면 끝나는 거야,

나는 더 이상 움직일 필요가 없겠지, 나는 눈을 감을 거고, 그저 말만 하면 될 거야, 모든 게 쉬워질 테지, 내가 할 말들도 생길 거야, 나는 나 자신에 대해 말하거나, 내 삶에 대해 말하겠지, 나는 내 삶을 좋게 말할 거야, 나는 누가, 무엇에 관해 말하는지 알게 될 거야, 나는 내가 어디에 있는지도 알게 될 테고, 어쩌면 나는 침묵하고 있을 수도 있어, 그들이 애타게 바라는 바가 아마도 그런 건지도 모르지, 그래 또 그들이야, 내가 집에 당도한 이유는 특별사면을 받기 위해서라는 말은, 그들이 그만두고 싶어 하지 않는 거짓말이지, 나는 눈을 감을 거야, 나는 입도 닫을 거야, 결과적으로 나는 좋아질 거야, 이렇게 오늘 아침처럼. 나는 그때를 아침이라고 부르거든, 좋아, 그럼 왜 그런지 이유를 좀 더 대 봐, 나는 그때를 아침이라고 불러, 나는 그리 많은 단어를 알고 있지 않아서, 나한테는 선택의 폭이 넓지 않으니까, 사실 선택은 내가 하는 게 아니야, 단어가 떠올랐던 거니까, 아 이런 명백한 오점은 남기지 말았어야 했는데, 그건 사실 이른 아침이야, 그런데 그게 빨리 지나가니까, 나는 그때를 알거든, 그래서 그때를 이른 아침이라고 부르는 거야, 당신이 그걸 한번 봐야 하는데. 그렇게 안 보이겠지만, 자 이제 나는 경주에 뛰어들었어, 이번이 어쩌면 내 마지막 질주가 될지도 몰라, 나는 항상 마구간 냄새를 맡아 왔지, 마구간 냄새를 맡고 있는 건 바로 나야, 여기 나한테는, 나라는 경주마 말고 다른 경주마는 없으니까.[110] 싫어, 나는 그렇게 하지 않을 거야, 마치 그게 나한테 달린 일인 양, 내가 하지 않겠다는 일이 뭘까, 나는 더 이상 내 거처를 찾으려고 하지 않을 거라고, 나는 내가 하려는 일이 뭔지 모르겠어, 거기는 이미 사용 중일 거야, 누군가가 거길 이미 차지하고 있을 거라고, 아주 질이 낮은 누군가가, 그는 나를 받아들이고 싶어 하지 않겠지, 나는 그를 이해해, 내가 그를 방해할지도 모르니까, 지금 당장 내가 무슨 말을 할 수 있으려나, 이걸 나 자신한테 나는 바로 물어봐야겠어, 나 자신한테 이것저것들을 당장 물어봐야겠어, 당장에는 그것도 좋은 방편이지, 내가 침묵할 뻔한 위기를 모면하게 해 주니까, 그런데 왜 이리 법석을 떠는 거야, 그러게, 질문들이 있는데, 나는 수만 가지 질문들을 알고 있어, 그 정도는

알고 있어야만 해, 게다가 계획들도 있어, 질문이 모자라면
계획들을 세우는 거야, 누군가가 할 만한 말을 그리고 그가 할
만하지 않은 말을 말하기 같은, 그런다고 어떤 계획을 실천하고
그래야만 하는 건 전혀 아니지만 곤란한 순간은 가 버리니까, 그
순간이 즉사하는 거지, 갑자기 당신한테 다른 일은 전혀 해 본
적이 없었던 것처럼, 또 실제로, 다른 것에 대해서는 말해 본 적이
전혀 없었던 것처럼 아무도 모를 주제에 대해 말하고 있는 당신
자신의 소리가 들려오는 거야, 당신은 멀리서 돌아오고 있지만,
있어야 할 곳은 바로 저기야, 당신이 있는 바로 저기, 여기서 멀리
떨어진, 모든 것으로부터 멀리 떨어진 저기, 내가 저기로 갈 수
있다면, 지형학에서 상당한 재능을 보이는 내가, 그런 내가 저기를
묘사할 수 있다면, 아 그래, 간절한 바람들이 있네, 계획도 다
떨어지면 간절한 바람들을 나열하는 거야, 이건 꽤 유용한 팁인데,
말을 천천히 하는 거야, **내**가 해 볼 수만 있다면, 그러면 당신은
시간을 벌게 되는 거지, 그렇게 번 시간으로 당신 목구멍 안에
걸려 있는 작은 갈망 하나를 끄집어내지 못한다면 그거야말로
정말 미칠 노릇일 거야, 결국 그 갈망을 채우고 싶어 하는 척만
하는 수밖에 없어, 그러다 보면 무슨 일이 생길지 몰라, 왕래가
상당히 잦은 길들이라, 거기서 당신은 당신 자신과 엇갈리는 거야,
거기서 누군가는 자기 자신과 엇갈리는 거지, 당신이 그 사실을
알기만 한다면, 바로 이거지, 간절한 바람들, 당신은 돌아가는
거야, 다른 이 역시, 당신은 그로 인해 눈물을 흘리고, 그는 당신
때문에 눈물을 흘려, 이거야말로 최고의 비극이네, 그게 웃는
것보다는 낫지. 또 뭐가 있을까, 판단들, 비교들, 이런 것들이
웃는 것보다는 낫지, 전부 다 도움이 되잖아, 도움이 될 수밖에
없어, 난처한 상황을 벗어나는 데, 아니 이거 어이가 없어서,
도대체 무슨 난처한 상황, 말하는 이는 내가 아니잖아, 그럼 듣는
이가 나라는 거야, 그냥 넘어가자, 그래 세상에 나 혼자만 있는
듯이 행동하자고, 사실은 나만 이 세상에 없는 건데, 아니면 다른
이들도, 그런다고 뭐가 달라져, 존재하는 다른 이들, 존재하지
않는 다른 이들, 그들은 자기 자신을 드러낼 의무가 없으니까,
그러니까 그저 이 단어에서 저 단어로, 정처 없이 다니고 또 정처

없이 다니게 놔두기만 하면 되는 거야, 그저 천천히 돌아가는 한없이 큰 이 회오리바람이자 이 바람에 휩쓸려 돌아가는 먼지의 입자 하나하나가 되기만 하면 되는 거라고, 그건 불가능해. 누군가는 말하고, 누군가는 들으니까, 더 멀리 갈 필요도 없어, 그가 아니라, 나야, 아니면 다른 한 사람이거나, 아니면 다른 사람들이지, 이게 무슨 쓸데없는 말이야, 그러니까 결론을 내릴 때라고, 내가 나라고 알고 있는 사람은, 그가 아니야, 이게 내가 알고 있는 전부지, 그는 내가 나라고 말할 수 없는 자야, 나는 아무 말도 못 하겠어, 하려고 해 봤는데, 하려고 해 보고도 있는데 그는 아무것도 몰라, 아는 바가 전혀 없어, 말하는 게 도대체 뭔지, 듣는 것은 또 뭔지, 아무것도 모른다는 게, 아무 일도 할 수 없다는 게, 또 시도해 봐야만 한다는 게 도대체 무엇을 의미하는지 전혀 모르겠어, 나는 더 이상 하려고 하지 않아, 하려고 할 필요가 없으니까, 그치가 혼자 알아서 가잖아, 그치가 마지못해 겨우겨우 움직이기는 하지만 혼자 알아서 가기는 가잖아, 이 단어에서 저 단어로, 아주 애를 써서 선회하고 있잖아, 나는 그 안 어딘가에, 아니 도처에 있지만, 그는 아니야, 만일 내가 그를 잊고, 딱 1초만, 말할 필요 없이, 나를 사로잡는 그 소리를 딱 1초만 들을 수 있다면, 내가 하는 말이 아니야, 시간이라는 건 나한테 없으니까, **그**건 내가 아니야, 내가 바로 그자라고, 사실, 안 될 게 뭐야, 그 일을 말해도 되잖아, 나는 그 일을 말해야만 했어, 다른 일과 마찬가지로 그 일을, 내가 아니라니까, 내가 아니라고, 나는 못 하겠어, 그 일이 그렇게 생겼던 거니까, 그 일이 이렇게 생기니까, 그건 내가 아니야, 그 일이 그에 대해 말해 줄 수 있다면, 그 일이 그한테 일어날 수 있다면, 나는 그 일을 정말 부인하겠지, 그게 도움이 될 수 있다면, 누군가가 내 소리를 들을 수 있다면, 나야, 내가 여기 있잖아, 그자에 대해 나한테 말해 봐요, 내가 그자에 대해 말하도록 놔두세요, 내가 뭘 요구한 적은 단 한 번도 없었잖아요, 내가 그자에 대해 말하게 해 주세요 아주 뒤죽박죽이구먼, 그게 지속되다 보니까, 더 이상 남아 있는 사람이 없어. 그 일의 결과가 결국 그거야, 그것만의 생존, 그런 다음에 낱말들이 돌아오는 거지, 누군가가 그걸 생각해 보지도

않고, 나는이라고 말하고 있어. 내가 애를 쓸 수 있다면, 무슨
일이 일어나는지, 나한테 무슨 일이 벌어지고 있는지 알아보고자,
집중하려고 애를 쓸 수 있다면, 그러면 뭐 어쩌려고, 그건 나도
모르겠어, 그다음 문장을 잊어버렸거든, 아니 나는 못 하겠어,
나는 이제 아예 듣지도 않아, 나는 잠자고 있으니까, 그들은 그런
상태를 잔다라고 부르거든, 그래 또 그들이야, 그들을 죽이는 일에
조만간 다시 착수해야겠어, 이런 끔찍한 소리가 내게 들려와, 다시
들리는 데까지 시간이 걸리네, 그래도 어디서 나는 소리인지
난 모르겠어, 나는 대체로 여기에 있었는데, 내가 대체로 자고
있기는 했어, 나는 그런 상태를 잔다라고 하거든, 나밖에 없어,
오로지 나만 있었던 거야, 그러니까 여기에, 다른 곳을 말하는 게
아니고, 다른 곳에는 있어 본 적도 없었으니까, 여기가 내가 가
본 유일한 다른 곳이야, 그래 이런 짓을 하는 자도 나고 이 짓을
감내하는 자도 나야, 다른 식으로는 가능하지 않으니까, 그렇게는
가능하지 않으니까, 이건 내 잘못이 아니야, 내가 할 수 있는 말은
이건 내 잘못이 아니라는 게 다야, 이건 누구의 잘못도 아니야,
사실 여기엔 아무도 없기 때문에 이것을 누군가의 잘못으로
돌릴 수는 없어, 또 여기엔 사실 오로지 나만 있기 때문에 이걸
내 탓으로 돌릴 수도 없지, 가끔씩 내가 추론을 하고 있는 것처럼
보일 때가 있어, 아닌 게 아니라 그렇기는 해, 분명 그들이 나한테
추론하는 법을 가르쳐 주었을 거야, 그들이 나를 버리기 전에,
그걸 가르치기 시작했던 게 틀림없어, 나는 그 시기가 기억나지
않지만, 그에 관한 잔상이 어느 정도 나한테 남아 있었나 봐, 나는
버림받은 기억이 없거든, 아마도 쇼크를 받았던 것 같아. 이상해,
아무도 모를 이유로 죽어 가고 있는 이 문장들, 이상해, 아니
그게 뭐가 이상한데, 여기 있는 게 다 이상해, 내가 그걸
생각하기만 하면 모든 게 다 이상해져, 아니야, 이상한 건 바로
그걸 생각하는 거야, 내 안에 뭔가가 살고 있다는 가정을 할
필요가 있을까, 나는 아무 가정도 할 수 없는데, 계속해야만
하니까, 그게 내 일이잖아, **가**정 같은 것들은 다른 이들이나
하라고 해, 다른 곳들에는 다른 이들이 분명 있을 테니까, 자꾸 이
단어가 반복해 나오는데, 다른 곳들에 있는 자기들만의 협소한

공간에 각각 머물고 있는 그런 이들이 있을 거야, 각자 자기
자신한테 말하는 이들이, 그 순간이 오면, 다음과 같이 말하게
되는 그 순간이 오면, 가정 같은 것들은 다른 이들이나 하라고 해
그리고 다른 경우들도 마찬가지야, 다른 경우들도 마찬가지라고
뭐라도 있으면, 이것도 다른 이들보고 하라고 하고, 저것도 다른
이들한테 하라고 해, 이런 식으로 계속하게 되는 거지 뭐, 무슨
말들을 하건 간에 이런 식으로 계속하게 되는 거야, 이런 식으로
전진하게 되는 거라고, 나는 나 자신은 진보를 믿으니까, 그래
나는 믿을 줄도 알아, 그들이 나한테 믿는 법 역시 가르쳤었나 봐
아니, 그 누구도 나한테 뭘 가르친 적은 전혀 없었어, 내가
뭘 배운 적이 전혀 없었다고, 나는 항상 여기에만 있었으니까,
게다가 여기에는 나 말고는 누가 있은 적이 전혀 없었으니까,
전혀, 항상, 나만 있었지, 아무도 없었어, 끝도 없이 뒤섞어야 하
오래된 진창, 지금 여기는 진창이야, 방금 전만 해도 먼지들로
가득했는데, 그새 비가 왔나 봐. 말하고 있는 자, 그자는 여행을
해 봤던 것 같아, 그러면서 몇몇 사람들을, 몇몇 상황들을 겪어
봤겠지, 그는 빛이 쏟아지는, 저 위에 있었을 거야, 아니면 어떤
누군가가 그한테 무슨 이야기들을 들려주었겠지, 여행객들이
우연히 그를 찾아냈던 거야, 이렇게 내 결백이 증명이 되네, 이
말의 임자가 누구야, **이**렇게 내 결백이 증명이 되네, 그자야,
이 말의 임자는 바로 그자라고, 아니면 이 말의 임자는
그들이겠지, 맞아, 그들이야, 추론하고 있는 그들, 믿음을 가지고
있는 바로 그들이지, 아니야, 단 한 명이야, 경험을 해 봤거나,
경험해 본 자들을 만났던 자, 그자가 바로 나에 관해 말하는 자여
마치 내가 그자인 양, 마치 내가 그자가 아닌 양, 마치 그 둘 다인
양, 그리고 번갈아, 내가 다른 이들이라도 되는 양, 애통하는 이
바로 그자야, 나는, 나는 멀리 있으니까, 당신 듣고 있나, 그자가
나는 멀리 있다고 말하잖아, 마치 내가 그자인 양, 아니다, 마치
내가 그자가 아닌 양, 사실 그자는 멀리 있지 않으니까, 그자는
여기에 있거든, 말하는 이가 바로 그 사람이잖아, 그가 그 사람을
나라고 말하고 나서, 아니라고 바로 부정하네, 나는, 나는 멀리
있으니까, 당신 그의 말을 듣고 있나, 그가 나를 찾으려고 해,

나는 그 이유를 모르겠어, 그도 그 이유를 몰라, 그가 나를 불러, 그는 내가 나오기를 원해, 그는 내가 나갈 수 있다고 믿고 있어, 그는 내가 그이거나, 또는 다른 자이기를 원해, 우리 공정하게 하자고, 그는 내가 올라가기를 원해, 내가 올라가 그한테로 들어가거나, 다른 누군가한테로 들어가기를 원한다고, 그는 그게 맞는 거라고 믿고 있으니까, 그는 자신한테서 나를 느끼고 있어, 그래서 그가 나는이라고 하는 거야, 마치 내가 그이거나, 다른 누군가인 양, 또 그래서 그가 머피나, 몰로이라고 하는 거라고, 더 이상은 모르겠지만, 마치 내가 말론인 양, 하지만 그런 다른 존재들하고는 끝났어, 그는 이제 오로지 그 자신만을 원해, 나를 위해서, 그는 이번이 마지막 기회라고 믿고 있어, 그는 그렇게 믿고 있지, 저런 것, 이런 것을, 그들이 그자한테 믿는 법을 가르쳐 줬거든, 말하는 이는 항상 그자야, 메르시에는 말한 적이 없었으니까, 모랑도 말한 적이 전혀 없었어, 나도 나 자신도 말한 적이 전혀 없었고, 그렇지만 내가 말하는 것처럼 보일 거야, 그게 왜 그러냐면 그자가 마치 나인 것처럼 나는이라고 하니까 그런 거야, 나마저 그렇게 믿을 뻔했다니까, 당신 그의 말을 듣고 있나, 그가 마치 나인 양 굴잖아, 멀리 있는 데다가, 움직이지도 못해서, 아무도 찾아낼 가능성이 없는 나인 것처럼, 그런데 그건 그도 마찬가지야, 그저 말만 할 수 있을 뿐이지, 그렇기는 한데 있잖아, 어쩌면 그가 아닐 수도 있어, 어쩌면 한 떼거리 전부가, 번갈아 가면서, 말하는 걸지도 몰라, 그러면 혼란스럽잖아, 어떤 인물이 혼란을 다 언급하네, 그게 무슨 잘못이 되나, 여기에 있는 전부가 다 잘못되어 있으니까, 그 누군가도 왜 그런지는 몰라, 누구의 잘못인지도 모르고, 누구한테 잘못이 되는 것인지도 몰라, 어떤 인물이 누군가라고 말을 하네, 이건 대명사들의 잘못이야, 나를 지칭하는 이름도 없고, 나를 가리키는 대명사도 없다는 데서, 모든 문제가 시작되고 있다고, 누군가가 그렇게 말하고 있어, 그런데 여기서 그렇게라는 것도 일종의 대명사야, 그것도 역시나 그렇지가 않아, 나 역시도 그렇지가 않고, 아 이상의 모든 그렇게들은 그냥 그대로 내버려두고, 다 잊어버리자, 어려운 일도 아니잖아, 문제는 어떤 인물이니까, 아니면 문제는 어떤 것이니까,

이제야 가닥을 잡아 가는구나, 저기에는 없고, 멀리 있거나, 아무 곳에도 없거나, 저기에, 여기에 있는 어떤 인물이나, 어떤 것, 뭐 안 될 것도 없지, 요컨대, 문제는 그런 것들을 말하는 거니까, 가닥을 잡았네, 그 누군가도 왜 그런지는 몰라, 즉 왜 그것에 대해 말해야만 하는지, 그건 이런 것과 같은 거야, 누군가는 할 수 없으니까, 아무도 그에 대해 말할 수 없으니까, 그 누군가가 자기 자신에 대해 말하고 있어, 어떤 인물이 자기 자신에 대해 말하고 있다고, 그러네, 단수로, 단 한 명이, 그 담당자가, 그가, 내가, 이런 건 그리 중요하지 않아, 그 담당자가 자기 자신에 대해 말하고 있어, 그게 그렇지가 않아, 그럼 타인에 대해, 그것도 아니야, 그는 타인에 대해 아무것도 몰라, 어떻게 그가 그걸 알 수 있겠어, 그가 그걸 언급했는지 안 했는지, 자기 자신에 대해 말하면서, 타인을 언급하면서, 여러 가지 것들을 이야기하면서 말이야, 그런데 어떤 타인을 말하는 걸까, 어떤 것들을, 그 담당자, 자기 자신에 대해 말하는 그자가, 그자가 바로 나야, 나에 대해 말하는 나, 어떻게 알겠어, 나는 알 수 없어, 내가 그에 대해 말했는지, 나는 그에 대해 말해야만 해, 나는 오로지 나에 대해서만 말할 수 있을 뿐이야, 아니 그것도 아니야, 나는 아무 말도 할 수 없어, 그런데도 나는 말하고 있어, 아마도 그자에 대한 말 같지만, 나는 절대로 그것을 알 수 없을 거야, 어떻게 내가 그것을 알 수 있겠어, 그 누가 그것을 알 수 있겠냐고, 그것을 알 있어도 그 누가 그것을 나한테 말해 줄 수나 있겠냐고, 그러니 대상이 되고 있는 존재가 누구인지 나는 알지 못하는 거야, 이게 내가 아는 전부야, 아니야, 나는 다른 것도 알고 있는 게 분명해, 그들이 나한테 여러 가지 것들을 가르쳐 줬던 것 같거든, 대상이 되고 있는 존재는 아무것도 모르고, 아무것도 바라지 않으며, 아무것도 바라지 않으면 아무것도 할 수 없는 법이므로, 아무것도 할 수 없는 그자, 말도 못 하고 듣지도 못하는 바로 그가 나라고 하나, 내가 될 수 없는 그자, 나는 말할 수 없으나, 말해야 하는 바로 그자야, 그런데 이상의 모든 건 다 가설들이잖아, 그래 나는 아무 말도 안 했어, 어떤 누군가는 아무 말도 안 했지, 가설들을 세우는 건 중요한 문제가 아니야, 계속해 나가는 게 중요하지, 그게 계속되고 있어, 가설들은 다른 나머지들과 같아, 계속해 나가는 데 도움이 되거든, 마치 도움이 필요하기라도 하듯이, 그러게, 비인칭으로, 마치 멈출 수 없는 어떤 일을 계속하는 데 도움이 필요하기라도 하듯이, 그렇기는 한데 실은 안 그래, 그 일은 멈출 거야, 당신 듣고 있나, 언젠가, 그 일은 멈출 거라고 말하는 그 목소리를, 그 목소리는 그 일은 절대로 멈추지 않을 거라고 말하고서 또 그 일은 멈출 거라고 하고 있어, 이에 제시할 만한 의견이 나한테는 별로 없어, 어떻게 내가 의견이란 걸 가지겠어, 아마도 내 입으로, 혹 그게 내 입이라고 해도, 나는 내 입이 느껴지지가 않아, 그건 정말 말 같지 않은 소리네, 내 입을 느낄 수만 있다면, 내게 있는 뭔가를 느낄 수만 있다면, 나는 당장 해 볼 거야, 내가 능력이 되기만 한다면, 나는 내가 아니라는 걸 알아, 이것만은 내가 알지, 나는 내가 아니라는 걸 알면서도 나는이라고 말하고 있어, 실제로 나는 멀리 있는 데도, 이것만은 내가 아는 거야, 멀리 있다, 이 멀리 있다는 게 뭘까, 멀리 있을 필요는 없잖아, 그는 어쩌면 여기에 있을지도 몰라, 내 두 팔에 안겨서, 내 두 팔이라, 나는 내 팔이 느껴지지가 않거든, 내가 내게 달려 있는 뭔가를 느낄 수만 있다면, 그게 어떤 시발점이 될 텐데, 어떤 하나의 시발점이, 아 내가 웃을 줄 알면 좋겠다, 나는 그게 뭔지 알거든, 당연히 그들이 그게 뭔지 나한테 말해 줬겠지, 그런데 나는 그렇게 하는 법을 몰라, 그들이 어떻게 하면 그렇게 되는지 나한테 보여 주지 않았나 봐, 그러니까 그것은 습득되지 않은 한 가지가 되는 셈이네. 침묵, 침묵하에, 침묵에 관한 한 마디, 바로 이거 이게 가장 나쁜 거야, 침묵에 관해 말하는 일이, 그다음이 나를 가두는 일이고, 어떤 누군가를 가두는 일, 그러니까, 무슨 말을 해야 하지, 진정해, 나는 흥분하지 않았어, 나는 갇혀 있어, 어떤 것 안에 내가 있는 거야, 그건 내가 아니야, 이것만은 내가 알아, 이 일은 그냥 두자, 그러니까, 어떤 공간을 만드는 일, 어떤 작은 세상을, 어떤 작은 세상을 하나 만드는 일 말이야, 그 세상은 둥글겠지, 이번에는 둥글 거야, 글쎄 나야 모르지, 낮은 천장에, 사방의 두꺼운 벽들로, 왜 낮아, 왜 두껍지, 나도 몰라, 확실한 게 아니니까, 두고 봐야 해, 그 모든 건 다

두고 봐야 알아, 어떤 작은 세상, 그곳이 어떤 곳인지 생각해 보기,
짐작이라도 해 보기, 거기다 어떤 누군가를 두기, 거기서 어떤
누군가를 찾아보기, 그런데 그는 어때, 그리고 그는 어떻게
하고 있어, 그는 내가 아닐 거야, 그렇다 해도 상관없어, 그는
어쩌면 나일지도 모르지, 그곳은 어쩌면 나의 세상일지도
몰라, 있을 수 있는 우연의 일치로, 거기에 창문은 없을 거야,
창문하고는 끝났으니까, 바다는 나를 거부했고, 하늘은 나를 보지
않았어, 나는 거기에 없었지, 그리고 눈꺼풀을 무겁게 내리누르는
공기 여름 저녁, 눈꺼풀이 있어야겠네, 안구도 있어야겠어, 그들이
나한테 설명해 줬을 거야, 어떤 누군가가 나한테 설명해 줬을
거라고, 눈은, 어떤 것인지, 창가에서, 바다가 앞에 펼쳐지는,
육지가 앞에 펼쳐지는, 하늘이 앞에 펼쳐지는, 창가에서, 공기를,
여름을, 저녁을 맞이하며, 떴다, 다시 감는, 회색 눈, 검은 눈, 회색
눈, 검은 눈, 나는 분명 이해했을 거야, 나는 분명 그것이 있기를
원했을 거야, 눈이 있기를 원했을 거라고, 나를 위해서, 나는 분명
시도해 봤을 거야, 나는 시도해 봤지, 그들이 나한테 이야기해
줬던 모든 것들을, 내가 시도해 봤던 그 모든 것들은, 그것들은
나한테 아직도 쓸모가 있어, 아직도 사용되고 있다고, 내가
그것들을 생각할 때면 말이야, 그것 역시도, 또 생각해야만 해,
오래된 생각들을 또 생각해야만 한다고, 그들은 그렇게 하는 걸
생각하다라고 부르거든, 그 오래된 생각들이란 눈으로 본 것들을
의미해, 눈으로 본 것들의 잔상들을, 그런 것들만 눈에 보이니까,
오래된 몇몇 이미지들, 하나의 창문, 무슨 필요가 있어서 그들이
나한테 하나의 창문을 보여 줬던 걸까, 이렇게 나 자신한테
말하면서, 나도 모르겠어, 기억나지 않아, 그게 떠오르지가 않아,
하나의 창문을, 이렇게 나 자신한테 말하면서, **다**른 창문들도
있어, 이것보다 더 아름다운 창문들이야, 게다가, 벽들, 하늘, 또
마후드 같은, 그런 사람들에, 약간의 자연도 있어, 되풀이하기에는
너무 길어, 너무 많이 잊어버렸어, 너무 적게 잊어버린 거지,
그럴 필요가 있었나, 어쨌거나 일은 그렇게 굴러간 거잖아,
여기에 누가 왔던 걸까, 아마도 악마 같은 그놈이 아닐까 싶어,
다른 사람은 아닐 거야, 여기, 어둠 속에서, 나한테 전부 다 보여

줬던 바로 그자, 그런데 어떻게 말하지, 또 무엇을 말할까, 자연을 약간, 또 몇몇 이름들을, 또 내 형상을 본떠 만들어졌으니, 나와 닮았다고 할 수 있는 존재들, 그 존재들의 외모를, 또 방들에서, 창고들에서, 동굴들에서, 숲들에서, 또는 왔다 갔다 하면서, 이 이상은 나도 몰라, 살아가는 그들의 방식을, 또 내가 유혹을 당하고, 갈피를 못 잡는 상황도 알면서, 내가 굴복을 하든 말든, 나를 내버려두었던 누군가를, 그런데 내가 굴복을 했어 안 했어, 몰라, 그 사람은 더 이상 내가 아니니까, 이게 내가 아는 전부야, 그때부터 그 사람은 더 이상 내가 아니었거든, 그때부터 아무도 없었으니까, 나는 분명 지고 말았을 거야. 이상은 전부 가설들이잖아, 이렇게 해서 앞으로 가게 하는 거야, 나는 진보를 믿거든, 나는 침묵을 믿어, 아 그래, 침묵에 대해 몇 마디 하고, 그다음에 작은 세상을 말하면, 충분할 거야, 영원토록, 사실 나는 멀리 있거나, 내 품 안 어딘가에 있거나, 벽면들 뒤쪽 같은, 근처 어딘가에 있지만, 지금은, 영원히, 그게 나인가 봐, 말하는 나, 듣는 나, 계획들을 세우는 나, 침묵에 대해 몇 마디 하고, 그다음에 단 하나밖에 없는 것을, 단 하나밖에 없는 장소와 그 안에 있는 어떤 존재를, 그 안에 있는 어떤 것을, 어쩌면, 끝까지, 나는 그럴 거라고 믿어, 벌써 저녁이야, 나는 이때를 저녁이라고 불러, 오늘 저녁에 나는 그럴 거라고 믿어, 예고된 거니까, 어떤 이가 예고를 하고서, 철회를 하네, 그런 거야, 그래야 계속할 수 있으니까, 그렇게 해야 끝이 오니까, 하나의 끝이 있는 저녁들이 오니까, 나는 저녁에 대해 말하고 있어, 어떤 누군가가 저녁에 대해 말하고 있지, 어쩌면 여전히 아침일지도 몰라, 어쩌면 여전히 밤일지도 모르고, 어쩌면 또 밤이 된 것일 수도 있어, 나는 뭐 나는 내놓을 만한 의견이 별로 없네, 그들은 서로 사랑해, 그래서 더 편리하게, 더 뜨겁게 서로 사랑하기 위해서, 결혼을 해, 그러다 그가 전쟁터로 떠나고, 그가 전쟁터에서 죽어, 그를 잃었기에, 그를 사랑했기에, 감정에 복받쳐, 그녀는 눈물을 흘리지, 그런데 이런,[1] 또 더 편리하게, 또 사랑하기 위해, 그녀가 다시 결혼을 하네, 그들은 서로 사랑해, 사람은 필요한 만큼, 행복해지기 위해 필요한 만큼 여러 번 사랑을 하는 법이니까, 그가 돌아오는 거야,

다른 남편이 돌아오는 거지, 알고 보니, 그는 전쟁터에서 죽지 않았어, 그녀가 역으로 가, 그런데 그녀를 다시 만날 생각에, 감정에 복받쳐, 그가 기차 안에서 죽고 말아, 그녀는 울어, 또 그를 잃었기에, 또 감정에 복받쳐, 또 울어, 그런데 이런, 집에 돌아와보니, 그가 죽은 거야, 다른 남편이 죽은 거지, 어머니가 그를 내리고 있어, 그녀를 잃을 거라는 생각에, 감정에 복받쳐, 그가 목을 맸거든, 그녀가 울어, 그를 잃었기에, 그를 사랑했기에, 감정에 복받쳐, 훨씬 더 심하게 울어, 정말 어처구니없는 이야기나 이 이야기는 감정이라는 게 도대체 무엇인지 내가 알아보려고 한 이야기야, 이야기 속에 나오는 어떤 것들을 감정이라고 부르니까, 감정이란 과연 무엇인지, 적절한 조건들이 갖추어졌을 때, 그 감정이 할 수 있는 일은 무엇인지, 사랑이 할 수 있는 일은 무엇인지, 그러고 보니 이것도 감정이네, 기차들은 과연 무엇인지, 기차의 진행 방향은 어디고, 기차 승무원들은 누구며, 역들은 어떻고, 플랫폼들은 어떤지, 전쟁은 왜 일어났고, 사랑은 무엇이며, 날카로운 비명 소리는 누가 질렀는지 알아보려고, 어머니가 맞을 거야, 그녀가 날카로운 비명을 마구 질러 대고 있어, 목매단 자신의 아들을, 아니면 자신의 사위를 내리면서, 나는 잘 모르겠지만, 그녀가 비명을 질러 대는 점으로 봐서, 그녀의 아들이 분명한 것 같아, 그리고 문, 집으로 들어가는 문이 닫혀 있어, 역에서 돌아온 그녀가 문이 닫혀 있는 걸 발견하지, 누가 문을 닫았을까, 보다 확실하게 목매어 죽으려는 그이거나, 아니면 매달린 그를 보다 침착하게 내리려는 장모이거나, 아니면 며느리가 집으로 돌아오지 못하도록 하려는 시어머니, 정말 어처구니없는 이야기네, 며느리가 분명한 것 같아, 사위와 딸이 아니라, 아들과 며느리가 맞아, 야 오늘 저녁에는 내가 추론을 제법 하는데, 추론하는 법을 나 자신한테 가르치려고 이 이야기를 한 거니까, 누구든 끝낼 수 있는 저기, 저기로 가도록 나 자신을 부추기려고 한 거야, 나는 분명 좋은 학생이었을 거야, 어느 정도는, 나는 이 어느 정도를 넘어서지는 못했을 거야, 나는 그들이 나한테 화냈던 걸 이해해, 오늘 저녁이 되어서야 비로소 이해가 되기 시작하네, 뭐 대수롭지 않은 일이야, 내가 아니니까,

내가 아니었거든, 문, 내가 관심 있는 건 바로 그 문이야, 문은
나무로 되어 있어, 누가 그 문을 닫았을까, 또 어떤 동기로 그렇게
한 걸까, 나는 절대로 알 수 없을 거야, 정말 어처구니없는
이야기네, 잊힌 모든 것들, 나는 그것들이 끝났다고 믿고 있었어,
그 문은 어쩌면 새로 단 문일지도 몰라, 아주 최신품으로,
이거 가상 세계로 회귀하는 건가, 아니야, 잃어버린 것을 내가
아쉬워하고, 추방되었던 그곳에 내가 다시 있기를 바라도록
만드는, 그저 하나의 기억에 불과해, 불행히도 그로 인해 기억나는
게 나한테는 아무것도 없지만. 침묵, 그 주제로 돌아가기 전에,
침묵에 대해 말해 봐, 내가 전에 그 안에 있은 적이 있었나, 나도
몰라, 매 순간 나는 그 안에 있다가, 매 순간 그로부터 나오니까,
이거 참 신기하게도 내가 침묵을 다 말하고 있네, 나는 그게
오는 걸 알고 있었어, 나는 말하려고 그 안에서 나오지, 나는
말하면서도 그 안에 있기도 해, 말하는 이가 만일 나라면, 그리고
내가 아니라 해도, 나는 마치 그게 나인 양 행동하지, 자주 나는
마치 그게 나인 양 행동하고는 해, 그런데 오랫동안, 내가 그
안에서 오랫동안 있은 적이 있었나, 기나긴 체류를 했냐고,
나는 기간과 관련해서 아무것도 모르기 때문에, 그것을 말할 수
없어, 나는 그런 걸 잘 말하는데, 나는 언제나나 또 절대로라는
단어들을 사용하고는 하거든, 나는 계절들을 말하기도 하고
낮과 밤을 세분하는 용어들을 언급하기도 해, 밤은 세분되지
않잖아, 사람들이 자니까, 계절들도 그때에는 분명 비슷비슷해
보일 거야, 지금은 어쩌면 봄일지도 몰라, 그 의미를 제대로
알려 주지도 않은 채, 그들이 나한테 가르쳐 주었던 단어들이
바로 이런 것들이야, 여하간 바로 이런 식으로 내가 추론하는
법을 배웠던 거지, 나는 그것들 전부를, 그들이 나한테 알려
주었던 단어들 전부를 사용하고 있어, 단어 목록들이 있었어, 아
갑자기 이상하게 흥분되네, 대응하는 이미지들과 같이, 단어들이
목록별로 정리되어 있었지, 내가 그것들을 까먹었을 거야,
그것들이 내 안에서 뒤죽박죽된 게 분명해, 내게 남아 있는 이름
없는 그 이미지들, 이미지 없는 그 이름들, 아마도 문들이라고,
결국에는 이렇게 다른 이름으로 부르는 편이 더 나을지도 모르는

그 창문들, 그리고 단어를 듣고 내가 보고 있는 대상으로 미루어
보아 아마도 적절한 단어 같지 않은 사람이라는 그 단어, 그런데
1초, 한 시간, 뭐 이런 것들은, 이런 것들은 어떻게 이미지로
나타낼 수 있을까, 어느 한 인생, 어떻게 나로 하여금 그것을 보게
만들 수 있을까, 여기, 이 암흑 속에서, 나는 그것을 암흑이라고
부르고 있어, 어쩌면 쪽빛일 지도 모르지, 의미가 확정되지 않은
백색 단어들이 있는데, 내가 그런 단어들을 사용하고 있는 거야,
그들이 나로 하여금 보게 만들었던 모든 것들, 내가 기억하는
모든 것들, 그것들이 떠오르고 있어, 계속할 수 있기 위해서는,
나한테는 그것들 전부가 필요해, 아니 그건 사실이 아니야,
아주 믿을 수 있고, 잘 정착되어 있으며, 매우 다양한 것들로, 한
스무 개 정도 있으면 충분할 거야, 팔레트가 여기 있다면, 나는
그것들을 섞어서, 그것들을 다양하게 만들 텐데, 그것들에도
일련의 단계들이 있을 테니까, 내가 할 수만 있으면, 내가
원하기만 하면, 내가 할 만한 모든 일들, 다른 한편으로는 그 모든
일들이 떠오르고 있어, 그때그때, 꾸며 내거나, 신음 소리까지
내면서, 즉흥적으로 만들어 내는, 날카로운 비명 소리들로,
웅얼거리는 소리들로, 바로 이런 식으로 그 모든 일들은 끝이 날
거야, 그럼 나는 웃어야지, 낄낄낄, 꾸르륵꾸르륵, 아야, 허, 흥,
이런 소리들로, 이런 식으로 그것들이 끝이 날 거야, 그럼 나는
곧장 연습을 해야지, 냠냠, 우우, 퐁당, 휘이이, 오로지 감정만
묻어나는 소리들, 빵, 쾅, 타격 소리들, 자아, 똑, 또 뭐가 있지,
아아, 오오, 이건 사랑의 소리, 이만하면 됐어, 이것도 피곤하네,
이히히, 이히히, 이거 이것은 데모크리토스[112]의 늑골에서, 아니야,
다른 사람의 늑골에서 나는 소리, 마침내, 끝이네, 보고 끝, 이제
침묵이야, 조용하다 보니 들리는 몇 번의 꾸르륵꾸르륵 소리, 진짜
침묵, 입 있는 데까지, 아니 귀 있는 데까지 내가 잠겨 있는 침묵이
아니라, 나를 완전히 덮다가, 나를 완전히 노출시키기도 하고,
고양이와 쥐처럼, 나와 함께 호흡하는 그런 침묵이 아니라, 진짜
침묵, 익사자들의 침묵, 내가 익사를 했잖아, 그것도 여러 번, 그건
내가 아니었어, 나는 질식사를 했거든, 나는 내 몸에 불을 붙였어,
나는 나무와 쇠로 내 머리를 내리쳤어, 그건 내가 아니었어,

머리가 없었으니까, 쇠도 없었고, 나는 나 자신한테 아무 짓도
하지 않았어, 나는 그 누구한테도 아무 짓도 하지 않았어, 어느
누구도 나한테 아무 짓도 하지 않았어, 아무도 없으니까, 나무도
없고, 내가 찾아봤지, 나밖에 없어, 그것도 아니야, 나 역시 없거든,
사방을 찾아보기는 했지, 누군가가 있을 것 같아서, 그 목소리의
임자가 분명 있을 테니까, 그러게, 나는 그 목소리가 원하는 바를
원해, 내가 그 목소리니까, 내가 그렇게 말했어, 그 목소리가
그렇게 말하고 있어, 때때로 그 목소리는 그렇게 말하고는 해,
그런 다음에 목소리는 아니라고 말하지, 그렇지 뭐, 나는 그
목소리가 잠자코 있기를 원해, 그 목소리도 잠자코 있기를 원하고,
그런데 그럴 수 없는 거지, 잠깐 잠자코 있다가도, 또 떠들기
시작하는 거야, 그건 진짜 침묵이 아니지, 그 목소리가 그건 진짜
침묵이 아니라고 하네, 진짜 침묵을 어떻게 말해야 하는지, 나는
모르겠어, 내가 그걸 모르는 건지, 그런 건 존재하지도 않는 건지,
그런 침묵이 있을 수도 있는 건지, 그래, 어딘가에, 그런 침묵이
있을 수도 있는 건지, 나는 절대로 알 수 없을 거야. 그렇기는
하지만 그 목소리가 약해지고 그 목소리가 멈추면, 에이 그
목소리는 매 순간 약해지고 있거든, 그 목소리는 매 순간 멈추고는
한다고, 그렇구나, 그래도 목소리가 한동안 멈추면, 한동안이라,
한동안은 얼마를 말하는 거지, 그러면 속삭이는 소리들이 들려올
거야, 속삭이는 소리들이 틀림없어, 그러면 그 소리에 집중하는
거야, 귀를 기울이는 어떤 누군가가, 귀는 필요하지 않아, 입도
소용없지, 자기가 말할 때처럼, 자기 소리에 집중하는 목소리,
자신이 잠자코 있는 걸 들어 보려고 하는 그 목소리, 그것이
속삭임을 만드는 거야, 그게 하나의 목소리를 만드는 거라고,
하나의 작은 목소리를, 똑같이 작은 목소리를, 그것이 목구멍에
걸려 꼼짝 않고 있어, 이거 또 목구멍이네, 이거 또 입이야,
그게 귀를 꽉 채우고 나면, 내가 토해 내, 어떤 누군가는 토해
내는 거야, 어떤 누군가는 또다시 토해 내기 시작한다고, 그게
그렇게 되는 게 틀림없어, 내가 해 줄 만한 설명도, 또 요청할
만한 설명도 없어, 내가 정말로 빠져 죽게 되는 곳에 쉼표가 생길
거야, 그때 침묵이 흐르겠지, 나는 오늘 저녁에 그러리라 믿고

있어, 아직도 저녁이야, 그거 참 오래가네, 정말 그러네, 아마도
봄인 것 같아, 제비꽃들이야, 아니다, 지금 계절은 가을이야, 다
각각 제때가 있는 법, 지나가는 것들을, 끝나는 것들을, 그들은
내게 설명할 수 없었어, 움직여, 떠나갔다가, 돌아오는 것들을,
변하는 어떤 빛을, 그들은 나한테 보여 줄 수 없었지, 그리고
그와 더불어 죽음도, 죽어 가는 한 목소리, 그런 건 아주 좋은
거야, 드디어 침묵, 속삭임 하나도 없어, 공기도 없고, 듣는 이는
아무도 없어, 내 고약한 주둥이를 위한 게 아니야, 좋아, 앞으로
전진. 이후로, 견줄 만한 게 절대로 나올 수 없을 것 같은, 10만
대성당들처럼, 엄청나게 큰 감옥, 그리고 그 안, 어딘가에, 어쩌면,
묶여 있는, 아주 작은 체구의, 수감자, 그를 어떻게 찾아내지,
그 장소는 얼마나 잘못되어 있는지 몰라, 시작하자마자 무슨
잘못이라는 거야, 그곳에서 관계 맺기를 바라잖아, 그곳에다 한
존재를 가두고 싶어 하잖아, 시작하기 전에, 다시 시작하기 전에,
내가 포기하면, 내가 포기할 수만 있으면, 독방[113] 하나만으로도
충분할 텐데, 그런데 왜 그리 헐떡거리는 거야, 그래 그거야,
솟아오르는 감정으로 인한 부르짖음들, 그런 행위들이 계속하게
만드는 거야, 그런 행위들이 기한을 늦춰 주는 거라고, 그렇지
않아, 그 반대거든, 나는 모르겠는데, 다시 출발하잖아, 그 무한한
공간 속에서, 그 어둠 속에서, 누군가가 움직일 수 없는데도,
단 한 번도 떠나 본 적 없으면서도, 다시 출발하려는 동작들을
취하잖아, 머저리 같은 누군가가, 동작들을 취하잖아, 무슨
동작들, 누구도 움직일 수 없거든, 누군가가 소리를 내지르니까,
그 목소리가 둥근 천장들에 부딪혀 사라져, 그 목소리가 그것들을
둥근 천장들이라고 불러, 그것들은 어쩌면 창공일 수도 있는데,
어쩌면 심연일 수도 있고, 그것들은 그냥 단어들이야, 그 목소리가
어느 한 감옥을 말하고 있어, 뭘 하든 나는 좋아, 한 민족 전체를
수감할 정도로 크고, 나 혼자 가두기에도 적당해서, 나를 가두려고
대기하고 있는 감옥, 나는 당장 거기로 갈 거야, 나는 당장 거기로
가려고 해, 그런데 내가 움직일 수가 없네, 만일 내가 혼자 있지
않으면, 혹 한 민족 전체가 거기에 있으면, 나는 이미 거기에 있는
거야, 나는 이미 거기에 있는 게 분명해, 그리고 단편적으로 내게

당도하는, 누군가가 내는 그 목소리를, 우리가 한순간이라도 자유를 누리고, 살아 봤으면 좋았을 텐데, 지금 우리 각자가 자기 자신을 위해서, 각자 자기 자신을 앞에 두고, 그 목소리를 말하고 있어, 그리고 우리는 듣고 있어, 동시에, 말하면서 듣고 있는, 한 민족 전체로서, 그건 전에 그런 거고, 지금은 아니야, 나는 혼자야, 아마도 최초이거나, 아마도 마지막이겠지, 혼자 말하고, 혼자 듣고, 혼자 있어야만 하는 외톨이야, 다른 사람들은 다 떠났으니까, 아니 그들이 떠나고 없는 양 있으니까, 그들 소리가 들리지 않았거든, 그들이 말하기를 그치고, 듣기를 그만두었어, 차례로, 도착들 하는 족족, 또 다른 사람이 올 거야, 그러면 내가 마지막이 되지는 않겠지, 나는 다른 사람들이랑 함께 있는 거야, 나는 군말 않고, 떠나겠지, 그러면 내가 아닐 거야, 내가 아니야, 나는 아직 거기에 가지 않았으니까, 나는 곧 거기로 갈 거야, 나는 곧 거기로 가려고 해, 애쓸 필요 없어, 내 차례를 기다리면 되니까, 거기로 가는 내 차례를, 거기서 말할 내 차례를, 거기서 들을 내 차례를, 떠난 양 있다가, 떠날 내 차례를 거기서 기다리는 내 차례를, 한참 걸리는구나, 한참 걸리겠네, 어디로 떠나는 거야, 아무개는 거기서 어디로 가는 거야, 아무개는 다른 곳으로 가야만 하는데, 다른 곳에서 기다려야만 한다고, 다시 떠나려면 자기 차례를 기다려야만 해, 이하 동일하게, 차례로, 한 민족 전체가, 혹은 나 혼자, 다른 민족은 필요 없어, 이하 마찬가지야, 온전히 나 혼자, 그러니 이리로 다시 돌아와, 그리고 다시 시작해, 아니다, 계속해, 이게 하나의 회로니까, 하나의 긴 회로, 내가 그걸 잘 알지, 확실히 내가 그걸 잘 안다니까, 사실이 아니야, 나는 움직일 수 없으니까, 나는 움직이지 않았어, 나는 소리를 지르고 있어, 나는 어느 한 목소리를 듣고 있어, 여기만 있을 뿐이야, 두 개의 장소는 없어, 두 개의 감옥은 있지 않아, 여기가 내 면회실이야, 아니 여기는 어느 한 면회실이야, 여기서 난 아무것도 기대하지 않아, 여기가 어디인지도 모르겠어, 어떻게 된 곳인지도 모르겠고, 그런 것들은 내가 신경 쓸 필요가 없으니까, 나는 그곳이 큰지, 아니면 그곳이 작은지, 또는 그곳이 닫혀 있는지, 아니면 그곳이 열려 있는지 몰라, 그래 그거야, 반복하는 거야, 그렇게 하면 계속할 수

있어, 어떤 것에 열려 있는 걸까, 그곳밖에 없잖아, 허공에 열려
있나, 아무것도 아닌 것에 열려 있는 건가, 그러면 좋겠네, 아니
말이 그렇다고, 침묵을 바라보고 있으니, 침묵에 열려 있는 건가,
단도직입적으로 말하자면, 그럴 수 있지, 지금까지 내내, 침묵이
바로 코앞에 있었는데, 나도 그건 알고 있었어, 침묵 안에 있는,
어느 한 바위에, 어느 한 바위에 묶여 있는 나한테, 침묵의 큰
파도가 달려들어서, 내가 흠딱 젖고는 하니까, 하나의 이미지가
그려지네, 그냥 말들인데 뭐, 하나의 몸이지, 그건 내가 아니야,
나는 내가 아닐 거라고 알고 있었어, 나는 밖에 있지 않으니까,
나는 안에 있거든, 어떤 것 안에, 내가 갇혀 있는 거야, 침묵은
밖에 있고, 안이라, 밖이라, 여기만 있을 뿐인데, 그리고 밖에 있는
침묵이라, 그 목소리가 있는데도, 그리고 사방에 있는 침묵이라,
벽들은 필요 없어, 안 그래, 벽들은 필요해, 나한테는 벽들이
필요해, 아주 두꺼운 벽들이, 나한테는 감옥이 필요하거든, 내가
맞았어, 오로지 나만을 위한 감옥, 나는 당장 거기로 가서, 나는
즉시 나를 그 안에 가둘 거야, 나는 이미 그 안에 있어, 그럼 나는
당장 거기에 있는 나를 찾아볼 거야, 나는 그 안 어딘가에 있어,
그럼 내가 아닐 거야, 뭐 그래도 상관없어, 나는 나라고 말할
테니까, 어쩌면 나일 수도 있겠지, 어쩌면 그들이 기대하고 있는
존재일 수도 있고, 아이고 또 그들이네, 나를 용서해 주려고, 내가
나를 아무개라고 말하기를, 군말 없이, 나를 밖으로 내보내려고,
내가 내가 어딘가에 있다고 말하기를 기대하고 있는 그들이야.
아무것도 안 보여, 그 말인즉 아무것도 없다는 거네, 아니면
나한테 눈이 없다는 거겠지, 아니면 둘 다라는 것인데, 세 가지
가능성이나 있군, 어디 한번 골라 봐, 그런데 나는 정말 아무것도
안 보이는 건가, 거짓말을 할 때가 아니야, 아니 어떻게 거짓말을
안 하지, 에헤 생각하는 꼬락서니 하고는, 이런 목소리를, 그 누가
제어할 수 있겠어, 목소리는 모든 걸 다 시도해 보고 있어,
목소리는 눈이 멀었으니까, 목소리가 나를 찾고 있어, 캄캄한
데서, 목소리가 입을 하나 찾고 있어, 어디에 붙어 있는 거야, 이
목소리를 그 누가 약화시킬 수 있겠어, 목소리는 하나야, 머리가
하나 필요할 것 같아, 여러 가지 것들도 필요하고, 모르겠다, 내가

너무 아는 척을 하나 봐, 그렇게 하는 건 바로 목소리지, 내가 나를
박식하게 생각하게끔, 내가 그 목소리를 나의 목소리라고 믿게
하려고, 목소리가 유식한 척을 하는 거라고, 두 눈은 목소리의
관심 대상이 아니야, 목소리는 나한테 눈이 없으니까라고 하거나,
눈은 나한테 아무 소용도 없어라고 말하고는, 눈물을 언급한 다음,
눈의 반짝임들을 언급하는데, 진짜 암중모색을 하는 거야,
반짝임들, 그래, 멀리서 반짝이거나, 가까이에서 반짝이잖아,
이렇게 여러 거리에서, 거 당신도 알잖아, 이렇게 측정들을 해서,
쉿 그만하면 됐어, 새벽빛처럼, 반짝이다가, 저녁 빛처럼,
사그라지거나, 확 타오르는 빛들, 그 빛들이 두 눈에 나타나,
눈[雪]보다도 더 하얗고 강렬하게 빛나는 거지, 한 1초간, 거참
짧은 순간이네, 그러고는 꺼져 버리는 거야, 사실, 마음만 먹으면,
잊어버리는 거지, 사실 나는 기억나지 않아, 나는 아무것도 안
보인다고 말하거나, 마치 내가 내 머리를 느낄 수 있는 것처럼,
머릿속에서 벌어지는 일이라고 말하고 있어, 온통 가정들뿐이군,
다 거짓말들이지, 눈의 그 반짝임들 역시, 그 반짝임들에 의해
내가 구원받은 게 확실한데, 그것들이 나를 집어삼켜야만
했으니까, 하지만 다 허사가 되었지, 이것 때문이든, 저것
때문이든지 간에, 나는 아무것도 안 보여, 그리고 사막을 앞에
두고, 낙타한테 하듯이, 그들이 나한테 물을 먹였던 그
이미지들도, 나는 잘 모르겠지만, 또 거짓말들인가, 알아보려고,
알아본 거잖아, 다 알아본 거라고, 거짓말들이네, 아 참 성급하게
구네, 뭐가 그렇게 급해, 그게 규칙이니까. 장소, 여하튼 나는
장소를 마련할 거야, 내 머릿속에다가 장소를 마련할 거라고, 나는
내 기억 속에 있는 장소를 빼내어, 내 쪽으로 끌어올 거야, 나는
나한테 머리를 만들어 줄 거야, 나는 나한테 기억도 만들어 줄
거지, 나는 듣기만 하면 돼, 나한테 필요한 전부를, 목소리가
나한테 다 말해 줄 테니까, 목소리는 나한테 이미 다 말해 줬어,
그래도 나한테 필요한 전부를, 아주 조금씩 단편적으로,
헐떡거리면서, 목소리는 나한테 다시 다 말해 줄 거야, 무슨
고해성사를 하는 듯하네, 그것도 마지막 고해성사, 그게 끝났다고
생각되는 순간, 목소리가 다시 불쑥 튀어나오는 거야, 많은

잘못들이 있었지, 기억이 아주 좋지가 않아, 단어들은 더 이상 떠오르지 않고, 말수가 뜸해지고 있어, 숨도 짧아지고 있고, 그렇지 않아, 그건 다른 거야, 죄를 고발하는 거라고, 죄를 고발하는 죽어 가는 목소리인 셈이지, 목소리가 고발하고 있는 자는 바로 나야, 어떤 누군가를 고발해야만 하니까, 누구든 찾아낼 필요가 있는 거지, 범인이 있어야만 해, 목소리는 내가 잘못한 일들을 말하고 있어, 내 머리를 언급하고서, 그 목소리는 자기는 내 소유라고 주장하고 있지, 목소리는 내가 후회하고 있다고, 처벌받지 않는 것보다는, 처벌받기를 내가 원한다고, 내가 나가서 자수하기를 원한다고 말하고 있어, 희생자가 한 명은 필요하니까 나는 듣기만 하면 돼, 목소리가 내 은신처를 가르쳐 줄 테니까, 목소리가 나한테 그곳을 가르쳐 줄 거야, 그곳은 어떻게 만들어진 건지, 혹 문이 있다면, 그 문은 어디에 있는지, 그리고 나는 나 자신은 어디에 있는지, 그리고 어떻게 그것이 우리 사이에 있는지, 어떤 유형의 터전인지, 바다인지 아닌지, 아니면 산인지 아닌지, 그리고 내가 길을 떠나, 도망치다가, 자수하고, 여기 출신 사람들한테, 다른 형태의 소송 없이 도끼 같은 판결이 떨어지는 그곳으로 갈 수 있기 위해, 따라가야 하는 길을 그들이 가르쳐 줄 거야, 나는 첫 번째가 아니야, 나는 첫 번째가 아닐 거야, 목소리가 나를 차지할 테니까, 목소리는 다른 존재들도 장악했거든, 목소리는 내가 일어나, 움직이고, 절망을 지닌 몸뚱이처럼 행동하기 위해서, 어떻게 해야 하는지 나한테 일러 줄 거야, 바로 이런 식으로 나는 추리를 하고 있지, 아니 이런 식으로 추리를 하고 있는 내 목소리를 내가 듣고 있어, 전부 다 거짓말이야, 그들이 부르고 있는 사람은 내가 아니거든, 그들이 말하는 대상은 내가 아니라고, 아직 내 차례가 아니니까, 지금은 다른 자의 차례야, 그렇기 때문에 나는 움직일 수 없어, 그래서 나는 내 몸을 느낄 수 없는 거야, 아직도 그 정도로 고통스럽지는 않아, 아직 내 차례가 아니니까, 그러니까 움직일 수 있을 정도로 고통스럽지는 않다고, 머리와 함께, 몸뚱이가 생길 정도도, 이해할 수 있을 정도도, 길을 밝힐 두 눈이 생길 정도도 아니야, 떠나기 위해, 더 이상 들을 필요가 없도록, 이해도 못 하고, 내가 듣고 있는 소리를

이용할 능력도 없으면서, 나는 그저 듣고만 있어, 그렇다고 전부
다 듣는 건 아니야, 분명 그렇겠지, 중요한 내용들 그 내용들은
내가 못 듣기도 해, 내 차례가 아니라서, 지도 제작과 해부학에
관련된 정보들은 나까지 오지 않아, 아니 안 그래, 나는 다
들으니까, 나는 다 들어야만 했으니까, 그래서 뭘 할 수 있지, 내
차례도 아닌데, 이해할 차례도, 살 차례도, 인생의 차례도
아니잖아, 목소리가 그것을 살다라고 부르거든, 여기서 문에
이르는 길의 거리가, 다 거기에 있는데, 내가 들은 내용들 중에,
거기 어딘가에, 할 말을 다한 게 맞으면, 그때부터는, 당연히 할
말을 다했을 거야, 그렇기는 한데 내가 뭔가를 알 만한 차례는
아니잖아, 내가 누구이고, 나는 어디에 있으며, 더는 그렇게 되지
않고, 더는 거기에 있지 않기 위해, 참 일관성 있네, 다른 자가
되기 위해, 아니야, 같은 자야, 어떻게 해야 하는지를 알 만한
차례는 아니잖아, 나는 모르겠지만, 살아서 떠나기, 길을 가기,
문을 발견하기, 도끼를 찾아내기, 아니 그게 아니라 아마도 끈일
거야, 목을 매달거나, 목을 조르고, 성대를 막는 데 쓰이는 끈,
아니면 손가락들이거나, 나한테 두 눈이 생겨, 손가락들이 보이면,
침묵이 흐르게 되겠지, 아니 그게 아니라 아마도 추락할 만한 곳일
거야, 문을 발견하기, 문을 열기, 말없이, 추락하기, 그게 내가 할
일은 아닐 거야, 나는 여기에 계속 머물러 있을 테니까, 아니면
저기에, 그래 저기가 낫겠네, 그러니 절대로 내가 할 일은 아니야,
그게 다 된 일이잖아, 이야기도 되었고 되풀이도 되었고, 출발,
일어서는 몸, 여러 색깔의, 길, 도착, 열리고, 다시 닫히는 문, 그건
절대로 내가 한 일이 아니었어, 나는 움직이지 않았거든, 내가
들은 말이야, 내가 한 말이 틀림없어, 왜 부정하고 싶어 하는 거지,
사실, 내가 원하는 건 아무것도 없어, 나는 그저 들은 대로 말하는
거야, 나는 그저 내가 하는 말을 듣고 있는 거라고, 나는
모르겠지만, 둘 중 하나거나, 둘 다겠지, 가능성이 세 가지나
생겼네, 여행가들을 다룬 이 모든 이야기들, 꼼짝도 못 하는
인간들을 다룬 이 모든 이야기들, 이런 모든 이야기들은 다
나한테서 나온 거야, 내가 엄청나게 나이를 먹은 게 분명해,
아니면 기억이 온전치 못한 거지, 내가 살았는지, 내가 살고

있는지, 내가 살 것인지 내가 알기만 하면, 모든 일이 다 단순해질 텐데, 아는 게 불가능하잖아, 거기에 무슨 계략이 있는 거야, 나는 움직이지 않았어, 이게 내가 아는 전부야, 아니다, 다른 일도 알고 있구나, 그건 내가 아니야, 내가 이걸 항상 까먹는단 말이야, 나는 다시 시작해, 다시 시작해야만 하니까, 여기서부터는 움직이지 않았어, 나한테 이야기들을 꾸며 대는 일을 멈추지 않았지, 가까스로 그 이야기들을 들으면서, 다른 이야기에도 귀를 기울이고, 다른 이야기의 동정을 살피며, 가끔씩 그 이야기들을 내가 어디서 얻어 오는지 나한테 묻고 있는 나한테, 내가 산 자들이 모여 있는 곳에 있었던 적이 있나, 아니면 그들이 내가 있는 곳으로 왔던 적이 있나, 그렇다면 어디에, 어디에다 나는 그 이야기들을 보관하고 있는 거지, 내 머릿속에다, 나는 내 머리가 느껴지지 않는데, 그렇다면 무엇으로 내가 그 이야기들을 말하지 내 입으로, 같은 문제 지적, 그렇다면 무엇으로 내가 그 이야기들을 듣지, 그렇다면 이러쿵저러쿵 또 이러쿵저러쿵, 그러니까 나일 수가 없는 거야, 아니면 그건 주의를 기울이지 않아서 그런가 봐, 내가 너무 습관에 젖어 있어서, 생각 없이 그렇게 하는 거야, 아니면 어디 다른 곳에 있는 것 같아서, 나야 곳에 있지, 봐 여기 없는 자는 나잖아, 지금은 그자의 차례니까, 말하지도 듣지도 않고, 몸도 영혼도 없는 그자, 그자는 다른 걸 가지고 있나 봐, 분명 뭔가는 가지고 있을 테니까, 분명 어딘가에는 있을 테니까, 그는 침묵으로 만들어진 존재야, 거 참 멋진 분석이네, 그자는 침묵을 지키고 있어, 바로 그자를 찾아야 해, 존재해야만 하는 그자를, 언급할 필요가 있는 바로 그자를, 그런데 그자는 말을 못 하잖아, 그러니까 내가 멈출 수가 있는 거야, 내가 그자가 될 테니까, 내가 침묵이 될 테니까, 나는 침묵하고 있을 테니까, 우리는 합쳐질 거야, 반드시 해야만 하는 그자의 이야기, 하지만 그자한테는 이야기라는 게 없잖아, 그자는 이야기 가운데 있지 않았으니까, 확실하지는 않지만, 그자는, 상상할 수도 없고, 말로 표현할 수도 없는, 그자만의 이야기 속에 있어, 뭐 그러거나 말거나, 여하튼 그 유례를 알 수 없는 내 옛날이야기들 속에서, 그자의 이야기를 찾아내고자 하는 노력은 기울일 필요가 있어, 그자의 이야기가 거기에 있는 게 분명하니까, 그자의 이야기는 그자 자신의 이야기가 되기 전에, 분명 나의 이야기였을 거야, 내가 그 이야기를 알아보겠지, 결국에는 내가 그 이야기를 알아볼 거야, 그자가 절대로 그만두지 않았던 침묵의 그 이야기를, 내가 절대로 그만두지 말았어야 했던 그 이야기를, 내가 어쩌면 절대로 다시 찾아내지 못할지도 모르는 그 이야기를, 내가 어쩌면 다시 찾아낼지도 모르는 바로 그 이야기를, 그렇다면 그자겠네, 나라니까, 장소이고, 침묵이고, 끝이고, 시작이며, 다시 시작되는 시작이라고, 어떻게 말하지, 단어들이 있잖아, 나한테는 단어들밖에 없으니까, 그렇기는 한테, 단어들이 갈수록 사라지고, 목소리도 변하고 있어, 때마침 잘됐네, 내가 그 상태를 알아, 나는 이걸 알아야만 해, 그게 침묵이 될 거야, 단어들은 사라지고, 속삭임들로, 아득하게 들려오는 비명 소리들로 가득한, 예상 가능한 침묵, 듣기 위한 침묵, 기다리기 위한, 목소리를 기다리기 위한 침묵, 모든 비명 소리들이 그러하듯, 그 비명 소리들도 약해지고 있어, 다시 말해서 비명 소리들이 잠잠해지고 있다고, 속삭임들도 그치고, 그 속삭임들이 단념하고 물러나는 거야, 그러자 목소리가 다시 시작해, 그 목소리가 시도해 보기를 다시 시작해, 없어질 때까지, 목소리가 없어질 때까지 기다려서도 안 되고, 속삭임들의 씨, 아득하게 들려오는 비명 소리들의 씨만, 그렇게 남을 때까지 기다려서도 안 돼, 서둘러서 시도해 봐야만 해, 남아 있는 단어들을 가지고, 뭐라도 시도해 봐야만 한다고, 그 이상은 나도 모르겠어, 그래도 상관없어, 나는 절대로 그렇게 할 수 없었으니까, 단어들이 나를 내 이야기한테로 데려가게끔 해 볼 수가 없었으니까, 남아 있는 단어들이, 내가 잊어버렸던, 여기서 멀리 있는, 소리를 지나고, 문을 지나, 침묵 속에 거하고 있는, 나의 오래된 이야기한테로, 그게 분명 그런 걸 거야, 그러기에는 너무 늦었어, 아마도 너무 늦은 것 같아, 어쩌면 이미 다 끝난 일일지도 모르고, 어떻게 알지, 나는 절대 모를 거야, 침묵 속에서는 누구도 알지 못하니까, 그게 아마 문일 거야, 나는 어쩌면 문 앞에 있는 것일 수도 있어, 에이 설마, 아마도 나인 것 같아, 그건 나였어, 어딘가에 있는 나였다고, 나는 떠날 수 있어,

그 시절 내내 나는 여행을 했었지, 그 사실을 알지 못한 채, 문
앞에 내가 있어, 어떤 문, 이제는 더 이상 다른 어떤 자가 아니야,
문이 왜 여기에 있지, 마지막 말이야, 진짜로 마지막 말, 아니면
속삭임들이고, 곧 있으면 속삭임들이 될 테니까, 내가 그걸 알아,
설마, 아무개가 속삭임들을 다 말하네, 아득하게 들리는 비명
소리도, 그는 말할 수 있으니까, 그는 전에도 그것들을 말하더니,
나중에도 그것들을 말하네, 거짓말이야, 조용해질 거야, 하지만
오래가지는 않겠지, 아무개는 그 침묵 속에서 조용히 듣고 있어,
아무개는 조용히 기다리고 있지, 그 침묵이 깨지기를, 목소리가 그
침묵을 깨 버리기를, 그게 아마도 유일한 침묵일 텐데, 나는 잘
모르지만, 그런 침묵은 아무 가치도 없어, 이것만은 내가 알아,
그건 내가 아니야, 이것만은 내가 알아, 그건 내 침묵이 아니야,
내가 가져봤던 유일한 침묵이잖아, 사실이 아냐, 나는 다른 종류의
침묵을 가졌을 거야, 오래가는 침묵을, 아니 그 침묵은 오래가지
않았어, 이해를 못 하겠네, 오래가는 침묵이라니까, 지금도
지속되고 있잖아, 내가 여전히 그 안에 있다고, 나는 나를 거기다
맡겼어, 나는 거기에다 기대를 걸고 있거든, 그렇지 않아,
아무개는 거기서 기다리고 있지 않아, 그는 거기서 귀를 기울이고
있지 않다고, 나는 잘 모르겠지만, 그건 꿈이야, 그건 아마도 꿈일
거야, 에이 설마, 나는 이제 깨어날 거야, 침묵 속에서, 더 이상
잠들지 않을 거라고, 그게 나일 테니까, 아니면 또 꿈을 꾸겠지,
어떤 침묵을, 속삭임들로 가득한, 환상적인 어떤 침묵을 꿈꾸겠지,
나는 모르겠어, 말이 그렇다는 거야, 절대로 깨지 않을 거야, 말이
그렇다고, 말밖에 없으니까, 여하간 계속해야만 하잖아, 이것만은
내가 알아, 말은 곧 멈출 거야, 내가 그걸 알아, 그 말이 나를
놓아줄 거라는 느낌이 들어, 그러면 조용해지겠지, 아주 잠깐은,
한동안은, 아니면 내가 가져 봤던 침묵이 펼쳐지는 거야, 오래가는
침묵이, 오래가지 않았어, 지금도 지속되고 있는 침묵, 그게 나일
테니까, 계속해야만 하잖아, 나는 계속할 수가 없어, 계속해야만
해, 그렇다면 내가 계속해야지, 단어들을 말해야만 해, 그것들이
있으니까, 그것들을 말해야만 해, 그 단어들이 나를 찾아낼
때까지, 그 단어들이 나한테 말을 걸 때까지, 참 이상한 벌이야,

이상한 잘못이지, 계속해야만 하니까, 어쩌면 이미 다 끝난 일일지도 몰라, 그 단어들이 어쩌면 진작에 나한테 말을 걸었을 수도 있어, 그 단어들이 어쩌면 내 이야기의 문턱까지, 내 이야기로 통하는 문 앞까지 나를 데려갔을 수도 있고, 에이 설마, 만일 문이 열리면, 내가 있을 거야, 침묵이 있겠지, 내가 있는 그곳에, 나는 모르겠다, 나는 그걸 영원히 모를 거야, 침묵 속에서는 누구도 알지 못해, 계속해야만 해, 나는 곧 계속할 거야.[114]

(1949-50년)

1. 베케트가 직접 번역한 영어 판본에서는 "지금은 어딜까? 지금은 누구일까? 지금은 언제일까?(Where now? Who now? When now?)"의 순서로 되어 있다. 사뮈엘 베케트, 『이름 붙일 수 없는 자(The Unnamable)』, 런던, 페이버 앤드 페이버(Faber and Faber), 2010, 1면.

2. "Dire je." 'dire'는 '말하다'라는 뜻의 프랑스어 동사 원형이다. 부정법(Infinitif)은 인칭, 시제, 문법적 측면에서 불확정적인 표현 방법이라는 점에서 베케트가 선호하는 글쓰기 재료 중 하나다.

3, 4. 지시대명사 'ça'와 부정대명사 'on'은 이 소설에서 중요한 역할을 한다(이름 붙일 수 없는 자를 지칭하기에 이 두 단어만큼 이상적인 단어는 없을 것이다). 동일한 단어가 얼마나 다양한 의미를 나타낼 수 있으며 또 그 다양한 의미가 동일한 단어 안에서 어떻게 그 가치를 잃어 가는지 목격할 수 있다. 한편 부정대명사 'on'은 모든 인칭을 대신하기도 하고 일반적인 사람을 가리키기도 한다.

5. 아포리아(aporia). 철학 용어로는 해결 방도를 찾을 수 없는 난관을 의미하고, 일반적으로는 해결이 곤란한 문제를 가리킨다. 소크라테스는 대화의 상대를 아포리아에 빠뜨려 무지(無知)를 자각시켰으며, 아리스토텔레스는 "아포리아에 의한 놀라움에서 철학이 시작된다"고 했다. 또 플라톤은 대화편에서 로고스의 전개에서 필연적으로 생기는 난관을 아포리아라고 했다.

6. 에포케(epochē). '판단중지'라는 뜻으로, 고대 그리스 회의론자들이 쓰던 용어. 그들은 어떠한 주장도 그 반대가 성립될 수 있고, 또 진정한 판단을 하기에는 판단하는 이의 입장, 상태나 조건이 다 다르기 때문에, 진리에 접근하기 위해서는 판단을 유보할 필요가 있다고 봤다.

7. 말론은 베케트의 소설 3부작(『몰로이[Molloy]』, 『말론 죽다[Malone meurt]』, 『이름 붙일 수 없는 자[L'Innommable]』) 중 두 번째 소설의 주인공이다.

8. 몰로이는 베케트의 소설 3부작 중 첫 번째 소설의 주인공이다.

9. 머피는 1938년 런던의 출판사 라우틀리지 앤드 선스(Routledge and Sons)에서 베케트가 쓴 장편소설 중 맨 처음 출판된 『머피(Murphy)』의 주인공이다.

10. 나르텍스(narthex)는 고대 기독교 교회당의 본당 입구 앞 넓은 홀로서 참회자와 세례를 준비하는 사람들을 위한 공간이다.

11. 게테 거리(rue de la Gaîté)는 파리 14구 몽파르나스 광장에 있다. '즐거움'이라는 이름의 이 거리에 대해, 작가이자 저널리스트였던 에밀 드 라베돌리에르(Émile de Labédollière)는 다음과 같이 묘사한다. "몽파르나스 묘지에서 나오

높은 담벼락 근처로 몇 걸음만 걸으면 우리는 일종의 별천지로 접어들게 된다: 15구까지 이어지는 긴 거리의 이름은 게테이다. 무도회장, 식당, 카바레가 즐비하고, 저녁때만 되면, 한 극장은 문전성시를 이룬다." 에밀 드 라베돌리에르, 『새로운 파리(Le Nouveau Paris)』, 파리, 귀스타브 바르바 출판사(Gustave Barba Libraire-Éditeur), 1860, 221면.

12. 12피트는 약 365.76센티미터.

13. "그때 하늘에는 전쟁이 있었습니다. 미가엘과 그의 천사들이 용을 대항하여 싸우고 용도 자기 부하들을 거느리고 맞서 싸웠습니다. 그러나 용과 그 부하들은 전쟁에 패하여 하늘에서 있을 곳조차 없게 되었습니다."(「요한계시록」 12:7–8, 『현대인의 성경』, 서울, 생명의말씀사, www.holybible.or.kr) '빛을 지닌 자'라는 의미의 이름을 가진 루시퍼는 기독교에서 '오만'으로 인하여 다른 천사들을 이끌고 신에게 대항해 결국 천계에서 쫓겨난 사탄을 뜻한다.

14. "C'est au bas mot mille mots sur lesquels je ne comptais pas." 'au bas mot'는 '적어도, 최소한', 'mot'는 '단어'라는 뜻. 의미를 달리하는 같은 단어를 반복해 시적 효과를 높이고 있다.

15. 76.2년을 주기로 태양 주위를 도는 혜성. 1707년 에드먼드 핼리(Edmund Halley)가 이 혜성의 주기를 예측했고 실제로 그 주기로 움직이는 게 밝혀져 이름이 핼리혜성이 되었다.

16. 1970년 출판된 베케트의 소설 『메르시에와 카미에(Mercier et Camier)』의 두 주인공.

17. 발리(Bally)는 『몰로이』에서 몰로이의 고향으로 나온다. "몰로이의 고향에 대해서 나는 매우 협소한 지역이라고 알고 있는데, 그는 행정적으로 만들어 놓은 그 지역의 경계를, 그게 그에게 금지된 것이었거나, 그렇게 하기를 그가 원치 않았거나, 평범하지 않은 운명으로 인하여 자연스럽게 그리되었거나 해서, 단 한 번도 넘은 적이 없었거나, 아니면 아마도 넘은 적이 전혀 없었던 것 같다. (…) 이 마을은, 그러니까 이 촌락은, 바로 말해 버리자, 발리라는 이름으로 불리었는데, 딸린 토지들을 가지고 봤을 때, 기껏해야 오륙 제곱마일 정도의 면적을 이루고 있었다. (…) 하지만 우리는 거주지의 구획을 표현하는, 뛰어나게 아름답고 단순한 다른 종류의 체계를 가지고 있는데, 그러니까 발리를 가리키고자 하면 발리라고 말하고(발리가 문제가 되고 있으니까), 발리와 거기에 딸린 토지들을 가리키고자 하면 발리바라고 하고, 발리 그것을 제하고 토지만을 가리키고자 하면 발리바바라고 하면 되는 것이다."(『몰로이』, 파리, 미뉘, 1951/1982, 183–4면) 미셸 베르나르(Michel Bernard)는 몰로이의 고향인 발리(Bally)를 어음(語音) 유사적 측면에서 남성 성기를 의미하는 영어 단어 'balls'와 연결시키면서 베케트가 이 단어를 선택한 의도를 파악해 보고자 했다. 지명이 아닌 보통명사로서 'bally'는 혐오나 반감을 뜻하는데,

그는 접두사 'ba'를 못마땅함을 표하는 감탄사 'bah!'와 연결시키면서 베케트가 지명 'Bally'를 통해 혐오의 감정을 부각시키고 있다고 설명한다. 그리고 발리의 또 다른 이름인 '발리바바(Ballybaba)'의 'baba'를 음성학적으로 '아빠(papa)'와 연결시키면서, 아버지에 대한 혐오, 즉 전제적 질서에 대한 반감, 또는 탄생에 대한 거부감을 작가가 드러내고 있다고 추리한다(이 책 본문 34면에 등장하는 표현 '바바바바' 또한 이와 연관해 생각해 볼 수 있다). 미셸 베르나르, 『사뮈엘 베케트와 그 주제: 사라지고 있는 나타남(Samuel Beckett et son sujet: Une apparition évanouissante)』, 파리, 라르마탕(L'Harmattan), 1996, 204–5면.

18. pied. 길이를 측정하는 옛 단위. 약 0.3248미터.

19. pouce. 길이를 측정하는 옛 단위. 피에의 12분의 1로 약 2.7센티미터.

20. 프랑스어 '카카투아(cacatois)'는 작은 돛을 의미하고, 노랗거나 붉은 도가머리가 있는 앵무새는 '카카토에스(cacatoès)'라 한다. 문맥상 카카토에스를 써야 하는데, 베케트는 의도적으로 카카투아를 사용하고 있다. 아마도 'perroquet'라는 단어가 '앵무새' 말고도 '돛'이라는 의미를 가지고 있기 때문일 것이다.

21. 세리 마태. 열두 사도 중 한 명이자 「마태복음」의 저자.

22. 「마태복음」의 상징이 바로 천사다

23. 그리스신화에 의하면 제우스는 인간에게 불을 가져다준 프로메테우스를 벌하기 위해 그를 캅카스 산 바위에 묶어 독수리가 간을 파먹게 했다. 낮에 독수리가 그의 간을 파먹으면, 프로메테우스는 불사의 존재라, 밤에 간이 재생된다. 이런 식으로 프로메테우스의 고통은 헤라클레스가 그 독수리를 죽이기 전까지 지속되었다.

24. 그리스신화에 나오는 프로메테우스는 신들의 전유물인 불을 몰래 훔쳐 인간에게 전해 주어 제우스에게 큰 벌을 받게 되는 거신족, 즉 티탄이다. 그의 이름은 '선견지명이 있는 자'를 뜻한다. 2세기 그리스 문법학자였던 아테네의 아폴로도로스의 신화에 의하면, 프로메테우스가 진흙으로 인간을 만들었다고 한다.

25. 이 텍스트에서 주체는 '나', '당신', '우리', '어떤 사람', '그자', '그들' 등으로 다양하게 표현되면서 불확실한 정체성을 갖게 된다.

26. 막대기 끝에 끈으로 공을 연결하여 던졌다 받았다 하는, 한국의 죽방울 놀이와 같은 것. 빌보케는 투창 끝을 의미하는 빌 르 보케(Bil le Bocquet)에서 유래된 명칭이다.

27. 2월경 남동쪽 하늘에서 보이는 별자리로, 이 큰개자리의 개는 그리스신화 속 거인 사냥꾼 오리온의 사냥개라는 설과 세상에서 가장

빠른 여우를 사냥하는 사냥개 라이라프스라는 설이 있다. 이 큰개자리의 입에 해당하는 위치에 태양 다음으로 밝게 빛나는 알파성 시리우스가 있는데, 이 시리우스는 쌍성이다. 독일의 천문학자 베셀은 시리우스의 공간운동이 직선을 그리는 것이 아니라 파동을 만들고 있음을 발견하고 약 50년 주기로 시리우스의 둘레를 공전하는 보이지 않는 별이 있으리라고 예측했으며, 이 예측은 1862년 미국의 천문학자 클라크에 의해 사실로 증명되었다. 육안으로 관측 가능한, 하늘에서 가장 밝은 별을 시리우스 A라 하고, 육안으로는 보이지 않는 동반성을 시리우스 B라고 한다.

28. 호문쿨루스는 '작은 사람'을 의미하는데, 연금술로 창조해 낸 생명체를 가리키기도 한다. 괴테의 『파우스트』에 이 호문쿨루스가 등장한다.

29. 주 17번에서 베르나르가 지적하고 있는 'baba'와 'papa'의 유사성을 받아들인다면, '바바바바'는 부모를 인지하는 아기의 옹알이 정도로 해석할 수 있을 것이다. 원시적이고 순수한 언어로의 회귀를 시도하는 베케트에게 이러한 아기의 언어는 어쩌면 가장 이상적인 언어일지 모른다.

30. 프랑스어의 문장은 일반적으로 대문자로 시작하고 마침표로 끝맺는다. 베케트는 대문자를 문장 중간에, 즉 쉼표 다음에 위치시켜 평범하지 않은 글쓰기를 보여

주는데, 이렇게 쉼표 다음에 나오는 대문자가 이끄는 절은 직접화법의 모양으로 날실과 씨실처럼 서로 얽혀 잘 구분되지 않는, 한 목소리에 침범한 다른 한 목소리를 나타낸다. 원래는 원문의 모든 대문자를 한국어 번역문에서 굵게 표현해 복잡하게 뒤엉킨 목소리들과 나름 일정한 간격으로 반복되는 대문자들로 인한 어떤 리듬을 표현하고자 했으나, 편집상의 이유로 쉼표 다음에 나오는 대문자만을 굵게 표시한다. 이에 덧붙여 간략하게 이 작품의 특징 중 하나를 언급하자면, 내용 면에서 작가가 인물들의 특성들을 제거하거나 뒤섞어 놓아 인물들을 구분하기 어렵게 만들고 있는 것처럼, 형식적인 면에서 평서문, 의문문, 감탄문, 대화문 등을 구분해 주는 문장부호를 대체로 생략하거나 쉼표로 대체해 각 문장이 어떤 종류의 문장인지 구분하기 어렵게 만들고 있다는 점이다. 이는 전통적인 소설에서는 찾아볼 수 없는, 형식과 내용이 구분되지 않는 작품을 만들고자 한 베케트의 전략이다. 그러므로 베케트의 소설을 제대로 감상하기 위해서는 그 형식을 음미할 필요가 있다.

31. 프랑스혁명기에 민중이 단두대나 국민공회 의사당 주변에 모여 노래하면서 처음에는 천천히 그러다가 점점 빠르게 원을 돌고 발을 구르며 추던 춤.

32. '국토의 수호자'라는 관직명으로 페르시아 태수를 가리키기도 하고, 전제적 권력을 행사하는 사람, 또는 엄청난 갑부를 의미하기도 한다.

33. 베케트의 소설 『몰로이』의 등장인물. 2부에서 주인공 몰로이를 찾으러 다니는 이로, 점차 몰로이와 닮아 간다.

34. 프랑스어 'bien'은 부사, 형용사, 명사로 쓰일 수 있는데, 여기서는 부사로서 '잘'이라는 의미로 쓰였다. 이 단어는 이후 화제의 중심이 된다.

35. 속담 'Il faut battre le fer quand il est chaud(쇠가 달았을 때 두드려라: 기회가 오면 이용하라)'에서 나온 표현이다. 베케트는 이처럼 관용적 표현에 약간의 변형을 가하는 식의 글쓰기를 즐겨 하는 편이다. 이 문장을 대표로 삼아 주를 붙인다.

36. 여기서 'bien'은 명사로서 그 의미가 '유용함'과 '행복' 두 사이에서 미확정된 상태다.

37. 베케트의 말장난을 엿볼 수 있는 부분. 'restriction(조건)'과 'constriction(압박)', 두 단어는 접두사를 제외하고 동일한 철자로 이루어져 있다. 단어 형태의 이러한 유사성은 기억이라는 측면에서 의미와 상관없이 혼동을 야기할 수 있는데, 저자는 바로 그 점을 활용하고 있는 듯하다. 이외에도 동일한 발음의 반복으로 인한 음악적 효과나 단어 자체의 의미를 통해 느껴지는 위트 등 작가의 문체를 맛볼 수 있는 다양한 요소를 한국어로 옮기기 어려웠음을 밝힌다.

38. 원문은 "On n'a pas toujours l'ilote qu'on veut"로, 관용문 'On n'a pas toujours ce qu'on veut(원하는 것을 항상 얻을 수는 없다)'를 변형했다. 관용문에 추가된 단어 'ilote'는 예전에는 스파르타 시민들이 부리던 노예를 가리켰으나, 일반화되면서 타인에게 의존하는 사람이나 정신적, 육체적으로 비참한 지경에 이른 사람 역시 뜻하게 되었다.

39. 주 36번 참고.

40. 칸트의 '최고선(最高善)', 혹은 기독교의 '지고한 선'을 떠올릴 수도 있겠다. 'bien'이 '선' 또한 뜻하기 때문이다.

41. 'savoir-crever(죽는 지식)'는 'savoir-vivre(사는 지식: 예의범절, 처세술)'를 변형한 표현이다.

42. 'cul(-)de(-)jatte'는 '두 다리가 없는 사람', '앉은뱅이'라는 뜻의 복합명사다. 그런데 다음 문장에서 베케트는 이 복합명사에 사용된 각각의 단어들, 'cul(엉덩이)'과 'jatte(사발)'를 독립된 단어로 재사용한다. 사실 이 복합명사는 엉덩이와 사발이 형태적으로 유사하다는 점에서, 또는 앉은뱅이의 이동 수단이 사발이었다는 데에서 착안해 만들어진 단어다. 베케트는 이 점을 이용해 일종의 말장난을 통해 대리인의 모습과 상태를 구체화시키고 있는 듯하다. 즉 위아래가 구별되지 않는 타원형의 존재(이는 생식세포일 수 있다)로서 어머니를 상징하는 텔루스에 고착되어 있는, 잉태된 상태의 대리인을 말이다.

43. 로마신화에서 결혼과
풍작을 관리하는 대지의 신으로,
그리스신화의 가이아에 해당된다.

44. '얍', '이런' 등으로 번역되는
감탄사 'hop'은 베케트의 단편
「쿵(Bing)」(1966)에서 중요한 역할을
한다. 이 글에서도 여러 번 나오는데,
상황이 갑작스럽게 전환됨을 나타낸다.
(「쿵」은 한국어판 『죽은-머리들 /
소멸자 / 다시 끝내기 위하여 그리고
다른 실패작들』[사뮈엘 베케트 지음,
임수현 옮김, 서울, 워크룸 프레스,
2016]에 수록되었고, 그 글에서 'hop'은
'앗'으로 번역되었다. ― 편집자)

45. 인도양과 태평양 사이 적도에
위치한 인도네시아의 한 섬.

46. 수마트라섬, 자바, 필리핀 등
열대나 아열대 지방에 분포하는 식물.
잎, 뿌리, 줄기가 없는 대신 꽃이
아주 잘 발달되어 있다. 자이언트
라플레시아는 지름 1미터, 무게
11킬로그램이며 화분(花粉)을 옮겨주는
파리를 유인하는 고약한 냄새를
풍긴다. 꽃 색깔은 붉은색 또는 자줏빛
도는 갈색이고 얼룩무늬가 있다.

47. 지구 표면이 구면(球面)이기에
고저 차에 오차가 생긴다. 이 차를
곡률 오차라 한다.

48. Ptomain. 사독(死毒)이라고도
하는데, 동물의 사체 부패 과정에서
일어나는 화학반응에 의해 악취를
내거나 쇼크를 일으키는 독으로
알려져 있으나 실제로는 식중독 같은
세균성 독소라는 연구 결과가 있어

현재는 잘 사용하지 않는 단어. 사체
또는 사해 등을 의미하는 그리스어
'ptoma'에 약품 등에 잘 쓰이는 어미
'-in'을 붙여 만든, 부패 독을 총칭하는
독일어 고어이다.

49. 원문에서 문장부호 대신 대문자로
찬송가 제목을 구분하고 있어서
한국어 번역문에서는 첫 글자를 굵게
표기했다. 주 30번 참고.

50. 중세 때 유행한 장르인 발라드의
마지막 절에 나오는 후렴구를
발구(跋句)라고 하는데, 여기에는 주로
헌사가 나온다.

51. 사점(死點). 움직임을 멈추기 위해
균형을 이루는 두 힘이 만나는 지점.

52. lieue. 옛 거리 단위로 약
4킬로미터.

53. 상한 돼지고기를 통해 감염될 수
있고, 근육 마비, 시각장애 등을 동반할
수 있다.

54. 바그너의 오페라 「트리스탄과
이졸데」에 등장하는 주인공. 그녀는
사랑의 묘약을 마시는 바람에
사랑해서는 안 되는 사람 트리스탄을
사랑하게 되면서, 자신의 사랑이
오로지 죽음으로만 가능함을 인지하게
된다. 이와 같은 관점에서 「트리스탄과
이졸데」는 사랑을 위해 죽음으로
향하는 두 주인공의 여정이라고
정의할 수도 있을 것이다.

55. 'déjeton'은 베케트의 조어로,
'rejeton(자식, 아들)'을 변형한 것이다.

56. *De nobis ipsis silemus.* '우리는 우리 자신에 대해 침묵을 지킨다'는 뜻의 라틴어.

57. 옛 길이의 단위. 1푸세는 약 2.7센티미터.

58. 프랑스 북부의 옛 지방 페르슈에서 길렀던 수레 따위를 끄는 힘센 말로, 힘센 남자를 상징하기도 한다.

59. 이탈리아 남서쪽 해안을 따라 펼쳐져 있는 만으로, 자연경관이 뛰어나 수많은 화가들의 주제가 되고는 했다.

60. 제2차 세계대전 무렵 산업화로 호황을 누렸던 파리 근교.

61. 프랑스어로 '목소리'는 'voix'인데, 복수와 단수의 형태가 동일하다. 그래서 단어의 수를 알려 주는 동사, 형용사, 소유대명사 등의 문법적 요소들이 없는 이상 그 단어가 복수인지 단수인지 분별하기가 쉽지 않다. 베케트는 이와 같은 모호성을 이 텍스트에서 잘 활용하고 있다.

62. 영어 판본에서는 '말론'으로 표기되어 있다.

63. 헤라클레스는 그리스신화 속 영웅으로, 제우스가 헤라가 아닌 알크메네와의 사이에서 낳은 아들이다. 그는 헤라의 저주로 인해 정신착란을 일으켜 자기 자식들을 죽인 죄로 신탁에 따라 티린스의 왕 에우리스테우스가 요구하는 열두 가지 과업을 수행하는데, 그중 하나가

괴물 게리온의 황소 떼를 몰고 오는 것이다. 그러다 아틀라스 산 일부를 무너트리는데, 그 일부를 신화에서는 헤라클레스의 기둥이라고 지칭한다. 지금의 지브롤터해협 동쪽 끝에 솟은 두 개의 바위가 그것이다.

64. 그리스·로마 시대부터 지중해를 중심으로 사용되었던 배. 전투용 갤리선의 경우, 지중해의 각국은 죄수를 동원해 강제로 노를 젓게 했다

65. 포유동물(mammifère)의 라틴어 어원을 살펴보면, 'mamma([여성의] 가슴)'+'fero(지니다)'이다. 이 어원에 근거해 베케트가 말장난을 하고 있다.

66. 제3의 악당(tertius gaudens)은 독일 사회학자 게오르크 지멜(Georg Simmel)의 용어로, 직접적으로 갈등에 개입하지 않는 제3자가 문제가 되고 있는 갈등에서 이익을 얻고자 할 때 그를 제3의 악당이라고 부른다. 예컨대 여당과 야당의 갈등으로 인해 무소속 의원이 어부지리로 선거에 당선된다면 이 경우 무소속 의원이 제3의 악당이 된다. 제3자는 두 경쟁자들을 희생시켜 자신의 위치를 강화할 수도 있고, 두 경쟁자 중 한 명이 다른 한 명을 저지하고자 제3자와 연합할 수도 있다.

67. "나는 알고 있었어, 우리는 101명이 되어야만 하지만 막상은 100명에 불과하다는 사실. 우리에서 내가 늘 빠져 있을 테니까."(본문 80면) 루엘린 브라운(Llewellyn Brown)은 의미의 사슬을 완성하는 작은 고리 하나의 부재를 베케트가 이렇게 표현하고

있다고 말한다. 루엘린 브라운, 「베케트 작품에 드러난 불가능한 것의 기호로서 목소리(La Voix, signe de l'impossible chez Beckett)」, 『베케트 대 베케트(Beckett Versus Beckett)』(마리우스 버닝[Marius Buning] 외 엮음, 『사뮈엘 베케트 투데이 / 오주르뒤[Samuel Beckett Today / Aujourd'hui]』 7호, 1998년 1월 1일 자, 암스테르담, 로도피 출판사[Editions Rodopi]), 169면.

68. 끝에 무거운 추를 달아 놓은 줄로, 수직을 헤아릴 때 사용하는 도구.

69. 두 남자와 두 여자가 같이하는 성적인 오락을 의미한다.

70. 원문 "vogue la galère"는 '될 대로 되라'라는 의미의 관용구이다. 베케트는 관용구를 사용하면서 관용구의 의미와 그 관용구를 구성하는 단어들의 본래 의미 모두 동시에 표현해 내려고 한 듯하다. 주 42번 참고.

71. Émile François Decroix (1821–1901). 말고기 소비를 주장하고 독려했던 19세기 인물로, 말고기 위원회 회원이었다.

72. 일드프랑스(l'Île-de-France)를 가리키는 듯하다.

73. 파리 15구에 위치한 거리.

74. 'Distinguo'는 'je distingue(나는 구분한다)'를 의미하는데, 이는 스콜라철학의 고유한 논증 방식 혹은 전략이다. 즉 논박하려는 한 논제에서 찬성하는 부분(concedo)과 반대하는 부분(nego)을 구분해 내는 작업을 일컫는 용어.

75. 1953년 프랑스어 판본에서는 "나의 존재(mon existence)", 2004년 프랑스어 판본에서는 "나의 부재(mon inexistence)".

76. 어떤 명제가 참임을 직접 증명하는 대신, 그 부정명제가 참이라고 가정해 그 불합리성을 증명하여 원래의 명제가 참임을 보여 주는 간접증명법.

77. 외유내강을 표현하는 관용어 'une main de fer dans un gant de velours(벨벳 장갑을 낀 무쇠 주먹)'에서 알 수 있듯이 '벨벳 장갑'은 싸움을 잘 못 하는 약한 존재를 가리킨다.

78. Toussaint Louverture (1743–1803). 흑인 해방운동의 선봉에 선 프랑스 정치인으로, 아이티 혁명을 이끈 반식민주의자이자 노예 폐지론자이다.

79. 주 42번 참고. 엉덩이와 사발, 엉덩이와 머리를 계속 연결시키면서, 웃음을 유발하는 동시에, 신체의 위아래와 앞뒤 구분을 모호하게 만들고 있다. 본문 85면에서 마지막 숨의 배출구가 항문이라고 이야기하는 부분 역시 같은 관점으로 이해할 수 있다. 이때 나오는 웃음은 깨끗하고 성스러우며 고상한 대상을 더럽고 천박한 것으로 끌어내려 야기되는 일종의 화장실 유머다.

80. 태아의 심장에 일시적으로 존재하는, 좌우 심방을 연결하는 구멍으로, 좌심방에서 우심방으로 혈액이 흐를 수 있도록 한다. 이 구멍은 신생아 때 유착되어 폐쇄된다.

81. 이 문장에서 베케트는 'jour'를 '어느 날(un jour)'과 '생명의 빛(le jour)'이라는 의미로 각각 사용한다. 한 단어가 품고 있는 의미들의 소진. 이 작품에서 두드러지는 특징 중 하나다.

82. "기하학적 정신(l'esprit de géométrie)과 섬세한 정신(l'esprit de finesse)의 차이는 매우 크다. 기하학적 정신에서, 원칙들은 명확하지만, 일반적으로 사용되는 것들이 아니다. 그래서 그쪽으로 고개를 돌리기가 어렵다. (…) 그러나 섬세한 정신에 있어서, 원칙들은 일반적으로 사용되는 것들이고 모든 이들의 눈앞에 놓여 있다." 블레즈 파스칼(Blaise Pascal), 『팡세(Pensées)』, 파리, 르두(Ledoux), 1836, 88면. "파스칼은 데카르트의 '이성'을 경시한다. (…) 그러면 파스칼이 진리 추구를 위해 필요로 하는 진정한 방법은 무엇인가? 그것은 기하학적 정신이 아니라 '섬세한 마음'이다. (…) 파스칼에 의하면 섬세한 마음은 원리를 한번 척 보고 판단한다. (…) 전권을 가진 인간 이성의 개념은 그에게는 매우 혐오스러운 것이었다. 그는 그와는 다른 양식과 방법으로 인간에 대한 지식을 추구했다. 그것은 경건한 신앙과 계시의 방법이었다." 이광래, 『프랑스 철학사』, 서울, 문예출판사, 1993, 63~7면.

83. 양쪽 눈(les yeux)과 한쪽 눈, 혹은 일반적인 눈(un œil)이 구별되어 사용되고 있다.

84. Killarney. 아일랜드 남서부에 있는, 수로로 이어진 아름다운 세 개의 호수. 작가가 아일랜드 출신이라 작품 배경에서 아일랜드의 풍경을 느낄 수 있는 부분이 많다.

85. 예수의 형제 네 명 중 한 명이자 열혈 당원 다대오라 하는 열두 사도 중 하나로 「유다서」의 저자를 일컫는다. 가톨릭에서 그는 희망의 성인이다.

86. 성 앙투안은 최초로 은둔적인 수도 생활을 한 기독교 성자이다. 251년경 출생하여 105세의 나이로 생을 마감한 이 이집트 성자에 대한 전설은 다양한데, 그중 악마의 유혹에 관한 전설과 돼지와 관련된 이야기가 유명하다. 그는 가난한 자들과 맥각중독(극심한 고통과 환상을 유발하고 괴저를 일으켜 피부를 검게 만들며 심할 경우 사지를 분리시키는 병)에 걸린 자들을 위해 돼지를 키웠는데, 어느 날 새끼 돼지 한 마리가 눈이 먼 채 거의 죽어 가고 있었다. 성자는 그 눈에서 흐르는 눈물을 보고 측은한 마음에 새끼 돼지를 살려 내는데, 이 돼지가 성자를 떠나지 않고 죽을 때까지 그와 함께했다. 그래서 성 앙투안을 표현한 그림이나 조각에는 그를 따랐던 돼지가 자주 등장한다. 한편 중세 때 돼지는 음행과 폭식을 상징하는 동물로, 금욕과 절식에 대한 성자의 승리를 나타내는 표시라는 설명도 있다.

87. 다음 문장에서 경기의 승패를 언급하는 것으로 보아, 이 문장의 쿼터는 네 번의 쿼터로 이뤄진 미식축구와 연관이 있는 듯하다.

88. 프랑스어로 데이지 꽃을 '마르그리트(Marguerite)'라고 한다. 이는 화자를 보살펴 주었던 식당 주인의 이름이기도 하다.

89. '코린느푸아(corunefois)'는 관용구 'encore une fois(한 번 더)'를 가지고 작가가 만든 단어로 추정된다.

90. '한 사발'은 'un bol'을 번역한 것으로, 앞서 '사발'을 뜻한 'jatte'의 동의어이다. 이 단어 역시 '엉덩이'와 관련된 희극적 상황을 만들어 내고 있다. 본문 96면 참고.

91. '이 부분은 편집할 때 살리도록 할 것'을 의미하는 "ça stet"는 프랑스어 단어(ça)와 영어 단어(stet)가 결합된 문장으로, 독자가 글에 동화됨을 방해한다. 그러면서 아이러니하게도 편집이라는 텍스트 바깥의 차원을 텍스트로 끌어들여 텍스트와 현실의 경계를 모호하게 만든다. 참고로 라틴어에서 유래한 동사 'stet'는 일종의 전문용어로, 인쇄 시 지운 어구를 다시 살리도록 지시한다.

92. Pigalle. 파리 몽마르트르에 위치한 지역으로, 카바레, 극장, 섹스 숍 등 다양한 유흥 시설로 관광객들을 다수 유치하는 곳이다.

93. 남자 성기의 완전 포경 상태에서 무리하게 포피를 뒤로 젖혔을 때 다시 원래 위치로 되돌릴 수 없는 상태를 감돈 포경이라고 한다.

94. 베케트의 단편 「단테와 바닷가재 (Dante and the Lobster)」(1934)의 바닷가재(오마르[homard])와 본문의 바닷가재(랑구스트[langouste])는 그 종류가 서로 다르다. 위압적인 집게와 가시가 덜 돋친 등껍질을 가진 바닷가재가 오마르이고, 그렇지 않은 바닷가재가 랑구스트이다.

95. 독특한 향기가 있는 무색의 고체로, 물보다는 유기 용매에 잘 녹으며 상온에서 승화하기 쉽다. 세균이나 해충을 박멸하고, 아시아 독감과 같은 전염병 치료제로도 사용된다. 특이한 맛 때문에 구토를 유발하기도 한다.

96. 두더지라는 모티프는 베케트의 작품에서 종종 화자와 그 분신들을 일컫는다.

97. 노증(癆症 / 勞症). 점점 수척해지고 쇠약해지는 증상.

98. 제3기 매독 때 나타나는 종양. 고무처럼 탄력이 있다.

99. petit nègre. 프랑스어를 잘 못 하는 사람이 말하거나 프랑스어를 잘 모르는 사람한테 사용하는 단순화된 형태의 프랑스어, 또는 식민지의 흑인들이 자신들의 토착어와 섞어서 사용하는 프랑스어.

100. 아데스테 피델레스(Adeste Fideles). '믿음이 깊은 자들이여 다

이리로 오라'라는 의미의 라틴어로, 주로 크리스마스에 즐겨 부르는 찬송가의 제목이다. 베케트는 아기 예수의 탄생에 관한 이 찬송가를 패러디하고 있다.

IOI. 성적인 표현으로도 해석할 수 있다. '생기 없는 물건이여 일어나라, 가랑이로, 정자.'

IO2. 남미 국가들의 화폐단위로, IOO분의 I페소. 지름은 약 2센티미터.

IO3. primo, secondo, tertio. '첫 번째로', '두 번째로', '세 번째로'를 뜻하는 라틴어.

IO4. '오컴의 면도날' 또는 '경제성의 원리'라고도 하는데, 어떤 현상을 설명할 때 불필요한 가정을 하지 않음을 의미한다. 예컨대 같은 현상을 설명하는 두 개의 주장이 있다면, 더 간단한 쪽을 선택한다. 즉 면도날로 자르듯 불필요한 가설을 잘라 내 버리는 것이다.

IO5. 인형 눈 현상은 머리에 외상을 입은 혼수상태의 환자에게 나타나는, 머리의 움직임과 반대 방향으로 눈이 돌아가는 현상을 말한다. 베케트는 전시에 병원에서 근무한 적이 있어 다양한 의학 상식을 갖추었고, 이를 작품에서 종종 활용했다. 예컨대 그의 글에 자주 나오는 표현 중 하나인 "동그랗게 뜬 눈(les yeux écarquillés)" 역시 편집증의 한 현상이다.

IO6. 악당이 주인공으로 등장하는 문학작품.

IO7. Battersea Park. I858년 런던 배터시에 만들어진 공원.

IO8. Percy Bysshe Shelley (I792–I822). 바이런, 키츠와 더불어 영국 낭만주의를 대표하는 시인. 베케트는 여러 작품에서 이 시인을 언급한다.

IO9. 튀니지의 수도. 어원상 '밤을 보내는 곳'이라는 의미를 가지고 있다.

IIO. 'ça sent l'écurie'는 프랑스에서 흔히 쓰이는 관용적 표현으로, 쉴 만한 곳에 거의 도착했음을 나타낸다. 관련된 본문의 구절은 이 표현의 모방일 수 있다. 이를 근거로 본문을 살펴본다면, '나는 항상 마구간 냄새를 맡아 왔지'는 '어딘가 근방에 내 거처가 있음을 나는 항상 느낄 수 있었지' 정도로 풀이할 수 있을 것이다. 문제는 단어 'écurie'가 '마구간'이라는 의미 말고도 '경주마'라는 의미를 가지고 있다는 데 있다. 베케트의 이와 같은 말장난은 번역과 해석을 어렵게 만든다. 베케트 작품에서 자아의 분열은 주체와 공간의 경계를 허문다. 어쩌면 '마구간'과 '말'을 동일한 단어로 표현함으로써 작가는 주체의 분열을 드러내려고 했는지도 모른다.

III. 주 44번 참고.

II2. Democritus. 그리스 철학자. 기원전 460년경 그리스 북동부 트라케 연안의 아브데라에서 태어나 370년경 사망했다. 우주를 원자와 공간의 구성으로 파악하는 유물론적 철학을 전개했고, 인간 삶의 최종 목적을 쾌활함 또는 행복에 두어 종종

'웃는 철학자'로 불리기도 했다.

113. 프랑스어 'cellule'에는 '독방',
'감방' 외에도 '세포'라는 의미가 있다.
문맥상 '독방'으로 번역했지만 '세포'
역시 뜻한다고 볼 필요가 있다.

114. 1953년 프랑스어 판본 기준.
2004년 프랑스어 판본에서는
"계속해야만 해, 나는 계속할 수 없어,
나는 곧 계속할 거야(il faut continuer,
je ne peux pas continuer, je vais
continuer)", 2010년 영어 판본에서는
"너는 계속해야만 해, 나는 계속할 수
없어, 나는 계속할 거야(you must go
on, I can't go on, I'll go on)"이다.

해설
모호한 경계

"일단은 더럽히고, 그다음에 청소하기"(본문 21면), 그리고 다시 시작하기. 글자가 주는 잔인한 고문, 다시 시작하고 싶은 절망에 사로잡힌 채, 나는 이 장을 시작하고 있다. 많은 비평가들이 베케트의 작품을 '이해할 수 없는', '읽히지 않는', '확실하지 않은', '모호한' 등의 형용사로 설명하고 있지만, 막상 번역을 끝내고 돌아보니 본문의 화자가 느끼고 있는 죄책감이 내게도 스멀스멀 생겨나는 듯하다. 나는 들리는 그대로 토해 냈는가?

1906년 아일랜드에서 태어난 사뮈엘 베케트는 스무 살 때부터 프랑스를 오가며 자신의 길을 모색하다가 1937년부터 프랑스에 정착해 작가로서의 삶을 본격적으로 시작한다. 그러면서 세계문학의 판도를 바꿀 놀라운 작품들을 만들어 낸다. 기존의 이분법적 사유와 그 사유에 기반한 전통적인 글쓰기를 거부하고, 혼돈과도 같은 아포리아로 가득한 실존을, 형식에 대한 새로운 시도를 통해 그 나름의 방법으로 실현해 냈던 것이다. 그게 과연 무엇인지 이 작품 『이름 붙일 수 없는 자』를 통해 그 맛을 살짝 느껴 보려 한다.

　　베케트는 2개 국어를 번갈아 사용하며 작품 활동을 했다. 초반에는 주로 영어로 글을 쓰다가, 1945년부터는 프랑스어로 쓰고, 말년에 다시 영어로 돌아갔다. 이에 관해 비평가들은 다양한 설명들을 내놓았다. 그중 하나가 지암바티스타 비코(Giambattista Vico)의 영향을 받았다는 지적이다. 비코는 아일랜드의 대문호 제임스 조이스(James Joyce) 덕분에 베케트가 접하게 된 18세기 이탈리아 철학자이다. 나중에 베케트는 조이스의 청탁을 받아 「단테…브루노. 비코‥조이스(Dante...Bruno. Vico.. Joyce)」(1929)라는 에세이를 쓰게 되기도 한다. 만일 언어 활용에 있어 베케트가 비코의 영향을 받았다면, 비코가 진정한 시인이 되기 위해서는 자신의 모국어에서 떠나 가장 원시적인 언어로 돌아가야 한다고 주장한 데서였을 것이다. 자신의 작품에 대해 또 자기 자신의 삶에 대해 언급하기를 꺼려했던 베케트가 『뉴욕 타임스(New York Times)』와의 인터뷰에서 그에게 지대한 영향을 주었던 제임스 조이스와 자신과의 차이를 언급한 적이 있다. 즉 조이스가 세상의 축소판이라 할 수 있는 더블린이라는 공간에 대한 완벽한 탐구를 추구하는 전지전능한 글을 썼다면, 자신의 글은 그 반대로 무지와 무능으로 향하고 있다는 것이었다. 이와 관련된 유명한 일화가 있다. 베케트가 '계시'라고 표현한, 그가 작가로서 나아가야 할 방향에 대한 깨달음에 관한 이야기이다. 프랑스 생로 병원에서 전쟁으로 인한 비극들을 목격한 베케트가 1946년 잠시 아일랜드 폭스록으로 돌아가 어머니 곁에 머물 때, 그는 계시와도 같은 특별한 경험을 하게 된다. 그는 자신의 한계를 명확하게 인식하는 순간이었다고 후에 설명하는데, 그것은 광기와 실패, 무능과 무지와 같은 내면의 어두움을 받아들이고 자신의 글쓰기에서 이를 드러내야 한다는 깨달음이었다. 따라서 자연스럽게 그는 세상을 이해하기 위해 더 많은 것을 알아야만 하는 조이스의 창작 방식을 포기하고, 상실, 추방, 실패, 궁핍과 같은 주제들만을 가지고 글을 쓰게 된다. 그리고 같은 맥락에서 그는 모국어가 아닌 상대적으로 서투른 외국어(『이름 붙일 수 없는 자』에서는 이를 "서투른 프랑스어[petit nègre]"로 표현하고 있다)로 그것들을 표현하게 된다. 후에 비평가들은 이러한 베케트의 글쓰기를 '결핍'의 글쓰기라고 명명하는데, 바로 이 부분에서 원시적인 언어로 역행하라는 비코의 영향이 드러난다. 같은 맥락에서, 그의 2개 국어 사용 과정을 다음과 같이 재구성해 볼 수 있다. 베케트에게 프랑스어는 익숙하지 않기 때문에 활용하는 데 제한이 있는 외국어이다. 다른 식으로 말하자면, 그의 입장에서, 프랑스어는 관습에 물들지 않은 순수한 언어인 셈이다. 즉 보다 자유롭게 결핍을 드러낼 수 있는 언어. 그래서 그는 영어에서 프랑스어로 이동했다. 그런데 그가 프랑스 문화와 사회에 거의 완벽하게 젖어 들면서 그에게 프랑스어는 모국어인 영어보다도 더 익숙한 언어가 되고 만다. 그래서 같은 이유로, 낯선 언어가 되어 버린 영어로 다시 돌아가게 되었다.

그런데 베케트의 2개 국어 사용은 사실 보다 복잡한 양상을 띤다. 베케트는 한 언어로 집필한 작품에 다른 언어의 흔적들을 남겨 놓고는 했다. 예컨대 프랑스어로 집필한 작품에는 영어식 표현(anglicisme)을, 영어로 집필한 작품에는 프랑스식 표현(gallicisme)을 남겼다. 그리고 그는 자신의 작품을 직접 다른 언어로 번역하기도 했다. 이렇게 자신의 작품을 직접 다른 언어로 번역하는 작업은 대략 1936년 베케트가 자신의 영어 시를 독일어로 번역하면서부터 시작된다. 1937년 말 프랑스에 정착해 작가로서 프랑스 대중에게 자신을 알리고자, 베케트는 초기 영어 소설『머피(Murphy)』등을 친구 알프레드 페롱(Alfred Péron)의 도움을 받아 프랑스어로 번역하기 시작했다. 1950년대부터는 베케트가 본격적으로 프랑스어로 작품을 집필하던 시기였기에 이때부터는 작품들을 패트릭 볼스(Patrick Bowles)와 함께 영어로 번역했으며, 이런 식으로 '집필 후 번역'이 그에게 당연한 작업으로 자리 잡게 된다. 그리고 1960년대부터는 영어와 프랑스어를 오가면서 창작했기에 프랑스어와 영어 번역 작업을 동시에 이어 갔다. 결과적으로 작가는 계속해서 두 언어 사이를 오갔던 것이다. 그런데 이러한 프랑스어와 영어 사이에서 이루어지고 있는 일종의 순환적 움직임은 비단 언어적 차원에서뿐만 아니라 베케트 문학 전반에 걸쳐 반복되고 또 복잡하게 중첩되고 있다. 『이름 붙일 수 없는 자』에 나오는 한 구절은 베케트의 글쓰기가 어떤 구조를 이루는지 잘 보여 준다: "나는 섬 기슭에 다다르면, 거기서 방향을 틀지, 섬 안쪽으로. 내 경로는, 나선 모양이 아니야, 그것 역시도 내 착각이었던 거야, 그보다는 불규칙한 고리들이 겹쳐 있는 모양이지, 그때그때 밀려오는 공황 정도에 따라, 때로는 왈츠처럼, 짧고 급격한 회전으로 만들어진 고리들, 때로는 이탄지(泥炭地) 전역을 감싸는, 큰 폭의 포물선을 그리는 고리들, 그리고 때로는 그 둘 사이, 어딘가에 위치해 있으면서, 어떻게 그게 가능한 지는 내 알 바 아니지만 꾸준하게 축을 따라 이어지는 고리들."(본문 62면)

그렇다면 베케트의 2개 국어 사용에 대한 고찰을, 베케트라는 주체의 실용적인 선택이 아니라, 대척점에 있는 두 개의 요소

사이에서 형성되는 실존적 움직임에서 시작해야 하지 않을까. 베케트의 작품들과 그 창작 행보를 살펴보면, 베케트가 그의 인생을 통해 창작이라는 퍼포먼스를 행했던 것은 아닌지 궁금해진다. 작품들의 내용과 형식을 관통하는 주된 구조가 액자식 구조처럼 다양한 차원에서 반복됨을 목격하게 되기 때문이다. 그러니까 (그의 작품이 그의 삶을 반영하는 듯 보이는 것이 아니라) 베케트의 삶마저도 그의 작품의 연장선 같은 느낌을 받는 것이다.

그건 마치, 전염병 같았어, 베케트의 작품들과 접하는 순간, 그 일부가 되는 것 같았지, 바로 알아챘던 건 아니야, 그 꼭두각시들처럼, 홀로, 눈을 똥그랗게 뜨고, 목소리들을 읽어나가다가, 문득, 나를 읽고 있는 듯한, 그렇지? 그런 거지? 내가 그렇게 하고 있는 거잖아, 책장을 넘기면서, 지쳐가고, 늙어가고, 불안이, 두려움이, 외로움이, 고통이, 머리는 고정된 채, 두 눈알만 굴리며, 들리지 않는 소리를, 그렇게 읽고 있으니까, 아니야, 내가 아니야, 그건 내가 아니야, 영화 「큐브」 속 큐브는 감옥이다 도살장이다 밀폐된 공간이다 숫자다 여러 큐브들이 하나의 건물을 하나의 신체를 이루며 톱니바퀴처럼 시곗바늘처럼 혈관 속 혈액처럼 움직인다 순환한다 죄목을 모른 채 이유를 모른 채 감금된 사람들 어떻게 큐브 안에 들어왔는지 모른다 기억을 못 한다 그들에게 던져진 유일한 문제는 생존 죽음 탈출 잔류 그들 중 창조자가 있다 큐브의 설계자가 있다 그가 자신이 만든 곳에 갇혔다 그도 모른다 출구를 모른다 숫자의 비밀을 모른다 그는 실험이라고 한다 그들이 행하는 실험 그들이 누구인지는 모른다 그는 탈출하지 못한다 큐브는 숫자다 소수의 개수가 길을 안내한다 그 안에 큐브와 닮은 존재가 있었다 한 자폐아 감정도 욕망도 사유도 본능도 찾아볼 수 없는 오로지 소수의 개수만을 순식간에 계산해 내는 숫자-인간 그만이 큐브에서 탈출한다 인간 버전의 큐브가 여성의 질을 빠져나오듯 출구를 환하게 채우는 빛 쪽으로 걸어 나간다

번역이란 어떤 언어로 된 글을 다른 언어로 옮기는 작업이다. 원작의 재현, 일종의 정물화다. 그러므로 번역과 원작 사이에는 창작과 모방이라는 위계적인 관계가 형성된다.

마그리트는 파이프를 그리고서 그 아래에 "이것은 파이프가 아니다"라고 적어 넣었다 프루스트 같은 작가들은 문학의 번역 불가능성을 주장했다 소쉬르는 언어는 사회적 산물이며 기호는 자의적이라고 설명했다 "단어 목록들이 있었어, 아 갑자기 이상하게 흥분되네, 대응하는 이미지들과 같이, 단어들이 목록별로 정리되어 있었지, 내가 그것들을 까먹었을 거야, 그것들이 내 안에서 뒤죽박죽된 게 분명해, 내게 남아 있는 이름 없는 그 이미지들, 이미지 없는 그 이름들, 아마도 문들이라고, 결국에는 이렇게 다른 이름으로 부르는 편이 더 나을지도 모르는 그 창문들"(본문 187면) 뒤샹은 변기를 갖다 놓고 그것을 '샘(La Fontaine)'이라고 명명한다

베케트 작품의 가치를 알아본 제롬 랭동(Jérôme Lindon)의 미뉘 출판사에서 1951년 출판된 『몰로이』와 『말론 죽다』가 평단의 좋은 반응을 이끌어 내고, 『고도를 기다리며(En attendant Godot)』가 큰 성공을 거두자, 1953년 출판된 『이름 붙일 수 없는 자』는 자연스럽게 프랑스 문단의 뜨거운 관심을 받게 된다. 실제로 이 작품은 작가가 집필 이후 완전히 고갈돼 막다른 골목에 이른 것 같은 무력감에 시달릴 정도로 심혈을 기울인 소설이다. 베케트는 그로브 출판사(Grove Press) 바니 로싯(Barney Rosset)의 요청으로 이 소설을 영어로 직접 번역하기 시작했는데, 그 작업이 얼마나 고통스러웠는지 친구 토머스 맥그리비(Thomas MacGreevy)에게 보낸 편지를 보면 알 수 있다: "번역하는 게 구역질이 나, 피곤한 일이지, 언제나 이미 진 싸움을 하는 거야."[1] 베케트는 급기야 "나는 『이름 붙일 수 없는 자』를 번역하고 있는 것 같긴 한데, 불가능한 일을 하는 거지"[2]라고 고백하기에 이른다. 원문을 완전히 재현해 내는 번역은 불가능하다. 그렇기에 창작을 할 수밖에 없다. 그의 초기 소설 『와트(Watt)』에 나오는, "아무것도

아닌 것에 대해 말하는 유일한 방법은 그것이 어떤 것인 양 말하는 것"[3]이라는 논리대로, 허구라는 창작을 통해 진실을 재현해 낼 수밖에 없다.

번역과 원작 간에 위계적인 관계가 형성되는 것은, 원작을 번역의 원인으로, 또 번역이라는 그림자의 고정불변하는 실체로 간주하기 때문이다. 결론부터 말하자면, 베케트의 작품 세계에서는 그 위계적 질서가 유지되지 못한다. 베케트의 화자들은 그의 작품들이 '원인'이 아니고 '연속되는 반복들 중 하나'라고 이야기한다: "나는 잘 빠져나올 거야, 이번은 지난번들처럼 되지 않을 테니까."(본문 56면) 또 텍스트에 가끔씩 등장하는 문법적으로 맞지 않는 표현들('그러니까 낫네[ça vaux mieux]'[본문 156면]: 지시대명사 'ça'는 중성대명사이기는 하지만 3인칭 단수 남성처럼 취급한다. 그러므로 동사는 'vaux'가 아니라 'vaut'가 되어야 문법적으로 맞다)이나, 사전에 없는 단어들(어떤 단어와 유사한지 추리할 수는 있으나 사전에는 존재하지 않는 단어들, 예컨대 'gouglous'(본문 188면: 의성어 'glouglou[꾸르륵꾸르륵]'의 복수형 같지만 철자 'l'이 부재해 베케트가 새롭게 만든 단어인지, 작가의 오기인지, 편집상의 오류인지 알 수 없는 단어), 또 생뚱맞은 편집 용어의 등장('이 부분은 편집할 때 살리도록 할 것[ça stet]'[본문 128면]: 이 문장에서 주어는 프랑스어이고 동사는 영어다. 즉 한 문장에 프랑스어와 영어가 공존한다) 등이, 원작이라 불리는 책 이전에 있었을 텍스트들에 대한 존재를 인식하게 만든다.

이상과 같은 요소들이 사실주의를 대표하는 작가 플로베르의 텍스트에서 발견되었다면 그것들은 분명한 오류이고, 제거되거나 교정되어야만 하는 대상일 것이다. 하지만 그것들이 베케트의 텍스트에 존재하기에 오류의 대상이 아니라 실존의 대상이 되고 있고, 또 그래서 이와 같은 논의가 가능해진다. 그리고 아이러니하지만, 사실주의 텍스트보다도 더 사실적으로, 베케트의 텍스트를 통해, 부조리한 삶의 실체를 목격하게 된다. 베케트는 이렇게 그간 터부시되어 왔던 오류를 정면으로 드러내 작품으로

승화시켜 완전무결한 카오스를 이루어 낸다: "아니 그렇잖아 공공장소에서 나를 보이지 않게 숨겨 놓자는 결론이 났는데도, 내 머리를 부각시키기 위해 또 어두워지자마자 내 머리를 예술적으로 밝히기 위해 왜 그렇게 애를 썼던 거지?"(본문 87면) 그 단적인 또 다른 예가 바로 주인공으로 보이는 인물이다. 사지는 사라지고 몸통과 머리만 남은 채 단지에 들어가 어느 식당의 메뉴판 노릇을 하고 있는『이름 붙일 수 없는 자』의 주인공은, 공식적인 공간에 어울리지 않는, 철자가 빠진 틀린 단어와도 같은 오류 그 자체로 존재한다: "바로 그렇기 때문에 그들이 항상 똑같은 짓을 반복하는 거라고, 아주 달달 외우고 있는, 똑같은 푸념을, 그 이유는, 그동안에, 다른 것을 생각해 보려고, 늘 똑같은 것과는 다른 것을 말하는, 늘 똑같이 틀린 것을 항상 틀리게 말하는 방법을 곰곰이 생각해 보려는 거야,"(본문 134면) "여기에 있는 전부가 다 잘못되어 있으니까, 그 누군가도 왜 그런지는 몰라, 누구의 잘못인지도 모르고, 누구한테 잘못이 되는 것인지도 몰라,"(본문 181면) 이런 식으로 베케트는 작품을 이루는 모든 정상적인 요소들 가운데 오류들을 끌어들인다. 그러면서 고착된 텍스트에 의심, 질문, 혼란, 가설 등의 움직임을 일으켜, 재생산 가능한 유동적인 텍스트로 변화시킨다. 즉 단 하나의 가치를 대변하는 불변할 것 같은 요소들을 인정할 수 없는 오류들로 혼란에 빠트려 완전한 불완전함을 이룬다. 소름 돋게 만드는 치밀함이 아니고서는 이룰 수 없는 구조. 그는 진정한 큐브의 설계자이다.

사전에 의하면 원작이란 다른 언어로 번역되기 이전의 본디 작품을 의미한다. 그런데 앞서 살펴봤듯이, 텍스트에 남아 있는 오류들은, 출판 이전의 텍스트들을 암시한다. 이러한 복수성의 암시는 베케트의 창작 세계에서만큼은 충분히 가능성이 있는 또 다른 암시를 불러일으키는데, 바로 원작이라 불리는 텍스트 역시 또 다른 번역의 결과물일 수도 있다는 점이다. 게다가 만일 번역과 원작을 가르는 기준을 오로지 언어의 차이에만 둔다면, 프랑스어와 영어가 혼용되어 있는 텍스트 내의 몇몇 표현들은 이미 그 경계에 균열을 만들어 내고 있다. 또 재현의 관점에서도, 베케트가 의도적으로 변형한 번역 작업으로 인해(동일한 작품인데 프랑스어 버전에 있는 구절이 영어 버전에는 없거나, 프랑스어 버전에 나오는 구절이 영어 버전에서 그 반대 의미로 표현되는 경우를 종종 목격하게 된다) 번역과 창작의 구분이 애매해지고 있다. 결국 이상의 현상들은 하나의 개념으로 대상을 규정하고자 하는 독자들의 관성적 사유를 방해하고 혼란을 야기한다. 그래서 어느 비평가들은 베케트의 글쓰기를 '다시 쓰기(la réécriture)'라고 칭한다: "나는 그 이야기를 지치지 않고 계속 반복할 거야."(본문 55면) 당연히 그것은 단순 복사(複寫)를 의미하지 않는다. 그것은 부정(不定)과 결핍으로 미세할지라도 차이를 만들어 내지 않을 수 없는 반복의 움직임을 가리킨다. 다시 말해 번역 역시 베케트에게는 '다시 쓰기'를 이어 가는 방식 중 하나일 수 있다: "우리에서 태어난 우리에서 죽은 우리에서 태어나고 죽은 태어나고 죽은 우리에서 태어나고는 죽은 태어나고는 죽은 짐승들의 우리에서 태어나고 죽은 우리에서 태어나고 죽은 짐승들의 우리에서 태어난 짐승들의 우리에서 태어난 짐승들의 우리에서 태어난 짐승들의 우리에서 태어난 짐승들의 우리에서 태어난 짐승들의 우리에서 태어난 한 마리 짐승처럼."(본문 154면)

그러니까, 아, 그러니까, 네가 해 놓은 허접한 번역도 그 알량한 '다시 쓰기'의 연속이라는 말을 하고 싶은 거야? 그러니까, 아, 그러니까, 모르겠어, 그렇게 말하면, 안 될까? 아니 그렇게 말해야 할 것 같아, 나는 벌써, 일단 더럽힌 이 지면을, 싹 지워 버리고, 다시 시작하고 싶으니까, 나는 덫에 걸려들었어, 나는 전염된 것 같아, 나도 모르게, 내가 그의 움직임을 이어 가고 있어, 아니면 우리의 삶 자체가, 그 모양인가, "나는 그 구멍으로 다가간다. 그 구멍을 통해, 얼굴 하나가 고개를 뽑으며 방 안을 들여다보고 있다. 네가 나인가? (…) 거울 속의 얼굴이 똑같은 말을 되뇐 것 같다. 그러자 나는 그 얼굴이 점점 낯설어지는 것을 느낀다. (…) 내가 너인가?"[4] 이인성의 소설 『낯선 시간 속으로』는 1983년 처음 출판되었고 영화「존 말코비치 되기」는 1999년 처음 상영되었다 동굴 같은 구멍이 있다 경계를 넘어 오갈 수 있는 구멍이다 누구든 존 말코비치가 될 수 있는 구멍이다 말코비치는 실존 인물이다 영화 속 인물이다 구멍으로만 들어가면 누구든 될 수 있는 인물이다 그래서 그들이 말코비치다 그래서 그들은 이제 그들이 아니다 그들은 말코비치다 말코비치는 그들도 아니지만 말코비치도 아니다 그런데도 말코비치는 말코비치로 산다 그들도 말코비치로 산다

"가장 간단한 방법은 시작하지 않는 걸 거야. 하지만 나는 반드시 시작해야만 하거든. 그러니까 나는 반드시 계속해야만 한다고."(본문 10면) 이것은 1947년 5월부터 1950년 1월까지 집필된 베케트의 초기 소설 3부작『몰로이』(1951),『말론 죽다』(1951),『이름 붙일 수 없는 자』(1953) 중 마지막 작품인『이름 붙일 수 없는 자』의 주요한 테마다. 이렇게 마치 도돌이표처럼 3부작 마지막 작품에서 강조되고 있는 '시작'과 '계속'은 앞서 살펴본 반복, 순환, 혼돈을 이루는 움직임의 기반을 이룬다.

베케트의 글쓰기를 설명하는 개념 중 '자아의 무한한 분열'이 있다. 이는 '나'라는 존재가 이름을 붙일 수 없을 정도로, 또 정체를 규정할 수 없을 정도로 미분되는 현상을 의미한다. 그런데 지금까지 살펴본 바에 의하면, 그 분열은 인물에만 한정되지 않는다. 즉 언어는 프랑스어와 영어로(물론 독일어, 이탈리아어 등 더 많은 언어로 분열되지만 특히 이 두 언어가 주요한 흐름을 보여 준다), 텍스트는 출판 전 텍스트, 출판된 텍스트, 다른 언어로 다시 쓴 텍스트로, 이야기를 하거나 이야기를 듣는 존재는 텍스트 내의 화자, 텍스트 밖의 작가, 독자, 번역가, 비평가 등으로, 다양한 차원에서 동일한 양상으로 분열은 반복된다. 그리고 이러한 분열은 하나의 가치가 군림할 수 없도록 작용하며, 무한히 전개될 수 있는 실존적 흐름을 형성한다.

3부작 첫 번째 작품『몰로이』는 2부로 나누어져 있다. 1부는 어머니 집으로 돌아가려고 길을 떠나는 몰로이를, 2부는 몰로이를 찾으러 아들과 함께 길을 나서는 모랑을 다룬다.

1부에서 몰로이라는 이름은 몰로이와 그의 어머니 모두를 가리키며 고유명사로서의 변별력을 잃는다. 그리고 그로 인해 몰로이와 그 어머니의 구분은 모호해진다. 2부에서 몰로이를 찾으러 다니는 모랑은 점차 몰로이와 유사한 모습으로 변해 간다. 게다가 모랑은 자신의 내부에서 몰로이의 존재를 느끼며 자신과 몰로이를 혼동하기까지 한다. 이렇게 1부와 2부는 몰로이로 인해 서로 연결된다. 그런데 그 연결이 시작과 끝이 분명한 순차적인 연결이 아니라, 뫼비우스의 띠처럼 시작과 끝, 안과 밖의 구분이 모호한 순환적인 연결을 이룬다. 즉 몰로이를 추적하는 모랑의 몰로이화로 인해. 이 순환은 1부와 2부의 구조에서도 그대로 드러난다. 1부 첫 장면에서 몰로이는 1부 마지막 장면의 연장을 암시하고, 2부 첫 구절들이 2부 마지막에서도 동일하게 언급되고 또 바로 부정되면서, 계속 이어질 수밖에 없는 순환을 보여 준다.

분리되어 있으나 그 분리가 순환과 혼돈을 위한 전제라는 것을 보여 준 『몰로이』의 구조는 이번에는 3부작이라는 범주 안에서 또 동일하게 드러난다. 엄연히 세 작품인 『몰로이』, 『말론 죽다』, 『이름 붙일 수 없는 자』를 하나로 묶는 요인 중 하나는, 19세기 프랑스 소설가 발자크의 '인간희극(La Comédie humaine)' 총서처럼, 동일인으로 추정되는 존재들의 이름들이 반복해서 등장한다는 점이다. 즉 『몰로이』의 몰로이와 『말론 죽다』의 말론이 『이름 붙일 수 없는 자』에서도 똑같이 언급되고 있다: "어쩌면 말론의 모자를 쓰고 있는 몰로이일 수 있으니까."(본문 11면) 그런데 이것만으로는 이 세 작품을 3부작이라고 부를 충분한 근거가 되지 못한다. 사실 이러한 현상은 베케트 작품 전반에 걸쳐 나타나기 때문이다. 그렇기는 하지만 동일한 이름들이 다른 작품에 등장하면서 세 작품의 구분이 모호해지는 것은 사실이다.

3부작 각각의 제목은 이 세 권의 책이 맺고 있는 관계의 양상을 어느 정도 드러낸다. 첫 번째 소설, 『몰로이』의 몰로이는 주인공의 이름이다. "자기만의 이름이 없으면, 구원도 없잖아"(본문 77면)라는 말처럼, 고유명사인 이름은 대개 한 존재를 다른 존재들과 구분 짓는 역할을, 즉 한 존재에게 일정한 정체성을 부여해 주는 역할을 한다. 하지만 이 소설에서 이름 몰로이는 고유명사로서의 역할을 충분히 수행하지 못한다. 몰로이라 불리는 존재의 어머니와 그를 쫓는 모랑이 몰로이로 불리는 순간이 오기 때문이다. 또한 등장인물들의 신체적·정신적 특성이 점차 사라지면서 그들 모두가 서로서로 비슷해지기 때문이다. 이와 같은 이름의 무능은 두 번째 소설, 정신 병동 같은 곳에 감금되어 있는 주인공이 결국 살해되는『말론 죽다』에서 더 분명해진다. 이 작품에는 많은 이름들이 나온다. 그 이름들은 대체로 화자를 가리키고 화자에 대한 정보를 주는 듯 보이지만 그렇다고 화자라고 단정 지을 수 없는 여지를 준다. 일단 화자는 그 이름들을 가진 존재들을 전부 3인칭으로 지칭하고 있고, 또 그들의 이름들을 쉽게 바꿔 정체를 모호하게 만들고 있기 때문이다. 실제로 화자는 언어의 임의성을 적극 활용해 그가 말하고 있는 대상(아마도 자기 자신)의 이름을 사포에서 마크만으로 바꾸겠다고 밝힌다. 그런데 '말론'이라는 이름은 경우가 좀 다르다. 화자가 '현재' 자신의 이름이라고 밝힌 유일한 이름이기 때문이다. 이 작품의 제목은 화자의 존재를 모호하게 만드는 이름들과는 다른 이름, 화자의 정체와 밀접한 관계에 있는 그 이름의 죽음을 알려 준다. 다시 말해 더 이상 화자를 규정지을 수 있는 이름이 존재하지 않음을 나타낸다. 이는 대문자로 시작하는 고유명사로서의 이름이 더 이상 제목에 나타나지 않는『이름 붙일 수 없는 자』가 등장하는 데 충분한 근거가 된다.

이상만을 보면 3부작이 주체를 규정지어 줄 수 있는 고유명사로서의 이름이 점진적으로 사라지는 모습을 보여 준다고 생각할 수 있다. 달리 말해 주체의 정체성이 순차적으로 사라지는 모습을 보여 준다고 결론 내릴 수 있다(전통적 소설 형식의 해체 역시 정체성 상실의 움직임과 그 궤적을 같이한다). 그런데 3부작의 구조는 그리 단순하지 않다.『몰로이』에 대해 혹자는 '요나 콤플렉스(자궁에로의 회귀 갈망)'를 언급한다. 이 작품에서 고통스러운 삶을 가능하게 했던 원인, 즉 잉태로 향하는 역행적 움직임이 발견된다는 것이다. 반면 어둑어둑한 방 침대에 누워 죽음을 기다리고 있는 존재에 의해 이야기가 진행되는『말론 죽다』는 부조리한 현실에서 벗어날 수 있는 죽음을 실현시킨다. 첫 번째 작품이 탄생 이전으로의 회귀에 성공하지 못하고 탄생에 머물러 있는 데 반해, 두 번째 작품은 죽음을 성공시킨다. 문제는 세 번째 작품이다. 이 작품은 죽음 이후에 탄생으로 향하는 계속에 대한 의지와 이미 수차례 같은 순환이 반복되었음을 알려 주는 암시를 보여 주기 때문이다. 결국 처음에서 끝으로 향하지 못하고 끝에서 다시 시작되고 있음을 이 작품이 보여 줌으로써 3부작의 연대기적 순서와 그 순환적 구조가 겹쳐진다.

　　이러한 구조가 베케트 작품 전반에서 반복되고 있음을 드러내는, 다른 장르의 작품이 있다. 시나리오 「필름(Film)」에서 베케트는 존재에 대한 증명을 위해 주인공을 대상과 눈, 이렇게 둘로 나누겠다고 밝힌다. 이 전제는 언급되지 않은 또 다른 요소를 전제하는데, 그것은 카메라, 영사기, 관객과 스크린이다. 작품과는 상관없어 보이는 이 당연한 요소들을 작가의 전제라고 하는 이유는, 싱거운 대답이 될 수 있겠지만, 그 요소들을 인식할 수밖에 없게끔 작가가 만들고 있기 때문이다. 영화는 대상을 쫓는 눈의 시점으로 진행된다. 이러한 눈은 카메라의 렌즈, 이미지를 투영하는 영사기와 스크린, 그 이미지를 바라보는 관객의 눈과 겹쳐진다. 처음에는 이 겹쳐짐이 인식되지 않지만, 자신과 똑같이 생긴 눈을 보고 기겁하는 대상이 카메라를 똑바로 응시할 때, 베케트가 그 진위를 밝혀 보고자 했던 "존재는 지각되는 것이다(Esse est percipi)"라는 아일랜드 철학자 조지 버클리(George Berkeley)의 공식대로, 인식되지 못했던 요소들의 존재가 인식되기 시작한다. 즉 시선을 마주하는 순간, 관객은 렌즈, 영사기와 스크린, 자기 자신의 존재를 인식하며 자신 역시 영화의 한 부분을 이루고 있음을 알게 된다: "당신들만 홀로 기다리고 있다는 사실을, 바로 그게 공연인가 봐, 공연이 시작되기를, 뭔가가 시작되기를, 당신들 말고 다른 무언가가 있기를, 자리에서 일어나 나갈 수 있기를, 더 이상 두려워하지 않기를, 안절부절못하며, 홀로 기다리는 거 말이야."(본문 146면)

　　분열, 반복, 순환, 움직임, 모호해진 경계, 이 요소들로 인해 작가는 작품의 소유자 또는 창조자이면서 동시에 작품의 일부분이 되고("신과 인간들을, 태양 빛과 자연을, 마음의 약동들과 이해하는 방법을, 비겁하기는 하지만 내가 다 꾸며 냈던 거라고"[본문 28면]), 독자 혹은 관객은 작품의 소비자이면서 또 동시에 작품의 일부분이 되는 부조리하고도 괴기스러운 상황이 연출된다. 베케트는 세상에는 설명할 수 없는 것이 있다고 말한다. 그것은 아마도 부조리한 인간의 실존일 테다. 그는 작품을 통해 설명할 수 없는 것을 설명하려 하지 않았다. 대신, 작품을 설명할 수 없는 것으로 만들었다. 작품을 통해 부조리한 삶을 설명하지 않는 대신 작품을 부조리한 삶 그 자체로 만들었기에 작가도, 또 독자도, 창작의 일부분으로 여겨질 수 있는 것이다.

이제까지 텍스트 외적 요소들에 반복적으로 드러나는 양상들을 통해 베케트의 창작 원리를 살펴보았다면, 이제는 내적 요소들을 통해 한 번 더 그 원리를 확인해 보겠다. 다시 중심 텍스트로 돌아가 보자: "아니 끝난 게 아니라, 다시 시작되고 있는 거야."(본문 166면) 『이름 붙일 수 없는 자』를 관통하는 반복은 의지적으로 이루어지기도 하지만 결핍에 의해 즉 존재론적인 불완전에 의해 형성되기도 한다. 이는 앞에서 다시 쓰기의 증거를 텍스트의 오류들에서 찾았던 것을 보면 알 수 있다. 이러한 결핍은 결핍을 충족시키려는 욕망을 형성하고 그러한 욕망은 충족되지 못하는 결핍으로 인하여 반복을 거듭하며 일종의 패턴을 또는 움직임을 형성한다: "이유를, 말하고 싶은 그 욕구에 대한, 그만두고 싶은 그 욕구에 대한, 그럼에도 그만둘 수 없는 그 불가능한 상황에 대한, 그 이유를 찾아보려고 애를 쓰다가, 이유를 발견하고는, 다시 잃어버리고, 다시 찾아내고, 또다시 잃어버리고서는, 더 이상 찾아보려고 하지 않다가, 또 찾으러 다니고, 그러다 또 발견하고는, 다시 잃어버리고, 더 이상 찾아보려고 하지 않다가, 또 찾으러 가나, 아무것도 발견하지 못하다, 마침내 찾아내고는, 또 잃어버리고, 계속해서 말하고, 계속해서 갈증을 느끼며, 계속해서 찾아다니나, (…) 계속해서 찾으러 다니다가, 정신 줄을 놓아 버리고는, 그 줄을 다시 잡으려 애쓰며, 계속해서 지껄이고, 아무 말이나 되는대로, 또 찾으러 다니는데, (…) 계속해서 말하면서, 자기 자신에게서, 자기

외부에서, 계속해서 찾으러 다니다가."(본문 151-2면)

　　『이름 붙일 수 없는 자』에 이전 작품들과는 구분되는 고유한 특징이 있다면, 바로 새로운 형식의 시도다. 물론 그 이전에도 새로운 형식의 시도들은 계속 이루어졌지만 이 작품에 비하면 평범한 수준이었다. 우선 텍스트의 단락 구분을 들 수 있다. 소설의 초반부는 평범하다. 여느 소설들처럼 내용에 따라 단락이 여러 번 나눠진다. 그러나 본문 28면(원서 34면)부터는 단락이 구분되지 않는다. 이는 내용에 따라 단락을 구분해 독자들의 이해를 돕는 전통적인 소설에서는 찾아보기 어려운 현상이다. 쉼표의 과용도 지적할 수 있다. 원래 문장 속 쉼표는 문장성분들 간의 관계를 명확하게 해 의미를 파악하는 데 도움을 주고, 적절한 호흡을 만들어 독서를 윤활하게 해 주는 역할을 한다. 그런데 이 텍스트에서의 쉼표는 과용되어 오히려 문장성분들 간의 관계에 혼란을 주고, 헐떡이고 더듬거리는 듯한 짧은 호흡들을 생성해 자연스러운 호흡을 방해하며 의미 위주의 독서를 어렵게 만든다. 베케트는 이렇듯 익숙한 요소들을 낯설게 만들어 독자들이 그 요소들의 존재를 새롭게 인식할 수 있도록 텍스트를 구축했다.

　　작품에 빈번히 등장하는 쉼표는 한 문장을 여러 부분으로 분해한다. 그리고 문장의 종결 부호를 모두 대신하면서 각각의 문장을 하나로 연결시킨다. 대문자로 시작해 종결 부호가 찍히는 데까지를 하나의 문장이라고 한다면, 이 텍스트에는 무려 12면(원서 기준) 분량의 한 문장이 존재한다(쉼표로 인한 건 아니지만 그처럼 긴 문장을 베케트의 다른 작품에서도 발견할 수 있다. 미니멀리즘 성향을 아주 잘 보여 주는 후기작 『영상[L'Image]』은 총 10면의 한 문장으로 되어 있다). 단락이 사라지고 문장이 길어지는 이러한 현상은 마치 '계속'에 대한 의지의 표명처럼 보인다. 이렇게 쉼표는 문장 내부에 분열을 만들고, 문장 내부와 외부의 경계를 모호하게 만들어 문장의 정체성을 흔들어 놓으며 문장이 더 큰 범주의 또는 더 작은 범주의 요소가 되도록 이끈다. 그리고 이러한 쉼표의 모습은, 이 텍스트의 화자로 추정되는 '나'의 모습과 겹쳐지기도 한다. 그 이유는 '나'의 분열에 있다. 텍스트에는 '나'를 지칭하는 듯한 여러 이름들이 등장한다: "확실히 바질의 비중이 커지고 있어. 그래서 말인데 나는 그를 차라리 마후드라고 부르려고 해, (…) 나에 관한 이야기들을 나한테 하고, 나를 위해 살고, 나한테서 나오고, 나한테로 돌아오고, 내 안으로 다시 들어와, 각종 이야기들을 나한테 퍼붓고는 했던 자가 바로 그자야."(본문 35면) "마후드. 그자 전에는 다른 자들이, 나라고 여겨지는 다른 자들이 있었어."(본문 44면) "웜. 그 이름이 마음에 들지는 않지만, 선택의 여지가 거의 없으니까. 그 이름은, 내가 더 이상 마후드라고 불릴 필요가 없을 때, 나에게 언젠가 그런 날이 오면, 적절한 때에, 내 이름이 되기도 할 거야."(본문 78면) '나'와 연결되기는 하지만 '나'로 완전히 환원되지는 않는 이 이름들은 '나'의 분열을 보여 준다. 사실 텍스트에서 '나'는 보다 더 다양한 모습으로 보다 더 세밀하게 나누어진다. 예컨대, 목소리들, 머리, 눈, 손, 심지어는 단어들로도: "여러 작은 덩어리들, 서로 엇갈리기도 하고, 결합하기도 하고, 분리되기도 하는, 그 모든 작은 덩어리들이 바로 나야, 내가 어디를 가건 간에 나는 나를 다시 발견하고는, 나를 버리고, 나한테로 가서는, 나한테서 나오거든, 결국 다 나인 거지, 되찾고서는, 잃어버리는 바람에, 사라져 버린, 나라는 작은 한 조각일 뿐인 거야, 단어들, 내가 그 모든 단어들이야, 그 모든 낯선 단어들, 먼지 같은 그 말들이 다 나야."(본문 153면)

이 텍스트에서는 마침표 역시도 문장을 분해하는 듯 보인다. 마침표는 원래 문장을 끝맺을 때 사용되는 문장부호이다. 하지만 베케트 텍스트 내의 마침표는, 작가가 각종 접속사들(특히 등위접속사들), 분사, 전치사 등으로 시작하는 절들이나 명사절들의 끝에 마침표를 찍음으로써, '종결'의 표시보다는, 하나의 '연속'을 전제한 '절단'의 표시로 기능한다. 여하간 쉼표와 마침표를 통해 이야기하고 싶은 바는 여백을 검게 채우려고 하는 '계속'의 의지와 그로 형성된 '움직임'이다. 쉼표는 글의 흐름을 방해하기는 하지만 '다음'에 대한 강력한 의지를 표명하고 있다. 혹자의 표현처럼, 거의 죽기 일보 직전에 생존에 대한 마지막 최선을 다하기 위해서 헐떡이면서도 숨을 부여잡고 있는 것처럼, 쉼표는 모든 종류의 종결 부호를 대신하면서 '계속'의 의지를 보여 준다. 그 과정에서 의미상 종결된 문장과, 그 종결을 시작으로 바꿔 놓는 쉼표 사이에, 일종의 긴장 관계가 형성된다.

『이름 붙일 수 없는 자』의 마지막은 이렇게 끝난다: "나는 곧 계속할 거야."(본문 199면) 그러니까 마지막 문장은 연속의 의지를 선포하고 있는데 이에 맞서 마침표가 작품의 끝을 선언하는 모순된 상황이, 이 작품의 마지막에서 펼쳐지고 있다. 사실 이와 같은 상황은 이야기가 진행되는 내내 이어진다. 마침표는 끝을 알리고 있는데, 이어지는 문장의 첫 자리에 접속사, 분사, 전치사 등이 위치함으로써 마침표가 알리고 있는 끝이 온전한 끝이 되지 못하게 만드는 상황이 적지 않게 연출되고 있는 것이다. 이러한 상황에 놓인 마침표는 쉼표가 '계속'에 대한 의지를 표명하는 것처럼 '끝'에 대한 갈망을 드러내는 듯 보인다. 또는 아주 반대로 도돌이표처럼 '계속'의 방향을 결정하는 듯 보인다.

동일한 상황이 다른 작품에서도 드러난다.『고도를 기다리며』의 마지막 대사를 보면 '기다림'의 장소를 떠나려고 하는 의지와 그 말과는 상충되는 '부동'이 서로 맞서고 있음을 발견할 수 있다. 주인공 블라디미르는 에스트라공에게 "가 볼까?"라고 묻고 에스트라공은 "그래, 가자"라고 답하지만 실제 이들은 움직이지 않고 그 상태로 극의 막은 내려진다. 또 희곡『마지막 승부(Fin de partie)』의 클로브 역시 말로는 떠나겠다고 하지만 실제로는 움직이지 않는다. 움직임의 의지와 부동의 현실이 서로 맞서면서 궁극적인 향방이 모호해지는 것이다. 그렇기는 하지만 쉼표에 의해, 또 마침표를 계속으로 끌어당기는 절들에 의해, 끝내려는 의지를 막는 부동에 의해, 이미 이루어진 흐름은, 연극은 다음 날 다시 상영될 테고 인물들은 어제와 같은 기다림과 동일한 게임을 이어 가리라는 예상에, 계속하겠다는 의지는 실현될 것이라는 예감에, 마침표로 인해 앞으로 돌아가 다시 시작하리라는 가설에 힘을 실어 주는 듯하다: "장애물을 피해서 돌아가는 일이 당연히 나한테는 엄격하게 금지되어 있으므로, (…) 그런데 방금 말한 장애물들 있잖아, 보기에는 때가 되면, 그것들을 치워 버리고, 앞으로 갈 수 있을 것 같지만, 내 경우는 그렇지가 않아, (…) 게다가 장애물들이 없을 때조차도, 내가 적도를 지나 보니까, 자기 길을 계속해서 가다 보면, 어쩔 수 없이, 다시 안쪽으로 향하기 시작할 수밖에 없는 것 같더라고."(본문 47-8면)

제목을, 어떻게 할까요? '이름 붙일 수 없는 자'? 프랑스어에서 형용사를 정관사와 함께 쓰면 보통 '-하는 것'이라고 번역합니다. 그렇게 만들어진 명사가 지시할 수 있는 폭이 매우 넓거든요. 그러니까 부정대명사 'on'만큼이나 모호한 명사라는 거죠. '이름 붙일 수 없는 자'는 기독교에서 하나님을 지칭했어요. 이름을 함부로 부를 수 있는 존재가 아니었기 때문이죠. 그래서 제목만 봤을 때 서양 문화에서는 이 텍스트를 종교적인 작품으로 간주할 수 있는 여지가 많아요. 서양의 욕에는 '하나님'이나 '예수'가 많이 등장합니다. 종교계에서 신의 이름을 부르는 것을 엄격하게 금하다 보니 그 금지가 주는 부정성이 신의 이름으로 옮아가게 된 거죠. 아이러니하지요? 실제로 베케트의 '이름 붙일 수 없는 자'는 그런 아이러니를 담고 있습니다. 주인공으로 추정되는 인물이 창조자였다가 피조물이 되기도 하니까요. 그것도 사람이라고 할 수 없는 지경에까지 추락합니다. 아니 회귀한다는 표현이 더 적당할까요? 가장 원시적인 모습으로 돌아가니까요. 흙이나 단어로. 그 인물은 신이기도 하고, 무(無)에 가까운 형이상학적인 존재이기도 하고, 사람이기도 하고, 생물이기도 하고, 무생물이기도 합니다. 하나의 범주로 묶을 수 없는 존재인 거죠. 한마디로 혼동의 존재입니다. 그렇다면 제목으로 '이름 붙일 수 없는 것'이 더 적당하지 않을까요? 아, 그런데 3부작 제목들이 보여 주는 양상과 인간의 대표적인 특성 '말하기'의 실행이 좀 주저하게 만드네요. 이미 언급했듯이 3부작은 인물들의 이름을 제목으로 삼고 있거든요. 또 주체의 거의 완전한 추락을 보여 주는 마지막 책이기는 하지만 그 인물 역시 여전히 무언가를 말하고 있기 때문에 '자'의 흔적을 남겨 둘 필요도 있을 듯싶네요. 하지만 분명한 점은 인물들이 '것'으로 향하고 있다는 거죠. '것'으로 했어야 했나?

이렇게 제목에도 자신의 창작관을 싣고 있는 작가라면 작품에서 언급되는 이름들 역시 어떤 특별한 의미가 있지 않을까요?
우화가 그렇죠. 우화에 나오는 이름들은 우화 속 교훈과 밀접한
연관이 있잖아요. 글쎄요. 어떤 면에서는 그렇다고 해야겠죠?
예컨대 초기 소설『와트』에 나오는 주인공 '와트(Watt)'는 영어의
'what'과 형태나 음성 면에서 유사하지요. 그래서 그 점을
근거로『와트』라는 작품을 해석하기도 해요. 책에서 와트는
'나트(Knott)'라는 주인 밑에서 일하는데, 이 '나트' 역시 영어의
'not'과 유사하기 때문에, 아무 의미도 없는 실존의 부조리를
그 이름들이 대변한다고 풀이하는 거죠. 와트가 물으면 주인인
나트가 아무것도 아니야라고 대답하는 식. 또 몰로이, 모랑,
메이, 마후드, 메르시에, 와트(뒤집힌 M으로 시작하는 이름) 등
알파벳 'M'으로 시작하는 이름들에서 엄마(mère)에 대한 집착,
근원으로의 회귀를 읽어 내기도 합니다. 이상과 같은 독서가
가능한 데에는 베케트가 말장난을 즐겨 했기 때문입니다. 희곡
「발소리(Footfalls)」의 주인공 메이(May)는 에이미(Amy)라는
여자를 상상하는데, 이 에이미라는 이름은 메이의 철자 위치를
바꾼 것이죠. 또 같이 등장하는 마담 더블유(Madame W) 역시
M(Mère)을 뒤집어 놓은 것이고요. 이상의 풀이는 비평가들의
창조적 독서에 가깝다고 봐야 할 겁니다. 만일 이름이라는
고유명사가 베케트의 작품에서 어떤 특별한 의미를 가진다면,
그건 고유명사가 제 기능을 제대로 발휘하지 못하는 데 있을
겁니다. 앞서도 언급했듯이 한 인물을 지칭하는 이름이 쉽게
바뀌거나 여러 인물들이 동일한 이름으로 불리면서 고유명사라는
일종의 철옹성에 금이 가는 것을 작품이 보여 주고 있으니까요.

이제 마무리를. 아직, 못다 한 이야기가, 너무 많아, 이 정도면
됐어, 이 정도면 충분해, 이제 마무리를. 감사하다고, 말해도 될까
나도, 이 글의 일부가 된, 이름들을, 나열해도 될까, 촌스럽기는,
엄마라고, 됐어, 마무리를. 예령, 혜영, 윤정, 길수. 만수. 산드라,
카롤, 미카, 수경, 영은, 그로스만, 뉘연, 뭐하는 거야, 죽음
직전에는, 인생이, 파노라마처럼 스쳐 간다잖아, 끝난 게 아니잖아
하나님, 가족, 그만 좀 하라고, 4105구역, 후회는, 어떡하지, 계속

반복해야 하니까 후회는 필요해, 다음에는 더 잘하겠다는 꿈을
꾸겠지, 여기서. 나는, 무슨 짓을, 한 거지, 시간을. 시간 없어, 빨리,
더 일찍, 끝내고 싶었는데, 그러니까 어서,

베케트는 벌써 옛날 작가에 속한다. 그런데도 그의 작품들은
여전히 낯설고, 여전히 새롭다. 그가 고행하듯 꼼꼼하게 설계한
책들은 아직도 헐떡거리며 번역으로, 비평으로, 문학으로,
철학으로, 연극으로, 영화로 실존의 여정을 멈추지 않고 있다. 이
여정은 인류가 존재하는 한 계속되지 않을까.

　‘대략’이라는 목표에 따라 침묵해 버린 주제들. 다양한
패러디, 언어를 소진시키는 작업, ‘on’과 ‘ça’, 이 두 대명사의
용법, 주체의 무너짐, 무용·음악·회화 등의 영향, 동사 원형의
활용…. 덧붙이고 싶은 욕망을 진정시키고, 더 토해 내고 싶은
입을 막고서, 수수께끼 같은 인용문을 하나 던지며 이제는 정말
마무리하고자 한다: “전에 있던 것도 다시 있을 것이며, 이미 한
일도 다시 하게 될 것이니, 세상에는 아무것도 새로운 것이 없다.
‘보라, 이것은 새것이다’ 하고 말할 수 있는 게 무엇인가? 그것은
우리가 태어나기 전에 오래전부터 있었던 것이다. 우리가 과거에
일어난 일을 기억하지 않으니, 앞으로 올 세대들도 우리 시대에
일어난 일을 기억하지 않으리라. (…) 하나님이 주신 인간의 운명은
괴롭고 고통스러운 것이다.”(「전도서」 1:9-13)

이제는 좀, 네가, 성화를, 안 해도, 이젠, 시간이, 없어서, 그러니까
어서, 이게, 끝낼 수 없는, 인류의, 이제 마무리를 해, 이젠,
마침표를, 지금은, 어디에 있는 걸까, 지금은, 언제일까, 지금은,
누가, 말하는 걸까, 지금은, 자 다음을 준비해.

　전승화

1. 제임스 놀슨(James Knowlson),
『베케트(Beckett)』, 아를, 악트
쉬드(Actes Sud), 1999, 558면.

2. 1957년 11월 22일 텍사스의 에스나
매카시(Ethna MacCarthy)에게 쓴
편지의 일부, 같은 책, 562면.

3. 사뮈엘 베케트, 『와트』, 파리, 미뉘,
1968, 78면.

4. 이인성, 『낯선 시간 속으로』, 서울,
문학과지성사, 2003, 293면.

작가 연보[*]

1906년 — 4월 13일 성금요일, 아일랜드 더블린 남쪽 마을 폭스록의 집
'쿨드리나(Cooldrinagh)'에서 신교도인 건축 측량사 윌리엄(William)과 그 아내
메이(May)의 둘째 아들 새뮤얼 바클레이 베킷[베케트](Samuel Barclay Beckett)
출생. 형 프랭크 에드워드(Frank Edward)와는 네 살 터울이었다.

1911–4년 — 더블린의 러퍼드스타운에서 독일인 얼스너(Elsner) 자매의 유치원에 다닌다.

1915년 — 얼스포트 학교에 입학해 프랑스어를 배운다.

1920–2년 — 포토라 왕립 학교에 다닌다. 수영, 크리켓, 테니스 등 운동에 재능을 보인다.

1923년 — 10월 1일, 더블린의 트리니티 대학교에 입학한다. 1927년 졸업할 때까지 아서
애스턴 루스(Arthur Aston Luce)에게 버클리와 데카르트의 철학을, 토머스
러드모즈브라운(Thomas Rudmose-Brown)에게 프랑스 문학을, 비앙카
에스포지토(Bianca Esposito)에게 이탈리아 문학을 배우며 단테에 심취하게 된다.
연극에 경도되어 더블린의 아베이 극장과 런던의 퀸스 극장을 드나든다.

1926년 — 8–9월, 프랑스를 처음 방문한다. 이해 말 트리니티 대학교에 강사 자격으로 와
있던 작가 알프레드 페롱(Alfred Péron)을 알게 된다.

---

[*] 이 연보는 베케트 연구자이자 번역가인 에디트 푸르니에(Edith Fournier)가 정리한
연보(파리, 미뉘, www.leseditionsdeminuit.fr/auteur-Beckett_Samuel-1377-1-1-0-1.
html)와 런던 페이버 앤드 페이버의 베케트 선집에 실린 커샌드라 넬슨(Cassandra
Nelson)이 정리한 연보, C. J. 애커리(C. J. Ackerley)와 S. E. 곤타스키(S. E.
Gontarski)가 함께 쓴 『그로브판 사뮈엘 베케트 안내서(The Grove Companion to
Samuel Beckett)』(뉴욕, 그로브, 1996), 마리클로드 위베르(Marie-Claude Hubert)가
엮은 『베케트 사전 (Dictionnaire Beckett)』(파리, 오노레 샹피옹[Honoré Champion],
2011), 제임스 놀슨(James Knowlson)의 베케트 전기 『명성으로 저주받은: 사뮈엘
베케트의 삶(Damned to Fame: The Life of Samuel Beckett)』(뉴욕, 그로브, 1996),
『사뮈엘 베케트의 편지(The Letters of Samuel Beckett)』 1–3권(케임브리지, 케임브리지
대학교 출판부[Cambridge University Press], 2009–14) 등을 참고해 작성되었다.
　　베케트 작품명과 관련해, 영어로 출간되었거나 공연되었을 경우 영어 제목을,
프랑스어였을 경우 프랑스어 제목을, 독일어였을 경우 독일어 제목을 병기했다. 각 작품명
번역은 되도록 통일하되 저자나 번역가가 의도적으로 다르게 옮겼다고 판단될 경우
한국어로도 다르게 옮겼다. — 편집자

1927년 — 4–8월, 이탈리아의 피렌체와 베네치아를 여행하며 여러 미술관과 성당을 방문한다. 12월 8일, 문학사 학위를 취득한다(프랑스어·이탈리아어, 수석 졸업).

1928년 — 1–6월, 벨파스트의 캠벨 대학교에서 프랑스어와 영어를 가르친다. 11월 1일, 파리의 고등 사범학교 영어 강사로 부임한다(2년 계약). 여기서 다시 알프레드 페롱을, 그리고 전임자인 아일랜드 시인 토머스 맥그리비(Thomas MacGreevy)를 만나게 된다. 맥그리비는 파리에 머물던 아일랜드 작가이자 베케트에게 큰 영향을 미치게 되는 제임스 조이스(James Joyce)를, 또한 파리의 영어권 비평가와 출판업자 들을, 즉 문예지 『트랜지션(transition)』을 이끌던 마리아(Maria)와 유진 졸라스(Eugene Jolas), 파리의 영어 서점 셰익스피어 앤드 컴퍼니(Shakespeare and Company) 운영자 실비아 비치(Sylvia Beach) 등을 소개해 준다.

1929년 — 3월 23일, 전해 12월 조이스가 제안해 쓰게 된 첫 비평문 「단테…브루노. 비코‥조이스(Dante...Bruno. Vico..Joyce)」를 완성한다. 이 비평문은 『'진행 중인 작품'을 진행시키기 위하여 그가 실행한 일에 대한 우리의 '과장된' 검토(Our Examination Round His Factification for Incamination of Work in Progress)』(파리, 셰익스피어 앤드 컴퍼니, 1929)의 첫 글로 실린다. 6월, 첫 비평문 「단테…브루노. 비코‥조이스」와 첫 단편 「승천(Assumption)」이 『트랜지션』에 실린다. 12월, 조이스가 훗날 『피네건의 경야(Finnegans Wake)』에 포함될, 『트랜지션』의 '진행 중인 작품' 섹션에 연재되던 글 「애나 리비아 플루라벨(Anna Livia Plurabelle)」의 프랑스어 번역 작업을 제안한다. 베케트는 알프레드 페롱과 함께 이 글을 옮기기 시작한다. 이해에 여섯 살 연상의 피아니스트이자 문학과 연극을 애호했던, 1961년 그와 결혼하게 되는 쉬잔 데슈보뒤메닐(Suzanne Dechevaux-Dumesnil)을 테니스 클럽에서 처음 만난다.

1930년 — 3월, 시 「훗날을 위해(For Future Reference)」가 『트랜지션』에 실린다. 7월, 첫 시집 『호로스코프(Whoroscope)』가 낸시 커나드(Nancy Cunard)가 이끄는 파리의 디 아워스 출판사(The Hours Press)에서 출간된다(책에 실린 동명의 장시는 출판사가 주최한 시문학상에 마감일인 6월 15일 응모해 다음 날 1등으로 선정된 것이었다). 맥그리비 등의 주선으로 마르셀 프루스트(Marcel Proust)에 관한 에세이 청탁을 받아들이고, 8월 25일 쓰기 시작해 9월 17일 런던의 출판사 채토 앤드 윈더스(Chatto and Windus)에 원고를 전달한다. 10월 1일, 트리니티 대학교 프랑스어 강사로 부임한다(2년 계약). 11월 중순, 트리니티 대학교의 현대 언어 연구회에서 장 뒤 샤(Jean du Chat)라는 이명으로 '집중주의(Le Concentrisme)'에 대한 글을 발표한다.

1931년 — 3월 5일, 채토 앤드 윈더스의 '돌핀 북스(Dolphin Books)' 시리즈에서 『프루스트(Proust)』가 출간된다. 5월 말, (첫 장편소설의 일부가 될) 「독일 코미디(German Comedy)」를 쓰기 시작한다. 9월에 시 「알바(Alba)」가 『더블린 매거진(Dublin Magazine)』에 실린다. 시 네 편이 『더 유러피언 캐러밴(The European Caravan)』에 게재된다. 12월 8일, 문학 석사 학위를 취득한다.

1932년 — 트리니티 대학교 강사직을 사임한다. 2월, 파리로 간다. 3월, 『트랜지션』에 공동 선언문 「시는 수직이다(Poetry is Vertical)」와 (첫 장편소설의 일부가 될) 단편 「앉아 있는 것과 조용히 하는 것(Sedendo et Quiescendo)」을 발표한다. 4월, 시 「텍스트(Text)」가 『더 뉴 리뷰(The New Review)』에 실린다. 7–8월, 런던을 방문해 몇몇 출판사에 첫 장편소설 『그저 그런 여인들에 대한 꿈(Dream of Fair to Middling Women)』(사후 출간)과 시들의 출간 가능성을 타진하지만 거절당하고, 8월 말 더블린으로 돌아간다. 12월, 단편 「단테와 바닷가재(Dante and the Lobster)」가 파리의 『디스 쿼터(This Quarter)』에 게재된다(이 단편은 1934년 첫 단편집의 첫 작품으로 실린다).

1933년 — 2월, 이듬해 출간될 흑인문학 선집 번역 완료. 강단에 다시 서지 않기로 결심한다. 6월 26일, 아버지 윌리엄이 심장마비로 사망한다. 9월, 첫 단편집에 실릴 작품 10편을 정리해 채토 앤드 윈더스에 보낸다.

1934년 — 1월, 런던으로 이사한다. 런던 태비스톡 클리닉의 윌프레드 루프레히트 비온(Wilfred Ruprecht Bion)에게 정신분석을 받기 시작한다. 2월 15일, 시 「집으로 가지, 올가(Home Olga)」가 『컨템포(Contempo)』에 실린다. 2월 16일, 낸시 커나드가 편집하고 베케트가 프랑스어 작품 19편을 영어로 번역한 『흑인문학: 낸시 커나드가 엮은 선집 1931–3(Negro: Anthology made by Nancy Cunard 1931–1933)』이 런던의 위샤트(Wishart & Co.)에서 출간된다. 5월 24일, 첫 단편집 『발길질보다 따끔함(More Pricks than Kicks)』이 채토 앤드 윈더스에서 출간된다. 7월, 시 「금언(Gnome)」이 『더블린 매거진』에 실린다. 8월, 단편 「천 번에 한 번(A Case in a Thousand)」이 『더 북맨(The Bookman)』에 실린다.

1935년 — 7월 말, 어머니와 함께 영국을 여행한다. 8월 20일, 장편소설 『머피(Murphy)』를 영어로 쓰기 시작한다. 10월, 태비스톡 인스티튜트에서 열린 융의 세 번째 강의에 윌프레드 비온과 함께 참석한다. 12월, 영어 시 13편이 수록된 시집 『에코의 뼈들 그리고 다른 침전물들(Echo's Bones and Other Precipitates)』이 파리의 유로파 출판사(Europa Press)에서 출간된다. 더블린으로 돌아간다.

1936년 — 6월, 『머피』 탈고. 9월 말 독일로 떠나 그곳에서 7개월간 머문다. 10월, 시 「카스칸도(Cascando)」가 『더블린 매거진』에 실린다.

1937년 — 4월, 더블린으로 돌아온다. 새뮤얼 존슨(Samuel Johnson)과 그 가족을 다룬 영어 희곡 「인간의 소망들(Human Wishes)」을 쓰기 시작한다. 10월 중순, 더블린을 떠나 파리에 정착해 우선 몽파르나스 근처 호텔에 머문다.

1938년 — 1월 6일, 몽파르나스에서 한 포주에게 이유 없이 칼로 가슴을 찔려 병원에 입원한다. 쉬잔 데슈보뒤메닐이 그를 방문하고, 이들은 곧 연인이 된다. 3월 7일, 『머피』가 런던의 라우틀리지 앤드 선스(Routledge and Sons)에서 장편소설로는 처음 출간된다. 4월 초, 프랑스어로 시를 쓰기 시작하고, 이달 중순부터 파리 15구의 파보리트가 6번지 아파트에 살기 시작한다. 5월, 시 「판돈(Ooftish)」이 『트랜지션』에 실린다.

1939년 — 알프레드 페롱과 함께 『머피』를 프랑스어로 번역한다. 7–8월, 더블린에 잠시 돌아가 어머니를 만난다. 9월 3일, 영국과 프랑스가 독일과의 전쟁을 선언하자 이튿날 파리로 돌아온다.

1940년 — 6월, 프랑스가 독일에 함락되자 쉬잔과 함께 제임스 조이스의 가족이 머물고 있던 비시로 떠난다. 이어 툴루즈, 카오르, 아르카숑으로 이동한다. 아르카숑에서 뒤샹을 만나 체스를 두거나 『머피』를 번역하며 지낸다. 9월, 파리로 돌아온다. 페롱을 만나 다시 함께 『머피』를 프랑스어로 옮기는 한편, 이듬해 그가 속해 있던 레지스탕스 조직에 합류한다.

1941년 — 1월 13일, 제임스 조이스가 취리히에서 사망한다. 2월 11일, 소설 『와트(Watt)』를 영어로 쓰기 시작한다. 9월 1일, 레지스탕스 조직 글로리아 SMH에 가담해 각종 정보를 영어로 번역한다.

1942년 — 8월 16일, 페롱이 체포되자 게슈타포를 피해 쉬잔과 함께 떠난다. 9월 4일, 방브에 도착한다. 10월 6일, 프랑스 남부 보클뤼즈의 루시용에 도착한다. 『와트』를 계속 집필한다.

1944년 — 8월 25일, 파리 해방. 10월 12일, 파리로 돌아온다. 12월 28일, 『와트』 완성.

1945년 — 1월, M. A. I. 갤러리와 마그 갤러리에서 각기 열린 네덜란드 화가 판 펠더(van Velde) 형제의 전시회를 계기로 비평 「판 펠더 형제의 회화 혹은 세계와 바지(La Peinture des van Velde ou Le Monde et le pantalon)」를 쓴다. 3월 30일, 무공훈장을 받는다. 4월 30일 혹은 5월 1일 페롱이 사망한다. 6월 9일, 시 「디에프 193?(Dieppe 193?)」[sic]이 『디 아이리시 타임스(The Irish Times)』에 실린다. 8–12월, 아일랜드 적십자사가 세운 노르망디의 생로 군인병원에서 창고관리인 겸 통역사로 자원해 일하며 글을 쓴다. 다시 파리로 돌아온다.

1946년 — 1월, 시 「생로(Saint-Lô)」가 『디 아이리시 타임스』에 실린다. 첫 프랑스어 단편 「계속(Suite)」(제목은 훗날 '끝[La Fin]'으로 바뀜)이 『레 탕 모데른(Les Temps modernes)』 7월 호에 실린다. 7–10월, 첫 프랑스어 장편소설 『메르시에와 카미에(Mercier et Camier)』를 쓴다. 10월, 전해에 쓴 판 펠더 형제 관련

비평이 『카이에 다르(Cahiers d'Art)』에 실린다. 11월, 전쟁 전에 쓴 열두 편의
시 「시 38–39(Poèmes 38–39)」가 『레 탕 모데른』에 실린다. 10월에 단편
「추방된 자(L'Expulsé)」를, 10월 28일부터 11월 12일까지 단편 「첫사랑(Premier
amour)」을, 12월 23일부터 단편 「진정제(Le Calmant)」를 프랑스어로 쓴다.

1947년 — 1–2월, 첫 프랑스어 희곡 「엘레우테리아(Eleutheria)」를 쓴다(사후 출간). 4월,
『머피』의 첫 번째 프랑스어판이 파리의 보르다스(Bordas)에서 출간된다. 5월
2일부터 11월 1일까지 『몰로이(Molloy)』를 프랑스어로 쓴다. 11월 27일부터 이듬해
5월 30일까지 『말론 죽다(Malone meurt)』를 프랑스어로 쓴다.

1948년 — 예술비평가 조르주 뒤튀(Georges Duthuit)가 주선해 주는 번역 작업에
힘쓴다. 3월 8–27일 뉴욕의 쿠츠 갤러리에서 열린 판 펠더 형제의 전시 초청장에
실릴 글을 쓴다. 5월, 판 펠더 형제에 대한 글 「장애의 화가들(Peintres de
l'empêchement)」이 마그 갤러리에서 발행하던 미술비평지 『데리에르 르
미루아르(Derrière le Miroir)』에 실린다. 6월, 「세 편의 시들(Three Poems)」이
『트랜지션』에 실린다. 10월 9일부터 이듬해 1월 29일까지 희곡 「고도를
기다리며(En attendant Godot)」를 프랑스어로 쓴다.

1949년 — 3월 29일, 위시쉬르마른의 농장에서 『이름 붙일 수 없는 자(L'Innommable)』를
프랑스어로 쓰기 시작한다. 4월, 「세 편의 시들」이 『포이트리 아일랜드(Poetry
Ireland)』에 실린다. 6월, 미술에 대해 뒤튀와 나눴던 대화 중 화가 피에르
탈코아트(Pierre Tal-Coat), 앙드레 마송(André Masson), 브람 판 펠더(Bram van
Velde)에 관한 내용을 「세 편의 대화(Three Dialogues)」로 정리하기 시작한다.
12월, 「세 편의 대화」가 『트랜지션』에 실린다.

1950년 — 1월, 유네스코의 의뢰로 『멕시코 시 선집(Anthology of Mexican Poetry)』
(옥타비오 파스[Octavio Paz] 엮음)을 번역하게 된다. 이달 『이름 붙일 수 없는
자』를 완성한다. 8월 25일, 어머니 메이 사망. 10월 중순, 프랑스 미뉘 출판사(Les
Éditions de Minuit) 대표 제롬 랭동(Jérôme Lindon)이 쉬잔이 전한 『몰로이』의
원고를 읽고 이를 출간하기로 한다. 11월 중순, 미뉘와 『몰로이』, 『말론 죽다』,
『이름 붙일 수 없는 자』 등 세 편의 소설 출간 계약서를 교환한다. 12월 24일,
「아무것도 아닌 텍스트들(Textes pour rien)」 1편을 프랑스어로 쓴다.

1951년 — 3월 12일, 『몰로이』가 미뉘에서 출간된다. 11월, 『말론 죽다』가 미뉘에서
출간된다. 12월 20일, 「아무것도 아닌 텍스트들」을 총 13편으로 완성한다.

1952년 — 가을, 위시쉬르마른에 집을 짓기 시작한다. 베케트가 애호하는 집필 장소가 될
이 집은 이듬해 1월 완공된다. 10월 17일, 『고도를 기다리며』가 미뉘에서 출간된다.

1953년 — 1월 5일, 「고도를 기다리며」가 파리 몽파르나스 라스파유가의 바빌론 극장에서 초연된다(로제 블랭[Roger Blin] 연출, 피에르 라투르[Pierre Latour], 루시앵 랭부르[Lucien Raimbourg], 장 마르탱[Jean Martin], 로제 블랭 출연). 5월 20일, 『이름 붙일 수 없는 자』가 미뉘에서 출간된다. 7월 말, 패트릭 볼스(Patrick Bowles)와 함께 『몰로이』를 영어로 옮기기 시작한다. 8월 31일, 『와트』 영어판이 파리의 올랭피아 출판사(Olympia Press)에서 출간된다. 9월 8일, 「고도를 기다리며(Warten auf Godot)」가 베를린 슈로스파크 극장에서 공연된다. 9월 25일, 「고도를 기다리며」가 파리 바빌론 극장에서 다시 공연된다. 10월 말, 다니엘 모로크(Daniel Mauroc)와 함께 『와트』를 프랑스어로 옮기기 시작한다. 11월 16일부터 12월 12일까지 바빌론 극장이 제작한 「고도를 기다리며」가 순회 공연된다(독일, 이탈리아, 프랑스). 한편 「고도를 기다리며」의 영어 판권 문의가 쇄도하자 베케트는 이를 직접 영어로 옮기기 시작한다.

1954년 — 1월, 미뉘의 『메르시에와 카미에』 출간 제안을 거절한다. 6월, 『머피』의 두 번째 프랑스어판이 미뉘에서 출간된다. 7월, 『말론 죽다』를 영어로 옮기기 시작한다. 8월 말, 『고도를 기다리며(Waiting for Godot)』 영어판이 뉴욕의 그로브 출판사(Grove Press)에서 출간된다. 9월 13일, 형 프랑크가 폐암으로 사망한다. 10월 15일, 『와트』가 아일랜드에서 발매 금지된다. 이해에 희곡 「마지막 승부(Fin de Partie)」를 프랑스어로 쓰기 시작해 1956년에 완성하게 된다. 이해 또는 이듬해에 「포기한 작업으로부터(From an Abandoned Work)」를 영어로 쓴다.

1955년 — 3월, 『몰로이』 영어판이 파리의 올랭피아에서 출간된다. 8월, 『몰로이』 영어판이 뉴욕의 그로브에서 출간된다. 8월 3일, 「고도를 기다리며」의 첫 영어 공연이 런던의 아츠 시어터 클럽에서 열린다(피터 홀[Peter Hall] 연출). 8월 18일, 『말론 죽다』 영어 번역을 마치고, 발레 댄서이자 안무가, 배우였던 친구 더릭 멘들(Deryk Mendel)을 위해 「무언극 I(Acte sans paroles I)」을 쓴다. 9월 12일, 「고도를 기다리며」가 런던의 크라이테리언 극장에서 공연된다. 10월 28일, 「고도를 기다리며」가 더블린의 파이크 극장에서 공연된다. 11월 15일, 「추방된 자」, 「진정제」, 「끝」 등 단편 세 편과 13편의 「아무것도 아닌 텍스트들」이 포함된 『단편들 그리고 아무것도 아닌 텍스트들(Nouvelles et textes pour rien)』이 미뉘에서 출간된다. 12월 8일, 런던에서 열린 「고도를 기다리며」 100회 기념 공연에 참석한다.

1956년 — 1월 3일, 「고도를 기다리며」가 미국 마이애미의 코코넛 그로브 극장에서 공연된다(앨런 슈나이더[Alan Schneider] 연출). 1월 13일, 『몰로이』가 아일랜드에서 발매 금지된다. 2월 10일, 『고도를 기다리며』가 런던의 페이버 앤드 페이버(Faber and Faber)에서 출간된다. 2월 27일, 『이름 붙일 수 없는 자』를 영어로 옮기기 시작한다. 4월 19일, 「고도를 기다리며」가 뉴욕의 존 골든 극장에서 공연된다(허버트 버고프[Herbert Berghof] 연출). 6월, 「포기한 작업으로부터」가 더블린 주간지 『트리니티 뉴스(Trinity News)』에 실린다. 6월 14일부터 9월 23일까지 「고도를 기다리며」가 파리의 에베르토 극장에서 공연된다. 7월, BBC의 요청으로 첫 라디오극 「넘어지는 모든 자들(All That Fall)」을 영어로 쓰기 시작해 9월 말 완성한다. 10월, 『말론 죽다(Malone Dies)』 영어판이 그로브에서 출간된다. 12월, 희곡 「으스름(The Gloaming)」(제목은 훗날 '연극용 초안 I[Rough for Theatre I]'로 바뀜)을 쓰기 시작한다.

1957년 — 1월 13일, 「넘어지는 모든 자들」이 BBC 3프로그램에서 처음 방송된다. 1월 말 또는 2월 초, 『마지막 승부 / 무언극(Fin de partie *suivi de* Acte sans paroles)』이 미뉘에서 출간된다. 3월 15일, 「머피」가 그로브에서 출간된다. 4월 3일, 「마지막 승부」가 런던의 로열 코트 극장에서 프랑스어로 공연되고(로제 블랭 연출, 장 마르탱 주연), 이달 26일 파리의 스튜디오 데 샹젤리제 무대에도 오른다. 베케트는 8월 중순까지 이 작품을 영어로 옮긴다. 8월 24일, 더럭 멘들을 위해 두 번째 『무언극 II(Acte sans paroles II)』를 완성한다. 8월 30일, 『넘어지는 모든 자들』이 페이버에서 출간된다. 로베르 팽제(Robert Pinget)가 베케트와 협업해 프랑스어로 옮긴 「넘어지는 모든 자들(Tous ceux qui tombent)」이 파리의 문학잡지 『레 레트르 누벨(Les Lettres nouvelles)』에 실린다. 「포기한 작업으로부터」가 이해 창간된 뉴욕 그로브 출판사의 문학잡지 『에버그린 리뷰(Evergreen Review)』 1권 3호에 실린다. 10월 말, 『넘어지는 모든 자들』이 미뉘에서 출간된다. 12월 14일, 「포기한 작업으로부터」가 BBC 3프로그램에서 방송된다(패트릭 머기[Patrick Magee] 낭독).

1958년 — 1월 28일, 「마지막 승부」의 영어 버전인 「마지막 승부(Endgame)」 공연이 뉴욕의 체리 레인 극장에서 초연된다(앨런 슈나이더 연출). 2월 23일, 『이름 붙일 수 없는 자』의 영어 번역 초안을 완성한다. 3월 6일, 「마지막 승부(Endspiel)」가 빈의 플라이슈마르크트 극장에서 공연된다(로제 블랭 연출). 3월 7일, 『말론 죽다』 영어판이 런던의 존 콜더(John Calder)에서 출간된다. 3월 17일, 희곡 「크래프의 마지막 테이프(Krapp's Last Tape)」를 영어로 완성한다. 4월 25일, 『마지막 승부 / 무언극 I(Endgame, followed by Act Without Words I)』 영어판이 페이버에서 출간된다. 이해에 『포기한 작업으로부터』도 페이버에서 출간된다. 7월, 희곡 「크래프의 마지막 테이프」가 『에버그린 리뷰』에 실린다. 8월, 훗날 「연극용 초안 II[Rough for Theatre II]」가 되는 글을 쓴다. 9월 29일, 『이름 붙일 수 없는 자(The Unnamable)』 영어판이 그로브에서 출간된다. 10월 28일, 「크래프의 마지막 테이프」가 런던의 로열 코트 극장에서 초연된다(도널드 맥위니[Donald McWhinnie] 연출, 패트릭 머기 주연). 11월 1일, 「아무것도 아닌 텍스트들」 중 1편을 영어로 옮긴다. 12월, 1950년 옮겼던 『멕시코 시 선집』이 미국 블루밍턴의 인디애나 대학교 출판부(Indiana University Press)에서 출간된다. 12월 17일, 훗날 『그게 어떤지(Comment c'est)』의 일부가 되는 「핌(Pim)」을 쓰기 시작한다.

1959년 — 3월, 베케트와 피에르 레리스(Pierre Leyris)가 함께 「크래프의 마지막 테이프」를 프랑스어로 옮긴 「마지막 테이프(La Dernière bande)」가 『레 레트르 누벨』에 실린다. 6월 24일, 라디오극 「타다 남은 불씨들(Embers)」이 BBC 3프로그램에서 방송된다. 7월 2일, 트리니티 대학교에서 명예박사 학위를 받는다. 『몰로이』, 『말론 죽다』, 『이름 붙일 수 없는 자』가 한 권으로 묶여 10월에 파리의 올랭피아에서 『3부작(A Trilogy)』으로, 11월에 뉴욕의 그로브에서 『세 편의 소설(Three Novels)』로 출간된다. 11월, 「타다 남은 불씨들」이 『에버그린 리뷰』에 실린다. 같은 달 짧은 글 「이미지(L'Image)」가 영국 문예지 『엑스(X)』에 실리고, 이후 이 글은 『그게 어떤지』로 발전한다. 12월 18일, 『크래프의 마지막 테이프 그리고 타다 남은 불씨들(Krapp's Last Tape and Embers)』이 페이버에서 출간된다. 팽제가 「타다 남은 불씨들」을 프랑스어로 옮긴 「타고 남은 재들(Cendres)」이 『레 레트르 누벨』에 실린다. 이해에 독일 비스바덴의 리메스 출판사(Limes Verlag)에서 베케트의 『시집(Gedichte)』이 출간된다.

1960년 — 1월, 『마지막 테이프/타고 남은 재들(La Dernière bande suivi de Cendres)』이 미뉘에서 출간된다. 1월 14일, 「크래프의 마지막 테이프」가 뉴욕의 프로방스타운 극장에서 공연된다(앨런 슈나이더 연출). 『그게 어떤지』 초고를 완성하고, 8월 초까지 퇴고한다. 3월 27일, 「마지막 테이프」가 파리의 레카미에 극장에서 공연된다(로제 블랭 연출, 르네자크 쇼파르[René-Jacques Chauffard] 주연). 3월 31일, 『세 편의 소설』이 존 콜더에서 출간된다. 4월 27일, 「고도를 기다리며」가 BBC 3프로그램에서 방송된다. 8월, 희곡 「행복한 날들(Happy Days)」을 영어로 쓰기 시작해 이듬해 1월 완성한다. 8월 23일, 로베르 팽제가 프랑스어로 쓴 라디오극 「크랭크(La Manivelle)」를 베케트가 영어로 번역한 「옛 노래(The Old Tune)」가 BBC 3프로그램에서 방송된다(바버라 브레이[Barbara Bray] 연출). 9월 말, 베케트의 번역 「옛 노래」가 함께 수록된 팽제의 『크랭크』가 미뉘에서 출간된다. 리처드 시버(Richard Seaver)와 함께 「추방된 자」를 영어로 옮긴다. 10월 말, 파리 14구 생자크 거리의 아파트로 이사한다. 이해에 『크래프의 마지막 테이프 그리고 다른 희곡들(Krapp's Last Tape, and Other Dramatic Pieces)』이 뉴욕 그로브에서 출간된다.

1961년 — 1월, 『그게 어떤지』가 미뉘에서 출간된다. 2월, 마르셀 미할로비치[Marcel Mihalovici]가 작곡한 가극 「크래프의 마지막 테이프」가 파리의 샤이요 극장과 독일의 빌레펠트에서 공연된다. 3월 25일, 영국 동남부 켄트의 포크스턴에서 쉬잔과 결혼한다. 파리로 돌아온 직후부터 6월 초까지 「행복한 날들」의 원고를 개작해 그로브에 송고한다. 4월 3일, 뉴욕의 WNTA TV에서 「고도를 기다리며」가 방송된다(앨런 슈나이더 연출). 5월 3일, 「고도를 기다리며」가 파리의 오데옹 극장에서 공연된다. 5월 4일, 호르헤 루이스 보르헤스(Jorge Luis Borges)와 공동으로 국제 출판인상을 수상한다. 6월 26일, 「고도를 기다리며」가 BBC 텔레비전에서 방송된다(도널드 맥위니 연출). 7월 15일, 『그게 어떤지』를 영어로 옮기기 시작한다. 9월, 『행복한 날들』이 그로브에서 출간된다. 9월 17일, 「행복한 날들」이 뉴욕의 체리 레인 극장에서 초연된다(앨런 슈나이더 연출). 11월 말, 라디오극 「말과 음악(Words and Music)」을 쓴다(존 베케트[John Beckett] 작곡). 12월, '음악과 목소리를 위한 라디오극' 「카스칸도(Cascando)」를 프랑스어로 처음 쓴다(마르셀 미할로비치 작곡). 『영어로 쓴 시(Poems in English)』가 콜더 앤드 보야스(Calder and Boyars, 출판사 존 콜더가 1963년부터 1975년까지 사용했던 이름)에서 출간된다.

1962년 — 1월, 단편 「추방된 자(The Expelled)」의 영어 버전이 『에버그린 리뷰』에 실린다. 5월, 희곡 「연극(Play)」을 영어로 쓰기 시작해 7월에 완성한다. 5월 22일, 「마지막 승부」가 BBC 3프로그램에서 방송된다(앨런 깁슨[Alan Gibson] 연출). 6월 15일, 『행복한 날들』이 페이버에서 출간된다. 11월 1일, 「행복한 날들」이 런던의 로열 코트 극장에서 공연된다. 11월 13일, 「말과 음악」이 BBC 3프로그램에서 방송된다. 「말과 음악」이 『에버그린 리뷰』에 실린다.

1963년 — 1월 25일, 「넘어지는 모든 자들」이 프랑스 텔레비전에서 방송된다. 2월, 『오 행복한 날들(Oh les beaux jours)』 프랑스어판이 미뉘에서 출간된다. 3월 20일, 『영어로 쓴 시(Poems in English)』가 그로브에서 출간된다. 4월 5–13일, 시나리오 「필름(Film)」을 쓴다. 6월 14일, 독일 울름에서 「연극」의 독일어 버전인 「유희(Spiel)」가 공연되고, 베케트는 공연 제작을 돕는다(데릭 멘들 연출). 7월 4일, 「아무것도 아닌 텍스트들」 13편을 영어로 옮기기 시작한다. 9월 말, 「오 행복한 날들」이 베네치아 연극 페스티벌에서 공연되고(로제 블랭 연출, 마들렌 르노[Madeleine Renaud], 장루이 바로[Jean-Louis Barrault] 주연), 이어 10월 말 파리의 오데옹 극장 무대에 오른다. 10월 13일, 「카스칸도」가 프랑스 퀼튀르에서 방송된다(로제 블랭 연출, 장 마르탱 목소리 출연). 이해 독일 프랑크푸르트의 주어캄프 출판사(Suhrkamp Verlag)에서 베케트의 『극작품(Dramatische Dichtungen)』 1권(총 3권)이 출간된다(「고도를 기다리며」, 「마지막 승부」, 「무언극 I」, 「무언극 II」, 「카스칸도」 등 수록).

1964년 — 1월 4일, 「연극」이 뉴욕의 체리 레인 극장에서 공연된다(앨런 슈나이더 연출). 2월 17일, 「마지막 승부」 영어 공연이 파리의 샹젤리제 스튜디오에서 열린다(잭 맥가우런[Jack MacGowran] 연출, 패트릭 머기 주연). 3월, 『연극 그리고 두 편의 라디오 단막극(Play and Two Short Pieces for Radio)』이 페이버에서 출간된다(「연극」, 「카스칸도」, 「말과 음악」 수록). 4월 7일, 「연극」이 런던의 국립극장 올드빅에서 공연된다. 4월 30일, 『그게 어떤지(How it is)』 영어판이 런던의 콜더 앤드 보야스에서 출간된다. 6월, 「연극」을 프랑스어로 옮긴 「코메디(Comédie)」가 『레 레트르 누벨』에 게재된다. 6월 11일, 「코메디」가 파리 루브르 박물관의 마르상관(館)에서 초연된다(장마리 세로[Jean-Marie Serreau] 연출). 7월 9일, 로열 셰익스피어 극단이 제작한 「마지막 승부」가 런던의 알드위치 극장에서 공연된다. 7월 IO일부터 8월 초까지 뉴욕에서 「필름」 제작을 돕는다(앨런 슈나이더 감독, 버스터 키턴[Buster Keaton] 주연). 8월 말, 훗날 「잘못된 출발들(Faux départs)」이 될 글을 쓰기 시작한다. IO월 6일, 「카스칸도」가 BBC 3프로그램에서 방송된다. I2월 30일, 「고도를 기다리며」가 런던의 로열 코트 극장에서 공연된다(앤서니 페이지[Anthony Page] 연출).

I965년 — I월, 희곡 「왔다 갔다(Come and Go)」를 영어로 쓴다. 3월 2I일, 「왔다 갔다」의 프랑스어 번역을 마친다. 4월 I3일부터 5월 I일까지 첫 텔레비전전용 스크립트 「어이 조(Eh Joe)」를 영어로 쓴다. 5월 6일, 『고도를 기다리며』 무삭제판이 페이버에서 출간된다. 7월 3일, 「어이 조」의 프랑스어 번역을 마친다. 7월 4-8일, 봄에 프랑스어로 쓴 단편 「죽은 상상력 상상해 보라(Imagination morte imaginez)」를 영어로 옮긴다. 프랑스어로 쓴 「죽은 상상력 상상해 보라」는 『레 레트르 누벨』에 게재되고 미뉘에서 출간된다. 영어로 번역된 「죽은 상상력 상상해 보라(Imagination Dead Imagine)」는 런던의 『더 선데이 타임스(The Sunday Times)』에 실리고 콜더 앤드 보야스에서 출간된다. 8월 8-I4일, 「말과 음악」을 프랑스어로 옮긴다. 9월 4일, 「필름」이 베네치아 국제영화제에서 상영되고, 젊은 비평가상을 수상한다. 이날 단편 「충분히(Assez)」를 프랑스어로 쓰기 시작한다. IO월 I8일, 로베르 팽제의 「가설(L'Hypothèse)」이 파리 근대 미술관에서 공연된다(베케트와 피에르 샤베르[Pierre Chabert] 공동 연출). II월, 「소멸자(Le Dépeupleur)」를 프랑스어로 쓰기 시작한다.

I966년 — I월, 『코메디 및 기타 극작품(Comédie et Actes divers)』이 미뉘에서 출간된다(「코메디」, 「왔다 갔다[Va-et-vient]」, 「카스칸도」, 「말과 음악[Paroles et musique]」, 「어이 조[Dis Joe]」, 「무언극 II」 수록). 2월 28일, 「왔다 갔다」와 팽제의 「가설」(베케트 연출)이 파리의 오데옹 극장에서 공연된다. 4월 I3일, 베케트의 60회 생일을 기념해 「어이 조(He Joe)」가 독일 국영방송 SDR(남부독일방송)에서 처음 방송된다(베케트 연출). 7월 4일, 「어이 조」가 BBC 2프로그램에서 방송된다. 7-8월, 「쿵(Bing)」을 프랑스어로 쓴다. 『충분히』, 『쿵』이 미뉘에서 출간된다. II-I2월 초, 「아무것도 아닌 텍스트들」을 영어로 옮긴다.

I967년 — 녹내장 진단을 받는다. 뤼도비크(Ludovic)와 아녜스 장비에(Agnès Janvier), 베케트가 함께 옮긴 『포기한 작업으로부터(D'un ouvrage abandonné)』가 미뉘에서 출간된다. 단편집 『죽은-머리들(Têtes-mortes)』이 미뉘에서 출간된다(「충분히」, 「죽은 상상력 상상해 보라」, 「쿵」 수록). 6월, 『어이 조 그리고 다른 글들(Eh Joe and Other Writings)』이 페이버에서 출간된다. 7월, 『왔다 갔다』가 콜더 앤드 보야스에서 출간된다(「어이 조」, 「무언극 II[Act Without Words II]」, 「필름」 수록). 『카스칸도 그리고 다른 단막극들(Cascando and Other Short Dramatic Pieces)』이 그로브에서 출간된다(「카스칸도」, 「말과 음악」, 「어이 조」, 「연극」, 「왔다 갔다」, 「필름」 수록). 8월 중순부터 9월 말까지 베를린에 머물며

실러 극장 무대에 오를 「마지막 승부(Endspiel)」 연출을 준비하고, 9월 26일 공연한다. 11월, 베케트가 1945년부터 1966년까지 쓴 단편들을 묶은 『아니요의 칼(No's Knife)』이 콜더 앤드 보야스에서 출간된다. 12월, 『단편들 그리고 아무것도 아닌 텍스트들(Stories and Texts for Nothing)』이 그로브에서 출간된다. 이해에 토머스 맥그리비가 사망한다.

1968년 — 3월, 프랑스어로 쓴 시들을 엮은 『시집(Poèmes)』이 미뉘에서 출간된다. 5월, 폐에서 종기가 발견되어 술과 담배를 끊는 등 여름 내내 치유에 힘쓴다. 「소멸자」의 일부인 『출구(L'Issue)』가 파리의 조르주 비자(Georges Visat)에서 출간된다. 12월, 뤼도비크와 아네스 장비에, 베케트가 함께 옮긴 『와트』가 미뉘에서 출간된다. 이달 초부터 이듬해 3월 초까지 포르투갈에 머물며 휴식을 취한다. 이해에 희곡 「숨소리(Breath)」를 영어로 쓴다.

1969년 — 「없는(Sans)」을 프랑스어로 쓴다. 6월 16일, 뉴욕의 에덴 극장에서 「숨소리」가 공연된다. 8월 말, 10월 5일 실러 극장에서 직접 연출해 선보일 「크라프의 마지막 테이프(Das letzte Band)」 공연 준비차 베를린을 방문하고, 그곳에서 「없는」을 영어로 옮기기 시작한다. 10월, 영국 글래스고의 클로스 시어터 클럽에서 「숨소리」가 공연된다. 10월 초, 요양차 튀니지로 떠난다. 10월 23일, 노벨 문학상 수상. 미뉘 출판사 대표 제롬 랭동이 대신 시상식에 참여한다. 『없는』이 미뉘에서 출간된다.

1970년 — 3월 8일, 영국 옥스퍼드 극장에서 「숨소리」가 공연된다. 4월 29일, 파리의 레카미에 극장에서 「마지막 테이프」를 직접 연출한다. 같은 달, 1946년 집필했으나 당시 베케트가 출간을 거부했던 장편 『메르시에와 카미에(Mercier et Camier)』와 단편 「첫사랑(Premier Amour)」이 미뉘에서 출간된다. 7월, 「없는」을 영어로 옮긴 『없어짐(Lessness)』이 콜더 앤드 보야스에서 출간된다. 9월, 『소멸자』가 미뉘에서 출간된다. 10월 중순 백내장으로 인해 왼쪽 눈 수술을 받는다.

1971년 — 2월 중순, 오른쪽 눈 수술을 받는다. 「숨소리(Souffle)」 프랑스어 버전이 『카이에 뒤 슈맹(Cariers du Chemin)』 4월 호에 실린다. 8–9월, 베를린을 방문해 9월 17일 「행복한 날들(Glückliche Tage)」을 실러 극장에서 연출한다. 10–11월, 요양차 몰타에 머문다.

1972년 — 2월, 모로코에 머문다. 3월 말, 무대에 '입'만 등장하는 모놀로그 「나는 아니야(Not I)」를 영어로 쓴다. 『소멸자』를 영어로 옮긴 『잃어버린 자들(The Lost Ones)』이 런던의 콜더 앤드 보야스와 뉴욕의 그로브에서 출간된다. 『잃어버린 자들』 일부가 '북쪽(The North)'이라는 제목으로 런던의 이니사먼 출판사(Enitharmon Press)에서 출간된다. 단편집 『죽은-머리들』 증보판이

243

미뉘에서 출간된다(「없는」 추가 수록). 「필름 / 숨소리(Film suivi de Souffle)」가
미뉘에서 출간되고, 두 작품은 이해 출간된 『코메디 및 기타 극작품』 증보판에
수록된다. 『숨소리 그리고 다른 단막극들(Breath and Other Shorts Plays)』이
페이버에서 출간된다. 11월 22일, 「나는 아니야」가 '사뮈엘 베케트 페스티벌'의
일환으로 뉴욕의 링컨 센터에서 공연된다(앨런 슈나이더 연출, 제시카 탠디[Jessi-
ca Tandy] 주연).

1973년 — 1월 16일, 「나는 아니야」가 런던의 로열 코트 극장에서 공연된다(베케트와
앤서니 페이지 공동 연출, 빌리 화이틀로[Billie Whitelaw] 주연). 같은 달 『나는
아니야』가 페이버에서 출간된다. 2월, 『첫사랑』의 영어 번역을 마친다. 『나는
아니야』를 프랑스어로, 『메르시에와 카미에』를 영어로 옮기기 시작한다. 7월,
『첫사랑(First Love)』이 콜더 앤드 보야스에서 출간된다. 8월, 「이야기된바(As the
Story Was Told)」를 쓴다. 이 글은 이해 독일의 주어캄프에서 출간된 시인 귄터
아이히(Günter Eich) 기념 책자에 수록된다.

1974년 — 『첫사랑 그리고 다른 단편들(First Love and Other Shorts)』가 그로브에서
출간된다(「포기한 작업으로부터」, 「충분히[Enough]」, 「죽은 상상력 상상해 보라」,
「땡[Ping]」, 「나는 아니야」, 「숨소리」 수록). 『메르시에와 카미에(Mercier and
Camier)』가 런던의 콜더 앤드 보야스와 뉴욕의 그로브에서 출간된다. 6월, 「나는
아니야」에 비견되는 실험적인 희곡 「그때는(That Time)」을 쓰기 시작해 이듬해
8월 완성한다.

1975년 — 3월 8일, 베를린 실러 극장에서 「고도를 기다리며」를 연출한다. 4월 8일, 파리
오르세 극장에서 「나는 아니야(Pas moi)」(마들렌 르노 주연)와 「마지막 테이프」를
연출한다. 희곡 「발소리(Footfalls)」를 영어로 쓰기 시작해 11월에 완성한다.
텔레비전용 스크립트 「고스트 트리오(Ghost Trio)」를 영어로 쓴다. 12월, 「다시
끝내기 위하여(Pour finir encore)」를 쓴다.

1976년 — 2월, 단편집 『다시 끝내기 위하여 그리고 다른 실패작들(Pour finir encore
et autres foirades)』이 미뉘에서 출간된다. 5월 말, 베케트의 일흔 번째 생일을
기념해 런던의 로열 코트 극장에서 「발소리」(베케트 연출, 빌리 화이틀로 주연)와
「그때는」(도널드 맥위니 연출, 패트릭 머기 주연)이 공연된다. 『그때는』이
페이버에서 출간된다. 8월, 「죽은 상상력 상상해 보라」를 쓰기 전해인 1964년에
영어로 쓴 글 「모든 이상한 것이 사라지고(All Strange Away)」가 에드워드
고리(Edward Gorey)의 에칭화와 함께 뉴욕의 고담 북 마트(Gotham Book
Mart)에서 출간된다. 10월 1일, 「그때는(Damals)」과 「발소리(Tritte)」를 베를린
실러 극장에서 연출한다. 10–11월, 텔레비전용 스크립트 「오직 구름만이…(...but
the clouds...)」를 영어로 쓴다. 12월, 『발소리』가 페이버에서 출간된다. 「고스트
트리오」를 처음 수록한 8편의 희곡집 『허접쓰레기들(Ends and Odds)』이

그로브에서 출간된다. 산문 모음 『실패작들(Foirades / Fizzles)』이 뉴욕의
피터즈버그 출판사(Petersburg Press)에서 프랑스어와 영어로 출간되고,
『다시 끝내기 위하여 그리고 다른 실패작들(For to End Yet Again and Other
Fizzles)』이 런던의 존 콜더에서, 『실패작들(Fizzles)』이 뉴욕의 그로브에서
출간된다.

1977년 — 3월, 『동반자(Company)』를 영어로 쓰기 시작한다. 『영어와 프랑스어로 쓴
시 전집(Collected Poems in English and French)』이 런던의 콜더와 뉴욕의
그로브에서 출간된다. 4월 17일, 「나는 아니야」, 「고스트 트리오」, 「오직
구름만이…」가 '그늘(Shades)'이라는 타이틀 아래 영국 BBC 2프로그램에서
방송된다(앤서니 페이지, 도널드 맥위니 연출). 10월, '죽음'에 대해 말하는
남자에 대한 작품을 써 달라는 배우 데이비드 워릴로(David Warrilow)의
요청으로 「독백극(A Piece of Monologue)」을 쓰기 시작한다. 11월 1일,
남부독일방송에서 제작된 「고스트 트리오(Geistertrio)」와 「오직 구름만이…」(Nur
noch Gewölk)」, 그리고 영국에서 방송되었던 빌리 화이틀로 버전의 「나는
아니야」가 '그늘(Schatten)'이라는 타이틀 아래 RFA에서 방송된다(베케트 연출).
전해에 그로브에서 출간된 동명의 희곡집에 「오직 구름만이…」를 추가로 수록한
『허접쓰레기들』이 페이버에서 출간된다. 『발소리(Pas)』가 미뉘에서 출간된다.

1978년 — 『발소리 / 네 편의 밑그림(Pas suivi de Quatre esquisses)』이 미뉘에서
출간된다(「발소리」, 「연극용 초안 I & II(Fragment de théâtre I & II)」,
「라디오용 스케치(Pochade radiophonique)」, 「라디오용 밑그림(Esquisse
radiophonique)」). 4월 11일, 「발소리」와 「나는 아니야」가 파리의 오르세 극장에서
공연된다(베케트 연출, 마들렌 르노 주연). 8월, 『시들 / 풀피리 노래들(Poèmes
suivi de mirlitonnades)』이 미뉘에서 출간된다. 「그때는」을 프랑스어로 옮긴
『이번에는(Cette fois)』이 미뉘에서 출간된다. 10월 6일, 「유희」를 베를린 실러
극장에서 연출한다.

1979년 — 4월 말, 「독백극」을 완성한다. 6월, 런던의 로열 코트 극장에서 「행복한 날들」이
공연된다(베케트 연출). 9월, 『동반자』를 완성하고 프랑스어로 옮기기 시작한다.
『동반자』가 런던 콜더에서 출간된다. 10월 말, 『잘 못 보이고 잘 못 말해진(Mal
vu mal dit)』을 쓰기 시작한다. 12월 14일, 「독백극」이 뉴욕의 라 마마 실험 극장
클럽에서 초연된다(데이비드 워릴로 연출, 주연).

1980년 — 『동반자(Compagnie)』가 파리 미뉘에서 출간된다. 5월, 런던의 리버사이드
스튜디오에서 샌 퀜틴 드라마 워크숍의 일환으로 창립자 릭 클러치(Rick
Cluchey)와 함께 「마지막 승부」를 연출한다. 이듬해 75번째 생일을 기념해
뉴욕주 버펄로에서 열리는 심포지엄에서 선보일 「자장가(Rockaby)」를 쓰고(앨런
슈나이더 연출, 빌리 화이틀로 주연), 역시 이듬해 미국 오하이오 주립 대학교에서

열린 베케트 심포지엄의 의뢰로 「오하이오 즉흥곡(Ohio Impromptu)」을 쓴다(앨런 슈나이더 연출).

1981년 — 1월 말, 『잘 못 보이고 잘 못 말해진』을 완성한다. 3월, 『잘 못 보이고 잘 못 말해진』이 미뉘에서 출간된다. 『자장가 그리고 다른 짧은 글들(Rockaby and Other Short Pieces)』이 그로브에서 출간된다(「오하이오 즉흥곡」, 「자장가」, 「독백극」 등 수록). 4월, 텔레비전용 스크립트 「콰드(Quad)」를 영어로 쓴다. 7월, 종종 협업해 온 화가 아비그도르 아리카(Avigdor Arikha)를 위해 짧은 글 「천장(Ceiling)」을 영어로 쓰기 시작한다(훗날 에디트 푸르니에[Edith Fournier]가 옮긴 프랑스어 제목은 'Plafond'). 8월, 『최악을 향하여(Worstward Ho)』를 영어로 쓰기 시작해 이듬해 3월 완성한다(에디트 푸르니에가 베케트와 미리 상의한 후 1991년 펴낸 프랑스어 번역본의 제목은 'Cap au pire'). 10월 8일, 독일 SDR에서 제작된 「콰드」가 '정방형 I+II(Quadrat I+II)'라는 제목으로 RFA에서 방송된다(베케트 연출). 같은 달 『잘 못 보이고 잘 못 말해진(Ill Seen Ill Said)』이 그로브에서 출간된다. 베케트 탄생 75주년을 기념해 파리에서 '사뮈엘 베케트 페스티벌'이 개최된다.

1982년 — 체코 대통령이자 극작가였던 바츨라프 하벨(Václav Havel)에게 헌정하는 희곡 「대단원(Catastrophe)」을 쓴다. 7월 20일, 「대단원」이 아비뇽 페스티벌에서 초연된다. 『독백극 / 대단원(Solo suivi de Catastrophe)』과 『대단원 그리고 또 다른 소극들(Catastrophe et autres dramaticules)』, 『자장가 / 오하이오 즉흥곡(Berceuse suivi de Impromptu d'Ohio)』이 미뉘에서 출간된다. 『특별히 묶은 세 편의 희곡(Three Occasional Pieces)』이 페이버에서 출간된다(「독백극」, 「자장가」, 「오하이오 즉흥곡」 수록). 『잘 못 보이고 잘 못 말해진』이 콜더에서 출간된다. 마지막 텔레비전용 스크립트 「밤과 꿈(Nacht und Träume)」을 영어로 쓰고 독일 SDR에서 연출한다(이듬해 5월 19일 RFA에서 방송됨). 12월 16일, 「콰드」가 영국 BBC 2프로그램에서 방송된다.

1983년 — 2-3월, 9월에 오스트리아 그라츠에서 열리는 슈타이리셔 헤르프스트 페스티벌의 요청으로 희곡 「무엇을 어디서」를 프랑스어로 쓰고('Quoi Où') 영어로 옮긴다('What Where'). 이 작품은 베케트가 집필한 마지막 희곡이 된다. 4월, 『최악을 향하여』가 콜더에서 출간된다. 9월, 베케트가 1929년부터 1967년까지 썼던 비평과 공연되지 않은 극작품 「인간의 소망들」 등이 포함된 『소편(小片)들: 잡문들 그리고 연극적 단편 한 편(Disjecta: Miscellaneous Writings and a Dramatic Fragment)』(루비 콘[Ruby Cohn] 엮음)이 콜더에서 출간된다. 『오하이오 즉흥곡, 대단원, 무엇을 어디서(Ohio Impromptu, Catastrophe, What Where)』가 그로브에서 출간된다. 「독백극」, 「이번에는」이 파리 생드니의 제라르 필리프 극장에서 프랑스어로 공연된다(데이비드 워릴로 주연). 「자장가」, 「오하이오 즉흥곡」, 「대단원」이 파리 롱푸앵 극장 무대에 오른다(피에르 샤베르 연출). 6월 15일, 「무엇을 어디서」, 「대단원」, 「오하이오 즉흥곡」이 뉴욕의 해럴드 클러먼 극장에서 공연된다(앨런 슈나이더 연출).

1984년 — 2월, 런던을 방문해 샌 퀜틴 드라마 워크숍에서 준비하는 「고도를 기다리며」를 감독한다(발터 아스무스[Walter Asmus] 연출, 3월 13일 애들레이드 아츠 페스티벌에서 초연됨). 『대단원』이 콜더에서 출간된다. 『단막극 전집(Collected Shorter Plays)』이 런던의 페이버와 뉴욕의 그로브에서 출간되고, 『시 전집 1930–78(Collected Poems, 1930–1978)』이 런던의 콜더에서 출간된다. 8월, 에든버러 페스티벌에서 '베케트 시즌'이 열린다. 런던에서 오스트레일리아 순회공연을 위해 「고도를 기다리며」, 「마지막 승부」, 「크래프의 마지막 테이프」 연출을 감독한다.

1985년 — 마드리드와 예루살렘에서 베케트 페스티벌이 열린다. 6월, 「무엇을 어디서(Was Wo)」를 텔레비전 방송용으로 개작해 독일 SDR에서 연출한다(이듬해 4월 13일 방송됨). 「천장」이 실린 책 『아리카(Arikha)』가 파리의 에르만(Hermann)과 런던의 템스 앤드 허드슨(Thames and Hudson)에서 출간된다.

1986년 — 베케트 탄생 80주년을 기념해 4월에 파리에서, 8월에 스코틀랜드 스털링에서 사뮈엘 베케트 페스티벌이 열린다. 폐 질환이 시작된다.

1988년 — 마지막 글이 될 「떨림(Stirrings Still)」을 영어로 완성한다. 이 글은 뉴욕의 블루 문 북스(Blue Moon Books)와 런던의 콜더에서 출간된다. 『영상』이 미뉘에서, 『단편 산문 전집 1945–80(Collected Shorter Prose, 1945–1980)』이 콜더에서 출간된다. 7월, 쉬잔과 함께 요양원 르 티에르탕에 들어간다. 그곳에서 프랑스어 시 「어떻게 말할까(Comment dire)」와 영어 시 「무어라 말하나(What Is the Word)」를 쓴다.

1989년 — 『동반자』, 『잘 못 보이고 잘 못 말해진』, 『최악을 향하여』가 수록된 『계속할 도리가 없는(Nohow On)』이 뉴욕의 리미티드 에디션스 클럽(Limited Editions Club)과 런던의 콜더에서 출간된다(그로브에서는 1995년 출간됨). 『떨림(Stirrings Still)』을 프랑스어로 옮긴 『떨림(Soubresauts)』과 1940년대에 판 펠더 형제에 대해 썼던 미술비평 『세계와 바지(Le Monde et le pantalon)』가 미뉘에서 출간된다(「장애의 화가들[Peintres de l'empêchement]」은 1991년 증보판에 수록됨).

　　　　7월 17일, 쉬잔 사망. 12월 22일, 베케트 사망. 파리의 몽파르나스 묘지에 함께 안장된다.

작품 연표

영어	프랑스어
1929년 비평문 「단테…브루노. 비코‥조이스 (Dante…Bruno. Vico..Joyce)」 단편 「승천(Assumption)」 기타 단편들	
1930년 시집 『호로스코프(Whoroscope)』(1930) 비평집 『프루스트(Proust)』(1931) 단편들	
1930-2년 장편 『그저 그런 여인들에 대한 꿈(Dream of Fair to Middling Women)』 (사후 출간)	
1932-3년 시들 단편집 『발길질보다 따끔함(More Pricks Than Kicks)』(1934)	
1934-5년 시집 『에코의 뼈들 그리고 다른 침전물들(Echo's Bones and Other Precipitates)』(1935)	
1935-6년 장편 『머피(Murphy)』(1938)	
1937년 희곡 「인간의 소망들(Human Wishes)」(1983)	**1937-40년** 시들 『머피(Murphy)』(알프레드 페롱과 공동 번역, 1947년 출간)
1941-5년 장편 『와트(Watt)』(1953)	**1945년** 미술비평 「세계와 바지(Le Monde et le pantalon)」(1989)

1946년

단편 「끝(La Fin)」(1955)

장편 『메르시에와 카미에(Mercier et Camier)』(1970)

단편 「추방된 자(L'Expulsé)」(1955)

단편 「첫사랑(Premier amour)」(1970)

단편 「진정제(Le Calmant)」(1955)

1947년

희곡 「엘레우테리아(Eleutheria)」(1995)

1947–8년

장편 『몰로이(Molloy)』(1951)

장편 『말론 죽다(Malone meurt)』(1951)

미술비평 「장애의 화가들(Peintres de l'empêchement)」(1989)

1948–9년

희곡 「고도를 기다리며(En attendant Godot)」(1952)

1949년

미술비평 「세 편의 대화(Three Dialogues)」(사후 출간)

1949–50년

장편 『이름 붙일 수 없는 자(L'Innommable)』(1953)

1950–1년

단편 모음 「아무것도 아닌 텍스트들(Textes pour rien)」(1955)

1953–4년

장편 『몰로이(Molloy)』(패트릭 볼스와 공동 번역, 1955년 출간)

희곡 『고도를 기다리며(Waiting for Godot)』(1954)

1954–5년

장편 『말론 죽다(Malone Dies)』(1956)

1955(?)년

단편 「포기한 작업으로부터(From an Abandoned Work)」(1958)

1954–6년

희곡 「마지막 승부(Fin de Partie)」(1957)

희곡 「무언극 I(Acte sans paroles I)」(1957)

1956년

라디오극「넘어지는 모든 자들(All That Fall)」(1957)

1956-7년

희곡「으스름(The Gloaming)」
장편『이름 붙일 수 없는 자(The Unnamable)』(1958)

1957년

희곡「마지막 승부(Endgame)」(1958)

1958년

희곡「크래프의 마지막 테이프(Krapp's Last Tape)」(1959)
단편「아무것도 아닌 텍스트 I(Text for Nothing I)」
라디오극「타다 남은 불씨들(Embers)」(1959)

1960-1년

희곡「행복한 날들(Happy Days)」(1961)
단편「추방된 자」(리처드 시버와 공동 번역, 1967년 출간)

1961년

라디오극「말과 음악(Words and Music)」(1964)

1961-2년

장편『그게 어떤지(How It is)』(1964)

1962-3년

희곡「연극(Play)」(1964)
「연극용 초안 I & II(Rough for Theatre I & II)」(1976)
「라디오용 초안 I & II(Rough for Radio I & II)」(1976)

1963년

라디오극「카스칸도(Cascando)」(1964)
시나리오「필름(Film)」(1964년 제작, 1965년 상영, 1967년 출간)

1957년

라디오극「넘어지는 모든 자들(Tous ceux qui tombent)」(로베르 팽제와 공동 번역, 1957년 출간)
「무언극 II(Acte sans paroles II)」(1966)

1958-9년

희곡「마지막 테이프(La Dernière bande)」(피에르 레리스와 공동 번역, 1960년 출간)

1959-60년

장편『그게 어떤지(Comment c'est)』(1961)

「연극용 초안 I & II(Fragment de théâtre I & II)」(1950년대 후반 집필, 1978년 출간)

1961년

라디오극「카스칸도(Cascando)」(1963)
「라디오용 스케치(Pochade radiophonique)」(1978)
「라디오용 밑그림(Esquisse radiophonique)」(1978)

1962년

희곡「오 행복한 날들(Oh les beaux jours)」(1963)

1963-4년

희곡「코메디(Comédie)」(1966)

1963–6년

단편 모음 「아무것도 아닌 텍스트들(Texts for Nothing)」(1967)

1964–5년

단편 「모든 이상한 것이 사라지고(All Strange Away)」(1976)

1965년

희곡 「왔다 갔다(Come and Go)」(1)* (1967)

텔레비전용 스크립트 「어이 조(Eh Joe)」(1) (1967)

단편 「죽은 상상력 상상해 보라 (Imagination Dead Imagine)」(2) (1974)

1965–6년

단편 「충분히(Enough)」(2) (1974)

단편 「땡(Ping)」(1974)

1965년

희곡 「왔다 갔다(Va-et-vient)」(2) (1966)

단편 「죽은 상상력 상상해 보라 (Imagination morte imaginez)」(1) (1967)

텔레비전용 스크립트 「어이 조(Dis Joe)」(2) (1966)

라디오극 「말과 음악(Paroles et musique)」(1966)

단편 「충분히(Assez)」(1) (1966)

1965–6년

단편 「소멸자(Le Dépeupleur)」(1970)

1966년

단편 「쿵(Bing)」(1966)

1966–8년

장편 『와트(Watt)』(아녜스 & 뤼도비크 장비에와 공동 번역, 1968년 출간)

1968년

희곡 「숨소리(Breath)」(1972)

1969년

단편 「없어짐(Lessness)」(2) (1970)

1969년

단편 「없는(Sans)」(1) (1969)

희곡 「숨소리(Souffle)」(1972)

단편 모음 「실패작들(Foirades)」 (1960년대 집필, 1976년 출간)

1971–2년

단편 「잃어버린 자들(The Lost Ones)」 (1972)

1971년

시나리오 「필름(Film)」(1972)

---

* 제목 옆의 숫자 (1), (2)는 집필 연도가 같은 작품들의 집필 순서를 표시한 것이다.

1972–3년

희곡 「나는 아니야(Not I)」(1973)

단편 「첫사랑(First Love)」(1973)

단편 「정적(Still)」(1973)

단편 「소리들(Sounds)」(1978)

단편 「정적 3(Still 3)」(1978)

1973년

장편 『메르시에와 카미에(Mercier and Camier)』(1974)

단편 「이야기된바(As the Story Was Told)」(1973)

1973–4년

단편 모음 「실패작들(Fizzles)」(1976)

1974–5년

희곡 「그때는(That Time)」(1976)

1975년

단편 「다시 끝내기 위하여(For to End Yet Again)」(2) (1976)

희곡 「발소리(Footfalls)」(1) (1976)

텔레비전용 스크립트 「고스트 트리오 (Ghost Trio)」(1976)

1976년

텔레비전용 스크립트 「오직 구름만이… (…but the clouds…)」(1977)

단편 「움직이지 않는(Immobile)」(1976)

1973년

희곡 「나는 아니야(Pas moi)」(1975)

1974–5년

희곡 「이번에는(Cette fois)」(1978)

1975년

단편 「다시 끝내기 위하여(Pour finir encore)」(1) (1976)

희곡 「발소리(Pas)」(2) (1978)

1976–8년

「풀피리 노래들(Mirlitonnades)」(1978)

1977–9년

단편 「동반자(Company)」(1979)

희곡 「독백극(A Piece of Monologue)」 (1981)

1979–80년

단편 「잘 못 보이고 잘 못 말해진(Ill Seen Ill Said)」(1981)

희곡 「자장가(Rockaby)」(1981)

희곡 「오하이오 즉흥곡(Ohio Impromptu)」(1981)

1979년

단편 「동반자(Compagnie)」(1980)

1979–82년

희곡 「독백극(Solo)」(1982)

1981년

텔레비전용 스크립트 「콰드(Quad)」
(1982)

단편 「천장(Ceiling)」(1985)

1981–2년

단편 「최악을 향하여(Worstward Ho)」
(1983)

텔레비전용 스크립트 「밤과 꿈(Nacht und
Träume)」(1984)

1983년

희곡 「무엇을 어디서(What Where)」 (2)
(1983)

희곡 「대단원(Catastrophe)」(1983)

1983–7년

단편 「떨림(Stirrings Still)」(1988)

1989년

시 「무어라 말하나(What Is the Word)」

1981년

단편 「잘 못 보이고 잘 못 말해진(Mal vu
mal dit)」(1981)

1982년

희곡 「자장가(Berceuse)」(1982)

희곡 「오하이오 즉흥곡(Impromptu
d'Ohio)」(1982)

희곡 「대단원(Catastrophe)」(1982)

1983년

희곡 「무엇을 어디서(Quoi Où)」 (1) (1983)

1988년

시 「어떻게 말할까(Comment dire)」

단편 「떨림(Soubresauts)」(1989)

사뮈엘 베케트 선집

소설
『포기한 작업으로부터』, 윤원화 옮김

『발길질보다 따끔함』, 윤원화 옮김

『머피』, 이예원 옮김

『와트』, 박세형 옮김

『메르시에와 카미에』, 전승화 옮김

『말론 죽다』, 임수현 옮김

『이름 붙일 수 없는 자』, 전승화 옮김

『그게 어떤지 / 영상』, 전승화 옮김

『죽은-머리들 / 소멸자 / 다시 끝내기 위하여 그리고 다른 실패작들』, 임수현 옮김

『동반자 / 잘 못 보이고 잘 못 말해진 / 최악을 향하여 / 떨림』, 임수현 옮김

희곡
『희곡집 I』, 이예원 옮김

『희곡집 II』

시
『에코의 뼈들 그리고 다른 침전물들 / 호로스코프 / 시들, 풀피리 노래들』, 김예령
옮김

평론
『프루스트』, 유예진 옮김

『세계와 바지 / 장애의 화가들』, 김예령 옮김

전기
제임스 놀슨, 『명성으로 저주받은: 사뮈엘 베케트의 삶』, 김두리 옮김

사뮈엘 베케트 선집

사뮈엘 베케트
이름 붙일 수 없는 자

전승화 옮김

초판 1쇄 발행. 2016년 7월 15일
3쇄 발행. 2024년 8월 31일

발행. 워크룸 프레스
편집. 김뉘연
표지 사진. EH(김경태)
제작. 세걸음

ISBN 978-89-94207-66-7 04800
978-89-94207-65-0 (세트)
22,000원

워크룸 프레스
03035 서울시 종로구
자하문로19길 25, 3층
전화. 02-6013-3246
팩스. 02-725-3248
메일. wpress@wkrm.kr
workroompress.kr

옮긴이. 전승화
이화여자대학교 불어불문학과 졸업. 논문 「'움직임'을 통해 읽은 베케트의 『몰로이』」로
서울대학교 불어불문학과 대학원에서 석사 학위를 받은 후 동 대학원 박사과정을 마치고,
파리 7대학에서 에블린 그로스만의 지도하에 박사 논문 「사뮈엘 베케트의 '설명할
수 없는 것'에 대한 그의 작품을 통한 고찰(L'Inexplicable chez Samuel Beckett)」을
썼다. 경북대학교 불어불문학과 교수로 재직 중이며, 옮긴 책으로 질 들뢰즈의
『디알로그』(허희정 공역), 사뮈엘 베케트의 『첫사랑』, 『그게 어떤지 / 영상』 등이 있다.